国家社科基金
GUOJIA SHEKE JIJIN HOUQI ZIZHU XIANGMU
后期资助项目

体验与文学：比较意义上的中西方文学观

Experience and Literature: a Comparative View of Chinese and Western Literature

张奎志　亓元　著

中国社会科学出版社

图书在版编目（CIP）数据

体验与文学：比较意义上的中西方文学观 / 张奎志，亓元著．—北京：中国社会科学出版社，2021.6

ISBN 978－7－5203－8774－3

Ⅰ.①体… Ⅱ.①张…②亓… Ⅲ.①文学评论—中国、西方国家 Ⅳ.①I106

中国版本图书馆 CIP 数据核字（2021）第 144145 号

出 版 人　赵剑英
责任编辑　张　潜
责任校对　王丽媛
责任印制　王　超

出　　版　中国社会科学出版社
社　　址　北京鼓楼西大街甲 158 号
邮　　编　100720
网　　址　http://www.csspw.cn
发 行 部　010－84083685
门 市 部　010－84029450
经　　销　新华书店及其他书店

印　　刷　北京君升印刷有限公司
装　　订　廊坊市广阳区广增装订厂
版　　次　2021 年 6 月第 1 版
印　　次　2021 年 6 月第 1 次印刷

开　　本　710×1000　1/16
印　　张　17
插　　页　2
字　　数　301 千字
定　　价　89.00 元

凡购买中国社会科学出版社图书，如有质量问题请与本社营销中心联系调换
电话：010－84083683

国家社科基金后期资助项目

出版说明

后期资助项目是国家社科基金设立的一类重要项目，旨在鼓励广大社科研究者潜心治学，支持基础研究多出优秀成果。它是经过严格评审，从接近完成的科研成果中遴选立项的。为扩大后期资助项目的影响，更好地推动学术发展，促进成果转化，全国哲学社会科学工作办公室按照“统一设计、统一标识、统一版式、形成系列”的总体要求，组织出版国家社科基金后期资助项目成果。

全国哲学社会科学工作办公室

目　　录

绪　论

“体验”是贯穿在中国古代文艺理论中的一条主线，这条线或隐或现地存在于不同的时期，也存在于不同的美学家和文艺理论家的著作中，并且美学家和文艺理论家也从不同的角度做了多方面阐述。这一特点既表现出了中国古代文艺理论不同于西方的独特性，更体现出了中国古代对审美和艺术活动的独特而深刻理解。

中国古代文学理论有着很浓厚的“体验”色彩，无论是文学理论，还是文学创作实践，都十分注重“体验”和感悟。从创作角度看，要求整个文学创作过程要“体验”：创作前要“涤除玄览”“坐忘”“心斋”“凝神”“虚静”“澄怀”“净心”“静观”等；创作过程中要“感兴”“兴会”“即景会心”“应目会心”“亲历”“体认”“体味”等，最后达到“妙悟”。从接受角度看，强调文学接受过程也要“体验”：要求读者要“吟咏”“玩绎”“优游涵咏”“切己体察”“反观”“以心会心”“设身处地”“亲动心”“切己体认”等，最后达到“领悟”。这些说法都明显地表现出重视“体验”的特征。可以说，重视“体验”是中国文学的重要一个特征，也是中国古代文学理论区别于西方文学理论的一个重要标志。

中国早期没有作为合成的“体验”一词。简体的“体”字，在古代汉语里面读成“笨”，字义也是“笨”；繁体的“体”字，在古语中为“體”。段注本《说文解字·骨部》曰：“‘體’，总十二属也，从骨，豊声。”段玉裁注所说的“十二属”是指人体的十二个部位：即顶、面、颐、肩、脊、尻、肱、擘、手、股、胫、足。刘熙《释名》说：“体，第也。骨肉毛血表里大小相次第也。”可见，繁体的“体”的本义是名词，指人的身体，是人身体的总称。《论语·微子》中所说的：“四体不勤，五谷不分”中的“体”就是指人的身体。

人作为认知活动的主体，其在认识活动时，不但要以视觉、听觉、触觉、嗅觉、味觉等单一的感官来感知外界事物，还要以全部的感官，以全身心去感受外物。由此，作为人身体十二个部位总属的“体”字就衍生出“体认”“体会”“体悟”“体验”“体察”“体量”“体究”等概念，其意思是强调认知活动中要从身体的各种器官，到内在心里全面地去感知对象，即张光祖《言行龟鉴》中所谓的“以身体之，以心验之”。因此，“体”就从一个指称人身体的十二个部位的一个名词，逐渐演变成以全身心去感受、体会，具有认识论意义的一个动词——“体认”“体会”。

“体”一词的“体会”“体悟”“体认”“体验”之义，早在先秦时期就已经开始使用了。《周易·文言》中就有：“君子体仁足以长人，嘉会足以合礼，利物足以合义，贞固足以干事。”孔颖达疏：“仁则善也，谓行仁德、法天之元德也。”① 这里的“体仁”意为行仁德。《易·系辞上》中则说：“以体天地之撰，以通神明之德。”这里的“体”即体察、了解之义。《庄子·天地》中就有“体性抱神”、《庄子·刻意》中有“能体纯素”、《庄子·徐无鬼》中则有“大方体之”，这其中的“体”就是“体悟”“体会”“体验”“体察”。而《庄子·智北游》中则提出的“体道”；《韩非子·解老》中也提到“体道”：“体其道者，其生日长”“体天地之道”“体此道以守宗庙”，《韩非子·难二》中则说：“体道，无为无见也。”这其中的“体”就属于认识论意义上的，是“体悟”“体会”“体验”“体察”之义。《荀子·修身》中则说：“体恭敬而心忠信，术礼义而情爱人。”这里的“体”是躬行，即亲身体验、践行之义。《荀子·解蔽》中还说“道者体常而尽变”，这里的“体常”就是“体察规律”之意。《荀子·解蔽》还提出，认识“道”的方式有两种“知道”和“体道”，并认为“体道”是比“知道”更高一级的阶段。

到汉代和魏晋时期，“体”作为一种认知方式得到了广泛的认可。《礼记·中庸》中提出，“凡为天下国家有九经”，其中第五经就是：“体群臣也”；《淮南子·汜论训》中则说：“故圣人以身体之”；董仲舒《春秋繁露·精华篇》中也说：《春秋》一书能“体天之微”，肯定了《春秋》能体察“天”的微妙之处。魏晋时期的王弼延续庄子的“体道”思想，《三

① 《周易正义》卷1，王弼注，孔颖达疏，阮刻《十三经注疏》本。

国志·钟会传附》中记载了王弼“圣人体无”的说法，“无”，也就是“道”，“体无”也就是“体道”。《老子指略》中王弼说：道“体之不可得而知，味之不可得而尝”。这其中的“体”和“味”都强调“道”只能用“体验”“体味”的认知方式。

中国古代“体验”观的成熟是在宋代。其中理学家对“体验”认知方式的提倡最为着力。张载在《正蒙·大心篇》中就提出“体物”“体道”。更为重要的是，张载还多次明确提出“体验”一词，这可能是中国最早出现的“体验”概念。程颢和程颐在《二程遗书》中也有大量关于“体验”的论述。在中国“体验”观念的发展过程中，朱熹占有极为重要的地位，《朱子语类》一书中有很多“体验”一词，可以说，从朱熹开始，“体验”已经成读书、体道的不可或缺的一种认知、学习方式。与“体验”相关联，还出现了“体知”“体认”一词。

“体验”和文学有着密切的关系，在文学创作活动中就特别重视对生活的“体验”，如西方就非常重视文学与“体验”的关系，德国美学家威廉·狄尔泰（Wilhelm Dilthey）还写过《体验与诗》一书。而文学创作的实践也已经证明了“体验”在文艺创作中的重要性；同样，在文学接受过程也强调对作品的“体验”，因为只有对作品有了深切的感受并“体验”作品中表达的情感，才能更好地理解作品。因而，对文学批评来讲，“体验”也同样重要。对文学创作中的“体验”问题也进行了较为细致的研究，但把“体验”观作为一种批评方法从理论上加以系统论述的还很少。

以“体验”作为理论基点，从“体验”概念的来源与含义、“体验”观的源与流、文学的本质和功用、文学作品的存在方式、文学创作与体验的关系、传统文学方法的检讨、体验观的特点等理论问题入手，系统地论述体验文学观问题，提出一种具有新意的文学方法——体验文学观。所说的体验文学观就是指，批评者在进行批评时，也要像作家创作时一样，全身心地去体验和感受作品所展现的内容，通过自己的亲身体验和感受，最大可能地传达出作品所表现的内涵。

文学创作与“体验”有着密切的关系，同样，文学批评与“体验”也有着密切的关系，正如伽达默尔所指出的，“体验”和审美之间存在着一种“亲合势”（Affinität）[①]，他在《真理与方法》一书中说：“体验艺术（Erlebniskunst）概念具有一种显著的两重性。……艺术来自体验，并且是体验的表现。……凡是以某种体验的表现作为其存在规定性的东西，它的意义只能通过某种体验才能把握。”[②] 在伽达默尔看来，“体验”的两重性就表现在，它不仅仅和文学创作有着“亲合”关系，文学创作离不开“体验”；文学批评也和“体验”有着“亲合”关系，也同样离不开“体验”。因为文学作品是作家通过“体验”的方式创作出来的，批评家也要用“体验”的方式来理解作品。因此，“体验”就成为文学创作和文学批评的共同要求。从“体验”角度来理解文学就既把握住了文学创作的实质，也把握住了文学批评的实质。

可以说，重视“体验”是中国古代文学理论的一个重要特征，也是中国古代文学理论区别于西方文学理论的一个重要标志。中国古代从“体验”角度来理解文学活动，把握了文学的精髓，这是中国古代文学理论的独特价值。

西方在19世纪中叶才出现“体验”这一概念，但这并不意味早期没有“体验”的观念。早在古希腊时代，柏拉图就意识到了“体验”和文学活动之间的关系。在《伊安篇》中，他就提出，诵读时要对诗人和作品进行细心的体会和理解：“诵诗人要把诗人的意思说出来，让听众了解，要让人家了解，自己就得先了解。”[③] 这里所说的“了解”，就是要求诵诗者要细心地体会作者的写作意图，了解作品所包含的意蕴。可以看出，柏拉图强调读者对诗人的理解和体会。

到了近现代，西方的“体验”观念开始发达起来。按照伽达默尔的说法，“体验”（Erlebnis）一词最早出现在黑格尔的一封信中。“黑格尔在关于一次旅行的报道中写过：‘我的整个体验’（meine ganze Erlebnis）”，而

---

① “亲合势”（Affinität）是伽达默尔在《真理与方法》中提出的，他说：“在体验结构和审美特性的存在方式之间存在着怎样一种亲合势。”王才勇译，辽宁人民出版社1987年版，第99页。洪汉鼎将“亲合势”译为“姻亲关系”：“在一般体验结构和审美特性的存在方式之间存在着怎样一种姻亲关系（Affinität）。”汉斯－格奥尔格·伽达默尔：《真理与方法·哲学诠释学的基本特征》上卷，洪汉鼎译，上海译文出版社1999年版，第89页。

② ［德］汉斯－格奥尔格·伽达默尔：《真理与方法·哲学诠释学的基本特征》上卷，洪汉鼎译，上海译文出版社1999年版，第90页。

③ ［古希腊］柏拉图：《柏拉图文艺对话录》，朱光潜译，商务印书馆2013年版，第2页。

“体验”一词的流行又与传记文学有关，其中狄尔泰的《施莱尔马赫传》（1870 年），尤斯蒂的《温克尔曼传》（1872 年），赫尔曼·格里姆的《歌德传》（1877 年）都使用了“体验”一词。

在西方“体验”概念的发展历程中，威廉·狄尔泰有非常重要的地位。狄尔泰首先赋予“体验”（Erlebnis）一种概念性功能，并以《体验与诗》为标题写了一部著作（1905 年）。狄尔泰所说的“体验”，一个是突出“体验”和生命、生活的共生性。他认为，离开人的生命和生活，就不能说一个人还在“体验”；另一个是突出“体验”的内在性，认为，“体验”来自个体生活经验的内在感受，而不是通过学习书本的知识得来的。从狄尔泰之后，“体验”就成了哲学、美学、文艺理论中常见的词汇和一种主要的认知方式。汉斯－格奥尔格·伽达默尔是“体验”概念发展历程中的重要代表，在《真理与方法》一书，伽达默尔对“体验”概念发展的历史进行了系统的梳理，并给“体验”下了定义：“如果某个东西不仅被经历过，而且它的经历存在还获得一种使自身具有继续存在意义的特征，那么这种东西就属于体验。”① 同时，伽达默尔还提出，在体验结构和审美特性之间存在着一种“亲合势”（Affinität）。其他的像叔本华、克罗齐、柏格森也都不同程度地论及“体验”。

---

① ［德］汉斯－格奥尔格·伽达默尔：《真理与方法·哲学诠释学的基本特征》上卷，洪汉鼎译，上海译文出版社 1999 年版，第 78 页。

第一章 “体验”概念的含义与源流

“体验”是中国和西方文学中都共有的概念，其含义也有着相同或相似的特点。

第一节 “体验”概念的含义

文学批评中的“体验”和通常所说的“体验生活”中的“体验”不同。通常文学创作中所说的“体验生活”，其“体验”往往是指一种有意识的、外在的、自觉的感知行为，它是指作家或诗人为了对某种生活有一个了解，而自觉地、有意识地去感受某一种生活，或自觉地、有意识地接触某一个人、某一件事。这时所说的“体验”就更多地是表现为一种外在的、形式方面的，其中形式的东西在其中占有很大的成分。而且由于此一种对生活的“体验”较多地看重了形式的、感觉的方面，从而所“体验”到的也就不一定是发自内心的。由这种“体验”所反映出来的认知也往往更多地表现为一种形式的、脸谱式的、漫画式的，而没有能够达到对生活内在的、本质的、全面的把握。本书中所说的“体验”更多的是注重经历、经验、亲历，“体验”是在一定的经历、亲历基础上产生的，没有经历、经验和亲历，也就不可能生成“体验”。从西方“体验”一词的来源中也可以证明这一点。

根据利特尔主编的《哲学史料辞典》中的解释：“体验和体验活动（Das Erleben）只是在19世纪中叶才广泛获得了哲学术语的地位，并随之发展成为认识论的基本概念。”① “体验”（Erleben）是一个古老的词汇，它最早出现在神秘主义的文献中，其基本意思是“由生命—生活（Das Leben）获得，并且保留在生命—生活中”。“体验”的概念最早是出现在W. T. 克鲁格 1838 年编辑的第 3 版《当代文学和哲学史百科辞典》中：“体验意味着人们亲身体验（感觉、意想、记忆、作用和要求）的一切。因此，这些体验乃是真正经验的基础。”②

西方早期的“体验”一词，是在人物传记中使用的。人物传记主要是记载主人公的生平经历。“传记的本质，尤其是 19 世纪艺术家和文学家传记的本质就是，从他们的生活出发去理解他们的作品”。③ 这也就是说，传记的目的和本质，就是要从作家的生活经历出发，去体验和理解他们的作品。“体验”一词进入日常生活后，也保持着在传记文学中相同的意义。

那么，“体验”一词的本义是什么呢？“体验”是在“经历”一词的基础上构造而成，和“经历”有着相近或相近的意思。在德文的原文中，“体验”一词是“Erlebnis”，这一词源于“Erleben”。“Erleben”一词的本义是指“经验”“经受”“经历”等。既然“体验”在“经历”一词基础构造而成的，它也自然包含着“经历”一词所具有意思。那么“经历”的本义是什么呢？伽达默尔解释说：“经历首先指‘发生的事情还继续生存着’（noch am leben sein，wenn etwas geschieht）。由此出发，‘经历’一词就具有一种用以把握某种实在东西的‘直接性的特征’——这是与那种人们认为也知道、但缺乏由自身体验而来的证实的东西相反，因为后一种人们知道的东西或者是从他人那里获得，或者是来自道听途说，或者是推导、猜测或想象出来的。所经历的东西始终是自我经历的东西。”④

从这一点来看，“经历”一词强调直接性，这也就是说，在“经历”中，人们对事物的认知和理解都是在自我的直接感受和亲身经历中展开和

---

① Konrad Cramer，“Erlebnis”，见 J. Ritter 主编 *Historisehes Wörtbuehder Philosophie* 第 2 卷，第 702—711 页。

② 引自 Konrad Cramer，“Erlebnis”，见 J. Ritter 主编 *Historisehes Wörtbuehder Philosophie* 第 2 卷，第 705 页。

③ ［德］汉斯 - 格奥尔格·伽达默尔：《真理与方法·哲学诠释学的基本特征》上卷，洪汉鼎译，上海译文出版社 1999 年版，第 78 页。

④ ［德］汉斯 - 格奥尔格·伽达默尔：《真理与方法·哲学诠释学的基本特征》上卷，洪汉鼎译，上海译文出版社 1999 年版，第 78 页。

进行的。正是这种直接的接触和亲身经历中，才把握到了更为实在性的东西。

由于“体验”一词是在“经历”的基础上构成的，因此，它也同样具有直接性和亲历性特点。对此，伽达默尔解释说：“对‘体验’一词的构造是以两个方面意义为根据的：一方面是直接性，这种直接性先于所有解释、处理或传达而存在，并且只是为解释提供线索、为创作提供素材；另一方面是由直接性中获得的收获，即直接性留存下来的结果。”① 可见，“体验”概念的最核心要素就是亲身经历过。没有经历过，就不可能谈得到有“体验”，正如一个没有谈过恋爱的人，就不可能说有对恋爱的体验。这是“体验”概念的第一层意义；但仅仅亲身经历过，还不能称得上有“体验”。当说一个人有“体验”时，一定是对某一事、一物有深切的感受和理解，这不是仅仅简单的亲身经历过就得到的。不是所有谈过恋爱的人都有对爱情的体验，只有经历过刻骨铭心恋爱的人，才有对爱情的体验。所以，“体验”概念的第二层意义就是，要对经历过的某事、某物有着深切的感受。只有这两点都具备了，才能称得上“体验”。伽达默尔所说的“体验”就包含了“亲身经历”和“内在感悟”：“如果某个东西不仅被经历过，而且它的经历存在还获得一种使自身具有继续存在意义的特征，那么这种东西就属于体验。”②

在西方，狄尔泰最直接、最明确地使用了“体验”概念，并且狄尔泰又从生命这一角度来解释“体验”。狄尔泰所说的“体验”是“体验”是和生命、生活共生的，是和生命、生活紧密联系着的。“我们通过体验和理解所领会的，是作为把人类包含于其中的脉络而存在的生命。”③ 这里所说的“体验”也就特指一种“生命体验”。“我把我们在其中检验生命和各种事物所具有的价值的、由各种过程构成的脉络，称之为生命体验。”④ 这就是说，当我们说一个人在“体验”的时候，也就意味着说他在“体验”着生活、“体验”着生命。离开了人的生活和生命，就无法说一个人

---

① ［德］汉斯－格奥尔格·伽达默尔：《真理与方法·哲学诠释学的基本特征》上卷，洪汉鼎译，上海译文出版社 1999 年版，第 78 页。

② ［德］汉斯－格奥尔格·伽达默尔：《真理与方法·哲学诠释学的基本特征》上卷，洪汉鼎译，上海译文出版社 1999 年版，第 78 页。

③ ［德］狄尔泰：《历史中的意义》，艾彦译，中国城市出版社 2002 年版，第 10 页。

④ ［德］狄尔泰：《历史中的意义》，艾彦译，中国城市出版社 2002 年版，第 210 页。

还在“体验”着。在狄尔泰之前，施莱尔马赫提出了“体验”和生命之间的联系，他说：“每一个体验都是‘无限生命的一个要素’。”[①] 而伽达默尔在详细考证了“体验”的语词史和概念史后也总结说：“由于体验本身是存在于生命整体里，因此生命整体目前也存在于体验之中。”[②] 所以，“体验”就存在于对生命的“体验”中，并且对生命的“体验”又不仅只是停留在生命本身，而是从生命本身走向世界。狄尔泰就说：“我们是可以体验存在于生命和历史之间的各种联系的……人们通常所进行的尝试，就是通过这个世界来把握生命。但是，从对生命的解释出发走向这个世界和生命的唯一一条道路，仅仅存在于经验、理解过程和历史性的领悟之中。”[③]

中国早期没有作为合成词的“体验”，之前只有“忖度”“体”“验”等与“体验”意思相近的词。《诗经·小雅·巧言》中就说：“他人有心，予忖度之。”这里的“忖度”是推测、揣度，就有体验、感受之意；《中庸》中有：“体群臣……体群臣则士之报礼重。”对于“体”字，朱熹《中庸集注》曰：“体，谓设以身处其地而察其心。”[④] 这里的“体”就有体会、体悟、体察之意；《淮南子·卷十三·氾论训》中则提出：“圣人以身体之。”“以身体之”强调在认识活动中，要以全部感官去感受、体验、体味；元代张光祖《言行龟鉴》中则进一步发展了“以身体之”的说法：“某尝有数句教学者读书之法，云以身体之，以心验之，从容默会于幽闲静一之中。”“以身体之，以心验之”则提出不但要以全部感官，还要以心去感受、体验、体味。这些不同说法，尽管没有使用“体验”一词，但强调认识活动中要体验、体味的特点是明确的。明确提出了“体验”概念的是宋代的张载。张载在《正蒙》一书中几次用了“体验”一词，如“中国之儒者，抑不能深研而体验之”。中国古代所说的“体验”其含义是什么呢？这其中，朱熹对“体”和“体验”的解释具有代表性。据《朱子语类》中记载，有人问朱熹：“体”字“是将自家这身入那事物里面去体

① ［德］汉斯－格奥尔格·伽达默尔：《真理与方法·哲学诠释学的基本特征》上卷，洪汉鼎译，上海译文出版社 1999 年版，第 88 页。

② ［德］汉斯－格奥尔格·伽达默尔：《真理与方法·哲学诠释学的基本特征》上卷，洪汉鼎译，上海译文出版社 1999 年版，第 89 页。

③ ［德］狄尔泰：《历史中的意义》，艾彦译，译林出版社 2014 年版，第 130—131 页。

④ （宋）朱熹：《四书章句集注》，中华书局 1983 年版，第 29 页。

认否？曰："然。犹云'体群臣'也"[①]。可以看出，朱熹认为，所说的"体"，就是"将自家这身入那事物里面去体认"。关于"体验"朱熹则说，"体验是自心里暗自讲量一次"[②]，"暗自讲量"就是说，在内心里暗暗地研习思量。因此，"体验"也就是在内心中反复体会、思量。朱熹在讲到读书要反复体会、思量时也常用"涵泳""涵濡""体察""体认""讽咏""讽诵""切己""虚心""熟读""理会"等，这些不同的说法都与"体验"有相同或相近的意思。

当代关于"体验"的解释则多从体验与经验、经历、亲历的关系入手。认为，"体验"以经验为基础，是一种个性化了的经验。童庆炳先生就说："经验一般是一种前科学的认识，它指向的是真理的世界；而体验则是一种价值性的认识和领悟，它要求'以身体之，以心验之'，它指向的是价值世界。""体验是经验中的一种特殊形态。可以这样说，体验是经验中见出深义、诗意与个性色彩的那一种形态。"[③]《牛津词典》中对说"体验"的定义是："对某种状况或条件的影响的有意识接受；对某个事件的影响的有意识接受；对某种状况或条件的主观看法；影响某人的某个事件；通过实际观察或亲身经历获得的知识。"[④]《现代汉语词典》（第五版）中对"体验"的定义是："通过实践来认识周围的事物；亲身经历。"[⑤]从上述这些定义中可以看出，"体验"不仅指亲身经历、经验过，并且在这经历、经验中有了一种独特的感受，可以说，这是独特的、个性化了的经验。

第二节　中国古代"体验"概念的源与流

中国早期没有作为合成词的"体验"。"体验"一词中简体的"体"

---

① 黎靖德编：《朱子语类》，岳麓书社 1997 年版，第 2265 页。

② 黎靖德编：《朱子语类》，岳麓书社 1997 年版，第 2597 页。

③ 童庆炳：《经验、体验与文学》，《北京师范大学学报》2000 年第 1 期，第 92 页。

④ ［英］柯林·比尔德、约翰·威尔逊：《体验式学习的力量》，黄荣华译，中山大学出版社 2003 年版，第 17 页。

⑤ 中国社会科学院语言研究所词典编辑室编：《现代汉语词典》，商务印书馆 2005 年版，第 1118 页。

字，在古代汉语里面读成“笨”，其字义也是“笨”；繁体字的“体”即“體”才是真正的“体”：《汉字源流字典》说，“體”字，“篆文从骨，豊声。隶变后楷书写作体。如今简化作体，从人本会意。与原本当‘笨’讲的‘体’（bèn），成了同形字”。[①] 段玉裁《说文解字·骨部》解释“體”曰：“體，总十二属也，从骨，豊声。”[②] 段玉裁注所说的“十二属”是指人体的十二个部位：即顶、面、颐、肩、脊、尻、肱、擘、手、股、胫、足。[③] 可见，“体”即“體”的本义是指人身体的全部，是人身体各部位的总称。

先秦典籍中也大多是在“身体、生命”这一层面上使用“体”字的。如《周易·系辞上》中“故神无方而易无体”。孔颖达疏曰：“方是处所之名，体是形质之称”[④]；《庄子·天地》中“形体保神”。成玄英疏曰：“体，质”[⑤]；《孟子·告子上》中的“体有贵贱”。孙奭疏曰：“人体有贵亦有贱，有小亦有大，于人之一身，合而言之则谓之体；自体而言之，又有耳、目、口、鼻、形、心者也。”[⑥] 这些对“体”的解释都是突出“体”字身体层面的含义。

人作为认知活动的主体，其在认识活动时，不但要以视觉、听觉、触觉、嗅觉、味觉等单一的感官来感知外界事物，还要以全部的感官，以全身、全心，更全面地去感受外物。由此，作为人身体十二个部位总属的“体”字就衍生出体认、体会、体验、体悟、体察、体量、体究等概念，其意思就是强调认知活动中感知的全面性、非单一性，即要求认知活动中要从身体的各种器官，到内在心里全面地去感知对象，即所谓的“以身体之，以心验之”。[⑦] 因此，“体”就从一个指称人身体的十二个部位的一个名词，逐渐演变成全身心去感受、体会，具有认识论意义的一个动词。

---

① 谷衍奎编：《汉字源流字典》，华夏出版社 2003 年版，第 282 页。

② （清）许慎撰，段玉裁注：《说文解字注》，上海古籍出版社 1981 年版，第 166 页。

③ （清）阮元校刻：《十三经注疏》（上），中华书局 1980 年影印本，第 78 页。

④ （清）阮元校刻：《十三经注疏》（上），中华书局 1980 年影印本，第 78 页。

⑤ 郭庆藩：《庄子集释》，中华书局 1961 年版，第 426 页。

⑥ 赵岐注，孙奭疏：《孟子注疏》，山东画报出版社 2004 年版，第 314 页。

⑦ 张光祖《言行龟鉴》：罗文恭公质字仲素，云：“某尝有数句教学者读书之法，云以身体之，以心验之，从容默会于幽闲静一之中，超然自得于书言象意之外。此盖某所为者如此。”

“体”一词的“体会”“体悟”“体验”之义，早在先秦时期就已经开始使用了。《庄子·天地》中就有“体性抱神”、《庄子·刻意》中有“能体纯素”、《庄子·徐无鬼》中则有“大方体之”，这其中的“体”就是“体悟”“体会”“体验”“体察”之义，而在《庄子·外篇·智北游》中则提出的“体道”，这其中的“体”就更属于认识论意义上的。《韩非子·解老》中则提出，“能有其国保其身者，必且体道”“体其道者，其生日长”“体天地之道”“体此道以守宗庙”、《韩非子·难二》中则说：“体道，无为无见也。”《韩非子·说一》又说：“其身体则可，其言多而不辩”，这其中的“体”也是“体悟”“体会”“体验”“体察”之义。《荀子·解蔽》提出，认识“道”的方式有两种“知道”和“体道”。所谓“知道”相当于纯认识论；而“体道”则是“知道”的高一个层次，是对“知道”的进一步发展。就是说：“体道”是比“知道”更高一级的阶段。《荀子·解蔽》中还说“道者体常而尽变”，这里的“体常”就是“体察规律”之意。

到汉代，“体”作为一种认知方式得到了广泛的认可。《礼记·中庸》中提出：“凡为天下国家有九经”，其中第五经就是：“体群臣也。”这其中的“体”也有“体悟”“体会”“体验”“体察”之义。而《淮南子·氾论训》所说的：“故圣人以身体之”，“以身体之”则更典型地表现了“体”字的“体验”意义。董仲舒的《春秋繁露·精华篇》中说：《春秋》一书能“体天之微”，即能体察“天”的微妙之处，肯定了《春秋》“体验”“体察”的认知方式。

到汉代和魏晋时期，“体”作为一种认知方式得到了广泛的认可。《礼记·中庸》中提出，“凡为天下国家有九经”，其中第五经就是：“体群臣也”；《淮南子·氾论训》中则说：“故圣人以身体之”；董仲舒《春秋繁露·精华篇》中也说：《春秋》一书能“体天之微”，肯定了《春秋》能体察“天”的微妙之处。魏晋时期的王弼延续庄子的“体道”思想，《三国志·钟会传附》中记载了王弼“圣人体无”的说法，“无”，也就是“道”，“体无”也就是“体道”。《老子指略》中王弼说：道“体之不可得而知，味之不可得而尝”。这其中的“体”和“味”都强调“道”只能用“体验”“体味”的认知方式。

中国古代“体验”的认知方式的成熟是在宋代。其中理学家对“体验”认知方式的提倡最为着力。张载在《正蒙·大心篇》中就提出：“大其心，则能体天下之物”，“体物体身，道之本也；身而体道，其为人也大矣”。“致知之道……大其心以体物体身而已”。提出“体物”“体道”。更为重要的是，张载还明确提出了“体验”一词，这可能是中国最早出现的“体验”概念。张载在《正蒙·卷二·天道篇》中说：“天之神理，无乎不察，于圣人得其微，于众人得其显，无往而不用其体验也。”《正蒙·卷三·动物篇》中则说：“人物生化之理，神气往来应感之几，以明天人相继之妙，形器相资之用，盖所以发知化之旨，而存神亦寓其间，其言皆体验而得之。”《正蒙·卷九·乾称篇下》则有两处说到“体验”：一处说“此理体验乃知之”；另一处为“西域愚陋之民，本不足以知性命。中国之儒者，抑不能深研而体验之”。张载所说的“体验”都是认识论意义上的。程颢和程颐在《二程遗书》中也有大量关于“体验”认知的论述。在中国关于“体验”认知观念的发展过程中，朱熹占有极为重要的地位。朱熹对体验、体认中的“体”作过解释：“体”就是“置心在物中”，这就是说主体应当把“心”置身在事物之中，从内心去体味和揣摩对象。从朱熹对“体”一词的解释可以看出，“体”已经完全成为一个和体验、体认相同的词，“体”也就是“体察”“体验”。而朱熹自己也在很多时候都用“体验”一词。除此之外，朱熹还有“涵泳”“涵濡”“体察”“讽咏”“讽诵”“切已”“虚心”“熟读”“理会”“持守”等不同的说法，这些不同的说法都明显地与“体验”有着密切的关系。可以说，从朱熹开始，“体验”已经成读书、体道的不可或缺的一种认知、学习方式。

与“体验”相关联，还出现了“体知”“体认”。“体知”一词，最早出现于范晔的《后汉书·律历》中。西汉元帝年间的京房（前77—前37）好音乐钟律，他根据八卦原理用“三分损益法”，将十二律扩展为六十律，“其术施行于史官，候部用之，文多不悉载”[①]。至东汉章帝时，音准已成为难题，“自此律家莫能为准施弦，候部莫知复见”[②]。后汉灵帝熹平六年（177），东观召典律者太子舍人张光等人问音律问题，这时距精通“五声之音，六律之数”的京房已百余年，“光等不知，归阅旧藏，乃得其器，

① （南朝宋）范晔：《后汉书》，岳麓书社2008年版，第1109页。
② （南朝宋）范晔：《后汉书》，岳麓书社2008年版，第1118页。

形制如房书，犹不能定其弦缓急，音不可书以晓人，知之者欲教而无从，心达者体知而无师，故史官能辨清浊者遂绝”[①]。因声音与文字的不同，“音不可书以晓人”，它不能像文字那样记载流传，所以定“缓急”“辨清浊”就需要“体知”。

自《后汉书》后，后人在论音律时，都引用“心达者体知而无师”，如《晋书·律历志上》《宋书·律历志上》《文献通考》卷一三一，都引用了此语。《庄子集释·田子方》：“庄子曰：鲁少儒。”成玄英疏：“夫服以象德，不易其人，庄子体知，故讥儒少”；《庄子集释·则阳》：“圣人达绸缪，同尽一体矣。”成玄英疏：“绸缪，结缚也。夫达道圣人，超然县解，体知物境空幻，岂为尘网所羁”，也用了“体知”一词。叶适在《习学记言》也重复了“体知”说，“知之者欲教而无从，心达者体知而无师”。

“体认”在《全唐文》中出现过四次：“又须体认急切，如有宣取，尽时应副，无令稽缓。”[②]“访闻差去使臣，殊乖体认，不能敦于勉谕。”[③]“已指挥只令就北岸牵驾，尽合披陈，幸惟体认。”[④]“宜令李彝超体认朕怀，宣谕彼众，无听邪说，有落奸机。”[⑤]从唐代之后，“体认”一词逐渐多起来，宋代程颢的“吾学虽有所授受，‘天理’二字，却是自家体认出来”[⑥]。李侗的“学问之道，不在多言，但默坐澄心，体认天理”；[⑦]朱熹的“学者读书，须要体认。静时要体认得亲切；动时要别白得分明。如此读书，方为有益”；[⑧]明代湛若水的“随处体认天理”；[⑨]吕坤的“要体认，不须读尽古今书，只一部《千字文》，终身受用不尽”；[⑩]刘熙载的“读书须切己体认，方觉有味”。[⑪]这些说法都共同强调了认知和读书中体认和感

---

① （南朝宋）范晔：《后汉书》，岳麓书社2008年版，第1118页。

② 周绍良主编：《全唐文新编》，吉林文史出版社2000年版，第1300页。

③ 周绍良主编：《全唐文新编》，吉林文史出版社2000年版，第1342页。

④ 周绍良主编：《全唐文新编》，吉林文史出版社2000年版，第1423页。

⑤ 周绍良主编：《全唐文新编》，吉林文史出版社2000年版，第1254页。

⑥ （北宋）程颢、程颐：《二程集》，中华书局1981年版，第424页。

⑦ （元）脱脱等：《宋史》，吉林人民出版社2005年版，第8848页。

⑧ 黎靖德编：《朱子语类》，岳麓书社1997年版，第936页。

⑨ （明）湛若水：《示学六言赠六安潘汝中黄门》。

⑩ 吕坤：《呻吟语》，岳麓书社2016年版，第110页。

⑪ 刘熙载：《艺概》，上海古籍出版社1978年版，第184页。

受的重要。

这其中值得注意的是王守仁，他认为，“心外无物”[①]、“心外无理，心外无事”[②]。怎样来认识“心”呢？在《传习录上》中，王守仁多次提出用“体认”的方式。“圣人气象，何由认得？自己良知原与圣人一般，若体认得自己良知明白，即圣人气象不在圣人，而在我矣。”[③]“心即道。道即天。知心则知道知天。……诸君要实见此道，须从自己心上体认，不假外求始得。”[④]“此须自心体认出来。非言语所能喻。中只是天理。”[⑤]“心之本体，即是天理。体认天理，只要自心地无私意。”[⑥]“格物亦只是随处体认天理。”[⑦]王守仁同时还提到“体悟”“良知明白，随你去静处体悟”。[⑧]

除“体知”“体认”总体重视“体验”的认知方式外，中国古代还有具体的“体道”“体无”“体仁”。《庄子·知北游》中最先提出“体道”一词，《韩非子·解老》中继承“体道”说，又提出“体其道”“体天地之道”“体此道”，丰富了“体道”的说法；《荀子·解蔽》则提出了“知道”和“体道”，认识“道”的两种方式。王弼在注《老子道德经》中的“天乃道”一句时说：“与天合德，体道大通，则乃至于极虚无也”，也提出要“体道”。

王弼还提出“体无”。《老子·四十章》中说：“天下万物生于有，有生于无。”王弼继承了老子“道”是“无”的思想。作为“无”的“道”是无法直观地观察到，只能用“体验”“体味”“体察”的方式，即“圣人体无”。[⑨]“体无”中的“无”，也就是“道”，所说的“体无”也就是“体道”，这是和庄子“体道”的思想一致的。王弼提出要“体无”，但又认为，“道”也不可体知。他明确地说：“体之不可得而知，味之不可得

---

① （明）王阳明：《传习录》，岳麓书社2004年版，第75页。
② （明）王阳明：《传习录》，岳麓书社2004年版，第44页。
③ （明）王阳明：《传习录》，岳麓书社2004年版，第168页。
④ （明）王阳明：《传习录》，岳麓书社2004年版，第64页。
⑤ （明）王阳明：《传习录》，岳麓书社2004年版，第71页。
⑥ （明）王阳明：《传习录》，岳麓书社2004年版，第82页。
⑦ （明）王阳明：《传习录》，岳麓书社2004年版，第248页。
⑧ （明）王阳明：《传习录》，岳麓书社2004年版，第289页。
⑨ （晋）陈寿：《三国志》，中华书局1982年版，第775页。

尝。"①"道不可体，故但志慕而已"②。"道"无法体知，只能"志慕"。

可以说，"体""体验"作为一种认知方式，从先秦时期就已出现。到汉代和魏晋时期，已经成为一种很普遍的说法。《淮南子·卷十三·泛论训》中的"圣人以身体之"、《后汉书》中的"心达者体知而无师"、王弼的"体无""体道"说，都强调对"道"只能用"体验""体味"的认知方式。到了宋代，张载、程颢、程颐和朱熹从理学出发，共同推动着"体验"在读书求理中的作用。至此，"体验""体知""体认"作为一种有效的认知方式被确定了下来。

第三节　西方"体验"概念的源与流

尽管西方在19世纪中叶才出现"体验"这一概念，但早在古希腊时期，"体验"作为一种认知方式就出现了。柏拉图最早看到了"体验"和文学批评之间的关系。他在《伊安篇》中提出，诵诗人要"了解诗人的意思"，对作品细心的体会："诵诗人要把诗人的意思说出来，让听众了解，要让人家了解，自己就得先了解；所以一个人若不是了解诗人的意思，就不能做一个诵诗人。"③ 这里所说的"了解"，就是要求诵诗者能够知道作者的写作意图，理解作品所表达的意蕴。因此，诵诗者就要细心的去体会和体验作品。

《伊安篇》中，柏拉图还提到了文学批评中的"体验"问题。伊安是古希腊的一个诵诗者，本来作为一个诵诗者，他应当能够解读任何一个诗人的作品，可伊安却只有解说荷马的本领，对于赫西俄德等其他诗人却没有本领解说，因此，苏格拉底问道："你有本领解说荷马，却没有本领解说赫西俄德或其他的诗人，这是什么缘故？荷马所用的题材和一般诗人所用的题材不是一样吗？他所叙述的主要地不是战争吗？他不是在谈人类关系—好人和坏人以及能人和无能人的关系—神与神的关系，神与人的关系，天上和地下有些什么事情发生，以及神和英雄们的由来吗？荷马所歌

① 《王弼集校释》，中华书局1980年版，第195页。
② 《王弼集校释》，中华书局1980年版，第624页。
③ ［古希腊］柏拉图：《柏拉图文艺对话录》，朱光潜译，商务印书馆2013年版，第2页。

咏的不是这些题材吗？”[①] 伊安承认，“诗人所用的题材都是一样的”。但伊安又说：当“人们谈到其他诗人时，我都不能专心听，要打瞌睡，简直没有什么见解，可是一谈到荷马，就马上醒过来，专心致志地听，意思也源源而来，有许多话可说”。[②]

伊安为什么只有“本领解说荷马”，“却没有本领解说赫西俄德或其他的诗人”，这其中最主要的原因就在于，伊安与荷马两个人在性格、爱好、兴趣、感受等方面的“相似”。因为从苏格拉底和伊安的对话中说出了一个道理：当一个读者和作品中的人物具有相同或相似的经历时，就能更好地解说作品。苏格拉底问伊安说：“假如要你和一位占卜家来解说这两位诗人（指荷马和赫西俄德——引者注）说到占卜的话，无论他们说的同不同，谁解说的比较好呢？”伊安回答说：“占卜家会解说的比较好。”苏格拉底接着又问：“若是你就是一个占卜家，不论他们说的同不同，你也会以他们都一样能解说吧？”伊安回答说：“那当然。”[③] 这说明，伊安认为，如果一个诵诗者所解说的内容与他所从事的职业相同，或是所解说的内容正好是他所经历过的，那么，他的解说就会比其他的人要好。

柏拉图和伊安的对话说出了文学批评中的一个问题：一、如果读者和作者具有相同或“相似”性格、爱好、兴趣等，他对作品的解说就可能会更好；二、同时，如果读者不仅与作者在性格、爱好、兴趣等方面具有相同或“相似性”，并且还有着相同的生活经历、从事过某种相同的职业，那么，他对作品的解说也就会比其他人更好。那么，为什么读者和作者、作品中的人物有相同或“相似性”，他解说就会更好呢？其原因就在于：当读者和作者、作品中人物的具有相同或“相似”的性格、爱好、兴趣时，他对作者、作品中人物的了解就如同了解自己一样，就有着更为深切的体验和更为深切的感触，因此，其评论也就更到位。

这说明，柏拉图已经意识到：在阅读中，读者的体验是最为重要的，一个读者对作品有最深切的体验和感受，才会有最好的批评；而读者的对作品体验的深浅，又与读者的经历密切相关，读者与作品中人物的经历越相似、职业越相近，其体验和感受就越深。同样，柏拉图的“迷狂

① ［古希腊］柏拉图：《柏拉图文艺对话录》，朱光潜译，商务印书馆 2013 年版，第 3 页。
② ［古希腊］柏拉图：《柏拉图文艺对话录》，朱光潜译，商务印书馆 2013 年版，第 5 页。
③ ［古希腊］柏拉图：《柏拉图文艺对话录》，朱光潜译，商务印书馆 2013 年版，第 5 页。

说”和“灵感说”尽管带有神秘色彩，也涉及文艺创作和欣赏过程中的体验问题。

西方的“体验”认知观到近现代才真正发展起来，“体验”作为一种认知方式也开始受到重视。根据伽达默尔的考察，在德意志的文献中，“体验”一词最早出现在黑格尔的一封信中，并到19世纪70年代才成为和“经历”（Arleen）一词相区别的惯常用词。“黑格尔在关于一次旅行的报道中写过：‘我的整个体验’（meine ganze Erlebnis）……但是据我所知，这个词在（19世纪）30年代和40年代也完全只是个别地出现的……甚至在50年代和60年代这个词似乎也很少出现，只是到了70年代这个词才突然一下成了常用的词。看来，这个词广泛地进入日常用语，是与它在传记文学里的运用相关联的。例如，在狄尔泰的《施莱尔马赫传》（1870年），尤斯蒂的《温克尔曼传》（1872年），赫尔曼·格里姆的《歌德传》（1877年），可能还有更多的地方。”①

从这可以看出，“体验”（Erlebnis）一词在19世纪30—40年代也还只是在个别地方出现，只是到了70年代这个词才突然成了常用的词。而“在18世纪这个词还根本不存在，就连席勒和歌德也不知道这个词”。② 而“体验”一词的进入日常用语又与传记文学有关。

在西方“体验”概念的发展历程中，威廉·狄尔泰（Wilhelm Dilthey）有非常重要的地位。狄尔泰首先赋予“体验”（Erlebnis）这一词汇一种概念性功能。伽达默尔说：“狄尔泰首先赋予这个词以一种概念性的功能，从而使得这个词不久发展成为一个受人喜爱的时兴词，并且成为一个令人如此容易了解的价值概念的名称，以至许多欧洲语言都采用了这个词作为外来词。”③ 1905年，狄尔泰还以《体验和诗》为标题写了一部著作。但狄尔泰却没有给“体验”做过明确的定义，他在不同时期，针对不同的课题曾对“体验”做过许多界定。这些界定有的比较接近，有的则相去甚远。因此，“在早期狄尔泰那里，‘体验’一词的意义本身无论如何还是不

① ［德］汉斯-格奥尔格·伽达默尔：《真理与方法·哲学诠释学的基本特征》上卷，洪汉鼎译，上海译文出版社1999年版，第77页。

② ［德］汉斯-格奥尔格·伽达默尔：《真理与方法·哲学诠释学的基本特征》上卷，洪汉鼎译，上海译文出版社1999年版，第77页。

③ ［德］汉斯-格奥尔格·伽达默尔：《真理与方法·哲学诠释学的基本特征》上卷，洪汉鼎译，上海译文出版社1999年版，第79页。

确定的”。[①]

其实，狄尔泰是把“体验”作为一种认知方式和研究方法。他从区分自然科学和人文科学入手来研究“体验”问题。1883 年，狄尔泰发表了《精神科学引论》一书。在这本书中他指出：自然科学和人文科学不同，自然科学的研究对象是物质，而人文科学的研究对象则是人的精神；对研究者来说，物质是外部的、纯客观的东西，而精神则是和研究主体同一的。自然科学所追求的是客观的因果解释，人文科学所表达的则是主体的理解和体验。因而，狄尔泰认为，传统理性的认识方法只适合自然科学，只适合认识纯客观的物质存在，不适合认识人以及人的精神活动，对人的生命和生活应该有自己独有的认识方式。“我们不能只是靠着把自然科学家的研究方法直接移植到我们人文科学的领域中来，这丝毫也不表明我们就成为大科学家的真正门人。我们必须使自己的知识适应于我们的研究对象的本性，只有以此为基点，才是科学家们对待他们的研究对象的方式。”[②] 为此，他提出了一种不同于科学认识论的认知方法——“理解”。“理解和解释是应用于精神科学的方法。”[③] 这和认识自然的方法完全不同。“我们说明自然，但我们理解内心生活。”[④]

狄尔泰的“体验”有两点值得注意。一是突出“体验”和生命之间的联系。体验与生命、生活是共生的，和生活、生命有着一种共生性。当一个人说到“体验”时，也就意味着说他在体验生活、体验生命。离开了人的生命和生活，就不能说他在“体验”。二是突出“体验”的直接性。“体验”来自个体的内在感受，它不是由通过间接学习知识从外部得来的。从狄尔泰之后，“体验”成了一个与理性、逻辑并列的认知方式。

当然，西方的“体验”概念也是复杂多样的，在不同的哲学家和美学家那里，“体验”也有不同的说法：对柏拉图来说，体验是一种“迷狂”；对席勒来说，体验是“游戏”；对施莱尔马赫和狄尔泰来说，体验则是

---

① ［德］汉斯－格奥尔格·伽达默尔：《真理与方法·哲学诠释学的基本特征》上卷，洪汉鼎译，上海译文出版社 1999 年版，第 80 页。

② H. P. Rickman, ed. Wilhelm Dilthey, Selected Writings, Cambridge: Cambridge University Press, 1976, p. 89.

③ ［德］狄尔泰：《对他人及其生命表现的理解》，见何兆武主编的《历史理论与史学理论——近现代西方史学著作选》，商务印书馆 1999 年版，第 320 页。

④ 《狄尔泰全集》，斯图加特 1914 年版，第 114 页。

“理解”“解释”；对马斯洛来说，体验又称作“高峰体验”；对叔本华来说，体验则是“静观”；对尼采来说，体验是一种“沉醉”；对克罗齐、柏格森来说，体验就是一种“直觉”；对海德格尔来说，体验则等同“诗”与“思”；等等。这些看来各不同的概念都和“体验”有着密切的关系。因此，西方很多美学、文艺学理论都包含着体验思想，这其中，康德的“共通感”和施莱尔马赫、狄尔泰的“共通性”就涉及文学批评中的体验问题；而立普斯的“审美移情说”、布洛的“心理距离说”、弗洛伊德的“俄狄浦斯情结”等都不同程度地隐含着文学批评中的体验问题。

可以看出，从审美角度讲，西方的“体验”说有着不同的说法，这正如同中国古代的“体验”观也有着不同的说法一样（关于中国古代“体验”概念的形成和演变，因后面有详细叙述，这里就不再重述），这一点是很明显的。

第二章　中国古代体验观的历史演进

中国古代文学中的“体验”观并不是一种独有的现象，而是和整个中华文化有着密切相联系的。中国传统文化中的儒家、道家、释家都有着非常明确的体验认知观，并且中国古代的体验观也有不同的说法，历史上有“体”“体认”“体察”“体验”“体会”“体悟”“体味”等常用的复合词。

体验文学观是和体验的认知方式联系在一起的，或者说，体验文学观是在体验的认知方式基础上形成的。文学中的“体验”早在《诗经·小雅·巧言》中就有了：“他人有心，予忖度之。”这里的“忖度”是推测、揣度，也即有体验、感受之意。可以说，这是中国文学中最早涉及“体验”问题，但这只是用了“忖度”，并没有使用“体验”一词。无论是作为认知方式，还是作为文学感受，“体验”一词的出现都是很晚的事。

第一节　先秦时期的体验观

“体验”首先是一个认识论问题，先秦时期的体验思想也最先在认识活动中呈现。也就是说，中国古代的体验思想最初是在认识论中发生的，随之才进入到文学领域。因此，要分析文学中的体验观，就要首先了解它的源头——先秦时期认识论中的体验思想。

“体验”首先是一个认识论问题，先秦时期的体验思想也最先在认识活动中呈现。也就是说，中国古代的体验思想最初是在认识论中发生的，随之才进入到文学领域。因此，要分析文学中的体验文学观，就要首先了解它的源头——先秦时期认识论中的体验思想。

先秦时期认识论中强调体验的思想是极其丰富的，尽管这一时期并没有出现“体验”一词，但这一时期的道家、儒家等都从不同的角度表达了重视体验的认识观。这其中《管子》中的“虚、一、静、因”；老子的“涤除玄览”“致虚极，守静笃”；《老子》六十三章提出：“为无为，事无事，味无味”，其“味无味”就与体验相通。第一个“味”就指体味、品味，即体验、体会。而庄子的“坐忘”“心斋”“乘物以游心”；荀子的“虚一而静”“不以所已藏害所将受”等，这些关于认知方面的论述都强调认识者要内心虚静，来细心地体验和感受认知对象，其中所体现出的重视体验的思想是明显的。

同时，孔子所说的“诗可以兴”；《礼记·乐记》中的“感物而动”；孟子讲的“以意逆志”“知人论世”则强调在文学批评中要“感兴”，“逆志”“知人”，这也是要求批评者抛开自我的观念，来体会和感受作品表达的意思，这已经明显表现出一种体验文学观。

值得注意的是，这一时期还出现了与“体验”相近的词“体”：庄子在《知北游》中就提出来“体道”；《荀子·解蔽》也提出了“体道”；韩非《解老》中则有“夫能有其国、保其身者，必且体道”；《中庸》中则有“体群臣”。朱熹《中庸集注》曰：“体，谓设以身处其地而察其心。”[①] 朱熹对《中庸》中“体”的解释可以说是上述“体”字所共有的含义，都是指“体验”“体会”。

一 《周易》中的“体验”

在人的认知活动中，“体验”的基础是观察、感受，只有在观察、感受的基础上，才能生成“体验”。从这一点来看，《周易·系辞上》中所说的：“仰以观于天文，俯以察于地理”；《易经》贲卦的象辞上所讲的：“观乎天文以察时变，观乎人文以化成天下”就包含着“体验”的意味。所说的天文，指的是月星辰等自然景象；人文，指的是人类社会生活现象。对这两类现象，要“观”，要“察”，这是人们认知活动的前提，也是体验的前提。只有通过“观”和“察”，才能认识事物，同样，只有“观”和“察”才能有体验，因此，尽管《周易》没有明确提出“体验”，但它强调的“观”和“察”却间接地触及“体验”问题。这一点是应当

---

① （宋）朱熹：《四书章句集注》，中华书局1983年版，第29页。

看到的。

二　《老子》中的“体验”

和《周易·系辞》中重视对事物的观察相反，老子（约前600—约前470）则认为，人对外部世界的认知并不是来自的观察，人的知识和观察活动并不是成正比，人观察得越多、越细致，对世界、对世界的认知和了解反而会越少。《老子·四十七章》中就说：“不出户，知天下；不窥牖，见天道。其出弥远，其知弥少。”人的认识不是来自观察和实践，那么，它来自哪里呢？老子认为，要想认识世界，只能通过内心的感受和体验。

老子之所以强调认知活动中的体验，其原因就在于，老子所设定的终极认知对象“道”是不可知的。

“道”是《老子》一书的最高范畴。道是什么呢？《老子》一书中说：“有物混成，先天地生；寂兮寥兮，独立不改，周行而不殆，可以为天下母。吾不知其名，强字之曰道。”“道”是世间万物的源泉，“天下有始，以为天下母”。[①] 世间的一切都是从“道”中生成出来的。

“道”生天下万物，故为天下万物之母。但“道”却是不是一个明确的实体存在物，而是恍惚不定的。“道之为物，惟恍惟惚。惚兮恍兮，其中有象；恍兮惚兮，其中有物。窈兮冥兮，其中有精，其精甚真，其中有信。”[②] 这就是说：老子所说的“道”是恍惚不定，深邃幽远的神秘存在物，也可以说“道”是“无”和“有”的统一。

之所以说“道”是“无”，是因为“道”“视之不见”“听之不闻”“搏之不得”，是一种“无状之状，无物之象”。这说明，“道”不是一个具体的事物，不能用感官接触它，也不能用概念去表述它。而说“道”是“有”，是因为“道”“有象”“有物”“有精”“有信”的。“道”能够创生出实有的一切东西。“道”是“无”和“有”相互依存，所谓的“天下万物生于有，有生于无”，“有无相生”。

“道”这种特点就决定了，它不能用语言加以言说，也不可能用理性逻辑来把握。因为在老子看来，最为重要的东西是不可言传的，“道”作

---

① 饶尚宽译注：《老子》，中华书局2007年版，第125页。

② 饶尚宽译注：《老子》，中华书局2007年版，第53页。

为天下万物之母，也是不可言传的。其实不仅仅“道”不可言传，一些技艺也是不可言传的，像斫轮这一技艺，要求“不徐不疾，得之于手而应于心，口不能言”，所以“臣不能以喻臣之子，臣之子亦不能受之于臣”。[①]因此，老子得出结论：“知者不言，言者不知。”[②]“语之所贵者，意也，意有所随。意之所随者，不可以言传也。”[③]

那么，怎样来认识“道”呢？因为“道”不是一种具体的形而下之物，而是形而上的“无”。“道”是一种“无”，故不可以直观；可以直接观察的，是“道”的界限、形迹，也就是“有”。观“有”不是目的，观“有”目的是观“无”、观“道”。《老子·一章》曰：“无名天地之始，有名万物之母。故常无，欲以观其妙，常有，欲以观其徼（指边界）。”

认识“道”方式，也不是向外观察，而是指置身于事物之中，以心去感受、体验。它要求“塞其兑，闭其门”[④]“不出户，知天下”“不窥牖，见天道”。[⑤]“故以身观身，以家观家，以乡观乡，以邦观邦，以天下观天下。吾何以知天下然哉？”[⑥]只有这种静观、默想的认识方式，才能“即得其母，以知其子；既知其子，复守其母”。[⑦]老子甚至说：“其出弥远，其知弥少。是以圣人不行而知，不见而名，不为而成。”[⑧]

“体验”要解决向外与向内、知己与知人的关系问题。“不出户，知天下；不窥牖，见天道。”“不出户”“不窥牖”怎样去知“道”、知天下呢？河上公解释老子的话说：“圣人不出户以知天下者，以己身知人身，以己家知人家，所以见天下也。”实际上，这就是用推己及人方法来感受和体会认知对象。

为了能真正地认知和体会“道”，老子还提出，要使观者的心理处于虚静状态。“致虚极，守静笃”[⑨]，只有虚之极、静之笃，才能进入观的状

---

① 方勇译注：《庄子》，中华书局2010年版，第222页。
② 饶尚宽译注：《老子》，中华书局2007年版，第136页。
③ 方勇译注：《庄子》，中华书局2010年版，第221页。
④ 饶尚宽译注：《老子》，中华书局2007年版，第125页。
⑤ 饶尚宽译注：《老子》，中华书局2007年版，第115页。
⑥ 饶尚宽译注：《老子》，中华书局2007年版，第130页。
⑦ 饶尚宽译注：《老子》，中华书局2007年版，第125页。
⑧ 饶尚宽译注：《老子》，中华书局2007年版，第115页。
⑨ 饶尚宽译注：《老子》，中华书局2007年版，第40页。

态。所谓的“致虚极，守静笃，万物并作，吾以观复”。所说的“复”即回复，指“道”循环运动的规律。观复，就是观道。要达到虚之极、静之笃，就要“涤除玄鉴”[①]，把心灵洗涤干净，只有这样才是虚，才是静。

可以看出，老子虽然没有明确地提出“体验”这一概念，但其中所包含的重视体验的思想却是丰富多样的。更为重要的是，《老子》六十三章提出：“为无为，事无事，味无味”，这其中的“味无味”就与“体验”相通。第一个“味”，指体味、品味，这已经和体验、体会完全一致了。

三 《管子》中的“体验”

《管子》一书中也同样有体验思想。《管子》的体验思想也是和本体论密切相关的。在《管子》那里，世界的本源是“虚”。“虚者，万物之始也，故曰可以为天下始。”[②]“天之道虚，地之道静。”[③]

《管子》一书认为，作为“虚”的“道”也是“不可说”“不能言”。《管子·心术》中说：“大道可安而不可说。”《管子·内业》则说：“道也者，口之所不能言，目之所不能视，耳之所不能听也。”从“道”不可言说这一点看，管子和老庄思想是一致的。

那么，怎样才能认识“不可说”“不能言”的“道”呢？《管子》中提出认识“道”的一个重要原则就是要“因”。

所谓“因”就是依照事物的本来面目。认识活动中的“因”就是要舍去认识者自我的主观先见，遵循事物的本来面貌去认识事物。“因也者，舍己而以物为法者也，感而后应，非所设也；缘理而动，非所取也。”[④]也就是说，认识中的“因”，只是对事物本身的认识，既不加进认识者的主观先见，也不能片面认识事物。所谓“因也者，无益无损也”。[⑤]这就是说：“因”指在认识过程中，对事物的认识即不增加，也不减少。

“因”是《管子》中重要的认识论原则，如何才能在认识中做到“因”呢？《管子》中提出，必须先修养主体，保持心的“虚”“一”

① 饶尚宽译注：《老子》，中华书局2007年版，第24页。

② 房玄龄注，刘绩补注：《管子》，上海古籍出版社2015年版，第269页。

③ 房玄龄注，刘绩补注：《管子》，上海古籍出版社2015年版，第268页。

④ 房玄龄注，刘绩补注：《管子》，上海古籍出版社2015年版，第270页。

⑤ 房玄龄注，刘绩补注：《管子》，上海古籍出版社2015年版，第268—269页。

“静”。

所谓的“虚”是指，在认知活动中要使内心“虚静”，不存有主观先见。“虚者，无藏也”。[①] “无藏”就是心中不存任何主观成见。在《管子·心术上》看来，只有“虚心”才能在认识活动中达到“因”。因此，在认识活动中就要“洁其宫”“虚其欲”“白心”。所说的“白心”即使心洁白无瑕，扫除内心杂念。使心像一张白纸那样保持虚素的状态。因为“虚其欲，神将入舍；扫除不洁，神乃留处”。[②]

所谓的“一”，一方面是对认识对象而言，指在认识活动中要不偏不倚、一视同仁、公平无私。《管子·心术上》说：“简物、小未一道”，即对一切事物都要以“道”作为标准，这就叫“守一”或“执一”。“守一”的关键在“治心在于中”[③]，因为“中正者，治之本也”。[④] “正”就是不偏不倚，只有“正心在中”，才能“万物得度”。[⑤] 所以说：“执一不失，能君万物。”[⑥] “执一之君子执一而不失，能君万物。”[⑦] 另一方面，“一”是对认识主体本身而言，指在认识过程中要凝神专心，“一意抟心”。《管子·内业》说：“四体既正，血气既静，一意抟心，耳目不淫，虽远若近。”《管子·心术下》中则说：“专于意，一于心，耳目端，知远之(证)[近]。”只有集中精力反复思考，才能把握事物。所以《管子·内业》强调：“思之思之，又重思之。思之不通，鬼神能通之。非鬼神之力也，精气之极也。”“耳目不淫，心无他图，正在心中，万物得度。”《管子·白心》中说：“一以无贰，是谓知道”，即掌握了“一”的原则，才能真正认识“道”。

所谓的“静”，就是说在认识过程中，要保持宁静的心态，要“毋先物动，以观其则”[⑧]，细体会和感受，安静地等待着事物的到来，然后与事

① 房玄龄注，刘绩补注：《管子》，上海古籍出版社 2015 年版，第 266 页。
② 房玄龄注，刘绩补注：《管子》，上海古籍出版社 2015 年版，第 263 页。
③ 房玄龄注，刘绩补注：《管子》，上海古籍出版社 2015 年版，第 272 页。
④ 房玄龄注，刘绩补注：《管子》，上海古籍出版社 2015 年版，第 70 页。
⑤ 房玄龄注，刘绩补注：《管子》，上海古籍出版社 2015 年版，第 329 页。
⑥ 房玄龄注，刘绩补注：《管子》，上海古籍出版社 2015 年版，第 328 页。
⑦ 房玄龄注，刘绩补注：《管子》，上海古籍出版社 2015 年版，第 271 页。
⑧ 房玄龄注，刘绩补注：《管子》，上海古籍出版社 2015 年版，第 263 页。

物相互感应。正所谓“静身以待之，物至而名之”。[①] 只有保持恬静的心理状态，才有可能认识事物，所以说“静则得之，躁则失之”，“心静气理，道乃可止”，“修心静音，道乃可得”。[②] “动则失位，静乃自得”。[③]

“虚”“静”“一”这些原则同上述的“因之术”结合起来，就叫作“静因之道”。《管子》中“虚”“一”“静”被荀子概括为“虚一而静”。

可以看出，和老子一样，《管子》一书也强调认识过程中的“虚静”，要求在认知过程中，认识者要保持一份无欲的宁静心态。因而，《管子》一书中没有明确地提到认识中的体验问题，但它提倡“虚”　“一”“静”——这是认识过程中体验的前提——中所包含的重视体验思想却是明显的。

四　《庄子》中的“体验”

和老子一样，庄子（前369—前286）也认为，世界的本体是“道”。庄子认为，“道”是物质的，是“物物者”。作为物质的“道”无所不在，甚至“在蝼蚁”“在稗”“在瓦甓”“在尿溺”中。“物物者与物无际，而物有际者，所谓有物际者也；不际之际，际之不际者也。”[④] 同时，“道”又是非物质性的，“物物者非物”。[⑤] 可以看出，庄子所理解的“道”既是物质性的，又不非物质性的，既是有形的，又是无形的。

“道”的这一特征，就使其成为不可闻，不可见，也不可言说。庄子明确地说：“道不可闻，闻而非也；道不可见，见而非也；道不可言，言而非也。知形形之不形乎？道不当名。”[⑥] 从这一点出发，庄子指出，那种认为能够解说“道”的，恰恰是不知道“道”。“有问道而应之者，不知道也；虽问道者，亦未闻道。道无问，问无应。无问问之，是问穷也；无应应之，是无内也。以无内待问穷，若是者，外不观乎宇宙，内不知乎大

① 房玄龄注，刘绩补注：《管子》，上海古籍出版社2015年版，第275页。
② 房玄龄注，刘绩补注：《管子》，上海古籍出版社2015年版，第327页。
③ 房玄龄注，刘绩补注：《管子》，上海古籍出版社2015年版，第265页。
④ 方勇译注：《庄子》，中华书局2010年版，第370页。
⑤ 方勇译注：《庄子》，中华书局2010年版，第377页。
⑥ 方勇译注：《庄子》，中华书局2010年版，第373页。

初”。[①] 因此，庄子所说的“道”是“可传而不可受，可得而不可见”。[②] 一句话，“道”是不可言说的，“道不可言”“道不可致”。《庄子·知北游》中就明确地表达了这一思想：

知北游于玄水之上，登隐弅之丘，而适遭无为谓焉。知谓无为谓曰：“予欲有问乎若：何思何虑则知道？何处何服则安道？何从何道则得道？”三问而无为谓不答也，非不答，不知答也。

知不得问，反于白水之南，登孤阕之上，而睹狂屈焉。知以之言也问于狂屈。狂屈曰：“唉！予知之，将语若”。中欲言而忘其所欲言。

知不得问，反于帝宫，见黄帝而问焉。黄帝曰：“无思无虑始知道，无处无服始安道，无从无道始得道”。知问黄帝曰：“我与若知之，彼与彼不知也，其孰是邪？”

黄帝曰：“彼无为谓真是也，狂屈似之；我与汝终不近也。夫知者不言，言者不知，故圣人行不言之教。道不可致，德不可至。……故曰：‘为道者日损，损之又损之以至于无为，无为而无不为也。’”

这里的“知”，是一个求知问道的人。他提了三个问题：“如何思考才能认识‘道’”“怎样行事才能安于‘道’”“通过什么途径可以获得‘道’”。对这三个问题，“无为谓”没有回答，也不知怎样回答；“狂屈”想要回答，正想说的却忘了所要说的内容；“黄帝”作了否定性的回答：“无思无虑始知道，无处无服始安道，无从无道始得道。”因此，真正知道“道”的，是没有回答的“无为谓”；想回答而“忘其所欲言”的“狂屈”近之；作出回答的“黄帝”和听了回答的“知”都离“道”相去甚远。对此庄子说：知“道”者不言，言“道”者不知，因此，圣人推行不言之教化。最后，他说：“为道者日损。”

“道”不可言说和也不可能从逻辑层面上来把握，那么，怎样认识“道”呢？庄子认为，只能用“体验”的方式去把握“道”，为此，庄子

---

① 方勇译注：《庄子》，中华书局2010年版，第373页。
② 方勇译注：《庄子》，中华书局2010年版，第102页。

提出“体道”这一概念。

“体道”一词是庄子在《知北游》中提出来的。庄子通过弇𡌮吊的口说：真正能体悟大“道”的人并不多，就连作为妸荷甘和神农老师的老龙吉，连“道”秋毫之末的万分之一也未得到，何况其他人。人们之所无法认识“道”，其原因就在于“道”，“视之无形，听之无声”。“道不可闻，闻而非也；道不可见，见而非也；道不可言，言而非也！知形形之不形乎！道不当名。”因此，要想真正认识“道”，就不能通过理性来把握，也不能用概念来分析，只能通过内心的体验去领悟，即庄子所说的“体道”。

如何“体道”呢？庄子认为，“体道”的前提是内心虚静。为此，庄子提出了“心斋”“坐忘”。所说的“心斋”，即“虚者，心斋也”。[①] 而所说的“坐忘”，即“堕肢体，黜聪明，离形去知，同于大道，此谓坐忘”（《庄子·内篇·大宗师》）。可以看出，达到“心斋”“坐忘”的前提就是要“无已”“丧我”，要“堕尔形体，吐尔聪明，伦与物忘，大同乎涬溟，解心释神，莫然无魂”。[②] 在《知北游》中，庄子说：认识“道”，就要“疏瀹而心，澡雪而精神”。“孔子问于老聃曰：‘今日晏闲，敢问至道。’老聘曰：‘汝齐戒，疏瀹而心，澡雪而精神，掊击而知。’”在《大宗师》中庄子借一个得道者女偊［yǔ］之口说讲了“体道”的过程：“参日而后能外天下；已外天下矣，吾又守之，七日而后能外物；已外物矣，吾又守之，九日而后能外生；已外生矣，而后能朝彻；朝彻而后能见独；见独而后能无古今；无古今而后能入于不死不生。”学“道”先要“外天下”“外物”“外生”，然后才能“朝彻”和“见独”。所谓“外天下”就是排除天下尘事的干扰；所谓“外物”就是消灭物欲，不计功利与得失；所谓“外生”，就是把生死置之度外。所说的“朝彻”，即大彻大悟；“见独”即体认绝对的道。在《在宥》中庄子则说：“体道”要“必静心情，无劳女形，无摇女精，乃可以长生。目无所见，耳无所闻，心无所知，女神将守形，形乃长生。慎女内，闭女外，多知为败”。这是说：只有心静神定，目耳见闻，心无所想，才能真正“体道”。

庄子还通过“梓庆为鐻”“庖丁解牛”“丈夫蹈水”“佝偻承蜩”等寓

① 方勇译注：《庄子》，中华书局 2010 年版，第 53 页。

② 方勇译注：《庄子》，中华书局 2010 年版，第 53 页。

言故事，对具体“技艺”学习，说明掌握“道”和学习“技艺”要通过内心的体验和体悟。可以看出，庄子的整个认知观就建立在“体验”基础上。

五 《孟子》中的“体验”

和孔子相比，孟子（前372—前289）的体验思想要丰富得多，孟子不仅有认识论意义上的“体验”，还有文学批评意义上的“体验”。当然，继承孔子注重修身的思想，孟子也强调“反求诸己”。《孟子·离娄上》说：“爱人不亲，反其仁；治人不治，反其智，礼人不答，反其敬。行有不得者，皆反求诸己，其身正而天下归之。”《孟子·公孙丑上》强调认识“不假外求”，而只要“反求诸己”，即反省内求于自己的本心。孟子还把“反求诸己”作为一种最大的乐事：“万物皆备于我矣。反身而诚，乐莫大焉。”①

孟子的“反求诸己”也具有认识论意义，因为在孟子看来，人的本性是“善”的，人的内心也是“仁”的。“仁，人心也。”② 因此，“人能充无欲害人之心，而仁不可胜用也”。③ 并且人的这种“仁爱”之“心”，是和“天道”相通的。人对“天道”的认识过程，也就是一个“尽心”的过程。为此，孟子提出“尽心”“知性”“知天”。“尽其心者，知其性也。知其性，则知天矣。存其心，养其性，所以事天也。”④ 这里所说的“尽心”“知性”“知天”构成了“内省”的修养方式。孟子认为，人的“心”“性”和“天”是同一的，其中“仁”“义”“礼”“智”都发端于人固有的心性。所谓“尽心”就是尽其心力来认知自己的本性。“知性”是指认识了自己的本心就能知道人的本性是善的；“知天”是指认识了自己本性是善的，也就知晓了天理。既然“仁” “义” “礼” “智”都根源于“心”。“反身而诚，乐莫大焉”。万物及“天”之理皆内在于人之心性中，通过反身内省，就能认知万物之理、见道德之义。因此，孟子所讲的“尽心、知性、知天”，同时也就是对“仁”和“性”的反省和体验。孟子是

---

① 马一弘主编：《孟子》，湖南大学出版社2014年版，第281页。
② 马一弘主编：《孟子》，湖南大学出版社2014年版，第248页。
③ 马一弘主编：《孟子》，湖南大学出版社2014年版，第316页。
④ 马一弘主编：《孟子》，湖南大学出版社2014年版，第280页。

把认识论和修身联系在一起的，“尽心、知性、知天”是认识论，而“存心、养性、事天”则是讲修身。

孟子的这一“尽心”说也影响着朱熹，朱熹就提出“尽心”“穷理”。这一“尽心”“穷理”的过程是一种“操存涵养”的工夫。“涵养中自有穷理工夫，穷其所养之理；穷理中自有涵养工夫，养其所穷之理，两项都不相离。”① 在朱熹看来，“穷理”并不能依靠“学”，而是需要或体验。“入道之门，是将自家身己入那道理中去。渐渐相亲，久之与己为一。”②“读书更须从浅近平易处理会，应用切身处体察，渐次接续，勿令间断，久之自然意味浃洽，伦类贯通。”③

当然，孟子的“体验”思想更多地体现在“以意逆志”和“知人论世”中，并且孟子把“体验”的思想直接运用到了文学批评中。

“以意逆志”是孟子在《万章上》中提出的。孟子对咸丘蒙说：“故说诗者，不以文害辞，不以辞害志。以意逆志，是为得之。如以辞而已矣，《云汉》之诗曰：‘周余黎民，靡有孑遗。’信斯言也，是周无遗民也。”这是孟子提出的阅读和理解诗歌作品的方法。按照孟子的理解，评论诗既不能根据个别字句断解释辞句，也不能根据辞句的表面意义解释诗的意思，应根据全篇立意来探索作者的心志。朱熹解释说：“言说诗之法，不可以一字而害一句之义，不可以一句而害设辞之志。”④

后人对“以意逆志”中的“意”有着不同的理解：有人认为，“意”就是读者的心意，如汉代赵岐《孟子注疏》中说：“志，诗人志所欲之事；意，学者之心意也。……以己之意逆诗人之志，是为得其实矣。”⑤ 朱熹更明确地说：“当以己意迎取作者之志，乃可得之。”⑥ 宋代姚勉认为：“意者，诗之所以为诗也。在心为志，发言为诗。诗者，志之所之也。……古今人殊，而人之所以为心则同也。心同，志斯同矣。是故以学诗者今日之意，逆做诗者昔日之志，吾意如此，则诗之志必如此矣。”⑦ 有人则把

---

① 黎靖德编：《朱子语类》，岳麓书社 1997 年版，第 135 页。

② 黎靖德编：《朱子语类》，岳麓书社 1997 年版，第 400 页。

③ 《朱熹集》，郭齐、尹波点校，四川教育出版社 1996 年版，第 2151 页。

④ （宋）朱熹：《孟子集注》，上海古籍出版社 1987 年版，第 71 页。

⑤ 赵岐注，孙奭疏：《孟子注疏》，山东画报出版社 2004 年版，第 253 页。

⑥ （宋）朱熹：《孟子集注》，上海古籍出版社 1987 年版，第 71 页。

⑦ 姚勉著，曹诣珍、陈伟文校点：《姚勉集》，上海古籍出版社 2012 年版，第 419 页。

“意”解释成作者的心意，如清代吴淇认为，“以意逆志”是“以古人之意逆古人之志”。他在《六朝选诗定论缘起·以意逆志节》中说：“诗有内有外，显于外者曰‘文’曰‘辞’。蕴于内者曰‘志’曰‘意’。……汉宋诸儒以一‘志’字属古人，而‘意’为自己之意。夫我非古人，而以己意说之，其贤于蒙之见也几何矣？不知志者古人之心事，以‘意’为舆，载‘志’而游，或有方，或无方。‘意’之所到，即‘志’之所在。故以古人之‘意’求古人之‘志’，乃就诗论诗，犹之以人治人也。”吴淇认为，“以意逆志”就是“就诗论诗”。

无论是以作者之“意”来“逆作品之志”，还是以读者之“意”来“逆作品之志”，都要求读者去体验、体会作品中的“志”。因为按照朱熹的解释，“逆，是前去追迎之意，将自家意思去前面等候诗人之志来，如等人来相似”。“以意逆志”也就是“自家虚心在这里，看他书道理如何来，自家便迎接将来”。[①] 这说明，“以意逆志”的前提是“虚心”、内心虚静。读者只有内心虚静，以一种纯净的内心去感受、体验作品中的内容，才能真正把握作品的内涵。这一点又和老子、庄子的“虚静”说相同了。

孟子的“知人论世”也同样体现着“体验”思想。“知人论世”是在《万章下》中提出来的：“颂其诗，读其书，不知其人，可乎？是以论其世也。是尚友也。”这段话本来是讲“尚友”：今人要想与古人交朋友，只有通过“颂其诗，读其书”才能上友古人，而要理解古人的“诗”和“书”，又必须“知其人”和“论其世”。孟子从上友古人出发，阐述了在阅读中，应当知晓诗人的生活和所处的时代，才能真正读懂其“诗”和“书”。

怎样才能更好地“知人”“论世”呢？清代章学诚《文史通义·内篇·文德》中提出首先就要“敬”和“恕”。“凡为古文辞者，必敬以恕。临文必敬，非修德之谓也。论古必恕，非宽容之谓也。……恕非宽容之谓者，能为古人设身而处地也。……是则不知古人之世，不可妄论古人文辞也。知其世矣，不知古人之身处，亦不可以遽论其文也。……今则第为文人，论古必先设身，以是为文德之恕而已尔。”章学诚认为，“知人”“论

① 黎靖德编：《朱子语类》，岳麓书社 1997 年版，第 1214 页。

世”要了解古人身世处境，“设身而处地”来感受作者的所处的环境、时代。由此，其说诗论文才不是妄论。从这可以看出，“知人论世”强调读者对诗人的身世、经历的了解和感受，其中所包含的“体验”特征是不言自明的。

孟子的“以意逆志”和“知人论世”都建立在人性善的基础上。在孟子看来，人与人之间有相同的“仁义礼智”之心。《孟子・告子・上》中就曰：“恻隐之心，人皆有之；羞恶之心，人皆有之；恭敬之心，人皆有之；是非之心，人皆有之。”又说：“口之于味也，有同嗜焉；耳之于声也，有同听焉；目之于色也，有同美焉。”正因为有人与人之间有着相同的心理基础，人的美感具有普遍性、共同性。读者才能以自己的“意”去逆作者之“志”，或是以作者的“意”去逆作者之“志”。如果读者与作者之间没有相同的心理基础，读者也就不可能以自己之“意”去逆作者之“志”，或是以作者之“意”去逆作者之“志”。同样，“知人论世”的前提也是读者和作者之间心理的相同或相似，只有读者与作者有相似的心理和感受，才能“知人”“论世”。

六　《荀子》中的“体验”

荀子（约前313—前238）和老子庄子一样，也强调认识活动的“贵虚”“尚静”，并明确提出“虚一而静”。《荀子・解蔽》中说：“人何以知道？曰：心。心何以知道？曰：虚一而静。心未尝不臧也，然而有所谓虚；心未尝不满也，然而有所谓一；心未尝不动也，然而有所谓静。……未得道而求道者，谓虚一而静。”“虚一而静”要求在认识过程中，排除杂念，精力专一。这是老子的“静观”“玄览”，《管子》的“虚”“静”“一”认识思想的发展。

荀子所谓“虚”，就是在认识之前，要使内心“虚静”，“不以所已臧害所将受，谓之虚”。[①] 这是说，不能以已有的知识妨碍了将要开始的解释活动，这就是“虚”。所谓“一”，就是“心生而有知，知而有异，异也音，同时兼知之。同时兼知之，两也，然而有所谓一。不以夫一害此一谓

① 安小兰译注：《荀子》，中华书局2007年版，第222页。

之一”。[①] 心能同时兼知两种事物，但不要使两物相互妨碍，即“不以夫一害此一谓之一”，以免影响人的认识，这就是“一”。所谓“静”，荀子说：“不以梦剧乱知谓之静。”[②] 杨倞注：“梦，想象也。剧，嚣烦也。言处心有常，不蔽于想象、嚣烦，而介于胸中以乱其知，斯为静也。此皆明不蔽于一端，虚受之义也。”“剧”本指岔路多。《尔雅·释宫》：“三达谓之剧旁。”邢昺疏引孙炎曰：“旁出歧多故曰剧。”李涤生：“‘梦剧’，胡思乱想之杂念也。杂念有自起他起之别。‘梦’是自起的杂念，故注释为‘想象’。‘剧’是他起的杂念，故注释为‘嚣烦’。”因而，“不以梦剧乱知”，就是不要以混乱不清的错觉去淆乱心的活动，这就是“静”。

荀子也提出了“体道”。《荀子·解蔽》中说：“将须道者之虚，则人（当为‘入’）；将事道者之一，则尽；将思道者静，则察。知道察，知道行，体道者也。虚一而静，谓之大清明。”[③] 从这里可以看出，荀子认为，认识“道”的方式有两种：“知道”和“体道”。所谓的“知道”相当于纯认识论；而“体道”则是“知道”的高一个层次，是对“知道”的进一步发展。《荀子·儒效》指出：“不闻不若闻，闻之不若见之，见之不若知之，知之不若行之，学至于行而止矣。”这里所讲的“知”，是指“察”“知道”；“行”是指“行、体道”。这一段话概括了一个具体的认识过程，即由“闻”“见”到“知”再到“行”的过程，这同时也说明“知”高于“闻”“见”；而“行”又高于“知”。所谓“知之不若行之，学至于行而止矣”。就是说：“体道”是比“知道”更高一级的阶段，是整个认识过程的最高阶段。

通过上面的简单梳理可以看出，先秦时期认识论意义上的“体验”观已经形成，尽管有的论著中只是间接地触及“体验”问题，但可以肯定地说，先秦时期的“体验”是丰富多样的，而《老子》中的“味无味”，庄子、韩非子、荀子的“体道”[④]，这其中的“味”“体”已经完全是“体

---

① 安小兰译注：《荀子》，中华书局2007年版，第222页。

② 安小兰译注：《荀子》，中华书局2007年版，第222页。

③ 须：等待、企求。之虚：达到虚心企求的境界。之，到。这一段文字有不同的断法，据胡适之说断为：“作之则。将须道者，（虚）之，虚则人（人应为‘入’）。将事道者，（壹）之，壹则尽。将思道者，（静）之，静则察。”

④ 高华平，王齐洲，张三夕译注：《韩非子·解老篇》：“夫能有其国、保其身者，必且体道。”中华书局2010年版，第200页。

验”之义了。

第二节　两汉魏晋时期的体验观

沿承着先秦时期认识论中的“体验”思想，两汉魏晋时期继续强调认识中的“体验”。但和先秦时期不同的是，两汉魏晋时期的“体验”观有两点值得注意：一是，出现了与“体验”含义非常接近的说法。这其中，《淮南子·卷十三·泛论训》中就明确地说：“圣人以身体之。”“以身体之”就是强调在认识活动中，要以人的全部器官去感受、体味。二是，“体验”和文学活动密切地联系在一起，文学活动中重“体验”思想极为丰富。因而，可以说：两汉尤其魏晋时期是中国古代“体验”思想发展的一个高峰期。

汉代的“体验”思想主要集中在董仲舒、何晏和王弼三个人，并且和先秦时期一样，董仲舒、何晏和王弼也都从认识论角度论及“体验”问题的。

一　董仲舒的“体验”观

董仲舒（前179—前104）的“体验”观更多的表现在认识论中，并且和他的“天人感应”密切联系着。

在董仲舒的哲学中，天和人是相互对应的。人的形体、生理构造、情感、意志甚至德行等，都是出之于天，人是“天意”的最全面、最完满的体现，是天最完美的“副本”。他认为，上天在创造人类时，赋予人与天相同的形体、情感、意志。因而，一方面，人的生理构造和天有相同的构成：“唯人独能偶天地。人有三百六十节，偶天之数也；形体骨肉，偶地之厚也；上有耳目聪明，日月之象也；体有空窍理脉，山谷之象也。”①

另一方面，人的情感、意志都与天有着相同的构成。“人之人本于天，天亦人之曾祖父也。此人之所以上类天也。人之形体，化天数而成；人之血气，化天志而仁；人之德行，化天理而义；人之好恶，化天之暖清；人

① 曾振宇注说：《春秋繁露》，河南大学出版社2009年版，第310页。

之喜怒，化天之寒暑；人之受命，化天之四时；人生有喜怒哀乐之答，春秋冬夏之类也。”① 人生于天，人的形体、德行、好恶、喜怒、哀乐等都是化天数而成的。因此，人是天的“副本”，“人副天数”“人理副天道”。“天有阴阳，人亦有阴阳。天地之阴气起，而人之阴气应之而起；人之阴气起，而天地之阴气亦宜应之而起；其道一也。明于此者，欲致雨则动阴以起阴，欲止雨则动阳以起阳。故至雨非神也，而疑于神者，其理微妙也。”②

由于人是天的“副本”，“天亦有喜怒之气，哀乐之心，与人相副，以类合之，天人一也”。③《春秋繁露·为人者天》中就说：“人之形体，化天数而成；人之血气，化天志而仁；人之德行，化天理而义……人之喜怒，化天之寒暑；人之受命，化天之四时。人生有喜怒哀之答，春秋冬夏之类也；喜，春之答也；怒，秋之答也；乐，夏之答也；哀，冬之答也。”这也意味着，“天”和人一样，也是一个有生命性的存在物。因此，董仲舒就认为，认识“天”的最好的方法，就是通过认识自身来认识“天”。“道莫明省身之天”④；“莫明于在身之与天同者”。⑤ 这也就是说，“天道”寓于人心之中，天道和人心相通，作为认识的对象的“天”，就在人自身之中。人认识了自身的本心，也就认识了“天道”。“尧谓舜曰：‘天之历数在尔躬。’言察身以知天也。”⑥

同时，董仲舒认为，人认识自身的方法就是“察身”，即对自身的省察和内心反省，也就是“内视反听”的内省方法。董仲舒说：“故聪明圣神，内视反听，言为明圣，内视反听，故独明圣者知其本心，皆在此耳。”⑦ 董仲舒认为，真正的知识是要认识体察事物的“本心”，而要达到这一点，只有依靠“内视反听”。因为天与人之间可以“同类相动”。“物

① 曾振宇注说：《春秋繁露》，河南大学出版社 2009 年版，第 276—277 页。

② 曾振宇注说：《春秋繁露》，河南大学出版社 2009 年版，第 314 页。

③ 曾振宇注说：《春秋繁露》，河南大学出版社 2009 年版，第 297 页。

④ 曾振宇注说：《春秋繁露》，河南大学出版社 2009 年版，第 277 页。

⑤ 曾振宇注说：《春秋繁露》，河南大学出版社 2009 年版，第 297 页。

⑥ 曾振宇注说：《春秋繁露》，河南大学出版社 2009 年版，第 333—334 页。

⑦ 曾振宇注说：《春秋繁露》，河南大学出版社 2009 年版，第 314 页。“内视反听”并不只有董仲舒提倡，司马迁在《史记·商君列传》中也说过：“反听之谓聪，内视之谓明，自胜之谓强。”后来，范晔在《后汉书·王允传》中则明确地说：“夫内视反听，则忠臣竭诚；宽贤务能，则义士厉节。”

以类相召”“以类相动”，互相间产生感应。“美事召美类，恶事召恶类，类自相应而起也。如马鸣则马应之，牛鸣则牛应之。”① 人的内心的想法，“天”会以类相应，因此，人通过内省和直观就可以体认万物的本质。

同样值得注意的是，董仲舒还提出了认知意义上的“体”，即“体验”的认知方式。《春秋繁露·精华篇》中说：“今春秋之为学也，道往而明来者也，然而其辞体天之微，故难知也。弗能察，寂若无；能察之，无物不在。是故为春秋者，得一端而连之，见一空而博贯之，则天下尽矣。”董仲舒认为，《春秋》一书能“体天之微”，即能体察“天”的微妙之处。所以《春秋》所表达的意思也就很难知晓。研究《春秋》的人，如果也能体察微妙，举一反三，融会贯通，天下的事理也就都能识尽了。从这可以看出，董仲舒肯定了《春秋》“体天之微”的认知方式。

二　何晏的“体验”观

魏晋南北朝是一个多元的时代。其时，玄学、儒学、道教、佛教多元并存，相与激荡，而玄学是这一时期的主流。玄学由老庄哲学发展而来，兴于曹魏正始年间。《续晋阳秋》说：“正始中，王弼、何晏好庄、老玄胜之谈，而世遂贵焉。”②《三国志·魏书》卷九《曹爽传》说：“何晏好老庄言。”王弼、何晏还都为《老子》作注，也都认同老子的“以无为本”思想。《晋书·王衍传》中说：“魏正始中，何晏、王弼等祖述老庄，立论以为，‘天地万物皆以无为本。无也者，开物成务，无往不成者也。阴阳恃以化生，万物恃以成形，贤者恃以成德，不肖恃以免身。故无之为用，无爵而贵矣’。”③

和老子一样，何晏（？—249）也认定，“道”就是“无”，万物以“无”为本。何晏把《老子》和《论语》中的“道”理解为“无”。他在《道论》中明确说：“有之为有，恃‘无’以生；事而为事，由无以成。”他认为，天地万物是“有所有”，而“道”则是“无所有”，“道”或“无”能够创造一切，“无”是最根本的，“有”靠“无”才能存在，由此

① 曾振宇注说：《春秋繁露》，河南大学出版社 2009 年版，第 313 页。

② 刘义庆撰，刘孝标注，朱碧莲详解：《世说新语详解》，上海古籍出版社 2013 年版，第 167 页。

③ 房玄龄等撰：《晋书》，吉林人民出版社 1995 年版，第 719 页。

建立起“以无为本”，“贵无”而“贱有”的本体说。值得注意的是，王弼、何晏还把《老子》作为与《周易》《论语》并重的经典，用《老子》《庄子》《周易》来解释《论语》。在解释《论语·述而》中“志于道”时，何晏对“道”的解释是“道不可体，故志之而已”；在解释《论语·先进篇》中“回也其庶乎屡空”时，何晏对“空”的解释是“空犹虚中”。

正是在这种以玄学解释儒家经典过程中，何晏提出了“道不可体”的。因为“无语”“无名”“无形”“无声”是“道之全”。“道之而无语，名之而无名，视之而无形，听之而无声，则道之全焉。”“道”就是“无”也就是不可认知的。何晏在解释《论语·公冶长篇》中“夫子言性与天道”一句时说：“天道者，元亨日新之道也，深微，故不可得而闻也。”那么，怎么来认识它呢？只能慕敬、敬仰。何晏在解释《论语·述而篇》中“志于道”时说：“志，慕也，道不可体，故志之而已。”这也就是说，因为“道”是无形的，对于“道”只能慕敬、敬仰，作为无形的“道”是不可体知的。

三　王弼的“体验”观

与何晏同时期的王弼（226—249）也提出了“体无”说。

王弼的“体无”思想是在解释《老子》一书中提出的。“道”是老子提出的重要概念，在老子那里，“道”和“无”也有着相同的含义。《老子·四十章》中就说：“天下万物生于有，有生于无。”王弼继承了老子“道”是“无”的思想。他在注《老子·第一章》中“无，名天地之始；有，名万物之母”时说：“凡有皆始于‘无’，故未形无名之时，则为万物之始。及其有形有名之时，则长之、育之、亭之、毒之，为其母也。言道以无形无名始成万物，万物以始以成而不知其所以然，玄之又玄也。”[①]在《老子指略》中他又说：“夫物之所以生，功之所以成，必生乎无形，由乎无名。无形无名者，万物之宗也。”“天下之物，皆以有为生。有之所始，以无为本。将欲全有，必反于无也。”[②]

---

① 《王弼集校释》，中华书局1980年版，第1页。

② 《王弼集校释》，中华书局1980年版，第210页。

王弼这一“道”是“无”的思想也同样体现在对儒家经典注释中，他在《论语释疑·述而篇》中指出：“道者，无之称也。无不通也，无不由也，况之曰道，寂然无体，不可为象。”作为“无”的“道”是一个无法从直观来感受的。王弼《老子指略》中说：“道，视之不可见，听之不可闻，博之不可得。”又说：道“听之不可得而闻，视之不可得而彰；体之不可得而知，味之不可得而尝。故其为物也则混成，为象也则无形，为音也则希声，为味也则无呈”。

“道”或“无”无法直观地观察到，只能体悟。因而，王弼提出“体无”。《三国志》中记载了裴徽同王弼的一段对话：“时裴徽为吏部郎，弼未弱冠，往造焉。徽一见而异之，问弼曰：‘夫无者诚万物之所资也，然圣人莫肯致言，而老子申之无已者何？’弼曰：‘圣人体无，无又不可以训，故不说也。老子是有者也，故恒言无所不足。’”[①] 在《世说新语·文学》中，王弼又提出：“圣人体无，无又不可以训，故言必及有；老庄未免于有，恒训其所不足。”

王弼提出要“体无”，但同时，王弼又认为，作为不可听、不可视的“道”也不可体知。他明确地说：“道不可体，故但志慕而已。”[②]“圣人体无，无又不可以训，故不说也。”“体之不可得而知。”王弼认为，圣人不同于平常之人，能够“体无”。“圣人茂于人者神明也，同于人者五情也，神明茂故能体冲和以通无，五情同故不能无哀乐以应物。”[③] 尽管“圣人”能“体无”“体冲和以通无”，但由于“道”是“无”，所以即使是圣人也无法体知“道”，对“道”只能“志慕”。

除了王弼、何晏之外，韩康伯在注《周易·系辞上》“化而裁之，存乎变；推而行之，存乎通；神而明之，存乎其人”一句时，提出“体神而明之，不假于象，故存乎其人”。韩康伯注《周易·系辞上》“百姓日用而不知，故君子之道鲜矣”一句时，又提出“君子体道以为用”。韩康伯注《周易·系辞上》中的“阴阳不测之谓神”一句时，又提出“穷理体化”。而《后汉书·律历志上》中则提出了“体知”这一概念：“音不可书以晓人，知之者欲教而无从，心达者体知而无师，故史官能辨清浊者遂

---

① （晋）陈寿：《三国志》，中华书局 1982 年版，第 795 页。
② 《王弼集校释》，中华书局 1980 年版，第 624 页。
③ （晋）陈寿：《三国志》，中华书局 1982 年版，第 795 页。

绝”。《淮南子·卷十三·泛论训》中则提出了“圣人以身体之”。“以身体之”这就是纯粹的“体验”认知方式。

总的来说，两汉时期，“体验”的认知观念在哲学家心中已经初步形成。这就为文学活动中“体验”观的形成提供了基础。

魏晋是文学活动中“体验”思想极为丰富的时期，这主要表现在，魏晋是文学理论发展的一个高峰时期。这一时期，既有单篇的文学论文，如陆机的《文赋》；也有著作中专门论文学的篇章，如曹丕的《典论·论文》、颜之推的《颜氏家训·文章》；还有史书中对文学的专论，如沈约的《宋书·谢灵运传论》、萧子显的《南齐书·文学传论》。各文章总集的编纂者也通过序或论表达着关于文学的见解，如挚虞的《文章流别论》、萧统的《文选序》。更为重要的是，这一时期还出现了专门的文艺理论著作，如刘勰的《文心雕龙》、钟嵘的《诗品》。

文学理论的繁荣极大地促进了文学观念的进步，进入魏晋时期，由于“文学自觉”观念的生成，文学有了自己的属性规定，审美作为一种独特的活动方式也受到了哲学家、美学家的关注。审美活动也要有自身的认知方式。由此，“体验”真正地走向了文学前台。

魏晋时期的体验观是丰富多样的，它既体现在文艺创作中，如强调诗人创作时要“兴会”“直寻”“应感”“物感”；也体现在文艺接受中，要读者“味”“玩绎”“品”。同时，为了能更好地体会表现对象，要求诗人在创作时内心要“澄怀”“虚静”。

魏晋时期出现了专门论述文艺创作的理论著作，如陆机的《文赋》、刘勰的《文心雕龙》。在这些著作中，都不同地提到了一个问题，怎样才能创作出优秀的诗文作品？不同的理论家都认为，优秀的诗文作品首先来源于作者的“兴”“感兴”。当作者对外物有了“感兴”，才能产生灵感，也才能创作出优秀的诗文。于是，“应感”说、“兴会”说、“物感”说被提了出来。这一时期的陆机、刘勰、钟嵘、沈约、颜之推都提到了诗文创作的“感兴”问题，只不过说法不同。

“兴”“感兴”是作者创作时的一种感悟，也可以是读者阅读作品时的一种感受。因此，无论从创作层面看，还是从接受层面看，“兴”“感兴”都和“体验”有着密切的关系。

“兴”这一概念并不是到魏晋时期才提出来的，早在孔子《论语·阳货》中就提出来了："子曰：小子何莫学夫诗？诗可以兴，可以观，可以群，可以怨。"这里所谓"兴"是指诗可以使人感兴，"感发意志"。因此，孔子所讲的"兴"更多的还是诗的教化层面，或者说是文学接受层面上的"兴"。

到了魏晋时期，文学创作中"感兴"问题受到了重视。这一时期的"兴"并不是延续着"诗可以兴"和"比兴"的话题，而是转向了对创作层面"兴"的关注。"诗可以兴"和"比兴"注重的是诗的教化层面，而魏晋时期"兴"，更注重的是创作和接受过程中的"感兴"，或者更准确地说：是注重创作过程中的"感兴"。

"兴者，起也。"[①] 这是对"兴"最直接、最切合实际的解释。因此，"兴"是客观外物引发主体心灵的触发，所生成的创作冲动，是诗人们有所感触后所生出的创作激情。"触物以起情谓之兴。"[②] "兴"的前提是"感"，是人感受外物后所生出的一种冲动，所谓的"因物兴感"。挚虞在《文章流别论》中就说："兴者，有感之辞也"，认为"兴"是人有感触之后所表达的言辞，而"兴"所引发的"有感之辞"正是诗文的主要组成部分。不但诗文要求"兴"，音乐更强调"兴"，《礼记·乐记》中就说："凡音之起，由人心生也。人心之动，物使之然也。感于物而动，故形于声。……乐者，音之所由生也，其本在于人心之感于物也。"

正因为"感"是"兴"的前提，"兴"和"感"就相互联系，杨万里《答建康府大军库监门徐达书》中说："我初无意于作是诗，而是物是事适然触乎我，我之意亦适然感乎是物是事，触先焉，感随焉，而是诗出焉，我何与哉？天也。斯之谓兴。"[③] 没有"感"和"兴"，也就没有诗文创作。

"感"而"兴"就成为这一时期论及诗文创作时所经常提到的话题。实际上，魏晋时期论及诗文创作与"兴"的关系时，更多的是用双音词，"兴感""兴会""应感""物感"。

从现有资料看，第一个把"兴"与"感"联系在一起的是东汉末年的

---

① 毛亨传：《毛诗正义》，山东画报出版社 2004 年版，第 13 页。

② 胡寅撰，容肇祖点校：《崇正辩 斐然集》，中华书局 1993 年版，第 386 页。

③ 《杨万里诗文集》，江西人民出版社 2006 年版，第 1069 页。

王延寿，他在《鲁灵光殿赋序》中说："诗人之兴，感物而作。"[①] 王延寿把"兴"看成由心物交感而生成的一种感受、体验。后来"兴"和"感"连用就更为普遍。如陆机《赠弟士龙诗序》说："感物兴哀"；刘勰《文心雕龙·明诗》说："人禀七情，应物斯感，感物吟志，莫非自然"；孙绰《三月三日兰亭诗序》说："物触所遇则兴感"；萧统《答晋安王书》说："睹物兴情"；王羲之《三月三日兰亭诗序》也说："每览古人兴感之由，若合一契"；傅亮《感物赋序》说："怅然有怀，感物兴思。"[②] 可以看出，"感"而"兴"、"感物"而"兴"成为这一时期论及创作时常提到的词语。

"兴感"说关注了诗文创作中因外物的触动所形成的创作冲动，说明文学创作中具有"物感"而"兴情"现象。南宋葛立方《韵语阳秋》卷二则总结了诗文创作与"兴"之间不可分割的关系："自古工诗者，未尝无兴也。观物有感焉，则有兴。"从这之后，论及文学创作时，也不断地丰富着"感兴"说：出现了"兴会""情兴""意兴""兴致""兴趣"等不同说法。

除了"兴感"外，还有"兴会"，也是讲文学创作中主体在外物的激发下，产生的一种创作冲动，也就是说，是主体的情感与外物之间的会合、融通，进而产生的一种创作情思。钟嵘所说的"春风春鸟，秋月秋蝉，夏云暑雨，冬月祁寒，斯四候之感诸诗者也"，刘勰所说的"春秋代序，阴阳惨舒，物色之动，心亦摇焉"，等等，都是以季节变换而呈现的不同物象，来感染兴发主体的情感的。沈约在《宋书·谢灵运传论》中指出："爰逮宋氏，颜、谢腾声，灵运之兴会标举，延年之体裁明密，并方轨前秀，垂范后昆。"李善注："兴会，情兴所会也。"颜之推的《颜氏家训·文章》篇中则说："文章之体，标举兴会，引发性灵。"

"兴会"也就是陆机《文赋》中所说的"应感之会"："若夫应感之会，通塞之纪，来不可遏，去不可止。藏若景灭，行犹响起。方天机之骏利，夫何纷而不理？思风发于胸臆，言泉流于唇齿。"陆机所说的"应感之会"，是对"兴会"到来时的具体描述，是文学创作过程中的因感于物

① 严可均辑：《全后汉文》，商务印书馆 1999 年版，第 589 页。
② 严可均辑：《全宋文》，商务印书馆 1999 年版，第 244 页。

所生成的创作情思。清代方廷珪《昭明文选大成》中释“应感之会”云：“感应，物感我，我从而应之，乃文之题目。会，心与物会合之时。”

“应感”说最早语出自《礼记·乐记》：“夫民有血气、心知之性，而无哀、乐、喜、怒之常；应感起物而动，然后心术形焉。”又说：“凡音之起，由人心生也。人心之动，物使之然也。感于物而动，故形于声。”“应感”和“感于物”是人的情感与外物相应、相感，由此生成创作冲动。陆机、刘勰、钟嵘继承《礼记·乐记》中的“应感”说，进而发展成为文学创作中的“物感说”。

魏晋时期的文论中，在论及文学创作的发生时，大多都强调“感于物而动”。如陆机《文赋》中说：“遵四时以叹逝，瞻万物而思纷。悲落叶于劲秋，喜柔条于芳春。”钟嵘《诗品序》中也说：“气之动物，物之感人，故摇荡性情，形诸舞咏。”萧统《答晋安王书》中则说：“炎凉始贸，触兴自高。睹物兴情，更向篇什。”这些都是讲物感发人心志，从而引发了创作冲动。

与文学创作中的“兴会”相关，钟嵘（约468—约518）则提出，诗文创作要“直寻”。所谓“直寻”，指在创作过程中直接抒写所感受到的东西。钟嵘认为，实用性文章，如“诏”“策”“奏”“议”等，可以旁征博引。诗歌是感于外物、“吟咏情性”之作。诗要吟咏性情，要抒写真实的情感，就不能以“用事”“用典”的方式。应该是或直抒胸臆，或直接写眼前所见，不事雕琢用典，以求“自然英旨”。所以钟嵘提出，诗的创作贵在“即目”“直寻”，如果只是炫耀学问，一味地“用事”“用典”，就会“理过其词”“殆同书抄”，无异于道德说教。因此，钟嵘把这些诗斥为“补假”之作。诗歌的创作灵感、素材和语言都有赖于“物”的感召和“情”的摇动，而不靠用典（用事）。他举例说：

> 至于吟咏情性，亦何贵于用事？“思君如流水”，既是即目；“高台多悲风”，亦惟所见；“清晨登陇首”，羌无故实；“明月照积雪”，讵出经史。观古今胜语，多非补假，皆由直寻。

这种用“直寻”的方法描写“所见”“即目”，就是直写其景、直抒其情，以直觉的方式“指事造形，穷情写物”。使其言近旨远、语近情遥，所谓的“言在耳目之内，情寄八荒之表”，诗中所描绘的景物，如在耳目眼前一样，而其中所寄托又好似八荒一样遥远。这也正是钟嵘强调“滋味”的原因。

“直寻”强调瞬间的体验、感应，它和“感兴”不同。“感兴”可以是人和事物瞬间产生的呼应，也可能是人对某一事物长久的接触所生出的体验、感受。而“直寻”的体验是瞬间产生的。总有来说：“感兴”和“直寻”都把文学创作中的体验问题提了出来。

魏晋时期的体验观不仅体现在文学创作中，“体验”的观念也体现在文艺接受中，如要求读者要“味”“品”。

中国古代所说的“味”有两层意义：一种是认识论意义上的，这一意义的“味”是指对对象的体味。《老子》六十三章中所说的：“为无为，事无事，味无味”，这一“味无味”就是指在认识活动中要体味、体验、体悟对象，从而达到对事物的真切认知。老子认为，“道”的特征是淡而无味。《老子》三十五章说：“道之出口，淡乎其无味。”“无味”也是一种味，而且是一种至高至上的味。因此，“味无味”就是指主体对道的“无味”之味的体味，也就是对“道”的体验、感受和把握。但老子所讲的“味无味”更多的是认识论意义上的。

和老子“味无味”思想相近，《淮南子·说林训》中说：“听有音之音者聋，听无音之音者聪。”这和庄子说的“无听之以耳而听之以心”意思相同。老子要求认识者要“味无味”，即要体味“无味”事物之“味”。《淮南子》则认为，听音的最高境界是“听无音”。体味“无味”事物之“味”需要细心地去体验、体味，同样，而“听无音”也是从无音之处去听，也同样需要去体验、体味。比老子前进一步的是，《淮南子》的“听无音之音”已经具有审美属性了，和审美活动中的体验密切相关了。

到魏晋时期，陆机（261—303）把“味”用之于文学批评，《文赋》云：“或清虚以婉约，每除烦而去滥，阙大羹之遗味，同朱弦之清泛，随一唱而三叹，固即雅而不艳。”用白水煮的肉汁来比喻文章缺乏修饰而显得乏味。这里陆机借鉴了《礼记·乐记》上的“乐之隆，非极音也；食飨之礼，非致味也。清庙之瑟，朱弦而疏越，壹倡而三叹，有遗音者矣！大飨之礼，尚玄酒而俎腥鱼，大羹不和，有遗味者矣！”并把大羹有遗味运用到了诗论上。他认为，有“大羹之遗味，朱弦之清泛”是文学所应该追求的一种效果，这也是“诗之味”。

画论家宗炳（375—443）也提到了“味”的问题，他在《画山水序》中说：“圣人含道映物，贤者澄怀味象。”“澄怀”要求主体澄清胸怀，涤除杂念，保持一个纯净无瑕的心灵，这和庄子所说的“心斋”是一致的。“味象”中的“味”，即体味、品味、玩味，实际上也就是“体验”；“象”指客体物象、审美对象。所谓“味象”就是主体以纯净之心，去体味、体验客观对象。宗炳“澄怀味象”这一说法显然受老子“味无味”的影响，但宗炳的“味象”一词已是纯粹的审美体验了。

宗炳的“澄怀味象”是从创作角度所说的，而刘勰（约465—520）的《文心雕龙》从接受的角度论述了审美接受活动中要体味、“研味”。《明诗》篇则说：“张衡怨篇，清典可味”；《史传》篇曰：“儒雅彬彬，信有遗味”；《体性》篇曰：“子云沉寂，故志隐而味深”；《情采》篇说：“研味孝老，则知文质附乎性情”，“繁采寡情，味之必厌”；《隐秀》篇则曰：“使玩之者无穷，味之者不厌矣”，“深文隐蔚，余味曲包”；《文心雕龙》中所说的这些“味”字，都是强调对文学作品的体味、体验。

到了钟嵘（约468—约518）则明确提出“滋味说”。他在《诗品序》中说：“五言居文辞之要，是众作之有滋味者也。”钟嵘认为，五言诗是诗文中最重要的，而其中的优秀之作则是“有滋味者”。“有滋味”是优秀诗文的标准，因此，《诗品》中也多以“滋味”论诗，在评永嘉诗时曰：“理过其辞，淡乎寡味”；评张协诗时说：“调采葱菁，音韵铿锵，使人味之亹亹不倦。”评应璩诗时说：“善为古语，指事殷勤，雅意深笃，得诗人激刺之旨。至于‘济济今日所’，华靡可讽味焉。”论赋、比、兴时曰：“使味之者无极，闻之者动心，是诗之至也。”可以看出，“味”在钟嵘那里已经完全是一种审美标准和美学概念了。

钟嵘之后，司空图（837—908）在钟嵘“滋味”说的基础上，进一步将“味”作为一个专门的审美范畴提出。他指出：“文之难，而诗之难尤难，古今之喻多矣，而愚以为辨于味，而后可以言诗也。”① 在他看来，从古至今，关于诗的比喻有很多，但只有“辨于味，而后可以言诗”。他还

① （唐）司空图著，祖保泉、陶礼天笺校：《司空表圣诗文集笺校》，安徽大学出版社2002年版，第193页。

以醋和盐为例，指出诗中的“味”并不就是直接的“酸”或“咸”，而是“酸”和“咸”之外一种醇美之味。这是一种味外之味。司空图又把这种醇美之“味”具体表述为“象外之象”“景外之景”“韵外之致”和“味外之旨”。

到司空图这里，“味”作为文学批评术语，其基本含义才得以明确。同时，“味”作为一个诗的评价标准也得到了广泛的认同。《文镜秘府·十七势·理入景势》中说：“诗不可一向把理，皆须入景，语始清味。……其景与理不相惬，理通无味”。《文镜秘府·十七势·景入理势》中说：“诗一向言意，则不清及无味；一向言景，亦无味。事须景与意相兼始好”。而之后的“神韵”“格调”“情味”“意味”“趣味”“兴味”“韵味”也都和“味”相关。

两汉魏晋时期的体验观是全面而丰富的，既有体验的认知观念，同时由于文学观念的自觉，重视文学的情感性和审美性，也把“体验”与文学创作和接受紧密联系起来。虽然这时还没有明确地提出“体验”一词，但“兴”“应感”“物感”“兴会”“玩绎”“味”“直寻”这些概念中所包含的体验观念却是十分丰富的。

第三节　唐宋元时期的体验观

唐宋元延续着魏晋时期的注重审美体验的思想，而随着诗文创作的繁荣，文学创作和接受中的“体验”更多的被人们所提及。同时，宋代理学的发达，使认识论中注重“体验”的主张也更明确。因而，唐宋元时期的“体验”观是多方面的，多点开花。有认识论中的“体验”，这主要是在理学家那里；有文学创作中的“体验”，这主要是在诗文作家那里；更有书法、绘画中的“体验”，这主要是在诗人、书法家、画家那里。多头并发，形成了一个重视审美体验的一个高峰时期。更为重要的是，这一时期“体验”一词已经明确出现在文学创作和文学接受中的，这其中，朱熹的“体验”思想最为丰富，也成为中国古代最为注重“体验”的哲学家。这一时期的体验观还用于批评实践上，用具体的创作实践来说明文学活动和“体验”之间的亲密联系。

值得注意的是，从唐代时期开始，文学理论在内容和言说方式上都发生了一些变化，主要表现在：儒家诗教不再成为文学理论的中心，文学理论的重心转向了风格、风骨、兴象、意境等纯艺术问题；其言说也承续着钟嵘的评点、漫议或品第的方式，从而形成一种更典型的体验式、诗性化的批评。

从时间顺序来看，唐宋元时期文学活动中的“体验”思想最早是出现在书法和绘画中，这其中虞世南、张旭、王维都强调书法和绘画要体悟。

一　虞世南的“体验”观

虞世南（558—638）在《笔髓论·契妙》中说：“欲书之时，当收视反听，绝虑凝神，心正气和，则契于妙。……故知书道玄妙，必资神遇，不可以力求也。机巧必须心悟，不可以目取也。……字有态度，心之辅也；心悟非心，合于妙也。……学者心悟于至道，则书契于无为，苟涉浮华，终懵于斯理也。”

从这一段文字可以看出，虞世南强调书法如达到“契妙”，首先要“收视反听，绝虑凝神”，这正是自老子和庄子“虚静”思想在书法理论中的运用。“收视反听，绝虑凝神”，这是书法能达到“契妙”的前提；同时，虞世南又指出，“书道玄妙，必资神遇，不可以力求”，书法不可能依靠笨力和蛮力，依靠的是“机巧”，而这“机巧”只能是个人内心的体悟。这样，虞世南就把“体验”或按他的说法“心悟”作为能写出“契妙”书法的前提，“学者心悟于至道，则书契于无为”。从这可以看出，虞世南对“心悟”的重视。

二　张旭

作为书法家的张旭（675—750?）也讲“悟笔法”，据程颢（1032—1085）、程颐（1033—1107）的《遗书·伊川语四》中记载：“问：‘张旭学草书，见担夫与公主争道，及公孙大娘舞剑，而后悟笔法，莫是心常思念至此而感发否?’曰：‘然。须是思方有感悟处，若不思，怎生得如此?’”这说明，张旭的书法写得如此好，是源于内心的感悟和体验。而且，从这段对话中可以看出，程颐也同样赞成张旭有了“思方有感悟处”

后，书法才能如此好。尽管程颢、程颐都反对诗，认为作诗“甚妨事”，“作文害道”，“‘玩物丧志’，为文亦玩物也”①。但对于如何创作出好的作品，程颢也认为只有经过感悟、体验才能实现。

三 王维

王维（701—761）则提出了“审象于净心”。他在《绣如意轮像赞序》中说：“原夫审象于净心，成形于纤手”。王维所说的“净心”既与禅宗有关，也吸收了老子的“涤除玄鉴”和庄子的“虚静”论。所谓的“审象于净心”，目的就是使内心虚静，全身心地去体会、体验对象。

“虚静”一语，最初见于周厉王时代的《大克鼎》铭文的“冲上厥心，虚静于猷”。这里的“猷”，指谋划或道术方法。“虚静”是指宗教仪式中一种摆脱现实欲念、敬天崇祖的虔敬、静寂的心态。老子把“虚静”作为一种哲学认识方式，老子认为“道”是世界的本源，但“道可道，非常道”。“道”具有无限性、超验性，不能用一般的方式把握，只有主体心理处于虚静的直觉状态下，才能观照“道”。老子没有直接提出“虚静”一词，他只说过“涤除玄鉴”“致虚极，守静笃”。其中“涤除”就是洗除人内心的主观欲念、成见，使内心像镜子一样纯净清明。而“玄鉴”指人的内心。高亨《老子正诂》：“‘览’‘鉴’古通用。玄者形而上也，鉴者，镜也。玄鉴者，内心之光明，为形而上之镜，能照察事物，故谓之‘玄鉴’。”河上公注：“心居玄冥之处，览知万物，故谓之玄览。”

庄子在老子“涤除玄鉴”基础上，提出了“心斋”“坐忘”，更进一步发展了认识上的“虚静”说。庄子认为，“虚静恬淡寂漠无为者，万物之本也”。而所说的“静”就是不为外物所动。“万物无足以挠心者，故静也。”并高度评价了“虚静”的作用：“虚静恬淡寂漠无为者，天地之平而道德之至也”。② 更值得重视的是，庄子还把“虚静”和审美创作和审美鉴赏联系起来。除了老子和庄子外，先秦时期的管子、荀子也论及“虚静”问题。

魏晋时期，“虚静”被更多地从审美创作和鉴赏角度来论及。刘勰就

① （北宋）程颢、程颐：《二程集》，中华书局1981年版，第239页。

② 方勇译注：《庄子》，中华书局2010年版，第206页。

较早地用“虚静”一词来论说创作的关系。《文心雕龙·神思》中曰：“是以陶钧文思，贵在虚静，疏瀹五藏，澡雪精神；积学以储宝，酌理以富才，研阅以穷照，驯致以怿辞。”刘勰认为，“神思”有两个前提条件：一是“疏瀹五藏，澡雪精神”；二是“积学以储宝，酌理以富才，研阅以穷照，驯致以怿辞”。所说的“疏瀹五藏，澡雪精神”，也就是“贵在虚静”。

魏晋时期把先秦时尚处于认识论上的“虚静”说与审美创作和鉴赏联系起来。从此，“虚静”作为创作和欣赏活动中应该具备的一种心态，成为共识。王维的“净心”说正是“虚静”说的另一种说法。

四　郭熙

郭熙（1023—1085?）在《林泉高致》中也强调作画要内心虚静，他称这种虚静之心为“林泉之心”。“以林泉之心临之则价高，以骄侈之目临之则价低”，“凡落笔之日，必明窗净几，焚香左右，精笔妙墨，盥手涤砚，如见大宾，必神闲意定，然后为之”。这里所说的“林泉之心”即王维所说的“净心”。

郭熙除了强调作画要有“林泉之心”外，更重视绘画中的“体验”。他在《林泉高致·山水训》中提出：“学画竹者，取一枝竹，因月夜照其影于素壁之上，则竹之真形出矣。学画山水者何以异此？盖身即山川而取之，则山水之意度见矣。”所说的“身即山川而取之”就是要置身山水之中，全身心地体会山水。郭熙认为，只有这样才能“山水之意度见矣”。这和张璪（？—1093）所说的“中得心源”是一样的，创作源自于一种内心“体验”，它需要诗人的“中得心源”，以整个身心去感悟、体验对象。这种内心的体验过程就是“澄心端思”（王梦简《诗要格律》）、“游心内运”（《南齐书·文学传论》）、“心通造化”（徐上瀛《溪山琴况》）、“心游万初”（刘勰），即用虚静的心态去体验对象。

五　董逌

董逌（1079?—1140）在《广川画跋》中也提出了“体验”思想。他指出，从人的角度来看，牛都是一样的即“牛为一形”，而从牛的角度看牛，形状就有千差万别。“一百牛形，形不重出，非形生有异，所以使形者异也。画者于此，殆劳于知矣。岂不知以人相见者，知牛为一形，若以牛相观者，其形状差别更为异相，亦如人面，岂止百邪?”正因为“一百牛形，形不重出”。不同的牛有不同的形态，因此，画家要画出第一个牛的不一样的神情样态，就要细心地体会、观察不同牛的形态，甚至要像牛观察牛一样，才能看出不同牛之间的细微差异。董逌这里强调的是艺术创作时的细心“体验”。

六　罗大经

和董逌一样，罗大经（1196—1252?）也关注艺术创作中的“体验”问题。他在《鹤林玉露·丙编·卷六·画马》中说：“曾云巢无疑工画草虫，年迈愈精。余尝问其有所传乎，无疑笑曰：‘是岂有法可传哉？某自少时，取草虫笼而观之，穷昼夜不厌。又恐其神之不完也，复就草地之间观之。于是始得其天，方其落笔之际，不知我之为草虫耶，草虫之为我也。此与造化生物之机缄盖无以异，岂有可传之法哉!’”这一段文字说明，曾云巢画草虫，之所以能“年迈愈精”，其中的一个重要的原因就在于能细致地观察、体验。通过观察、体验，曾云巢在作画时，已化身为草虫，“不知我之为草虫耶，草虫之为我也”。这其中体现出的亲身观照、积久体察，重视的体验思想是不言自明的。在《画马》一文中，罗大经则指出，李公麟画的马之所以传神，就在于仔细的观察和体会。李公麟“每过之（指马舍），必终日纵观，至不暇与客语”。这也强调在绘画中要细心体会对象。

七　邵雍

邵雍（1011—1077）的“反观”说：则更从认识论角度强调“体验”的。关于如何观物？邵雍反对那种“以道观性，以性观心，以心观身，以身观物”的认知方式，认为，这种认知方式，“治则治矣，然犹未离乎害者也”。也就是说，这种从外部来认识事物的认知方式是以物伤身、以身伤心、以心伤性、以性伤道，不能真正地认识事物本身，他提倡“以道观道，以性观性，以心观心，以身观身，以物观物”,[①] 认为这种从事物本身

① 《邵雍集》，中华书局2010年版，第180页。

来认知事物的认知方式，“虽欲相伤，其可得乎！”邵雍把这种从事物本身出发来认识事物的认知方式称为“以物观物”，又称为“反观”说。“反观者，不以我观物也。不以我观物者，以物观物之谓也”。

除此之外，邵雍还提出“以理观物”。所谓“以理观物”，就是指“观物者，非以目观之也。非观之以目而观之以心也，非观之以心而观之以理也”。[①] 他认为，“天下之物莫不有理焉，莫不有性焉，莫不有命焉”。怎样认识事物的“理”“性”“命”呢？他提出，要“穷之”则能认识事物之理，“尽之”则能认识事物之性，“至之”则能认识事物之命。“所以谓之理者，穷之而后可知也。所以谓之性者，尽之而后而知之也。所以谓之命者，至之而后可知也”。在邵雍看来，观之以理、观之以性、观之以命，“此三知者，天下之真知也”。这种“穷之”“尽之”“至之”的认知方式也明确地包含着“体验”的思想。

以上两种方式其中心就是要排除认识过程中的“自我”色彩，从事物本身来认知事物。邵雍认为，这种“以物观物”的认识方式顺应事物的本性，事物的本性“公而明”，因而，如果完全顺应事物的本性认识事物，其结果对事物的认识就会“神而明”；相反，如果“以我观物”，则在认识过程中因过多地带上了自我个人的色彩，而自我的情“偏而暗”，完全顺从自我的情感认识事物，其结果就会“蔽而昏”。“以物观物，性也；以我观物，情也。性公而明，情偏而暗。任我则情，情则蔽，蔽则昏矣；因物则性，性则神，神则明矣。”[②]

邵雍之所以强调“反观”“去己之情”，其目的也是更好地体验事物，做到“以物观物”，真正地认识事物本身。所以“反观”“以物观物”的目的是建立在“体验”基点上的。

邵雍的“反观”说继承着老庄的“虚静”思想，其目的还是一种认识论目的，这体现在文学创作和审美活动中就形成了一种重视“体验”的文学创作观和接受观。

八　张载

张载（1020—1078）的认知观中也有着鲜明的“体验”色彩，并且和

---

① 《邵雍集》，中华书局2010年版，第49页。

② 《邵雍集》，中华书局2010年版，第152页。

其本体观密切相联系。张载认为，世界是由物质性的元气构成的，而由元气构成的世界，可以划分为两种形态：一是无形的“太虚”，另一是有形的“万物”。而“太虚”与“万物”都是“气”的形式存在着。“太虚无形，气之本体，其聚其散，变化之客形尔。”① “太虚”是“气”散而未聚的本然状态，这是永恒的存在；而“万物”则是“气”暂时的凝聚，它不是永恒的。因此，“太虚”是“气”的“本体”，“万物”是“气”的“客形”。同时，“太虚”与“万物”又不是截然对立的。“太虚不能无气，气不能不聚而为万物，万物不能不散而为太虚。”② “太虚”与“万物”通过“气”的聚散相互转化，由此形成了变化着的运动世界。

那么，人怎样去认识“道”呢？张载认为，人的知识可分为两种：“见闻之知，乃物交而知。非德性所知；德性所知，不萌于见闻。”

所谓的“见闻之知”，是通过耳目等感觉器官获得的对具体事物的认识，通过“见闻之知”可以认识具体事物的规律（理）。但“见闻之知”也存在局限性：首先是感官见闻有限而外物无穷，单凭见闻之知。“只据己之闻见，所接几何，安能尽天下之物？”③ 因此，“见闻之知”难以认识世界的本质及总规律（道）。它也被称为“闻见小知”。但“见闻”在认识过程中又是重要的，“闻见不足以尽物，然又须要他。耳目不得则是木石，要他便合得内外之道，若不闻不见又何验”？

所谓“德性所知”，是人生来心中固有的、通过主观扩充就可以显露出来的天赋之知，是对世界本质及总规律（气化之道）的先天认识。张载认为，人是由“气”而生的，这决定了人生来就有天地之性，也就是说，人生来就有“德性所知”。张载又认为，“德性之知”是“天德良知”。“德性之知”是人天生所固有的，但它被“成心”遮蔽，为此，他提出通过“尽心”“体物”“体身”“体道”的方式来“穷理”“尽物”，进而达到“合内外于耳目之外”“穷神知化，与天为一”。因此，在张载看来，“大其心”来“体物”“体身”“体道”是一种更理想的认知方式，“大其心”就能明“气化之道”“体天下之物”。

---

① 《张载集》，中华书局1978年版，第7页。
② 《张载集》，中华书局1978年版，第7页。
③ 《张载集》，中华书局1978年版，第333页。

九 程颢、程颐

程颢（1032—1085）和程颐（1033—1107）也有着丰富的“体验”思想。尽管程颢和程颐反对诗，但对于如何创作出好的作品，程颢和程颐也认为只有经过感悟、体验。《二程遗书遗书》卷十八伊川语四中记载：“曰：‘张旭学草书，见担夫与公主争道，及公孙大娘舞剑，而后悟笔法，莫是心常思念至此而感发否？’曰：‘然。须是思方有感悟处，若不思，怎生得如此？’”这说明，张旭的书法写得如此好，是源于内心的感悟。而且，从这段对话中可以看出，程颢和程颐也同样赞成有了内心感悟后，张旭的书法才能如此好。程颢和程颐的这一重视创作中“体验”的思想与“体验”的认识论相一致的。程颢和程颐认为，要真正理解“天理”“仁”“忠”等，就需要“自家体认”。程颢就说过：“吾学虽有所授受，‘天理’二字，却是自家体认出来。”[①] 就是说，程颢也把“体验”作为识认“天理”的有效方法。对于“仁”也需要“体认”，“或问仁。子曰：圣贤言仁多矣，会观而体认之，其必有见矣。”[②] “此在诸公自思之，将圣贤所言仁处，类聚观之，体认出来”，就能认识到“仁”[③]。对“忠恕”的“忠”，“只这一字，须是仔细体认”。[④] 可见，在程颢和程颐那里，“体认”是学习儒家经典的一种方式，只有通过体认的方式，才能真正领会“天理”“仁”“忠”的内涵。

十 杨时

杨时（1053—1135）则从接受角度来提倡体会、“体验”的。他指出，“诗极难卒说。太抵须要人体会，不在推寻文义”。在杨时看来，诗之所以验证以解读，就在于诗是情感的产物，因此，读诗也要以情观诗，先观诗之情。“在心为志，发言为诗，情动于中而形于言，言者情之所发也。今观是诗之言，则必先观是诗之情如何；不知其情，则虽精穷文义，谓之不知诗可也。”

---

① （北宋）程颢、程颐：《二程集》，中华书局 1981 年版，第 424 页。
② （北宋）程颢、程颐：《二程集》，中华书局 1981 年版，第 1175 页。
③ （北宋）程颢、程颐：《二程集》，中华书局 1981 年版，第 424 页。
④ （北宋）程颢、程颐：《二程集》，中华书局 1981 年版，第 306 页。

杨时除了强调要以情观诗之外，他还指出，诗非常难以解读，因而，要想理解诗的真意，就要去体会，认真地体会诗中的此景此情，也“惟体会得，故看诗有味”。他还举例说明了什么是“体会”。“何谓‘体会’？且如《关雎》之诗，诗人以兴后妃之德，盖如此也。须当想象雎鸠为何物，知雎鸠为挚而有别之禽；则又想象‘关关’为何声，知‘关关’之声为和而通，则又想象‘在河之洲’是何所在？知‘河之洲’为幽闲远人之地，则知如是之禽，其鸣声如是，而又居幽闲远人之地，则后妃之德可以意晓矣——是之谓‘体会’。惟体会得，故看诗有味，至于有诗，则诗之用在我矣。”① 可以看出，杨时把“体会”作为能够解读诗义的重要方法。

十一　叶梦得

叶梦得（1077—1148）则提出，作诗主张“缘情体物”，而不是讲求“用巧”。在叶梦得看来，诗要自然天成，不能过分刻削。《石林诗话》卷下中说：“诗语固忌用巧太过，然缘情体物，自有天然工妙，虽巧而不见刻削之痕。”叶梦得还举例说：“老杜‘细雨鱼儿出，微风燕子斜。’此十字殆无一字虚设，雨细着水面为沤，鱼常上浮而淰，若大雨则伏而不出矣；燕体轻弱，风猛则不能胜，唯微风乃受以为势，故又有‘轻燕受风斜’之语。至‘穿花蛱蝶深深见，点水蜻蜓款款飞’，‘深深’字若无‘穿’字，‘款款’字若无‘点’字，皆无以见其精微，如此，则读之浑然，全似未尝用力，此所以不碍其气格超胜”。

在叶梦得看来，杜甫之所以能写出“细雨鱼儿出，微风燕子斜”这样“虽巧而不见刻削之痕”的诗句，正在于杜甫能“缘情体物”。而谢灵运的名句“池塘生春草，园柳变鸣禽”，“生”“变”二字均为人们赞赏的诗眼。叶梦得认为，这一联诗、这两个诗眼都不是诗人有意追求奇句奇字，而是诗人无所用意，猝然与景相遇。“此语之工，正在无所用意，猝然与景相遇，借以成章，不假绳削，故非常情所能到。”这样，叶梦得就把是否能“体物”视为创作出好的诗文的重要条件。

---

① （北宋）杨时：《龟山先生语录》卷三，余杭所闻。

十二　陈善

陈善（约公元 1147 年前后在世）则从接受的角度提出读书要“体会”。他说：“读书须知出入法。始当求所以入，终当求所以出。见得亲切，此是入书法；用得透脱，此是出书法。盖不能入得书，则不知古人用心处；不能出得书，则又死在言下。惟知出知入，乃尽读书之法。”[①] 在陈善看来，读书最初要“入”，只有入，才能“知古人用心处”，所说的“入”就是要进入书中所描绘的情境中，用心体会古人的用心、用意。这里也是强调要体验、感受。陈善“出入”的读书方法，和王国维关于创作中要“入乎其内，又须出乎其外”，相互映照，共同形成了文学创作和文学接受的重视“体验”的观念。

宋代诗论中受佛教的影响，强调作诗要“悟”“参悟”“妙悟”。这种重“悟”的观念在严羽那里论述得最充分。但其他的如吕本中、吴可也都提出作诗要“悟”。

十三　严羽

严羽（生卒年不详）“妙悟”既是从创作方面说的，也是从接受层面说的。“妙悟”也在于要细心地“体验”，严羽的“妙悟”要建立在“熟参”的基础上的。只有“熟参”才能“妙悟”。

“妙悟”说包含了两个方面的内容：一方面，指创作而言。严羽提出，诗是一种“别材”“别趣”，“非关书也……非关理也……不涉理路，不落言筌……惟在兴趣”。因此，要创作出优秀的诗，只能靠“妙悟”。“惟悟乃为当行，乃为本色。”[②] 严羽还举例说：“孟襄阳（浩然）学力下韩退之远甚，而其诗独出退之之上者，一味妙悟故也。”[③] 另一方面，也指审美欣赏而言，优秀的诗文都具有“羚羊挂角，无迹可求。故其妙处，透彻玲珑，不可凑泊”的特点，它是“象外之象”“景外之景”“味外之旨”“韵外之致”。对于这种“如空中之音，相中之色，水中之月，镜中之象”的诗文，无法直接从文字和表面意象认知，只能通过“妙悟”。

---

① （明）陈善：《扪虱新语》，上海书店出版社 1990 年版，第 44 页。

② 郭绍虞：《沧浪诗话校释》，人民文学出版社 1961 年版，第 12 页。

③ 郭绍虞：《沧浪诗话校释》，人民文学出版社 1961 年版，第 12 页。

如何达到“妙悟”，严羽提出的方法与途径就是“熟读”“熟参”历代诗作：“试取汉魏之诗而熟参之，次取晋宋之诗而熟参之，次取南北朝之诗而熟参之，次取沈（佺期）、宋（之问）、王（勃）、杨（炯）、卢（照邻）、骆（宾王）、陈拾遗（子昂）之诗而熟参之，次取开元、天宝诸家之诗而熟参之，次独取李、杜二公之诗而熟参之，又取大历十才子之诗而熟参之，又取元和之诗而熟参之，又取本朝苏（轼）、黄（庭坚）以下诸公之诗而熟参之。”[①] 如此“酝酿胸中，久之自然悟入”。严羽还自信地说：通过“熟读”“熟参”，“虽学之不至，亦不失正路。此乃从顶𩕳上做来，谓之向上一路，谓之直截根源，谓之顿门，谓之单刀直入也”[②]。可以说，严羽所说的“熟参”类于宗禅的“渐悟”，批评者通过“熟参”“熟读”历代诗文，“朝夕讽咏”，“枕藉观之”，“酝酿胸中”，最终达到豁然开朗的“妙悟”。正如钱锺书先生所说：“夫‘悟’而曰‘妙’，未必一蹴即至也；乃博采而有所通，力索而有所入也。”[③] 这其中，“博采”和“力索”是“妙悟”的基础和前提。

严羽的“妙悟”说深受禅宗的影响。“悟”是中国传统文化古代重要的思维方式，儒家和道家都有主张以“悟”的方式体验、认知事物的说法。”《庄子·田子方》中就说：“物无道，正容以悟之，使人之意也消。”[④] 这里的“悟”就是觉悟、感悟。谢灵运在《从斤竹涧越岭溪行》一诗中则说：“观此遗物虑，一悟得所遣”，也强调“悟”审美活动中的作用。但比较而言，佛教尤为禅宗所重视“悟”。《说文解字·心部》说：“悟。觉也，从心，吾声。”段玉裁注：“古书多用寤为之。”“寤”原意为“睡醒”，《诗经·关雎》中“窈窕淑女，寤寐求之。”毛传注：“寤，觉也。”《文选·游西池》中“悟彼蟋蟀唱。”李善注引《声类》：“悟，心解也。”因此，“悟”的本义是觉醒、觉悟、心解、了达等。

“悟”强调感悟和意会，要求通过感悟来洞察世间的真谛，这与佛教对教义的把握是一致的。佛教的最高教义是言语道断、不可言说的，它无法通过语言、理性和逻辑来把握，只能是“悟”。所以，“悟”就成为理

① 郭绍虞：《沧浪诗话校释》，人民文学出版社 1961 年版，第 12 页。
② 郭绍虞：《沧浪诗话校释》，人民文学出版社 1961 年版，第 1 页。
③ 钱锺书：《谈艺录》，中华书局 1984 年版，第 98 页。
④ 方勇译注：《庄子》，中华书局 2010 年版，第 293 页。

解佛教教义的最好方式，即通过参禅来“识心见性，即悟大意”①。当年佛祖释迦牟尼在灵山说法，佛祖拈花示众，众人皆不明其中的奥秘，只有迦叶默然神会，以微笑表示，这“世尊拈花，迦叶微笑”就是对佛法的“悟”。佛教所讲的“悟”有“渐悟”（北宗神秀）和“顿悟”（南宗慧能）两种不同的悟道方式：“渐悟”主张坐禅念经、渐明佛性；“顿悟”主张见性成佛，顿悟真如。除了“悟”外，还提出“妙悟”说。“妙悟”一词最早出现在东晋僧肇《肇论·涅槃无名论第四·妙存第七》中：“然则玄道在于妙悟，妙悟在于即真，即真则有无齐观，齐观则彼己莫二。”这里的“即真”就是对佛教的最高境界——“真如佛性”的把握，妙悟就是把握“即真”的思维方式。“妙悟”一出，即在魏晋南北朝的佛教中广泛使用，并影响到文学理论中。

严羽的“妙悟”说正是诗与禅的相同相近之处，才“以禅喻诗”，提出“大抵禅道惟在妙悟，诗道亦在妙悟”。

其实，“以禅喻诗”并非从严羽开始，之前的许多人都曾以禅喻诗。中唐时期的皎然、刘禹锡论诗的意境，都与禅境紧密相联。宋代以禅悟论诗也相当普遍了。苏轼在《跋李端叔诗卷》中说：“暂借好诗消永夜，每逢佳处辄参禅。”赵蕃《学诗诗》中说：“学诗浑似学参禅，要保心传与耳传。”戴复古《论诗七绝》中说：“欲参诗律似参禅，妙趣不由文字传。”而严羽则使“以禅喻诗”这一说法理论化、系统化，也更具有创造性。这也正如钱锺书先生评价的：“沧浪别开生面，如骊珠之先探，等犀角之独觉。在学诗工夫之外，另拈出成诗后之境界，妙悟而外，尚有神韵。不仅以学诗之事，比诸学禅之事，并以诗成有神，言尽而味无穷之妙，比于禅理之超绝语言文字。他人不过较诗于禅，沧浪遂欲通禅于诗。”②

十四　吕本中

吕本中（1084—1145）最先提出了作诗重在“悟入”。《童蒙训》云：“作文必要悟入处，悟入必自工夫中来，非侥幸可得也。如老苏之于文，

---

① （唐）慧能著，郭朋校释：《坛经校释》，中华书局1983年版，第15页。

② 钱锺书：《谈艺录》，中华书局1984年版，第259页。

鲁直之于诗，盖尽此理也。”[①] 悟入、参悟、入道。原本是佛家语，吕本中借用来说明作文如何掌握“活法”。

吕本中作诗讲“活法”，他在《夏均父集序》云：“学诗当识活法。所谓活法者，规矩备具而能出于规矩之外，变化不测而亦不背于规矩也。是道也，盖有定法而无定法，知是者可与言活法矣。谢玄晖有言，好诗流转圆美如弹丸，此真活法也。”所以，活法是从规矩备具以后的悟的境界，不是可以侥幸获得的。而要掌握“活法”就要靠“悟”。他在《与曾吉甫论文第一帖》说：“要之，此事（指‘识活法’）须令有所悟入，则自然越度诸子。”他认为，要懂得“活法”，应像佛家参悟入道一样，参究明白后，就入了作诗之道而得活法。

吕本中说的“悟入”，虽然带有神秘色彩，但他又明确地说：“悟入”就是要勤奋、刻苦的学诗。“悟人之理，正在工夫勤惰耳。”[②] 也就是说，吕本中认为，只有内心不断地揣摩、思考才能悟得作诗的“活法”。否则，就不可能悟得“活法”。他还举例说：“如张长史见公孙大娘舞剑，顿悟笔法。如张者专意此事，未尝少忘胸中，故能遇事有得，遂造神妙；使他人观舞剑有何干涉!”可以看出，吕本中强调的“悟入”也主要是讲作诗时，内心要感受和体验。

十五　吴可

吴可［生卒年不详，大观三年（1109）进士］也把作诗和“参禅”联系起来，提出作诗如同佛家参究禅道。他的《学诗诗》三首，起句都是“学诗浑似学参禅”，认为作诗如同佛家参究禅道一样，要依靠参悟，一经参悟，自然就能写出好诗。吴可“学诗浑似学参禅”的诗影响很大。当时赵蕃、曾几、葛天民、龚相等许多人都有关于“学诗如参禅”的诗，甚至到明清仍有不少人以禅喻诗。

“以禅喻诗”“学诗如参禅”就字面上看，把作诗与“参禅”等同起来，强调“悟”，有一些神秘的色彩。但实际上，作诗讲中的“悟”是建

---

① （南宋）吕本中：《童蒙训》，见郭绍虞辑《宋诗话辑佚》，中华书局1980年版，第594页。

② （南宋）吕本中：《与曾吉甫论文第一帖》，见郭绍虞主编《中国历代文论选》，中华书局1962年版，第118页。

立在“博采”“躬行力学”“熟参熟读”的基础上的，只有如此，才能生出“体验”，才能有所“悟”或“妙悟”。钱锺书《谈艺录》中就指出了“悟”和多读、“体验”之间的关系，他说：夫“悟”而曰“妙”，未必一蹴即至也；乃博采而有所通，力索而有所入也。学道学诗，非悟不进。……高忠宪《困学记》云：“平日鄙学者张皇说悟，此时只看作平常，自知从此方好下功夫耳。”陆桴亭《思辨录辑要》卷三云：“凡‘体验’有得处，皆是悟。只是古人不唤作悟，唤作物格知至。古人把此个境界看作平常。”又云：“人性中皆有悟，必工夫不断，悟头始出。如石中皆有火，必敲击不已，火光始现。然得火不难，得火之后，须承之以艾，继之以油，然后火可不灭。故悟亦必继之以躬行力学。”罕譬而喻，可以通之说诗。[①] 可见，作诗讲“悟”、诗如“参禅”都是强调多“体验”、多感受，只有有了感受和“体验”，才能“悟”。

十六　朱熹

朱熹（1130—1200）是中国古代“体验”思想最为丰富的哲学家，无论是其认识论思想，还是文学创作论和文学接受观，都表现出明确的重视“体验”的特点。

朱熹“体验”的文学观是在体验的认知观基础上形成的。在认知问题上，朱熹提倡“体验”的认知方式，认为，天下的事物都是相同的，一个人的性情便是“道”的体现，因为“性者，道之形体也”[②]。因此，认知的最好方法就是“寻时先从自家身上寻起”[③]，从自身的“体验”开始，推己及人，推想他人的感受。“天下道理寻讨将去，那里不可体验？只是就自家身上体验，一性之内，便是道之全体。千人万人，一切万物，无不是这道理。”[④] 朱熹还把“体验”和“格物”联系在一起，认为“格物”也就是“从切己处理会”，推己及人。“格物，须是从切己处理会去。待自家者已定叠，然后渐渐推去，这便是能格物。”[⑤] 又说：“‘格物’二字最

① 钱锺书：《谈艺录》，中华书局 1984 年版，第 98 页。
② 黎靖德编：《朱子语类》，岳麓书社 1997 年版，第 2512 页。
③ 黎靖德编：《朱子语类》，岳麓书社 1997 年版，第 2512 页。
④ 黎靖德编：《朱子语类》，岳麓书社 1997 年版，第 2512 页。
⑤ 黎靖德编：《朱子语类》，岳麓书社 1997 年版，第 253 页。

好。……凡自家身心上，皆须体验得一个是非。若讲论文字，应接事物，各各体验，渐渐推广，地步自然宽阔。"[①] 可以看出，朱熹把"体验"作为一种重要的认知方式。

正因为"体验"是一种重要的认知方式，《朱子语类》中就有很多关于读书要"体验"的论述："读书须是以自家之心体验圣人之心。少间体验得熟，自家之心便是圣人之心"[②]；"太凡看文字：少看熟读，一也；不要钻研立说，但要反复体验，二也；埋头理会，不要求效，三也。"[③] "读书，须要切己体验，不可只作文字看。"[④] 在论及学习儒家经典的方法时也提倡用"体验"的方式，谈到读《大学》时他说："《大学》之教，使人即事即物，就外面看许多一一教周遍；又须就自家里面理会体验，教十分精切也。"[⑤] 读《周易》时也要"体验"："凡读《易》而能句句体验，每存兢栗戒慎之意，则于己为有益。"[⑥]

那么，朱熹所说的"体验"是什么呢？他说："体验是自心里暗自讲量一次，"[⑦] "暗自讲量"是说，在内心里暗暗地研习思量。因此，"体验"也就是在内心中反复体会、思量。朱熹在讲到读书要反复体会、思量时也常用"涵泳""涵濡""体察""体认""讽咏""讽诵""切己""虚心""熟读""理会"等，《朱子语类》中就有大量关于"涵泳""体察""体认""讽咏""讽诵""切己""熟读"的论述，从不同的角度来阐述读书需要细心体验。

如关于读书要"涵泳"，《朱子语类》中有大量的文字："诗须是沉潜讽诵，玩味义理，咀嚼滋味，方有所益。"[⑧] "优游涵泳于其间，则浃洽而有以自得矣。"[⑨] "讽咏以昌之，涵濡以体之"[⑩]、"涵泳久之自见得"[⑪]、

---

① 黎靖德编：《朱子语类》，岳麓书社 1997 年版，第 253—254 页。
② 黎靖德编：《朱子语类》，岳麓书社 1997 年版，第 2603—2604 页。
③ 黎靖德编：《朱子语类》，岳麓书社 1997 年版，第 148 页。
④ 黎靖德编：《朱子语类》，岳麓书社 1997 年版，第 162 页。
⑤ 黎靖德编：《朱子语类》，岳麓书社 1997 年版，第 1048 页。
⑥ 黎靖德编：《朱子语类》，岳麓书社 1997 年版，第 1728 页。
⑦ 黎靖德编：《朱子语类》，岳麓书社 1997 年版，第 2597 页。
⑧ 黎靖德编：《朱子语类》，岳麓书社 1997 年版，第 1874 页。
⑨ 黎靖德编：《朱子语类》，岳麓书社 1997 年版，第 183 页。
⑩ 朱熹集注：《诗集传》，中华书局 2011 年版，第 2 页。
⑪ 黎靖德编：《朱子语类》，岳麓书社 1997 年版，第 389 页。

“须是读熟了，文义都晓得了，涵泳读取百来遍，方见得那好处，那好处方出，方见得精怪”[①]、“看诗，不须得着意去里面训解，但只平平地涵泳自好”[②]、“读书须当涵泳，只要仔细寻绎，令胸中有所得尔[③]”。朱熹的“涵泳”也突出了“体验”的特征。所讲的“涵咏”指在阅读文学作品时应该沉潜其中，反复体会玩味才能理解其中的真正含义。他解释说：“所谓涵泳者，只是仔细读书之异名也。”[④] 朱熹把“涵泳”看作真正能把握作品精神的一种方法。“涵泳”强调读者的全身心投入，并把“涵泳”比喻成“须是踏翻了船，通身都在那水中，方看得出”。[⑤]

关于读书要“切己”，《朱子语类》中也有大量的文字：“圣贤教人，具有伦理。学问是人合理会底事。学者须是切己，方有所得。”“读书，须要切己体验，不可只作文字看。”[⑥] “读书须是虚心切己。虚心，方能得圣贤意；切己，则圣贤之言不为虚说。”[⑦] “学者读书，须要敛身正坐，缓视微吟，虚心涵泳，切己省察。”[⑧] “虚心切己。虚心则见道理明；切己，自然体认得出。”[⑨]

同时，《朱子语类》中还有和体验相近的——“体认”。“学者读书，须要体认。静时要体认得亲切；动时要别白得分明。”[⑩] “大凡文字须将心体认看。”“人之为学也是难。……不于身心上着切体认，则又无所益。”[⑪] “只就书册上理会，不曾体认着自家身己，也不济事。”[⑫] 朱熹接着举例说：“如说仁义礼智，曾认得自家如何是仁？自家如何是义？如何是礼？如何是智？须是着身己体认得。”[⑬] 什么是“体认”呢？朱熹解释说“体认是

---

① 黎靖德编：《朱子语类》，岳麓书社 1997 年版，第 1874 页。
② 黎靖德编：《朱子语类》，岳麓书社 1997 年版，第 1875 页。
③ 黎靖德编：《朱子语类》，岳麓书社 1997 年版，第 2641 页。
④ 黎靖德编：《朱子语类》，岳麓书社 1997 年版，第 2641 页。
⑤ 黎靖德编：《朱子语类》，岳麓书社 1997 年版，第 2482 页。
⑥ 黎靖德编：《朱子语类》，岳麓书社 1997 年版，第 162 页。
⑦ 黎靖德编：《朱子语类》，岳麓书社 1997 年版，第 160 页。
⑧ 黎靖德编：《朱子语类》，岳麓书社 1997 年版，第 160 页。
⑨ 黎靖德编：《朱子语类》，岳麓书社 1997 年版，第 160 页。
⑩ 黎靖德编：《朱子语类》，岳麓书社 1997 年版，第 936 页。
⑪ 黎靖德编：《朱子语类》，岳麓书社 1997 年版，第 390 页。
⑫ 黎靖德编：《朱子语类》，岳麓书社 1997 年版，第 163 页。
⑬ 黎靖德编：《朱子语类》，岳麓书社 1997 年版，第 163 页。

把那听得底自去心里重复思绎过”[1]。“夫所谓体认者，若曰体之于心而识之，犹所谓默会也”[2]。在朱熹那里，与“体验”一样，“体认”也是指在内心中反复思量。

《朱子语类》中还有很多关于“讽咏”“熟读”的论述。

朱熹关于“涵泳”“切已”“体认”这些说法说明，他对体验的重视并不是一时一事，任意的，而是一种系统的思考和全面的提倡。

总的来看，朱熹主张“读书须是以自家之心体验圣人之心”，而能体会和体验“圣人之心”的前提，就要去“涵泳”“讽咏”“切已”“熟读”，使“自家之心便是圣人之心”[3]。为了能够使“自家之心”变成为“圣人之心”，读者就要走出自我的世界，并走进作品的情景和情境之中，以自己之心与作者之心相遇相合。也就是朱熹所说的：“将自家身已入那道理中去。”[4]“身心都入在这一段里面”，[5]“将此身葬在此书中……只恁一心在书上”[6]，他还形象地比喻成“踏翻了船，通身都在那水中”来反复去体味和感悟，“将自家身体入那道理中去，渐渐相亲，久之与已为一”[7]，从而才能使“自家之心便是圣人之心”。

十七　吕祖谦

吕祖谦（1137—1181）则如何读史书的角度提出了，读史书也要亲身“体验”。吕祖谦把历史比作一座“药山”，其中蕴藏不少救世之灵丹妙药，几乎可以“随取随得”。但要想得到其中的宝藏，就得有一个正确的采集方法。由此，他提出了“当如身在其中”的读史方法。他说：“昔陈莹中尝谓《通鉴》如药山，随取随得，然虽有是药山，又须会采，若不能采，则不过博闻强记而已。壶邱子问于列子曰：‘子好游乎？’列子曰：‘人之所游，观其所见；我之所游，观其所爱。’此可取以为看史之法。大抵看史见治则以为治，见乱则以为乱，见一事则止知一事，何取？观史如

---

① 黎靖德编：《朱子语类》，岳麓书社 1997 年版，第 2597 页。
② 黎靖德编：《朱子语类》，岳麓书社 1997 年版，第 2499 页。
③ 黎靖德编：《朱子语类》，岳麓书社 1997 年版，第 2604 页。
④ 黎靖德编：《朱子语类》，岳麓书社 1997 年版，第 127 页。
⑤ 黎靖德编：《朱子语类》，岳麓书社 1997 年版，第 159 页。
⑥ 黎靖德编：《朱子语类》，岳麓书社 1997 年版，第 2528 页。
⑦ 黎靖德编：《朱子语类》，岳麓书社 1997 年版，第 127 页。

身在其中，见事之利害，时之祸患，必掩卷自思，使我遇此等事，当作何处之。如此观史，学问亦可以进，智识亦可以高，方为有益。”①

吕祖谦“观史如身在其中”的读史方法是与《左传》中“设身处地”的撰写方式相联系的。《左传》的作者在写作过程中就采取“设身处地”的方式。对此，钱锺书曾说：

> 吾国史籍工于记言者，莫先乎《左传》，公言私语，盖无不有……上古既无录音之具，又乏速记之方，驷不及舌，而何其口角亲切，如聆謦欬欤？或为密勿之谈，或乃心口相语，属垣烛隐，何所据依？如僖公二十四年介之推与母偕逃前之问答，宣公二年鉏麑自杀前之慨叹，皆生无傍证，死无对证者……盖非记言也，乃代言也，如后世小说、剧本中之对话独白也。左氏设身处地，依傍性格身份，假之喉舌，想当然耳。……史家追叙真人实事，每须遥体人情，悬想事势，设身局中，潜心腔内，忖之度之，以揣以摩，庶几入情合理。盖与小说、院本之臆造人物，虚构境地，不尽同而可相通，记言特其一端。……《左传》记言实乃拟言、代言，谓是后世小说、院本中对话、宾白之椎轮草创，未遽过也。②

可以说，《左传》在记述历史时采用了“体验”、想象的写作方式，而吕祖谦则提出，阅读史书时也要采用“揆之以理，体之以身”的读史方法，读者要想象自己就身处当时的历史情境中，“体验”当时人们的心境和情态。“读史既不可随其成败以为是非，又不可轻立意见，易出议论，须揆之以理，体之以身，平心熟看，参会积累，经历谙练，然后时势、事情渐可识别。”③ 吕祖谦所讲的虽然是读史，但也适应于整个文学接受和批评。

---

① 《东莱先生遗集》卷19，《杂说》，《丽泽论说集录》卷八，《门人集录史说》，第219页。

② 钱锺书：《管锥编》，生活·读书·新知三联书店2001年版，第316—318页。

③ 《东莱吕太史别集》卷十四，《读史纲目》，《吕祖谦全集》第1册，浙江古籍出版社2008年版，第561页。

十八 郝经

郝经（1223—1275）的“内游”说则突出了“体验”在文学创作中的作用。在传统的文学观念中，广泛地游历是创作出好诗文的前提条件。“昔人谓汉太史迁之文，所以奇，所以深，所以雄雅健绝，超丽疏越者……能尽天下之大观，以助其气，然后吐而为辞，笔而为书。”因此，“故尔欲学迁之文，先学其游可也”。郝经把这称作“外游”，并认为，像司马迁这种“外游”，“彼堕山乔岳，高则高矣，于吾道何有？长江大河，盛则盛矣，于吾气何有？”只经历“外游”所写之文，“仅发于文辞而不能成事业，则其游也外，而所得者小也。其游也外，故其得也小，故其失也大”。针对“外游”，郝经则提出了“内游”说。所说的“内游”是指，“身不离于衽席之上，而游于六合之外”，实际上，“内游”也就是内心的感受、想象和体验。郝经认为，比起外游来说：“内游”更为重要，既使是“外游”也必须经过“内游”，“欲游乎外者必游乎内”。两者比较起来，郝经强调，审美活动不应止于现实生活中身体、足迹之类的“外游”，更为重要的是内在心理的感受、体验。经过“内游”后，能“蕴而为德行，行而为事业，故不以文辞而已也。如是则吾之卓尔之道，固不得于山川之助也”。因此，他指出，“以史迁之才，果未游乎内耶？盖亦称之者过矣”。这也就是说，表面上看，司马迁“所以奇，所以深，所以雄雅健绝，超丽疏越”，是其“外游”的结果，而实际上，在司马迁“外游”的背后，深藏着的是“内游”。

第四节 明清近代时期的体验观

明清时期是文学全面发展的时期，这一时期由于小说、戏曲的繁荣，其“体验”思想也更为全面。这其中既有哲学认知活动中对“体验”的强调，也有文学活动中对“体验”的重视。与前期不同的是，明清时期，随着小说、戏曲的发展，怎样才能写出和现实相同的人物、情景就成为一个更为重要的问题。小说、戏曲的叙述性使其和抒情性的诗词不同。抒情性的诗词注重想象，因而，“虚静”“虚构”就格外被重视；而小说、戏曲属于写实性的，它更注重与现实的契合，因而，想象在这一时期的重要性就相对减弱了，相应地，注重“亲历”“亲动心”“设身处地”就成为这一时期创作和批评理论的重点。这不仅仅体现在诗文创作中，也体现在绘画活动中。因而，明清时期的“体验”观就表现得较之前更为丰富，也更为深入。

明清时期认识论中的“体验”表达得更为明确，像王绅（1360—1400）在论及“为学”的时候就明确地说：“君子之为学，所贵乎知要，而尤在乎体验。盖不知要，则无以得其道之本源，不体验，则无以有诸已。”① 在王绅看来，学习中重要的是要“知要”。所谓的“知要”，就是要知晓重要的和主要的内容。但他更强调为学要“体验”，他认为，“不体验，则无以有诸已”。也就是说，为学如果没有自我的感受和体验，这种知识就还只是一种概念化的、表面化的，只是在重复别人的知识，没有内化成为自己的知识。可以看出，王绅已经把“体验”看成为学的最重要的方式，不经过自我内心的“体验”就不可能学到真正属于自己的知识。

湛若水（1466—1560）也提倡认知活动中的“体验”，但他更多的是用“体认”一词。他在谈学习中的“知”和“行”之间的关系认为，“学不过知行，知行不可离，又不可混”②。古人为学都既重视“知”，更重视“行”，“知”和“行”并举，如“《说命》曰：‘学于古训乃有获，知之非艰，行之唯艰。’《中庸》必先学问思辨，而后笃行。《论语》先博文而后约礼。《孟子》知性而后养性。始条理者知之事，终条理者圣之事。程子知所有而养所有，先识仁而以诚敬存之”。因而，他提出，“随处体认天理而涵养之，则知行并进矣”。③

“体认天理”一语，源自南宋理学家李侗的“学问之道不在多言，但默坐澄心，体认天理”④，而“随处”则是湛若水在其老师陈献章的“主静”说基础上提出的。陈献章主张从“静”找到养出善端（“端倪”）的

① （明）王绅：《观澜亭记》，见《继志斋集》卷7。

② （明）湛若水：《答顾箬溪》。

③ （明）湛若水：《答顾箬溪》。

④ （元）脱脱等撰：《宋史》，吉林人民出版社2005年版，第8848页。

方法："为学须从静中坐养出个端倪来，方有商量处"。[①] 又说"夫养善端于静坐，而求义理于书册，则书册有时而可废。善端不可不涵养也，其理一也……善端可养，静可能也"。[②]

湛若水则提出"体认天理"要在"日用间"，他在给老师陈献章的信中说："若能随处体认真见得，则日用间参前倚衡，无非此体，在人涵养以有之于己耳。"[③] 也就是在日常生活中随时"体认天理"。陈献章在给湛若水的回函中，对"随处体认天理"说赞许有加："去冬十月一日发来书甚好。日用间随处体认天理，着此一鞭，何患不到古人佳处。"[④]

湛若水强调"随处体认天理"，这也就是对"天理"的体认，不受时空的限制，也不论什么状态。从空间上说，可以"随心、随意、随身、随家、随国、随天下"，"吾之所谓随处云者，随心、随意、随身、随家、随国、随天下，盖随其所寂所感时耳"[⑤]。无处不可以体认天理；从时间上说，又可以随动或随静，"随其所寂所感时"，无不可以体认天理。"吾所谓体认者，非分已发未发，未分动静。所谓随处体认天理者，随已发未发，随动随静，盖动静皆吾心之本体，体用一原故也"[⑥]。从这一点看，"随处体认天理"就等同于"格物"就是"造道"。"格即造诣之义，格物者即造道也。知行并进，学问思辨行，所以造道也，故读书、亲师友、酬应，随时随处，皆求体认天理而涵养之，无非造道之功。"[⑦] 在"随处体认天理"的过程中，"知行并进"。

湛若水认为，作为本体的"心"，包涵万物，同时也体认着万物之理。"心体物而不遗，无内外，无终始"[⑧]。所说的"天理"有两层含义：一层含义指总的自然法则，即"自然之理"。《庄子·天运》中说："夫至乐者，先应之以人事，顺之以天理，以之以五德，应之以自然，然后调理四时，太和万物。"另一层含义指"仁、义、礼、智"的总和，即"德性之

① 孙通海点校：《陈献章集》，中华书局 1987 年版，第 133 页。

② 孙通海点校：《陈献章集》，中华书局 1987 年版，第 975 页。

③ 《甘泉先生文集·内编》卷十七，《上白沙先生启略》。

④ 孙通海点校：《陈献章集》，中华书局 1987 年版，第 193 页。

⑤ 《甘泉文集》卷七，《答阳明王都宪论格物》。

⑥ 《甘泉文集》卷七，《答孟生津》。

⑦ （明）湛若水：《答阳明》。

⑧ 《甘泉文集》卷二十一，《杂著·求放心篇》。

理”。湛若水所讲的“天理”既指“德性之理”，也包括“自然之理”。湛若水认为，为学不仅要“体认”，并且要“涵养”。“读书亲师友酬应，随时随处皆求体认天理而涵养之”，所说的“涵养”和儒家的“内省”“三省吾身”“三思”是同义的，都是强调内心的自我反省和体悟。

王守仁（1472—1529），号阳明子，世称“阳明先生”，故又称王阳明。王阳明也提倡认知上的“体认”，并且这一体认的认知观与其“心学”密切相关。王阳明继承陆九渊的心学传统，并反对朱熹的理学。陆九渊认为，心即理，天理、人理、物理只在我心之中，心是唯一的实在，因此，陆九渊主张发明本心，无须外求，以“尊德性”为入圣之要；而朱熹则认为，理在心外，以“道问学”为修养阶梯，两个学派纷争不已，陆九渊批朱熹“支离”，朱熹则斥陆九渊“简易”。

王阳明沿续陆九渊的心学批评说：“朱子所谓‘格物’云者，在即物而穷其理也。即物穷理，是就事事物物上求其所谓定理者也。是以吾心而求理于事事物物之中，析‘心’与‘理’而为二矣。”[①] 这种“心”与“理”的割裂，不仅使“理”失去了主体性，失去了生命的创造力，而且很难真正把握住“理”。天下事物，不胜其烦，要格尽天下之物而穷其“理”，是不可能做到的。因此，王阳明提出“心即理”的本体论。他认为，“心外无物”、[②]“心外无理，心外无事”。[③]“身之主宰便是心，心之所发便是意，意之本体便是知，知之所在便是物。”[④] 只有主体之“心”，才是本体；所谓的“理”，不是外在于“心”，而正在“心”之中。他说：“万事万物之理，不外于吾心”；[⑤]“心即理也。天下又有心外之事、心外之理乎？”[⑥]“心之本体，即是天理。天理只是一个，更有何可思虑得？”[⑦] 有人问：“天下无心外之物。如此花树，在深山中自开自落，于我心亦何相关？”王阳明回答曰：“你未看此花时，此花与汝心同归于寂；你来看此

---

① （明）王阳明：《传习录》，岳麓书社 2004 年版，第 133 页。
② （明）王阳明：《传习录》，岳麓书社 2004 年版，第 75 页。
③ （明）王阳明：《传习录》，岳麓书社 2004 年版，第 44 页。
④ （明）王阳明：《传习录》，岳麓书社 2004 年版，第 14 页。
⑤ （明）王阳明：《传习录》，岳麓书社 2004 年版，第 135 页。
⑥ （明）王阳明：《传习录》，岳麓书社 2004 年版，第 6 页。
⑦ （明）王阳明：《传习录》，岳麓书社 2004 年版，第 166 页。

花时，则此花颜色一时明白起来。便知此花不在你的心外。”①

王守仁认为，“心外无物”②、“心外无理，心外无事”。③ 怎样来认识“心”呢？在《传习录上》中，他多次提出用“体认”的方式：“圣人气象，何由认得？自己良知原与圣人一般，若体认得自己良知明白，即圣人气象不在圣人，而在我矣。”④ “心即道。道即天。知心则知道知天。……诸君要实见此道，须从自己心上体认，不假外求始得。”⑤ “此须自心体认出来。非言语所能喻。中只是天理。”（王阳明：《传习录中·门人陆澄录》）“心之本体，即是天理。体认天理，只要自心地无私意。”⑥ “格物亦只是随处体认天理。”⑦ 王守仁同时还提到“体悟”“良知明白，随你去静处体悟”。⑧

正由于“心即道，道即天，知心则知道、知天”，⑨ “天下之事虽千变万化，而皆不出于此心之一理”。⑩ 因此，“君子之学”就不是程朱所说“格物致知”，而是要“致良知”，所说的“良知”就是“吾心之良知，即所谓天理也”⑪。“君子之学，惟求得其心”⑫，“天下之物本无可格者，其格物之功，只在身心上做”⑬。“致吾心良知之天理于事事物物，则事事物物皆得其理矣。故曰：‘致吾心之良知者，致知也。事事物物皆得其理者，格物也。’”⑭ 因此，王阳明所说的“致知”，不是寻求对于外界客观事物的知识，而是向“心”反省内求。“心也者，吾所得于天之理也，无间于天人，无分于古今。苟尽吾心以求焉，则不中不远矣。学也者，求以尽吾

---

① （明）王阳明：《传习录》，岳麓书社 2004 年版，第 5 页。
② （明）王阳明：《传习录》，岳麓书社 2004 年版，第 75 页。
③ （明）王阳明：《传习录》，岳麓书社 2004 年版，第 44 页。
④ （明）王阳明：《传习录》，岳麓书社 2004 年版，第 168 页。
⑤ （明）王阳明：《传习录》，岳麓书社 2004 年版，第 64 页。
⑥ （明）王阳明：《传习录》，岳麓书社 2004 年版，第 82—83 页。
⑦ （明）王阳明：《传习录》，岳麓书社 2004 年版，第 248 页。
⑧ （明）王阳明：《传习录》，岳麓书社 2004 年版，第 289 页。
⑨ （明）王阳明：《传习录》，岳麓书社 2004 年版，第 64 页。
⑩ 《王阳明全集》，上海古籍出版社 2012 年版，第 225 页。
⑪ （明）王阳明：《传习录》，岳麓书社 2004 年版，第 133 页。
⑫ （明）王阳明：《王阳明集》，中国华侨出版社 2017 年版，第 199 页。
⑬ （明）王阳明：《传习录》，岳麓书社 2004 年版，第 330 页。
⑭ （明）王阳明：《传习录》，岳麓书社 2004 年版，第 133 页。

心也。”[①] 通过反省内求，就能够达到“一悟本体，即是功夫，人己内外，一齐俱透”[②]。

那么，怎样来认识“心”呢？王阳明提出了“体认”“体悟”“涵养”的方式。“诸君要实见此道，须从自己心上体认，不假外求，始得”“学是学存天理；心之本体即是天理，体认天理，只要自心地无私意”“盖思之是非邪正，良知无有不自知者，所以认贼作子，正为致知之学不明，不知在良知上体认之耳”“良知明白，随你去静处体悟”“人须是知学；讲求亦只是涵养，不讲求只是涵养之志不切”。

王阳明所说的“心即理”“良知人人皆有”[③] 肯定了人人“心”中都存有“天理”和“良知”，只是圣人的“良知”没有被障蔽，完全得以昭显；众人则多被障蔽。要想认识圣人气象，就要从内心里“体认”圣人、“体认”自我。“圣人气象，何由认得？自己良知原与圣人一般，若体认得自己良知明白，即圣人气象不在圣人，而在我矣。”[④] 王阳明所说的“体识”圣人，就是自己对自我的内心体认，因为王守仁认为，“自己良知原与圣人一般”“满街都是圣人跑”。因此，认识圣人的过程实际上就是认识和体认自我。

为了真正“致良知”“体认”圣人，王阳明还提出“须学以去昏蔽”，因为“良知即是未发之中……不能不昏蔽于物欲”[⑤]，只有去除“昏蔽”，才可得见“良知”。而“去昏蔽”的有效方法就是“静坐”以“廓然心情”。“吾昔居滁时，见诸生多务知解，口耳异同，无益于得，故教之静坐。一时窥见光景，颇收近效。”[⑥] “初学时心猿意马，拴缚不定，其所思虑，多是人欲一边，故且教之静坐息思虑。”[⑦] 直到把心中的世俗杂念全部摒弃，才能达到“致良知”“体认”圣人。

从以上可以看出，王绅的“为学……尤在乎体验”、湛若水的“体认天理而涵养之”、王阳明的“就自己良知上真切体认”，都从学习和认知方

① 《王阳明全集》，上海古籍出版社 2012 年版，第 667 页。

② （明）王阳明：《王阳明集》，中国华侨出版社 2017 年版，第 99 页。

③ （明）王阳明：《传习录》，岳麓书社 2004 年版，第 261 页。

④ （明）王阳明：《传习录》，岳麓书社 2004 年版，第 168 页。

⑤ （明）王阳明：《传习录》，岳麓书社 2004 年版，第 178 页。

⑥ （明）王阳明：《王阳明集》，中国华侨出版社 2017 年版，第 88—89 页。

⑦ （明）王阳明：《传习录》，岳麓书社 2004 年版，第 48 页。

式上提出了“体验说”。认知方式上的重视“体验”，也和文学活动中的“体验”相互呼应，共同推动着体验文学观的形成和发展。

清末邱炜园说：“天地间有那一种文字，便有那一种评赞。”[①] 从明代中期以来，中国文学的文体发生重大变革，小说、戏曲取代诗歌成了文学的主流，长篇小说、短篇小说、戏曲作品各领风骚。小说和戏曲的兴盛必然会吸引着批评者的关注。邱炜园就说出了小说吸引批评者关注的原因：“物外生情，非空非色，众妙之门，小说之当有批者一。部居充栋，杂然目眩，提要钩玄，取便来者，小说之当有批者二。读之津津，其甘如肉，此称彼赞，清言亦留，小说之当有批者三。顶礼龙经，迦音赞叹，好色恶臭，人之恒情，小说之当有批者四。”[②] 同时，小说与此前的诗词不同。诗词主要是以写景为媒介抒发情感，其在诗词创作和批评中关注的也是如何表现情感；而小说、戏曲是叙述艺术，强调的人物、事件、情景的真实再现，这导致这一时期的文学创作、文学批评观念都发生了新的变化。这一时期随着小说、戏剧的繁荣，为了更好地再现真实的人、事、景物，文学创作和接受中也强调情景的真实感，因而，明清时期文学活动中注重“体验”观念的重要的一点就是，强调“设身处地”“亲历”“亲动心”。

“设身处地”是这一时期文学创作和文学批评中强调得最多的。在论及小说、戏曲如何能更逼真时，作家和批评家都说要“设身处地”。

王骥德（？—1623）《曲律·论引子》就说：“引子，须以自己之肾肠，代他人之口吻。盖一人登场，必有几句紧要说话，我设以身处其地，模写其似。”

孟称舜（约1600—1684）则从诗词与戏曲的区别角度提出，戏曲创作要“化身为曲中之人”。他认为，诗词是借景抒情，景与情都有类同和有限的特点，只要精于文辞，就能写出好的作品：“盖诗词之妙，归之乎传情写景，顾其所为情与景者，不过烟云花鸟之变态，悲喜愤乐之异致而已。境尽于目前而感触于偶尔，工辞者皆能道之。”而戏曲则以叙事为主，它要通过构思情节与人物“因事以造形，随物而赋象”，通过情节和人物

---

① 邱炜园：《客云庐小说话》，见阿英编《晚清文学丛钞 小说戏曲研究卷》，中华书局1960年版，第392页。

② 邱炜园：《客云庐小说话》，见阿英编《晚清文学丛钞 小说戏曲研究卷》，中华书局1960年版，第391页。

来表现人生百态："迨夫曲之为妙，极古今好丑、贵贱、离合、死生，因事以造形，随物而赋象；时而庄言，时而谐诨，狐末靓狙，合傀儡于一场，而征事类于千载；笑则有声，啼则有泪，喜则有神，叹则有气。"戏曲的这种复杂性也使其很难工巧，如果没有丰富的阅历和灵动的性情就很信达到工巧："非作者身处于百物云为之际，而心通乎七情生动之窍，曲则恶能工哉！"①

那么，怎样才能把戏曲写得工巧呢？孟称舜提出，戏曲作者必须"化身为曲中之人"。他还以自己的创作实践说明了这一点："吾尝为诗与词矣，率吾意之所到而言之，言之尽吾意而止矣。其于曲，则忽为之男女焉，忽为之苦乐焉，忽为之君主仆妾、佥夫端士焉。其说如画者之画马也，当其画马也，所见无非马者，人视其学为马之状，筋骸骨节，宛然马也，而后所画为马者，乃真马也。学戏者，不置身于场上，则不能为戏；而撰曲者，不化其身为曲中之人，则不能为曲，此曲之所以难于诗与词也。"②"化身为曲中之人"，就是要设身处地来"体验"各种身份、地位、性格人物的不同境遇，孟称舜认为，只有这样，才能塑造出鲜活生动的人物形象。

可以看出，孟称舜认为"化身为曲中之人"是戏曲创作能否成功的关键，如果不能"化身为曲中之人"也就无法创作出好的戏剧作品。而"化身为曲中之人"的目的就是"体验"，"体验"戏曲情境中每一个人物的情绪、情感。

黄生（1601—？）《杜诗说》中说："看杜诗，如看一处大山水。读杜律，如读一篇长古文。其用意之深，取境之远，制格之奇，出语之厚，非设身处地，若与公周旋于花溪草阁之间，亲陪其杖履，熟闻其謦欬，则作者之精神不出，阅者之心孔亦不开。"③ 黄生认为，杜甫诗海涵地负，包孕大千，因此，读杜甫诗除了要具有"读万卷书，行万里路"的人生阅历外，读者还应设身处地，处杜甫之境，设想自己处于杜甫生活之中，与杜

---

① （明）孟称舜：《古今名剧合选序》，见吴毓华编著《中国古代戏曲序跋集》，中国戏剧出版社 1990 年版，第 198 页。

② （明）孟称舜：《古今名剧合选序》，见吴毓华编著《中国古代戏曲序跋集》，中国戏剧出版社 1990 年版，第 198 页。

③ 《黄生全集》，安徽大学出版社 2009 年版，第 20 页。

甫为友，这样才能把握杜诗的“用意之深，取境之远，制格之奇，出语之厚”。因此，“非设身处地……则作者之精神不出，阅者之心孔亦不开”。

金圣叹（1608—1661）关于“体验”的思想是多方面的，论及文学创作强调“体验”，谈到文学接受也侧重“体验”。金圣叹虽然没有直接用“体验”一词，但他所说的“亲动心”“设身处地”“设身思之”其真正意思都是“体验”。同时，金圣叹的关于文学创作中的“体验”思想又和佛教的“因缘生法”说、儒家的“格物”说、“忠恕”说联系在一起。本书只论及关于文学创作中强调“体验”的思想，只论述“因缘生法”“格物”说、“忠恕”说中和“体验”相关的思想，而对“因缘生法”“格物”说、“忠恕”说则不做具体论述。

金圣叹是在解释施耐庵《水浒》创作时提出的“因缘生法”。他认为，施耐庵写作《水浒》就得益于佛教的“众因缘生法”。“耐庵作《水浒》一传，直以因缘生法为其文字总持”。金圣叹把“因缘生法”看作《水浒传》的创作纲领，也即他所说的“文字总持”。“因缘生法”出自古印度龙树的重要著作《中论》。它是指现实世界一切现象的产生都有一定的根据和条件，强调事物间之因条件而相互配合发展变化。

在金圣叹看来，世间的人和事都体现了“因缘生法”，小说中的人与事同样也符合着“因缘生法”。而“因缘生法”又和“格物”相联系，“格物”的前提就是掌握“因缘生法”。《水浒》中的人物之所以能写得如此人有其性情、有其气质、有其形状、有其声口，“一百八人各自入妙”，其根本的原因就在于施耐庵能“格物”。“《水浒》所叙，叙一百八人，人有其性情，人有其气质，人有其形状，人有其声口。夫以一手而画数面，则将有兄弟之形；一口吹数声，斯不免再映也。施耐庵以一心所运，而一百八人各自入妙者，无他，十年格物而一朝物格，斯以一笔而写百千万人，固不以为难也。”①

“格物”一词出自《礼记·大学》的“致知在格物，格物而后知至”。其含义是去推究事物的原理。施耐庵所说的“十年格物而一朝物格”，是讲人认识从日积月累的探究到穷究事理，这是一个从“渐进”到“顿悟”

---

① （明）施耐庵著，金圣叹评：《水浒传 注评本》，上海古籍出版社2015年版，第990—991页。

的过程，今天格一物，明天格一物，天长日久，就能有一天突然“顿悟”。

金圣叹把“格物”说用在解释文学创作上，认为施耐庵之所以能把人物、情景、事件写得合情合理，正源于他通过长期“格物”，对事物有了深入的认识和透彻的把握，因此能够“以一手而尽画数面，则将有兄弟之形；一口而吹数声，斯不免再映也”。他也把从“格物”到“物格”作为创作成功的关键。他说：“学者诚能澄怀格物，发皇文章，岂不一代文物之林?”①

如何才能从“格物”达到“物格”呢？金圣叹提出“格物之法，以忠恕为门”。② 认为“格物”的方法就是要从“忠恕”入手。“忠恕”一词出自《论语》。《论语·里仁》云：“夫子之道，忠恕而已矣。”邢昺疏云：“忠谓尽中心也，恕谓忖己度物也。”③ 朱熹《四书集注》说：“尽己之谓忠，推己谓之恕。”金圣叹认为，作家“体验”人物性格的心理依据是人所共有的情感，他将这种共有的心理称为“忠恕”。金圣叹在《水浒》第四十二回回评中对“忠恕”做了详细的解释：

> 盖“忠”之为言中心之谓也。喜怒哀乐之未发，谓之“中”；发而为喜怒哀乐之中节，谓之“心”；率我之喜怒哀乐自然诚于中，形于外，谓之“忠”；知家国、天下之率其喜怒哀乐无不自然诚于中，形于外，谓之“恕”；知喜怒哀乐无我，无人，无不自然诚于中，形于处，谓之“格物”。

在《水浒传序三》中，他又说：“何谓忠？天下因缘生法，故忠不必学而至于忠，天下自然，无法不忠。火亦忠，眼亦忠，故吾之见忠；钟忠，耳忠，故闻无不忠。吾既忠，则人亦忠，犬鼠亦忠。盗贼犬鼠无不忠者，所谓恕也。”

可以看出，金圣叹认为，把自己喜怒哀乐的自然本性不加掩饰地表现出来，就是“忠”；而知晓他人、他物，也按照本性表现自己的喜怒哀乐，这就是“恕”；而能由己及人，知晓天下万事、万物都按照本性表现自己

---

① （明）施耐庵著，金圣叹评：《水浒传 注评本》，上海古籍出版社 2015 年版，第 990 页。

② （明）施耐庵著，金圣叹评：《水浒传 注评本》，上海古籍出版社 2015 年版，第 991 页。

③ 邢昺：《论语注疏》，山东画报出版社 2004 年版，第 49 页。

的喜怒哀乐，就是“格物”。“忠恕”就是格物之门。“忠恕”是前后相承的两个阶段。从“因缘生法”的角度看，事物都由因缘和合而成，知晓自我本性须考虑因缘关系，推及他人他物也要分析相关因缘关系。

金圣叹所说的“因缘生法”“忠恕”“格物”都是强调知晓自我，并能推己及人、由己及人，也就是说你知晓了自己，也就“忠恕”了他人，“忠恕”了万事万物。万事万物都诚于“中”而形于外，金圣叹在《水浒》第四十二回回评中就说：“天下无有一人，无有一事，无有一刻不诚于中，形于外也者。”因此，“忠恕”就成为“量万物之斗斛”。“因缘生法”则是“裁世界之刀尺”。施耐庵因为掌握了“因缘生法”“忠恕”“格物”之法，才创作出了《水浒》。而创作《水浒》只不过是小试笔锋。“忠恕，量万物之斗斛也。因缘生法，裁世界之刀尺也。施耐庵左手握如是斗斛，右手持如是刀尺，而仅乃叙一百八人之性情、气质、形状、声口者，是犹小试其端也。”①

从字面上看，金圣叹所说的“因缘生法”“忠恕”“格物”和文学活动中的“体验”有一定的距离，但知道了其中心意思是强调“推己及人”时，就能看出其和“体验”之间的密切关系。

金圣叹的“亲动心”说和“因缘生法”“忠恕”“格物”有着密切的关系。“因缘生法”“忠恕”“格物”强调的是知晓自己，同时推想他人、他物。而施耐庵之所以能“忽然写一豪杰，即居然豪杰”“忽然写一奸雄，即又居然奸雄”“忽然写一淫妇，即居然淫妇”“写一偷儿，即又居然偷儿”，这其中最根本的原因就在于，施耐庵能推己及人，“亲动心”地来推想豪杰、奸雄、淫妇、偷儿的情状，化身为豪杰、奸雄、淫妇、偷儿。金圣叹说：“既动心而为淫妇，既动心而为偷儿，则岂惟淫妇、偷儿而已。惟耐庵于三寸之笔，一幅之纸之间，实亲动心而为淫妇，亲动心而为偷儿。既已动心，则均矣，又安辩泚笔点墨之非人马通奸，泚笔点墨之非飞檐走壁耶?”施耐庵本人不是淫妇、偷儿，但他能够在创作过程中幻想为淫妇、偷儿，也把自己幻想为所描写的对象，细心揣摩、体验“豪杰”“奸雄”“淫妇”“偷儿”的“性情”“气质”“形状”“声口”，从而塑造出逼真传神的豪杰、奸雄、淫妇、偷儿形象。

① （明）施耐庵著，金圣叹评：《水浒传 注评本》，上海古籍出版社 2015 年版，第 991 页。

金圣叹指出，施耐庵之所以能塑造出逼真传神的淫妇、偷儿的形象，就在于“因缘和合，无法不有。自古淫妇无印板偷汉法，偷儿无印板做贼法，才子亦无印板做文字法也。因缘生法，一切具足。……而耐庵作《水浒》一传，直以因缘生法为其文字总持，是深达因缘也。夫深达因缘之人……写豪杰、奸雄之时，其文亦随因缘而起，则是耐庵固无与也”。[①] 看来，金圣叹认为，能不能塑造出生动传神的人物形象，就在于“设身处地”地想象描写对象，化身为描绘对象。他就说过，作者“处处设身处地而后成文”。[②] 他在评点《水浒传》中武松打虎一段时，也强调施耐庵也设身处地化身为老虎，“体验”老虎搏人时的情状。他说：“乃今耐庵忽然以笔墨游戏，画出全副活虎搏人图来，今而后，要看虎者，其尽到《水浒传》中……传闻赵松雪好画马，晚更入妙，每欲构思，便于是密室解衣踞地，先学为马，然后命笔。一日管夫人来，见赵宛然马也。今耐庵为此文，想亦复解衣踞地，作一扑、一掀、一剪势耶。……我真不知耐庵何处有此一副虎食人方法在胸中也。”[③]

金圣叹除了提出文学创作要“设身处地”地“体验”描写对象外，在文学接受中也要求读者“设身思之”，设想自己置身于作品的情境之中，“体验”作品的艺术境界。金圣叹在评点唐代赵嘏《长安月下与故人语故山》前两联：“宅边秋水浸苔矶，日日持竿去不归。杨柳风多潮未落，蒹葭霜薄雁初飞。”时曰：“我今亦试设身思之，假使果有如此宅，如此水，如此矶，则虽终身持竿，闲闲于其间受用如此杨柳，如此风，如此潮，如此蒹葭，如此霜，如此雁，真是老大快活也。”[④] 为了更好“设身处地”地“体验”作品中的情境，金圣叹要求读者要内心虚静，“虚心平气，仰观俯察，待之以敬，行之以忠”。[⑤] 也要知晓作者的心胸，金圣叹说：“大凡读书，先要晓得作书之人是何心胸”。[⑥] 同时，还要和作者创作时的心绪融为一体，金圣叹所说：“读书尚论古人，须将自己眼光直射千百年上，

① （明）施耐庵著，金圣叹评：《水浒传 注评本》，上海古籍出版社2015年版，第783页。
② （明）施耐庵著，金圣叹评：《水浒传 注评本》，上海古籍出版社2015年版，第259页。
③ （明）施耐庵著，金圣叹评：《水浒传 注评本》，上海古籍出版社2015年版，第317页。
④ 林乾主编：《金圣叹评点才子全集》，光明日报出版社1997年版，第410页。
⑤ 林乾主编：《金圣叹评点才子全集》，光明日报出版社1997年版，第14页。
⑥ （明）施耐庵著，金圣叹评：《水浒传 注评本》，上海古籍出版社2015年版，第998页。

与当日古人提笔一刹那倾精神融成水乳，方能有得。不然，真如同嚼蜡矣。”① 做到了内心虚静、知晓作者的心胸、与作者的作者创作时的心绪融成水乳，作品的意蕴也就真正得到了。

可以看出，金圣叹重视文学活动中“体验”的思想是非常丰富的，既有关于文学创作方面的“体验”观，也有文学接受方面的“体验”观。

和金圣叹一样，李渔（1611—1680）也强调作者在创作过程中“设身处地”。李渔的“设身处地”是和戏曲创作中的想象联系在一起的。他说：“若非梦往神游，何谓设身处地。”② 在李渔看来，只有作家处于“梦往神游”的想象的时候，才会有“设身处地”。他指出，在现实生活中，人“自幼至长，自长至老，总无一刻舒眉”。但在文学创作时，则可以把自己变成任何一个人、官人、才子、绝代佳人、神仙。“制曲填词之顷……我欲做官，则顷刻之间便臻荣贵；我欲致仕，则转盼之际又入山林；我欲作人间才子，即为杜甫、李白之后身；我欲娶绝代佳人，即作王嫱、西施之原配；我欲成仙作佛，则西天蓬岛，即在砚池笔架之前；我欲尽孝输忠，则君治亲年，可跻尧、舜、彭籛之上。”③

其实，李渔之所以强调戏曲创作要“设身处地”，更重要是来自“语求肖似”的文学主张。他提出要“说一人，肖一人，勿使雷同，弗使浮泛”，④“说何人，肖何人，议某事，切某事”。“张三要像张三，难通融于李四”。⑤ 正是从这一“说何人，肖何人”角度出发，李渔才明确地提出戏曲创作要“设身处地”。他认为，语言是人内心情绪的表达，因而，要表现一个人物的言行，首先要了解此一人的内心。那么，怎样来了解和体会一个人的内心呢，李渔认为，只有借助想象，“设身处地”地幻化为剧中人，揣度不同身份、不同性别、不同教养、不同经历人的特征，想象不同人的内心情感。在《闲情偶寄》卷三《语求肖似》中说：“言者，心之声也，欲代此一人立言，先宜代此一人立心，若非梦往神游，何谓设身处地？无论立心端正者，我当设身处地，代生端正之想；即遇立心邪辟者，

① 林乾主编：《金圣叹评点才子全集》，光明日报出版社 1997 年版，第 694 页。
② （明）李渔：《闲情偶寄》，浙江古籍出版社 2011 年版，第 24 页。
③ （明）李渔：《闲情偶寄》，浙江古籍出版社 2011 年版，第 24 页。
④ （明）李渔：《闲情偶寄》，浙江古籍出版社 2011 年版，第 24—25 页。
⑤ （明）李渔：《闲情偶寄》，浙江古籍出版社 2011 年版，第 11 页。

我亦当舍经从权，暂为邪辟之思。”

王夫之（1619—1692）的“体验”思想表现在两个方面：一是“现量”说；二是“设身处地”的阅读方式。

“现量”本是古代印度因明学中的术语。“现量”被大乘佛教列为印度五明之一的因明是关于推理、论证、知识和智慧的古代学问。“量”指知识，分为“现量”和“比量”。“现量”是由感官和对象接触所产生的知识。“比量”就是推理。①

王夫之在《相宗络索》中有“三量”（现量、比量和非量）一章。他解释说：“现量：‘现’者有现在义，有现成义，有显现真实义。‘现在’不缘过去作影；‘现成’一触即觉，不假思量计较；‘显现真实’乃彼之体性本自如此，显现无疑，不参虚妄。”② 王夫之所说的“现量”有三层含义。一是“现在”义，即指由眼前的景物直接感知而得，不依赖对过去情景的回忆；二是“现成”义，即指由瞬间的直觉而得，不需借助思考、判断、推理的抽象思维方式；三是“显现真实”义，即指内心的影像显现了事物的本真属性，没有掺入个人的虚构和想象。

可以看出，王夫之所说的“现量”强调非理性、非逻辑推理，是感悟、体验性的。“现量”的这一特征正好和诗性思维中的“感兴”相同，王夫之在谈诗时也“即景会心”“因景因情”“兴会”，并直接用“现量”来解释诗词创作。从“现量”出发，王夫之就着重于诗词创作中当下的刹那间感悟，反对“推敲”和雕琢。王夫之说：

> “僧敲月下门”只是妄想揣摩，如说他人梦，纵令形容酷似，何尝毫发关心？知然者，以其沉吟“推敲”二字，就他作想也。若即景会心，则或“推”或“敲”，必居其一，因景因情，自然灵妙，何劳拟议哉？“长河落日圆”，初无定景；“隔水问樵夫”，初非想得。则禅家所谓“现量”也。③

王夫之认为，诗应如同佛家所谓的“现量”，是“即景会心”“不思

① 参看沈剑英《因明学研究》，中国大百科全书出版社 1985 年版，第 1—7 页。

② （明）王夫之：《船山全书》，岳麓书社 2011 年版，第 536 页。

③ （明）王夫之：《姜斋诗话笺注》，上海古籍出版社 2012 年版，第 52—53 页。

而得”的。像“长河落日圆”，是在当下所感受到自然景象；“隔水问樵夫”是人事巧遇当下直接反应，都不是刻意雕琢，搜肠刮肚而得。王夫之所赞赏的“池塘生春草”“蝴蝶飞南园”等名句，都是诗人心目与当前实景相逢、相融浃的产物。“‘池塘生春草’‘蝴蝶飞南园’‘明月照积雪’，皆心中目中与相融浃，一出语时，即得珠圆玉润，要亦各视其所怀来而与景相迎者也。”①

同样，王夫之对人们一直赞誉的“蝉噪林逾静，鸟鸣山更幽”两句诗也提出批评：

> 清婉，则唐人多能之，一结弘深，唐人之问津者寡矣。“蝉噪林逾静，鸟鸣山更幽”，论者以为独绝，非也……“逾”“更”二字，斧凿露尽，未免拙工之巧。拟之于禅，非比二量语，所摄非现量也。②

王夫之所以批评“蝉噪林逾静，鸟鸣山更幽”，因为用了“逾”“更”，这在王夫之看来已属于“比量”而非“现量”，属于“斧凿露尽”。他指出：“缘景，缘事，缘以往，缘未来，终年苦吟而不能自道，以追光蹑影之笔，写通天尽人之怀，是诗家正法眼藏。”③ 所谓“追光蹑影之笔”，就是指善于描写一触即发的即兴之景。

由于重视创作的“即景会心”，王夫之才反对“刻意”，“寓目吟成，不知悲凉之何以生。诗歌之妙，原在取景遣韵，不在刻意也”。④ 在他看来，“心理所诣，景自与逢，即目成吟，无非然者，正此以见深人之致”。⑤ 他说：“诗非行墨埋头人所为”，“‘日暮天无云，春风扇微和’，摘出作景语，自是佳胜，然此又非景语。雅人胸中胜概，天地山川，无不自我而成其荣观，故知诗非行墨埋头人所为也”。⑥ 即便写吊古诗，他也反对“措大灯窗下钻故纸物”。“吊古诗必如此，乃有我位，乃有当时现量情景。不尔，预拟一诗，入庙粘土，饶伊议论英卓，只是措大灯窗下钻故纸物事，

① （明）王夫之：《姜斋诗话笺注》，上海古籍出版社2012年版，第50—51页。
② （明）王夫之：《古诗评选》，上海古籍出版社2011年版，第286页。
③ （明）王夫之：《古诗评选》，上海古籍出版社2011年版，第161页。
④ （明）王夫之：《古诗评选》，上海古籍出版社2011年版，第66页。
⑤ （明）王夫之：《古诗评选》，上海古籍出版社2011年版，第239页。
⑥ （明）王夫之：《古诗评选》，上海古籍出版社2011年版，第193页。

正恐英鬼英人，学一段话来跟前卖弄也。”① 要求怀古诗要亲临现场，不可预拟宿构。

从以上诗文点评中，可以看出，王夫之强调，诗应来自“即景会心”的瞬间直觉，不是某种观念和场景先行“预拟”，而应是在直接的审美观照中“因景因情”的情景相生。好的诗只应是“当时现量情景”，不可“预拟”，也“何劳拟议哉”？更是“初无定景”和“初非想得”。相反，如果有了“预拟”和“拟议”，那就“只是措大灯窗下钻故纸物事”，或者“妄想揣摩，如说他人梦”了。

同时，王夫之也强调文学接受中“设身处地”的阅读方式，并用“设身处地”的方式来解释杜甫的《登岳阳楼》一诗：“‘亲朋无一字，老病有孤舟。’自然是登岳阳楼诗。尝试设身作杜陵，凭轩远望观，则心目中二语居然出现，此亦情中景也。”② 他认为，在杜甫《登岳阳楼》一诗时，就要设想自己就是处于彼时彼地的杜甫，通过“设身作杜陵”来体会《登岳阳楼》一诗中表达的情感。

叶燮（1627—1703）作为刘勰之后最具有体系性的理论家，其理论思想是多方面的，能以“在我”之“才、胆、识、力”，反映“在物”之“理、事、情”，具有较鲜明的注重摹仿的诗学思想。但叶燮在主张表现事物“理、事、情”的同时，也推崇诗的“妙在含蓄无垠，思致微渺”。他认为，诗达到极致之处时，“其寄托在可言不可言之间，其指归在可解不可解之会”。正因为诗“含蓄无垠，思致微渺”，所以，在解读诗的时候就不能以“俗儒”的眼光看，而是要“设身处地”，以审美的视角来解读诗。叶燮在谈到杜甫《玄元皇帝庙作》中“碧瓦初寒外”一句时说：如果按照“俗儒”的眼光“逐字论之：言乎‘外’，与内为界也。‘初寒’何物，可以内外界乎？将‘碧瓦’之外，无‘初寒’乎？‘寒’者，天地之气也。是气也，尽宇宙之内，无处不充塞；而‘碧瓦’独居其‘外’，‘寒’气独盘踞于‘碧瓦’之内乎？‘寒’而曰‘初’，将严寒或不如是乎？‘初寒’无象无形，‘碧瓦’有物有质；合虚实而分内外，吾不知其写‘碧瓦’乎？写‘初寒’乎？写近乎？写远乎？使必以理而实诸事以解

---

① （明）王夫之：《明诗评选》，上海古籍出版社 2011 年版，第 133 页。

② （明）王夫之：《姜斋诗话笺注》，上海古籍出版社 2012 年版，第 74—75 页。

之，虽稷下谈天之辩，恐至此亦穷矣”。[1] 叶燮认为，“俗儒”的眼光拘泥于一字一词、一字一事、一事一理地相对应，恐怕很难解释。那么，应该怎样解读才是正解的呢？叶燮说：“然设身而处当时之境会，觉此五字之情景，恍如天造地设，呈于象、感于目、会于心。意中之言，而口不能言，口能言之，而意又不可解。划然示我以默会想象之表，竟若有内、有外，有寒有初寒。特借碧瓦一实相发之，有中间，有边际，虚实相成，有无互立，取之当前而得，其理昭然，其事的然也。”[2]

这也就是说，读者要“设身处地”地体会“碧瓦初寒外”这一诗句时，就能体会到诗句中“若有内、有外，有寒有初寒”，有远、有近，“有中间，有边际，虚实相成，有无互立”，所表现的是一种整体意象。这只有通过“设身处地”的体验才能体会得到。叶燮对《玄元皇帝庙作》中“碧瓦初寒外”一句的解读，说明“设身处地”的“体验”在文学接受中的重要性，正如他所说：“可言之理，人人能言之，又安在诗人之言之！可征之事，人人能述之，又安在诗人之述之！必有不可言之理，不可述之事，遇之于默会意象之表，而理与事无不灿然于前者也。”叶燮这里所说的“默会”，也就是一种“体验”。

仇兆鳌（1638—1717）在解读杜甫诗时也强调“体验”，他要求读者应“身历其世”，如同作者一样，亲身体会所面对的此时此景，从而更好地理解诗的内涵。以杜甫为例，杜甫是中国文学史上最伟大的现实主义诗人，是“诗史”“诗圣”。仇兆鳌在《杜诗详注》的序文中说：“宋人之论诗者，称杜为诗史，谓得其诗可以论世知人也。明人之论诗者，推杜为诗圣，谓其立言忠厚，可以垂教万世也。”

作为“诗史”“诗圣”的杜甫有着丰富的生活经历和忧国忧民的情怀。仇兆鳌指出，杜甫处在“当开元全盛时，南游吴越，北抵齐赵，浩然有跨八荒、凌九霄之志。既而遭逢天宝，奔走流离，自华州谢官以后，度陇客秦，结草庐于成都瀼西，扁舟出峡，泛荆渚，过洞庭，涉湘潭。凡登临游历，酬知遣怀之作，有一念不系属朝廷，有一时不恫瘝斯世斯民者乎”？杜甫丰富的生活经历和深厚的忧国忧民情怀就使其诗也不同于其他诗人。

---

① （清）叶燮：《原诗笺注》，上海古籍出版社2014年版，第200页。
② （清）叶燮：《原诗笺注》，上海古籍出版社2014年版，第200页。

仇兆鳌就说：若舍“诗史”“诗圣”谈杜诗，则“无异于词人矣”。

那么，怎样来解读作为“诗史”“诗圣”的杜甫呢？仇兆鳌提出，要“读其诗者，一一以此求之，则知悲欢愉戚，纵笔所至，无在非至情激发”。也就是说，要从“诗史”“诗圣”这两点，也即从现实性和人文情怀这两方面来把握杜诗。

当然，仇兆鳌认为，要想真正地把握杜诗的这两个方面，就“必反复沉潜，求其归宿所在。又从而句栉字比之，庶几得作者苦心于千百年之上，恍然如身历其世，面接其人，而概乎有余悲，悄乎有余思也”。仇兆鳌这里所说的“恍然如身历其世，面接其人”就是讲读者在接受中要化身为杜甫，想象具有和杜甫有相似的经历，读者就如同亲自面对杜甫一样，细心去“体验”杜甫创作诗时的情怀。这样，仇兆鳌就把体验、感受杜甫的经历作为能否把握杜甫“诗史”“诗圣”特征的主要方式。

张竹坡（1670—1698）则沿着金圣叹的“亲动心”说：继续把“体验”与文学创作联系起来。他一方面强调作家的创作要“一一经历过”，他在《第一奇书〈金瓶梅〉读法》五九中就说：“作《金瓶梅》者，必曾于患难穷愁，人情世故，一一经历过，入世最深，方能为众角色摹神也。”张竹坡不但强调“一一经历过”，而且还要求“入世”要深，才能把从众人物的神韵表现出来。张竹坡认为《金瓶梅》是“泄愤”之作，“有一种愤懑气象”，是“作者满肚皮猖狂之泪没处洒落，故以《金瓶梅》为大骂地也”。因此，作者必对“患难穷愁人情世故”有所经历，且“入世”体会得最为深切，才能形神俱备地刻画“各色人等”。这是作者对人生社会深切“体验”后的创作结果。

“经历”和“入世”说法表明了张竹坡把“体验”与文学创作联系起来：作家必须要经历得多，“人情世故，一一经历过”，并且要是“入世”。要达到“摹神”的艺术境界，一般的入世还不行，必须“入世最深”，入世愈深，“摹神”愈真，人物形象也就越鲜活。

关于要“经历”，张竹坡还有“现身”“化身”等不同的说法，在《第一奇书〈金瓶梅〉读法》六十一中说：“一心所通，实又真个现身一番，方说得一番。然则其写诸淫妇，真乃各现淫妇人身，为人说法者也。”所说的“现身”，就是说作者在描写作品中某一人物时，就变成此一人物，在内心中想象和“体验”人的此时此景的情状。像他所说的“写诸淫妇，真乃各现淫妇人身”。他在《第一奇书〈金瓶梅〉读法》六十二中又说：“其书凡有描写，莫不各尽人情，然则真千百化身现各色人等，为之说法者也。”这里的“化身”也是说作者在写某一人时，就从内心里变成作品中的某一人物，并且不只是化身一两个人物，而是能“化身现各色人等”。

可以看出，张竹坡所说的“经历过”“入世”的内涵还都是要“体验”。他在评点《金瓶梅》时对“亲历”的辩证理解就明确地说明了这一点。

在《〈金瓶梅〉读法》六十中说：“作《金瓶梅》，若果必待色色历遍才有此书，则《金瓶梅》又必做不成也。何则？即如诸淫妇偷汉，种种不同，若必待身亲历而后知之，将何以经历哉？故知才子无所不通，专在一心也。”这里，张竹坡首先认为要“色色历遍”才能写出好书。这和前面所说的“一一经历过”是相同的。但他又说：作家所写的一定都要“一一经历过”，这又是不可能的，因为作家不可能真正变身成“淫妇偷汉”，去亲身经历“淫妇偷汉”的生活。那么作家怎样来写“淫妇偷汉”这一类人物呢？张竹坡提出，这就要靠作家的想象和内心“体验”。他所说的“专在一心”强调的是内心的体验、想象。张竹坡这里是说明，仅仅有经历不可能创作出好的作品，只有“专在一心”，用心去体验、感受才能把握住不同人物的特征。

张竹坡不但对文学创作强调要有“体验”，对文学接受也强调要“体验”。在评点《第二回　俏潘娘帘下勾情老王婆茶坊说技》时说：“此等文字，亦难将其妙处，在口中说出。但愿看官看金莲、武二的文字时，将身即做金莲，想至等武二来，如何用言语去勾引他，方得上道儿也。”在张竹坡看来，读者要想真正理解此时——一个想勾引武松的潘金莲，就要“将身即做金莲”，想象自己就是潘金莲，“体验”潘金莲此时的心理想法。这就把文学接受的“体验”明确地提了出来。

明清时期除讲“亲历”“亲动心”“设身处地”之外，也继续着重视“涵泳”式阅读的观念，这其中，沈德潜（1673—1769）就提出，读者只有不断地体味、吟读，才能把握作品的意味。“读诗者心平气和，涵泳浸渍，则意味自出”。沈德潜是从如何把握作品的意味角度来重视“涵泳”的。在他看来，古人的作品，意味深厚，后人又解读时又各随其性情不同，各有各的理解，“况古人之言，包含无尽；后人读之，随其性情浅深高下，各有会心”。因此，为了避免“自立意见，勉强求合”，就要“涵泳浸渍”，细心体会古人作品中的意味。

《四库全书总目提要》中也认为，诗意“出笔墨蹊径之外”，解说者只可“涵咏与化”，不能“循文衍义”。在评价黄文焕的《陶诗析义》时说：“陶诗之妙，所谓寄至味于淡泊，发纤秾于简古，其神理在笔墨之外，可以涵咏与化，而不可一字一句求之于町畦之内”；[①] 而在评价吴正子笺注，刘辰翁评点的《笺注评点李长吉歌诗》时说：“贺之为诗，冥心孤诣，往往出笔墨蹊径之外，可意会而不可言传。……而诸家所论，必欲一字一句为之诠释，故不免辗转轇轕”，反成滞相。又所用典故，率多点化其意，藻饰其文，宛转关生，不名一格。……循文衍义，讵得其真……不一一穿凿其说：犹胜诸家之淆乱。”[②] 这里，肯定了吴正子和刘辰翁不“一字一句为之诠释”、不“循文衍义”“不一一穿凿其说”的批评方法，这也就从另一角度肯定了诗要“涵咏与化”，才能得诗之真味。

况周颐（1859—1926）也讲读诗词要“涵泳”，况周颐并不是单纯地讲“涵泳”，而是把“涵泳”和虚静、“设身处地”联系起来。他在《蕙风词话》卷一的“读词之法”，则对“涵泳”的读词方法作了详细说明：“读词之法，取前人名句意境绝佳者，将此意境缔构于吾想望中。然后澄思渺虑，以吾身入乎其中而涵泳玩索之。吾性灵与相浃而俱化，乃真实为吾有而外物不能夺。三十年前，以此法为日课，养成不入时之性情，不遑恤也。”况周颐把“澄思”“身入乎其中”“涵泳”联合起来。

与“亲历”“亲动心”“设身处地”相近的说法还有“会心”。“会心”是浦起龙（1679—1762）在《读杜心解》中提出的。《读杜心解》是浦起龙撰著的一部注解杜诗的专著。在本书中，他描述了以“会心”法解读杜甫诗歌的心路历程：“吾读杜十年，索杜于杜，弗得；索杜于百氏诠释之杜，愈益弗得。既乃摄吾之心印杜之心，吾之心闷闷然而往，杜之心活活然而来，邂逅于无何有之乡，而吾之解出焉。……吾还杜以诗，吾还杜之诗以心，吾敢谓信心之非师心舆，第悬吾解焉，请自今舆天下万世之心乎杜者洁齐相见。命曰《读杜心解》，别为发凡以系之。”[③]“索杜于杜”

---

① （清）纪昀主编：《四库全书总目提要》，河北人民出版社 2000 年版，第 4552 页。

② （清）纪昀主编：《四库全书总目提要》，河北人民出版社 2000 年版，第 3887 页。

③ 浦起龙：《读杜心解》，中华书局 1961 年版，第 5 页。

是停留于杜诗文本的字面上，专注于对字词的索引考据，没有真正地理解杜诗；“索杜于百氏诠释之杜”是参考其人的注解与阐释，也未能真正读懂杜诗；最后浦起龙提出，要以心会心，即“摄吾之心印杜之心”，就是要想象自己变身为杜甫，以自己之心会杜甫之心，细致地体会杜甫写诗的此情此景。这种“以心会心”的理解方式就是要化身为作者，“体验”作者的心境，从而最大限度地接近作者写诗时的原意。

与浦起龙要“摄吾之心印杜之心”一样，朱庭珍（1841—1903）也提出读诗时要“设身处地”，“心心与古人印证”。他在《筱园诗话》卷一也说：“设身处地，以会其隐微言外之情，则心心与古人印证，有不得其精意者乎？而又随时随地，无不留心，身所阅历之世故人情、物理事变，莫不洞鉴所当然之故，与所读之书义，冰释乳合，交契会悟，约万殊而豁然贯通，则耳目所及，一游一玩，皆理境也。”朱庭珍把“设身处地”与“以心印心”相提并论，要求“与所读之书义，冰释乳合，交契会悟”。他在《筱园诗话》卷四中还说：“此须沈心入理，于经史诸子，推求研究，又于古大家集，尽力用一番设身处地、反复体认工夫，又于物理人情，细心静验，始终消除客气，不执成见，以造精深微妙之诣，得渐近于自然。”

黄子云（1691—1754）也主张学诗要“揣知作者当日所处境遇”，诗中的情景才能才能“灼然毕现我目中矣”。他说：“学古人诗，不在乎字句，而在乎臭味。字句，魄也，可记诵而得；臭味，魂也，不可以言宣。当于吟咏之时，先揣知作者当日所处境遇，然后以我之心，求无象于窅冥惚恍间，或得或丧，若存若亡，始也茫然无所遇，终焉元珠垂曜，灼然毕现我目中矣。见而获之，后虽纵笔挥洒，却语语有古人面目。”[①] 这里的“揣知作者当日所处境遇”，也就是要“设身外地”地去感受、体味。

继承张竹坡的“身亲历”说，袁枚（1716—1797）也提出，诗歌创作要“亲历”。他在《随园诗话》补遗十卷及附录中说：“诗中境界，非亲历者不知。然阿兄虽亲历，亦不能如此之细腻风光也。”袁枚强调接受过程中要“亲历”，在“亲历”中“体验”。但“亲历”也并不等于就有了“体验”。只有“亲历”后有了感悟才有“体验”，也只有有了“体验”，才能写出细腻风光的诗作。所以袁枚才说：“然阿兄虽亲历，亦不能如此

① （明）王夫之等撰，丁福保辑录：《清诗话》，中华书局1963年版，第847—848页。

之细腻风光。”

袁枚这一重视阅读中“亲历”的思想在其他人也提出过。这之前，在苏轼《题跋》卷二《题渊明诗》中就说：“陶靖节云：‘平畴交远风，良苗也怀新’，非古之偶耕植杖者，不能道此语；非余之世农，也不能识此语之妙也”。在苏轼看来，陶渊明的诗句“平畴交远风，良苗也怀新”是他在“偶耕植杖”体验后的感受，而后人要想真正理解这一句诗的意蕴，也只有有着农耕生活经历的农民才能体会得到两句诗的妙处。这说明，苏轼已经看到了文学接受中的“亲历”、亲身体验的重要性。

洪亮吉（1746—1809）也强调“亲历”，他在《北江诗话》中说：“大抵读古人之诗，又必经此地，身历其险，而后知心惊魄动者，实由于耳闻目见得之，非妄语也。”洪亮吉认为，读诗时，要到诗人所写到的此地，亲身经历，亲眼见一见，亲身感受一下，才能更好地理解诗。王世贞（1526—1590）在《艺苑卮言》卷三则总结说：“实境诗于实境读之，哀乐便自百倍。”也就是说，王世贞认为，读者只有亲临诗所描写的实地，亲自“体验”一番，才能更好地理解诗所表现的喜怒哀乐。刘熙载（1813—1881）也主张诗文创作中的经历，《艺概·诗概》说：“代匹夫匹妇语最难，盖饥寒劳困之苦虽告人人且不知，知人必物我无间者也。杜少陵、元次山、白香山不但如身入闾阎目击其事，直与疾病之在身者无异。”所说的“身入闾阎目击其事”，就是一种“亲历”，而“直与疾病之在身者无异”，则强调不但要经历，还要与表现对象有相同、相似的经历。

同样，脂砚斋在评点《红楼梦》时也强调“亲历”。他指出，《红楼梦》中那些精彩的段落都是可能是作者“亲历”过、体验过的，否则，不可能写得出，也不可能写得如此细致、真切。如《红楼梦》第十八回“隔珠帘父女勉忠勤搦，湘管姊弟裁题咏”中描写元春省亲场面时：“一时传人一担一担的挑进蜡烛来，各处点灯。方点完时，忽听外边马跑之声。一时，有十来个太监都喘吁吁跑来拍手儿。这些太监会意，都知道是‘来了，来了’，各按方向站住。”在“这些太监会意”旁边，庚辰侧批：“难得他写的出，是经过之人也。”在第十八回的另一处：

> 贾妃……至贾母正室，欲行家礼，贾母等俱跪止不迭。贾妃满眼垂泪，方彼此上前厮见，一手搀贾母，一手搀王夫人，三个人满心里

> 皆有许多话，只是俱说不出，只管呜咽对泣。……”庚辰眉批：“非经历过，如何写得出?”而在《红楼梦》第七十六回“凸碧堂品笛感凄清，凹晶馆联诗悲寂寞”中：“湘云方欲联时，黛玉指池中黑影与湘云看道：‘你看那河里怎么像个人在黑影里去了，敢是个鬼罢?’湘云笑道：‘可是又见鬼了。我是不怕鬼的，等我打他一下。’因弯腰拾了一块小石片向那池中打去，只听打得水响，一个大圆圈将月影荡散复聚者几次。”

庚辰夹批：“试思若非亲历其境者，如何摹写得如此!”脂砚斋这三处评批都是讲生活经历和“体验”对创作的重要意义，他甚至说“未身经目睹，所言皆在情理之外焉”。这和王夫之所说的“身之所历，目之所见，是铁门限”意思相同，都是讲亲身经历、亲自体验是文学创作必须要跨越的一道门槛。

脂砚斋不仅强调创作时作家要经历过、体验过，在论及文学接受时也要求读者“设身处地”，化身为作品中的人物，才能真正理解人物的情绪、心理。

如在《红楼梦》第九回“恋风流情友入家塾，起嫌疑顽童闹学堂”中，写贾宝玉要入塾去读书，早上起来与袭人的一段对话：

> 到了这天，宝玉起来时，袭人早已把书笔文物收拾停妥，坐在床沿上发闷；见宝玉起来，只得服侍他梳洗。宝玉见他闷闷的，问道：“好姐姐，你怎么又不喜欢了？难道怕我上学去，撂的你们冷清了不成?”袭人笑道：“这是哪里的话？念书是很好的事，不然就潦倒一辈子了，终久怎么样?”

对这一段文字，王府本的脂批曰：“袭人方才的闷闷，此时的正论，请教诸公设身处地，亦必是如此方是。真是曲尽情理，一字也不可少者。”脂砚斋认为，要真正理解袭人的言行，就要“设身处地”，从袭人的角度来看待她的言行。袭人虽然是个丫鬟，但“贾母将他给了宝玉”，她也与宝玉有了云雨私情，关系与其他的丫鬟不同。此前，她与宝玉耳鬓厮磨，终日相守。而现在宝玉要入塾读书，自然不免生出失落之感，有了闷闷不乐之情。但袭人又很理智，能理智地对待宝玉入塾读书，所以才“笑道”而发“正论”，用这种“笑道”发“正论”的方式，既掩饰刚才的“闷闷”，又宽慰宝玉，好好读书。读者只有设想自己就是处于彼时彼地的袭人，才会觉得“亦必如此方是”，从而才能看出这一段文字的曲折之妙。

在《红楼梦》第二十回“王熙凤正言弹妒意，林黛玉俏语谑娇音”中，写宝玉因和宝钗一起玩，惹得林黛玉不高兴，宝玉对此解释说：

> “咱们两个一桌吃，一床睡，从小儿一处长大的。他是才来的，岂有个为他远你的呢？”黛玉啐道：“我难道叫你远他，我成了什么人了呢？我为的是我的心。”宝玉道：“我也为的是我的心。你难道就知道你的心，不知道我的心不成？”

对这一段文字，脂砚斋本已卯批曰：

> 此二语不独观者不解，料作者亦未必解；不但作者未必解，想石头亦不解，不过述宝、林二人之语耳。石头既未必解，宝、林此刻更自己亦不解，皆随口说出耳。若观者必欲要解，须自揣自身是宝、林之流，则洞然可解；若自料不是宝、林之流，则不必求解矣。

按脂砚斋的说法，林黛玉和宝玉的对话，是两个人之间的耳语，不单是读者，甚至连作者、石头、林黛玉和宝玉也都不能解。但“若观者必欲要解，须自揣自身是宝、林之流，则洞然可解”。这里将能否“设身处地”，变身为宝玉、黛玉，作为理解这段文字的先决条件，由此可见脂砚斋对“设身处地”批评方法的推重。

梁启超（1873—1929）《论小说与群治之关系》中则从重视小说的功用角度，强调读者要进入文本情境中，化身为作品中的主人公或其他人物。他认为，小说支配人道一共有“熏、浸、刺、提”四种力。其中的“提”是指提顿移情，即小说具有提领人于小说之中，“设身处地”地从作品中的人物的角度来体味，甚至化身为古人的功能。他说：

> 凡读小说者，必常若自化其身焉，入于书中，而为其书之主人

> 翁。读《野叟曝言》者必自拟文素臣，读《石头记》者必自拟贾宝玉，读《花月痕》者必自拟韩荷生若韦痴珠，读“梁山泊”者必自拟黑旋风若花和尚。虽读者自辩其无是心焉，吾不信也。夫既化其身以入书中矣，则当其读此书时，此身已非我有，截然去此界以入于彼界，所谓华严楼阁，帝网重重，一毛孔中，万亿莲花，一弹指顷，百千浩劫，文字移人，至此而极。然则吾书中主人翁而华盛顿，则读者将化身为华盛顿，主人翁而拿破仑，则读者将化身为拿破仑，主人翁而释迦、孔子，则读者将化身为释迦、孔子，有断然也。

在梁启超看来，“熏、浸、刺”这三种力，都是“自外而灌之使入”；而“提之力，自内而脱之使出”，“提之力”则是小说中最感染人心，功效最精妙的一种。为了更好地实现小说的“提之力”，读者在阅读作品时，就要变身为作品中的人物，“设身处地”地使自己化身为作品中的主人翁，如读《红楼梦》时，就要自拟贾宝玉，读《水浒传》时，就要自拟黑旋风、花和尚等。这样才能更好地“体验”作品中的意蕴。

王国维（1877—1927）则从“入”和“出”这两点上，把文学创作中的“体验”明确地标示出来。他在《人间词话》中说：“诗人对宇宙人生，须入乎其内，又须出乎其外。入乎其内，故能写之。出乎其外，故能观之。入乎其内，故有生气。出乎其外，故有高致。”“入乎其内”是指诗人能进入所描写的情境中，体会其间的内韵，只有生出了“体验”，才能创作出“有生气”的作品。相反，诗人不真正进入所描写的情境中，也就无法体会到事件、景物的真正内涵，也就不可能创作出生动形象的作品来。其实关于读书要“出”，又要“入”，这一说法早在宋代的陈善就提出过。陈善在《扪虱新语》上集卷四中说：“读书须知出入法。始当求所以入，终当求所以出。见得亲切，此是入书法；用得透脱，此是出书法。盖不能入得书，则不知古人用心处；不能出得书，则又死在言下。惟知出知入，乃尽读书之法。”陈善所说的“入”就是要进入到作品的情境中去，细心体会人物的情感。

鲁迅（1881—1936）也对注重文学创作中的“体验”，强调创作时要“以自己推测别人”。他说：“作品大抵是作者借别人以叙自己，或以自己推测别人的东西。”[①]“以自己推测别人”就是作家要以自己的心理来推测和想象作品中的人物。这也就是要作家来想象和“体验”作品中人物应该有的情感、心理和行为。鲁迅不仅注重文学创作中的“体验”，对文学鉴赏也要求“体验”，鲁迅说：“自设为古之一人，返其旧心，不思近世，平意求索，与之批评，则所论始云不妄，略有思理之士，无不然矣。”[②]“自设为古之一人，返其旧心”，这也是强调在批评时走进作品、走进作者，细心感受和体验作品表达的思想和作者的情感。而他所译厨川白村的《苦闷的象征》中说：“读者和作家的心境帖然无间的地方，有着生命的共鸣、共感的地方，于是艺术底鉴赏即成立。”“读者和作家的心境帖然无间”这也是要求读者走进作者的内心，体会作者表达的情感。这其中所表达的重视“体验”文学观也是明显的。

通过以上从先秦到近代的梳理可以看出，中国古代文学活动中有着非常丰富的“体验”思想，中国古代文学家在论及文学创作或接受时都自觉不自觉地强调“体验”，也用不同的说法、从不同的角度阐述着文学活动中的“体验”观，尽管这其中的阐述不太具有体系性，甚至有的只是零散的只言片语，但是从中可以感受到的是，重视文学活动中的“体验”是非常明显和明确的。

---

① 鲁迅：《三闲集·怎么写（夜记之一）》，《鲁迅全集》第4卷，人民出版社1973年版，第35页。

② 鲁迅：《科学史教篇》，《鲁迅全集》第1卷，第26页。

第三章　西方体验认知观的历史演进

朱德生、冒从虎和雷永生在《西方认识论史纲》一书中将西方认识论史划分为三个大的阶段：从客体角度研究认识论的阶段；从主体角度研究认识论的阶段；从主客体统一角度研究认识论的阶段。从时间上讲，第一阶段是从古代到中世纪；第二阶段是从近代的经验论与唯理论之争到18世纪的英法哲学；第三阶段则是从18世纪末的康德哲学至马克思主义。而西方“体验”的认知观也不同程度地存在于这三个阶段中，具体地说，“体验”认知观表现为潜伏、萌芽、展开和爆发四个时期。

第一节　古希腊认识论中的体验观——体验观的潜伏期

按照《西方认识论史纲》一书的划分，从古代到中世纪是从客体入手来研究认识论的阶段，这一时期文化关注的重心是客观世界。

柏拉图《泰阿泰德篇》记载过一件有趣的故事：“泰勒斯在仰观星辰时不慎落入井中，受到一位机智伶俐的色雷斯女仆的嘲笑，说他渴望知道天上的事，却看不到脚下的东西。”① 这个故事之所以流传，因为它具有一种象征意义，它象征着古希腊哲学家更关心远处和外部世界，而不太关心脚下和自身。

从西方的文化实践中也可以看出，早期的古希腊哲学家更多地把目光投向自然世界，探寻世界的本源是什么？要从纷繁变化的万事万物中寻找

① ［古希腊］柏拉图：《柏拉图全集》第二卷，王晓朝译，人民出版社2017年版，第697页。

一种能够把多样的万物统一起来的始基或本源。正如文德尔班所说的，当时哲学家们所关心的问题是："超越时间变化的万物始基是什么？万物始基如何变成特殊事物，特殊事物又如何变成万物始基？"[①] 尽管每一位哲学家给出的答案都不相同，但其共同点是，无论是泰勒士所认为的"水"，还是阿那克西美尼说的"气"，毕达哥拉斯学派提出的"数"，赫拉克利特所说的"火"，还是阿那克西曼德认定的"无限"，恩培多克勒认为的"四根"（水、火、气、土），阿拉克萨戈拉认为的"种子"，留基伯和德谟克利特认定的"原子"。虽然他们对万物始基的探索仍然回荡着感性的余响，但同时，又都否定了直观的感官存在物，力图从感性直观的事物中抽象出一个最为"真实"的存在。

这是因为，在古希腊哲学家看来，存在着感性和理性两种认识方式。德谟克利特就说："有两种形式的认识：真理性的认识和暗昧性的认识，属于后者的是视觉、听觉、嗅觉、味觉和触觉。"属于前者的则是另"一种更精致的工具"[②]，这就是说，感官所提供的感觉，虽然也是一种认识，但这是低级的、暗昧的认识，只有通过"更精致的工具"即理性，得到的才是高级的、真理性的认识。可以看出，德谟克利特把感觉的认知方式作为"暗昧性的认识"，并说"真理性的认识和这（指暗昧性的认识——引者注）根本不同"[③]。从"暗昧性的认识"这一个说法，就可以看出德谟克利特对感性和理性的不同态度。在德谟克利特这里，理性在认识过程中的重要性第一次得到了明确地阐述。同样，巴门尼德在感性和理性两者间也重视理性，他告诫人们："不要遵循这条大家所熟悉的道路，以你茫然的眼睛、轰鸣的耳朵以及舌头为准绳，而要用你的理智来解决纷争的辩论。"[④]

重视理性而轻视感性在古希腊最具有代表性的哲学家柏拉图和亚里士

① ［德］威廉·文德尔班：《哲学史教程》上卷，罗达仁译，商务印书馆 1989 年版，第 42 页。

② 北京大学哲学系西方哲学教研室编译：《古希腊罗马哲学》，生活·读书·新知三联书店 1957 年版，第 106 页。

③ 北京大学哲学系西方哲学教研室编译：《古希腊罗马哲学》，生活·读书·新知三联书店 1957 年版，第 106 页。

④ 北京大学哲学系西方哲学教研室编译：《古希腊罗马哲学》，生活·读书·新知三联书店 1957 年版，第 50—51 页。

多德那里表现得也同样明显。

重视理性轻视感性是柏拉图哲学最为鲜明的特征。在《泰阿泰德篇》中，柏拉图借苏格拉底之口驳斥泰阿泰德的“知识就是感觉”的说法。他指出：把知识当成个人感觉的说法实际是建立在万物流变的理论之上。既然事物每时每刻都处在变化中，怎么能把人对事物的感觉作为知识呢？因此，凭感官得的感觉根本就不是知识，因为感觉随着事物的变化而变化，它永远也不可能真实地认识事物本身。同时，柏拉图又提出，感觉的是零散性，人身体的某一感觉器官只能感知到事物的某些性质而无法感知到另一些性质。如眼睛只能看到事物的颜色和形状，却无法感知声音和硬度。要从总体上把握事物性质就需要一种将零散的感觉总括起来的能力，这种总括能力只能是心灵而不是感觉，因为心灵可以把握存在与虚无、荣与耻、善与恶，美与丑等抽象的内容。只有心灵（灵魂）才具备感性和理性双重能力，也才能具备认识能力，从而能够得到知识。当然，在柏拉图这里，知识的获得不是通过感性活动，也不是通过逻辑推理，而是来自灵魂固有的，是对前世已有知识的回忆。

从生活实践方面讲，柏拉图也重视理性，他一生的理想就是建立一个“理想国”。在柏拉图设想的“理想国”中，第一重要的就是智慧，“理想国”中的第一等人就是“爱智者”，柏拉图还提出，“理想国”的统治者应该是“爱智者”的哲学家，或者哲学家是“理想国”的统治者。同时，柏拉图又将人的灵魂分成“理性”“意志”和“情欲”三个部分。三者中，“理性”是国王，“意志”是士兵，而“情欲”则是平民。他还做了一个比喻说：“意志”是一匹驯服了的马，“情欲”则是一匹劣马，而“理性”驾御着意志和情欲这两匹马。如果理性不能驾驭“意志”和“情欲”，人也就会走向堕落。从这可以明显地看出柏拉图对理性的重视。可以说，从理性出发追求永恒的普遍知识，是柏拉图衡量一切事物和现象的出发点，也是他生活实践所遵循的最高原则。

与柏拉图相比，亚里士多德重视人的感官经验，认为人的知识来源于感觉经验，“从感官知觉中产生出了记忆，从对同一事物的不断重复的记忆中产生了经验”。[①] 但这不意味着亚里士多德是一个经验主义者，相反，

---

① 苗力田主编：《亚里士多德全集》第1卷，中国人民大学出版社1990年版，第348页。

无论从认识论，还是生活实践方面看，亚里士多德都是一个理性主义者。从认识方式角度看，虽然亚里士多德认为人的知识来源于感觉经验，但又认为，感觉经验只有经过理性的归纳才能成为真正的知识。“我们必须通过归纳获得最初前提的知识。因为这也是我们通过感官知觉获得普遍概念的方法。”① 在亚里士多德那里，人类的认识是一个从个别的感官经验逐步上升到普遍的理性知识的过程。在这一过程中，人们在获取具体的感官知觉的同时，又要运用归纳方法达到普遍的知识。因此，亚里士多德明确地说：“知识不能通过感官知觉而获得。”② 那么，怎样获得知识呢，那就是必须依靠三段论进行演绎和证明，从正确的前提推导出正确的结论，由此才能获得确定的知识。

在生活实践方面，亚里士多德也要求人应该按照理性原则行事，他提出，人生的最大幸福就是“尽可能不受灵魂无理性部分的影响”。③ 人应当完全按照理性的要求来生活：“如若理智对人来说就是神，那么合于理智的生活相对于人的生活来说就是神的生活……理智的生命就是最高的幸福。”④ 因此，亚里士多德整个哲学的理论体系也是在理性基础逻辑推演出来的。

可以说，否定感性直观，张扬理性是古希腊哲学的最主要特征。据史料记载，德谟克利特晚年为了避免认识真理时不受感觉的困扰，竟故意把自己的眼睛弄瞎。正如爱德华·策勒尔所说：“希腊哲学在公元前 6 世纪就大胆地并几乎是猛烈地踩出了由神话通向理性（逻各斯 Logos）的道路。……这种宣告人类理性自主的理性主义，构成了希腊哲学的总体进程的中流砥柱。”⑤

但在这种重理性主义精神的整体基调中，也潜伏着重视直观和体验的思想。这其中，柏拉图的“回忆说”就潜藏着直观要素。在柏拉图那里，世界被分为“理念世界”和现实世界两部分，“理念世界”是可知的，现实世界则是可见的。

---

① 苗力田主编：《亚里士多德全集》第 1 卷，中国人民大学出版社 1990 年版，第 348 页。
② 苗力田主编：《亚里士多德全集》第 1 卷，中国人民大学出版社 1990 年版，第 305 页。
③ 苗力田主编：《亚里士多德全集》第 8 卷，中国人民大学出版社 1994 年版，第 227 页。
④ 苗力田主编：《亚里士多德全集》第 8 卷，中国人民大学出版社 1994 年版，第 454 页。
⑤ ［德］爱德华·策勒尔：《古希腊哲学史纲》，翁绍军译，山东人民出版社 1992 年版，第 336 页。

“理念世界”是不可见的、超感性的，那怎样才能获得关于“理念世界”的知识呢？柏拉图认为，用“回忆”的方式，只有通过“回忆”才能获得关于理念的知识。因此，知识也就是“回忆”。“应当通过理性，把纷然杂陈的感官知觉集成一个统一体，从而认识理念。这就是一种回忆，回忆到我们的灵魂随着神灵游历时见到的一切；那时它高瞻远瞩，超出我们误以为真实的东西，抬头望见了那真正的本体（理念）。”① 与对世界的认识要运用逻辑归纳不同，对理念的“回忆”已不再需要逻辑归纳，在“回忆”中包含着直观的因素。正如文德尔班所指出的：“苏格拉底在他的概念形成说中认定为归纳的东西，在柏拉图那里，转变成凭借回忆而进行的直观，转变成对更高、更纯的知觉（Anschauung。‘Anschauung’一词应译为‘直观’——引者注）的反省。”② 这说明，“回忆说”意味着一种变革，它用“直观”替代了苏格拉底的归纳法。可以说，柏拉图的“回忆说”标志着西方“直观”认知方式的出现。

亚里士多德的认识论中也潜藏着直觉和体验思想。关于如何获得知识，亚里士多德不赞同柏拉图的只注重形式（理念），也不赞成自然哲学家的只注重质料。他认为，要正确地认识事物，既不能像柏拉图那样只关注形式，也不能像自然哲学家那样只注重质料，而是要把形式和质料两者结合起来，从而形成了形式质料说。他认为，人的知识首先要从感觉经验开始，即必须关涉质料；但知识的确定性又必须建立在普遍的形式关系，即三段论之上。而三段论的推论需要有一个前提，这个前提就是“直觉”。“我们必须借助归纳法去获悉原始的前提……理解原始前提的将是直觉……直觉就是科学知识的创始性根源。”③ 可以看出，亚里士多德一方面强调知识要通过三段论的演绎和证明方法，同时又认为“直觉就是科学知识的创始性根源”。因此，“直觉”的认知方式在亚里士多德这里已被明确地提了出来。

在古希腊时期的认识论中，只是潜伏着重视直觉、体验的思想。因为这一时期的认识论是与数学、自然科学紧密联系的。其中，米利都学派的

---

① 《西方哲学原著选读》上卷，北京大学哲学系外国哲学教研室编译，商务印书馆 1999 年版，第 75 页。

② ［德］文德尔班：《哲学史教程》，罗达仁译，商务印书馆 1997 年版，第 164 页。

③ ［古希腊］亚里士多德：《工具论》，李匡武译，广东人民出版社 1984 年版，第 256 页。

三个代表人物泰利斯、阿那克西曼德、阿那克西美尼，都同时是杰出的数学家、天文学家、地理学家；毕达戈拉及其学派对数学作出过杰出的贡献；柏拉图学园门口甚至写着“不懂几何学者不得入内”；亚里士多德领导的吕克昂学园则是当时希腊的科学研究中心。

正是在这一注重数学、自然科学的氛围中，逻辑的、理性的认知方式才更受重视。

第二节　中世纪认识论中的体验观——体验观的萌芽期

中世纪对感性和理性在认知方式和生活态度上都表现出一种矛盾：中世纪时期普遍认为，存在着的两个不同的世界，世俗世界和神的世界、物质世界和精神世界、肉体世界和灵魂世界。在这两个世界中，神的世界、精神世界和灵魂世界是重要的、更好的，而物质世界和肉体世界则从属于精神世界，物质和肉体的享受并不是人生的目的，人要追求精神的、灵魂的、永恒的、神性的生活。

和古希腊时期把世界本源看成一种物质性存在不同，基督教哲学家则把世界本源看成是一种精神性的。《新约圣经》开篇就说：“太初有道，道与上帝同在，道就是上帝。这道太初就与上帝同在。万物是借着他造的。凡被造的，没有一样不是借着他造的。”这说明，在基督教看来，世界上的万事万物都是由上帝创造的，上帝是世界的本源，也是自然和人类社会的统治者。上帝既有人格的意志、情感与欲望，但又没有具体的形象，是人的无法感知和用日常语言不能表达的。

那么，怎样证明和认知这样一个既在理论上存在，又无法从感官上感知的上帝，就成为中世纪文化的最大任务。这其中信仰就是中世纪众多哲学家所普遍主张的一种认知方式。“Fides quaerens intellectum（信仰寻求理解），这是一切中世纪思想的基本原则。”① 信仰之所以能成为中世纪普遍主张的认知方式，其原因就在于：基督教规定了一个绝对的、唯一的本

① ［法］吉尔松：《中世纪哲学精神》，沈清松译，（台北）商务印书馆2001年版，第4页。

体——上帝，并宣布上帝是最高的存在，是至上的善，也是完全的美，是包含着全部真理的统一体。但至真、至善、至美的上帝又超越了人的认知能力，人无法凭借自己的理性认识上帝，获得真理，只有依靠对认识上帝的信仰，才能获得真理。因此，中世纪哲学家就是要引导人们实现对上帝信仰，信仰也成为认知上帝唯一的方式。理性和信仰本来是矛盾的，尽管中世纪的哲学家在对理性问题上有着不同的看法，但在对信仰高于理性、理性要服从信仰这一点上，却表现出完全的一致性。

关于理性与信仰的关系问题，早在《新约圣经》中，尤其是在保罗书信中，就已经明确地提出来。保罗认为，人在启示的帮助下，能够认识上帝和真理。“上帝的事情，人所能知道的，原显明在人心里，因为上帝已经给他们显明。自从造天地以来，上帝的永能和神性是明明可知的，虽是眼不能见，但借着所造之物就可以晓得，叫人无可推诿。”但保罗又同时指出人的“无知”和“愚拙”，不能真正认识上帝：“因为，他们虽然知道上帝，却不当作上帝荣耀他，也不感谢他。他们的思念变为虚妄，无知的心就昏暗了。自称为聪明，反成了愚拙。”保罗更反驳了希腊哲学家所说的智慧：“就如经上所记：我要灭绝智慧人的智慧，废弃聪明人的聪明。智慧人在哪里？文士在哪里？这世上的辩士在哪里？上帝岂不是叫这世上的智慧变成愚拙吗？世人凭自己的智慧，既不认识上帝，上帝就乐意用人所当作愚拙的道理，拯救那些信的人；这就是上帝的智慧了。……上帝的愚拙总比人智慧，上帝的软弱总比人强壮。……上帝却拣选了世上愚拙的，叫有智慧的羞愧；又拣选了世上软弱的，叫那强壮的羞愧。”保罗还把希腊哲学称为“小学”，并告诫基督徒不要被所说的智慧迷惑：“你们要谨慎，恐怕有人用他的理学和虚空的妄言，不照着基督，乃照人间的遗传和世上的小学就把你们掳去。”“现在你们既然认识上帝，更可说是上帝神所认识的，怎么还要归回那懦弱无用的小学，情愿再给他做奴仆呢？”可以看出，《圣经》中已经关注到了理性和信仰问题，并在两者之间倾向于信仰。这也成为后来中世纪哲学家的主要倾向。

在认知方式上，中世纪哲学家也否定感性。在普洛丁那里，感性也远远低于理性，因为理性离真理更近。对于最高的美，感官无能为力：“至于最高的美就不是感官所能感觉到的，而是要靠心灵才能见出的。心灵判定它们美，并不凭感官。”[①] 在普洛丁看来，要达到最高的境界，就必须“抛弃尘世的王国”：“如果要得到美本身，那就得抛弃尘世的王国以及对于整个大地、海和天的统治，如果能卑视这一切，也许就可以转向美本身，就可以观照到它。”[②] 普洛丁所说的“靠心灵才能见出”“观照到它”，就不是一种逻辑的推理，而属于一种直观的、内在的领悟方式。

古罗马时期的德尔图良也否定理性，把信仰作为唯一的思维方式。他认为，人靠自己的理性无法认识真理和上帝，人只能无条件地接受上帝的启示。他认为，上帝正是通过基督死而复生的事件启示给世人以真理。基督死而复生，正因为荒谬和不可能，才需要信仰。“上帝的儿子钉在十字架上了，并不因为这是耻辱的就让人耻辱；上帝的儿子死了，正因为这是荒谬的，所以是绝对可信的；他被埋葬后又复活了，正因为这是不可能的，所以是确定无疑的。”[③] 在德尔图良看来，真理不可能被理解和认识，只可能被信仰，人也只有靠信仰，才能把握真理。德尔图良这一说法，为基督教哲学在信仰与理性的关系问题上定下了基调。后来也用“正因为荒谬，所以我才相信”这句话来概括德尔图良对信仰的强调。

教父哲学的最主要代表人物奥勒留·奥古斯丁则提出：“人的理智至多只能获得一些本性的、自然的知识，决不可能获得真正的智慧和最高的真理。人只有通过信仰才能获得智慧和真理。宗教信仰才是真正的智慧。所以有了信仰，真理也就昭然若揭了。如果你不理解，信仰会使你理解。信仰在先，理解在后。”[④] “所以，你不要以为理解为了信仰，而是信仰为了理解。”[⑤] 因为“信仰是理解的途径，理智是信仰的报偿……除非先信仰，否则无法理解”。[⑥] 因此，尽管奥古斯丁在理性与信仰的关系上也主张“信仰为了理解”。“我不认为理解为了信仰，而是信仰为了理解。”[⑦] 主张用理性来解释信仰。但在奥古斯丁看来，更为重要的是“信仰为了理解”。“信仰”是认识的先决条件和最好途径。“信仰是理解的途径，理智

① 北大哲学系编：《西方美学家论美和美感》，商务印书馆 1980 年版，第 60 页。
② 北大哲学系编：《西方美学家论美和美感》，商务印书馆 1980 年版，第 62 页。
③ ［古罗马］德尔图良：《论基督的肉体》第 5 节。
④ ［古罗马］奥勒留·奥古斯丁：《布道集》第 118 篇第 1 章。
⑤ ［古罗马］奥勒留·奥古斯丁：《约翰福音注释》第 29 卷第 7 章第 6 节。
⑥ ［古罗马］奥勒留·奥古斯丁：《约翰福音注释》第 27 卷第 6 章第 7 节。
⑦ ［古罗马］奥勒留·奥古斯丁：《约翰福音注释》第 29 卷第 7 章第 6 节。

是信仰的一种报酬。”① 这也后来成为教父哲学的一条基本原则。

安瑟姆那进一步发展了理性与信仰关系问题，安瑟姆主张理性应当服从信仰，并提出“先信仰而后理解”。安瑟姆指出，上帝从人身上创造了自己的形象，但因为受到罪恶和恶习的蒙蔽，人再也不能仰望上帝。没有上帝的启示，也就无法寻找到上帝。只有通过信仰才能使人接受上帝的启示。因此，不是先理解了再信仰，而是先信仰然后再理解：“我决不理解了才能信仰，而是信仰了才能理解，因为我相信，‘除非我信仰了，我决不会理解’。”② 即使不能够理解的时候，也不应该离开信仰，用理性去维护信仰。“当他还没有认识的时候，则他就应该敬畏。”因而，“我们必须用理性去维护我们的信仰，以反对不信上帝的人”。③ 可以看出，在安瑟姆这里，信仰成为理解的前提，理性也要维护信仰。

当然，安瑟姆并没有简单地否定理性，他指出：“当我们有了坚决的信仰时，对于我们所信仰的东西，不力求加以理解，乃是一种很大的懒惰。”④ 安瑟姆认为，哲学家的任务就是在信仰教义的前提下，为教义提供可以理解的证明。在论证过程中，结论是否能被接受，必须以是否与《圣经》相符合为标准。对于不能从理论上作出合理论证的教义，就应当求助于“天启”，虔诚地信仰。安瑟姆从信仰高于理性、理性服从信仰这一原则出发，对上帝存在、三位一体、救世、神的化身和人类赎罪等，作了哲学上的论证。由此也确立了早期经院哲学的基本原则和基本内容，安瑟姆被成为“最后一个教父和第一个经院哲学家”“真正的经院哲学之父”。

托马斯·阿奎那和先前的经院哲学家一样，也认为理性必须服从于信仰，神学高于哲学。但阿奎那并没有简单地否定理性，而是认为，理性思辨是人的智能活动，人对外界的认识来自视觉、听觉、嗅觉、味觉、触觉等感觉经验，并通过对经验的理性归纳从而获得知识。但阿奎那又提出，从经验得来的知识还必须由《圣经》的启示来补充和引导。因为在自然世界之外，还有一个超现实的、超自然的世界。对于超现实、超自然的世

---

① ［古罗马］奥勒留·奥古斯丁：《布道集》第 118 卷第 1 节；第 126 卷第 1 节；第 43 卷第 7 节。

② ［古罗马］安瑟伦：《宣讲》，1。引自《西方哲学原著选读》上卷，商务印书馆 1961 年版，第 31、240 页。

③ 《安瑟伦书信集》，第 41 编，第 11 封。

④ ［古罗马］安瑟伦：《上帝为什么化身为人》第 1 卷第 2 章。

界，人的理性只能认识其中极小的一部分，如上帝的存在、上帝的唯一性等。而对于其他的真理，如上帝三位一体、道成肉身、肉体的复活、上帝的救恩计划、上帝六天内创造世界等，则是人的理性所不能理解和证明的。人不能认识上述的这些真理，不是因为它们违反了理性，而是因为超越了理性。对这些超越了理性的真理只能凭信仰："虽然超出人类理智的事物，用理智不能求得，但若有上帝的启示，凭信仰就可取得。"①

即使人凭借理性可以认识的真理，也还是需要启示的引导，因为"凡是用理智讨论上帝所得到的真理，只能有少数人可以得到，而且费时很多，还不免带有许多错误"②。至于大多数人，则因为天赋低下、懒惰，或因把精力过多地花费在日常事务中，没有能力和时间来获得真理。所以，阿奎那认为，即使人凭理性可以获得的真理，也是来自天启，信仰是比理性更理想的认知方式。

总之，中世纪看到了人类认识能力的局限，认为，人在认识超越经验的世界时，理性会无能为力，就要寻求信仰的帮助，只有依靠信仰才能理解上帝和真理。离开了信仰，人的理性或感性都无法真正的认识存在。因此，尽管像查士丁、克莱门、德尔图良和奥古斯丁等历代教父都花了许多精力研究古希腊哲学，但同时又都认为，仅凭理性获得真理是不可能的，必须接受信仰，这样才理解真理。正如奥古斯丁所说："人的理智充其量只能获得一些本性的和自然界的知识，决不可能获得真正的智慧和最高真理。人只有通过信仰才能获得智慧和真理。宗教信仰才是真正的智慧。所以有了信仰，真理也就昭然若揭了。如果你不理解，信仰会使你理解。信仰在先，理解在后。"③

与古代希腊注重理性分析不同，中世纪则在希腊理性主义的基础上吸取了希伯莱文化中的信仰成分，这从一定意义上改变了西方文化的格局，使西方民族的文化心理获得了一种完善的结构。吉尔松（E. Gilson）说："基督教世界改变了哲学的进程，通过信仰的中介为人类理性开辟了一个

---

① ［古罗马］托马斯·阿奎那：《神学大全》，I，1，1。引自《西方哲学原著选读》上卷，第260页。

② ［古罗马］托马斯·阿奎那：《神学大全》，I，1，1。引自《西方哲学原著选读》上卷，第260页。

③ ［古罗马］奥勒留·奥古斯丁：《布道集》第118篇第1章。

人类理性自身尚未发现的领域。”[①] 而在信仰这一“理性自身尚未发现的领域”中包含着体验观的萌芽，信仰更强调内心的虔诚和精神的领悟，这就接近体验、直觉的认知方式。

总之，中世纪继承柏拉图特别是亚里士多德的传统，把认识论和逻辑学结合起来。以纯抽象的逻辑推理进行论证。因此，在注重逻辑分析这一点上，中世纪与希腊是一脉相承的，正如文德尔班所指出的：“在基本哲学思想方面，中世纪哲学还是停留在希腊哲学和希腊化——罗马哲学的概念体系的范围内——不仅在提出问题方面，而且在解决问题方面。”[②] 但中世纪又不同于古希腊，中世纪的大多数哲学家都生活在对上帝的爱之中，他们几乎把整个生命都献给了上帝，献给了对上帝的爱，也深信上帝的启示是最高知识的来源。同时也认为，人幻想通过自己的努力获取知识是徒劳的。因此，中世纪在注重逻辑推理基础上，又加入信仰的成分，像安瑟姆就提出，在为教义论证过程中，对于理性不能理解，不能给以合理论证的教义，就应当求助“天启”。信仰作为一种认知方式是和理性相悖的，它更强调内心的虔诚和精神的领悟，这就和体验、直觉的认知方式相近。因此，在这重信仰这一现象背后所隐藏着的重直觉、重体验观的认知观是不言而喻的。

第三节　近代认识论中的体验观——体验观的展开期

从文艺复兴开始，西方进入了近代社会。近代文化的两个最大特征就是“教会的威信衰落下去，科学的威信逐步上升”[③]。随着科学的威信逐步上升，对知识的渴求比以往的任何一个时代都更加强烈，并且人们满怀信心地相信，通过人自身努力就能获取所需要的知识。同时，人也成了这一时期文化关注的对象，关注主体人，关注人心理活动的过程成为这一时期文化的特点。这一新的文化起点是从笛卡儿开始的。康德就说：“思辨哲

① 引自赵敦华《基督教哲学 1500 年》，人民出版社 1995 年版，第 2 页。参阅吉尔松《中世纪哲学精神》，沈清松译，（台北）商务印书馆 2001 年版，第 9 页。

② ［德］文德尔班：《哲学史教程》，罗达仁译，商务印书馆 1997 年版，第 356 页。

③ ［英］罗素：《西方哲学史》下卷，马元德译，商务印书馆 1997 年版，第 3 页。

学的革新究竟是从哪里开始的，这还很难说。在这方面，笛卡儿的功绩不容忽视，因为通过提出真理的标准（他以知识的清楚和自明建立了这种标准），他对赋予思维的明晰作了很多贡献。”①

笛卡儿第一次把主体与客体对立起来，以主体性作为哲学原则，在笛卡儿那里，人就成了第一性的主体：“人成为那种存在者，一切存在者以其存在方式和真理方式把自身建立在这种存在者上。”② 从主体性出发，笛卡儿指出，确定知识的获得需要依赖直观：“我用直观一词，指的……是纯净而专注的心灵的构想，这种构想容易而独特，使我们不致对所领悟的事物产生怀疑；……人人都能用心灵来直观以下各命题：他存在，他思想，三角形仅以三直线为界，圆周仅在一个平面之上，诸如此类……”③ 笛卡儿认为，直观知识由人的心灵直接获取，而达到知识的自明性靠的是直观，不需要借助其他中间环节和外在手段，确定性知识体系的基础的建立也是直观。可以说，直观在笛卡儿那里具有基石的地位。

笛卡儿之后，荷兰的斯宾诺莎和意大利的维柯，都强调直观和诗性智慧的重要。斯宾诺莎对知识进行了分类，并认为在感性知识和推理知识之外，最高的知识就是直观的知识（scientiaintuitiva）；维柯则从人类的思维进程角度提出，“诗性智慧”是比逻辑归纳更早的认知方式：“人类思想的次序是先观察事物的类似来表达自己，后来才用这些类似来进行证明，而证明又首先援引事例，只要有一个类似点就行，最后才用归纳。”④ 这就是说，最早的思维方式是“借物表意”的感性类比、拟人的思维，也就是“以己度物”的方式。维柯把这种思维方式称为“诗性智慧”。他说：“诗性的智慧，这种异教世界的最初的智慧，一开始就要用的玄学就不是现在学者们所用的那种理性的抽象的神学，而是一种感觉到的想象出的玄学……这种玄学就是他们的诗。”⑤ 这说明，在维柯看来，早期人类的思维方式和文化内容都是“诗性的”，是凭借“创造性的想象力”创造出来

---

① ［德］康德：《逻辑学讲义》，许景行译，商务印书馆 1991 年版，第 22 页。

② 《海德格尔选集》下卷，孙周兴编，生活 · 读书 · 新知三联书店 1996 年版，第 897 页。

③ ［法］笛卡儿：《探求真理的指导原则》，管震湖译，商务印书馆 1991 年版，第 10 页。

④ ［意大利］扬姆巴蒂斯塔 · 维柯：《新科学》，朱光潜译，人民文学出版社 1986 年版，第 189 页。

⑤ ［意大利］扬姆巴蒂斯塔 · 维柯：《新科学》，朱光潜译，人民文学出版社 1986 年版，第 161—162 页。

的。由“诗性的智慧”生发出后来各门学科的知识。

英国经验主义哲学家洛克更注重认识中的直观问题。洛克认为，直觉知识具有基础性地位，“我们全部知识的可靠性和明确性都依靠这种直觉；……必须有这种直觉来觉察一切中间观念的联系，没有它，我们就不能得到知识的可靠性”①。笛卡儿认为，直观知识源自天赋观念和先天的理性能力。洛克则认为，不存在所谓的“天赋观念”，人的心灵就是一块白板，人的一切知识都源自于知觉和人对心灵活动的反省。

在德国古典哲学中，谢林最推崇直观认知方式，而这种推崇是和其先验唯心论体系密切相关的。谢林先验唯心论体系的第一个命题就是：“一切知识都以客观东西与主观东西的一致为基础。”② 这个“客观东西与主观东西的一致”就是谢林称之为“绝对同一性”，它是一个包罗万象、无矛盾、无差别的客观精神，本身是“一”，但又无所不见，无所不有，是万事万物的无矛盾的同一。在“绝对同一性”中，自我和非我、思维和存在、主体和客体、物质和精神都融合为一体，是一种绝对的无差别性。

怎样对来认识这个“绝对同一性”呢？谢林认为，只能靠直观。“整个哲学都是发端于并且必须发端于一个作为绝对本原而同时也是绝对同一体的本原。一个绝对单纯、绝对同一的东西是不能用描述的方法来理解或言传的，是绝不能用概念来理解或言传的。这个东西只能加以直观。”因此，“这样一种直观就是一切哲学的官能”。③ 谢林又把两种直观分成两种：美感直观和理智直观。“整个体系却是处在两个顶端之间，一个顶端以理智直观为标志，另一个顶端以美感直观为标志。对于哲学家来说是理智的活动，对于他的对象来说则是美感的活动。”④ 谢林认为，“美感直观”高于“理性直观”。因为“美感直观”可以表现无限的绝对同一性。“艺术作品的根本特点是无意识的无限性（自然与自由的综合）。艺术家在

① 《西方哲学原著选读》上卷，北京大学哲学系外国哲学教研室编译，商务印书馆 1999 年版，第 462 页。

② ［德］弗里德里希·威廉·约瑟夫·谢林：《先验唯心论体系》，梁志学、石泉译，商务印书馆 1976 年版，第 6 页。

③ ［德］弗里德里希·威廉·约瑟夫·谢林：《先验唯心论体系》，梁志学、石泉译，商务印书馆 1976 年版，“附录”第 274 页。

④ ［德］弗里德里希·威廉·约瑟夫·谢林：《先验唯心论体系》，梁志学、石泉译，商务印书馆 1976 年版，第 278 页。

自己的作品中除了表现自己以明显的意图置于其中的东西以外，仿佛还合乎本能地表现出一种无限性，而要完全展现这种无限性，是任何有限的知性都无能为力的"①，作为"美感直观"的艺术能反映无限性，这是其他知性包括"理智直观"不能做到的。

并且"理智直观"只是哲学家在哲学思考中才必须用的，它不能出现在普通的意识里，而"美感直观"则是客观而普遍有效的直观，它能够出现在每个人的意识中。因此，"哲学虽然可以企及最崇高的事物，但仿佛仅仅是引导一少部分人达到这一点；艺术则按照人的本来面貌引导全部的人到达这一境地，即认识最崇高的事物。艺术与哲学的永恒差别、艺术的神奇奥妙就是以此为基础的"②。从引导人们达到认识最崇高的事物这一目的来看，艺术引导更多的人达到了这一境地，而哲学则只引导一少部分人达到这一点，从这一点来看，艺术这种认知方式也高于哲学的认知方式。

由此可以看出，谢林把"美感直观"看成高于"理智直观"及其他的认知方式。

近代是认识论中"体验"观的展开期，这一时期由于认识论的转向，主体问题、心理问题是这一时期关注的重点，这也就必然涉及直觉和体验问题。但近代是理性认识主义的时期，和古希腊一样，这一时期的认识论和逻辑学同步，和数学、自然科学存在着紧密的联系。这一时期杰出的哲学家，其往往同时在数学和自然科学的发展上做出杰出贡献，笛卡尔和莱布尼兹是大数学家，各自发明了解析几何学和微积分，并还从事物理学等的研究并作出了贡献。康德早年是从事自然科学的，在天体演化和潮汐等的研究上作出过伟大贡献，对物理学、人类学、自然地理学等有高深的修养。他们对认识论的研究是同数学、自然科学结合起来进行的，这就使其认识论具有鲜明的理性主义特征。直观的、体验的认知方式只是受到了关注和强调，还没有成为占据主导地位的认知方式。理性仍然占据主导地位，正如卡西勒在《启蒙哲学》中所说的，没有哪一个时期像启蒙时代那样信奉理性。"理性成了 18 世纪的汇聚点和中心，它表达了该世纪所追求

---

① ［德］弗里德里希·威廉·约瑟夫·谢林：《先验唯心论体系》，梁志学、石泉译，商务印书馆 1976 年版，第 269 页。

② ［德］弗里德里希·威廉·约瑟夫·谢林：《先验唯心论体系》，梁志学、石泉译，商务印书馆 1976 年版，第 278 页。

并为之奋斗的一切，表达了该世纪所取得的一切成就。”① 这种对理性的信奉扩展到了所有领域，一切都要以精确的几何为原则，连文学艺术也不例外。伏尔泰就曾经说：“诗人也应该向真正的科学学者学习。以确有效用的科学为对象，并使这种科学受人欢迎，从而使之不知不觉地成为我国必不可少的东西。我敢说，我们正处于诗人应成为哲人，妇人应昂首挺胸的时代。”② 思想家莫里对此评价道：“伏尔泰这样说，是在表达时代的心声。”③

从古希腊到启蒙运动，理性知识主义精神一直是西方思想领域的一个主流，感性、物质、肉体一直处于低一级的被贬斥的地位，培根在《新工具》中指出，人们一直“有一种陈旧的根深蒂固的偏见，即认为人类理智花许多精力顽强的研究经验，研究特殊的、感性的、沉溺于物质之中的事物，仿佛有损于自己的尊严”④。而18世纪中期鲍姆嘉通在创立“感性学”之时，还担心地写道：“我们的科学也许会遭到人们的非议：认为它有损哲学家的尊严，而且，求助于各种情感、幻想、传说以及唤起情欲，都会使哲学家的视野变得低下。”⑤

这也说明，直到18世纪中期，理性一直是西方文化占主流地位的思维范式，只有理性的学问，而“感性学”则没有取得应得的地位。值得注意的是，作为西方理性主义文化代表的黑格尔也认为，认识事物不能一味地只用理性的、概念的方式，他在《论莱辛和他妻子的通信》中说：“我们过多地习惯于让心灵本身从事自己的活动，过多地根据概念，而不是根据美的感受去判断外在事物。心灵被封锁闭塞，剩下的只是冷漠的、自私自利的理性，而理性最终只顾手段，却从不考虑目的。”⑥ 可见，黑格尔要求人们在理性、概念之外还要根据“美的感受去判断外在事物”。因此，

---

① ［德］卡西勒：《启蒙哲学》，顾伟铭译，山东人民出版社1988年版，第4页。

② ［英］梅尔茨：《19世纪欧洲思想史》第1卷，周昌忠译，商务印书馆1999年版，第93页。

③ ［英］梅尔茨：《19世纪欧洲思想史》第1卷，周昌忠译，商务印书馆1999年版，第93页。

④ ［德］费尔巴哈：《费尔巴哈哲学史著作选》第1卷，涂纪亮译，商务印书馆1978年版，38页。

⑤ ［美］吉尔伯特、库恩《美学史》，夏乾丰译，上海译文出版社1989年版，第382页。

⑥ 蒋孔阳主编：《十九世纪西方美学名著选·德国卷》，复旦大学出版社1990年版，第230页。

尽管这一时期“感性学”无法和理性抗衡，但“感性学”已受到关注。济慈曾经呼唤道：“天空中微风吹拂，大洋堆砌着海浪，而你们竟毫无知觉。碧蓝色的天空露出了她那永远年轻的乳房，夏夜的露珠总是汇聚一起，形成华丽的清晨：美醒来了！”[①]“美醒来了！”这正是感性和“感性学”走向前台前的呼唤，至此，感性将从此正式走向前台，感性和体验观进入全面爆发期。

第四节　现代认识论中的体验观——体验观的爆发期

在西方传统的观念中，一直是把理性的、逻辑的思维方式作为一种最基本、最真实的认识方式，甚至生存方式。这种把理性的、逻辑的思维方式作为主导的观念，从苏格拉底起就开始了。苏格拉底最先开始了把人从梦幻世界引向理性世界的努力，他关于“知识即美德”[②]的说法就是要让人相信，凭借知识的引导，人就能在认识活动和生活实践上都会变得更为完美。

经过苏格拉底的引导，传统西方的文化取向也都重视理性和逻辑，从而也形成了一种定型的评价：认为理性和逻辑的方式才是对世界本源的有效逼问，理性和逻辑也能解答世界和人生之谜，借助理性和逻辑也能构筑起人类精神的家园；而直觉的、艺术方式只属于对世界表象的摹仿，它所传达的也只是个体对真实世界的不确切感受，依赖直觉的、感性的方式无法解答世界和人生之谜，也无法构筑起人类精神的家园。

西方从希腊起就相信理性，对理性充满了自信。认为理性的认识能力是没有界限的，它可以认识一切。“德谟克利特说过：‘我要论述一切’”,[③]而“希腊人说：‘所有的事物都要被怀疑、被验证，思想没有界限’”[④]。但这种对理性的自信却随着时间的推移发生了动摇。在“近代哲

① ［英］J. 济慈：《睡眠与诗》（“Sleepand Poetry”），引自让·贝西埃等主编《诗学史》，史忠义译，百花文艺出版社2002年版，第526页。

② ［古希腊］色诺芬：《回忆苏格拉底》，吴永泉译，商务印书馆1984年版，第118页。

③ ［法］布莱兹·帕斯卡尔：《思想录》，钱培鑫译，译林出版社2010年版，第23页。

④ ［美］依迪丝·汉密尔顿：《希腊精神》，葛海滨译，华夏出版社2008年版，第19页。

学之父”笛卡儿那里，理性的认识能力就有了限定。他认为，世间的其他一切都是可以认识的。而上帝的启示是人的理性所无法达到的：“凡是神启示我们的，我们就必须相信，不管我们是不是理解。这并没有什么奇怪，因为我们是有限的，神的本性中那种不可思议的无限的内容是超出我们理解能力的。因为这个缘故，我们不能把气力耗费在对无限者的研究上，因为我们既然是有限的，那就不配对无限者作出某种规定。”① 可以看出，笛卡儿把人理性的认识能力限定在现实世界，而神启示则超出了人的认识能力。

洛克也同样对理性的认知能力产生了怀疑。洛克居住在埃克塞特宫期间，经常和朋友定期聚集讨论道德和宗教的原则。但每一次都因为意见不同而陷入僵局。这使洛克认识到：“在我们着手进行这种探索之前，必须考察一下我们自己的能力，看看我们的理智究竟适合应付哪些对象。因为如果让他们的探索超出他们的能力，人们就只是提出问题，众说纷纭，永远不会达到明确的解决。”② 可以看出，洛克已经认识到，人类的理智并不适合认知所有的对象，因此，在讨论之前就要审视一下，哪些对象是人类理智能够解决的，而又有哪些对象“就只是提出问题……永远不会达到明确的解决”。

洛克的这一思想和康德为理性划定界限是一致的。“康德批判哲学的主要观点，即在于教人在进行探究上帝以及事物的本质等问题之前，先对于认识能力本身，作一番考察功夫，看人是否有达到此种知识的能力。”③ 康德把世界划分为现象界和“物自体”，并认为，人的理性只能认识现象界，却不能认识“物自体”。他说，《纯粹理性批判》一书的目的，就是要指出理性的界限：“凡粗知本著之大略者，自将见其效果仅为消极的，唯在警戒吾人决不可以思辨理性越出经验之限界耳。此实为批判之主要效用。”④

而维特根斯坦则更进一步在洛克和康德为理性划定界限的基础上，则

① ［德］黑格尔：《哲学史讲演录》第4卷，贺麟、王太庆译，商务印书馆1978年版，第81页。

② ［德］沃尔夫：《十六、十七世纪科学技术和哲学史》，周昌忠等译，商务印书馆1984年版，第736页。

③ ［德］黑格尔：《小逻辑》，贺麟译，商务印书馆1980年版，第49—50页。

④ ［德］康德：《纯粹理性批判》，蓝公武译，商务印书馆1960年版，第18页。

要“为思想的表达划一个界限”，他在《逻辑哲学论》一中就明确地说：“这本书的全部意义可以用一句话概括：凡是可以说的东西都可以说得清楚，对于不能言说的东西必须保持沉默。因此本书想要为思想划一个界限，或者毋宁说，不是为思想而是为思想的表达划一个界限。”① 维特根斯坦认为，有些东西是可以言说的，而有些像“善”“美”等一些形而上的东西则是不可以言说的，“对于不能言说的东西必须保持沉默”。维特根斯坦的这一思想和胡塞尔的“悬置”是一致的。

正是在这种对理性怀疑的声浪中，“体验”的认知方式才取代理性开始走向前台，由此也进入“体验”观的爆发期。

而西方“体验观”的爆发与狄尔泰有着密切的关系。狄尔泰除了最早把“体验”作为认识方法之一外，还把人“体验”作为认识生命的最有效方式。狄尔泰认为，生命之外没有实在，人的所思、所感、所想的一切，都根植于人的生存，人的生命经验。生命是每个人都必经历的经验性实在，人不是凭借推理，而要通过感觉和经验感知生命。狄尔泰就说：“生命是它自己的证明”，它不需要也没有更基本的基础或推理。② “生命是一个基本事实，它必须形成哲学的起点。我们从内部认识它。它是我们无法走到其后面的东西。生命不能被带到理性的法庭前。”③ 对于生命来说，就不能从“旁观者”的角度来研究，而必须是通过自己亲身经历、体验的来诠释和理解。

和狄尔泰一样，柏格森在否定理性的基础上，提倡“直觉”思维。在他看来，理性的语言、概念、符号的描述与分析只能到达对象的外部，停在相对的领域。只有与对象打成一片的那一瞬间直觉才能进入到对象的内在生命中，认识实在本身：“绝对是只能在一种直觉里给予我们的，其余的一切则落入分析的范围。”④ 这也就是说，只有“直觉”才能认识实在，把握绵延，感受到生命的冲动。柏格森所说的“直觉”与“体验”密切关系，可以说柏格森是通过“直觉”间接阐述了“体验”。在柏格森那里，

---

① ［奥地利］维特根斯坦：《逻辑哲学论》，贺绍甲译，商务印书馆 1999 年版，第 23 页。

② Dilthey, Gesammelte Schriften, Bd. V. Stuttgart: B. G. Teuber Verlagsgesellschaft, 1990, S. 131. 引自张汝伦《〈存在与时间〉释义》上，上海人民出版社 2012 年版，第 545 页。

③ Dilthey, Gesammelte Schriften, Bd. Ⅶ, Stultgart: B. G. Teuber Verlagsgesellschaft, 1979, S. 359. 引自张汝伦《〈存在与时间〉释义》上，上海人民出版社 2012 年版，第 545 页。

④ ［法］柏格森：《形而上学导论》，刘放桐译，商务印书馆 1963 年版，第 3 页。

“直觉”就是一种直接进入对象内部、与之契合无间的神秘心理体验。“所谓直觉就是指那种心智的体验，它使我们置身于对象的内部，以便与对象中那个独一无二、不可言传的东西相契合。”① 因此，心灵直接进入到对象内部、与对象相互契合的“直觉”，也就是一种心理体验的方式。

海德格尔所说的“Verstehen”（可译为“领会”“领悟”）一词也接近或等同于“体验”。“领会”这一概念是在《存在与时间》一书中提出的。“存在”是海德格尔哲学的核心和基石。对“存在”与“存在者”的划分，使海德格尔深入到“基本本体论”问题，并由此展开了对“在世界之中”的人，即“此在”与“存在”的思考。

海德格尔认为，“存在”不是一种实体，也不是实体的属性。所说的“存在”并不存在，存在的只是“存在者”，而不是“存在”本身。如果“存在”存在，那就成了“存在者”而不是“存在”本身。“存在”只有对“此在”来说才成为“存在”。“此在”与其他“存在者”的区别就在于，“此在”能够领悟“存在”。“存在之领悟”是“此在”的本质属性。对此，海德格尔指出：“此在是一种存在者……从存在者状态上看，这个存在者的与众不同之处在于：这个存在者为它的存在本身而存在。……此在在它的存在中无论以任何一种方式、任何一种表述都领会着自身。这种存在者的情况是：它的存在是随着它的存在并通过它的存在而对它本身开展出来的。对存在的领悟本身就是此在的存在规定。此在作为存在者的与众不同之处在于：它存在论地存在。”②

“此在”与“存在”之间的纽带是对“存在之领会”。“存在”只对“此在”来说，才是存在着的，因为在所有的“存在者”中，只有“此在”能与自身的存在建立起“存在关系”。因此，从“此在”的角度来说，“存在”是存在于“此在”的“领悟”中，这意味着，领悟“存在”是“此在”的存在方式，也是“存在”得以呈现的一种途径。没有“此在”对“存在”的领悟，“存在”也就处于遮蔽状态而无法显现。所以，“存在之领会”对“此在”具有极为重要的意义，它构成了“此在”在世界之中展开自身的全部行为的基础：

---

① ［法］柏格森：《形而上学导论》，刘放桐译，商务印书馆1963年版，第3—4页。

② ［德］海德格尔：《存在与时间》，陈嘉映、王庆节译，生活·读书·新知三联书店1987年版，第15—16页。

“存在之领会不仅一般地属于此在，而且随着此在的种种存在方式本身或成形或毁败，因此，可以对存在之领会做出多种解释。哲学、心理学、人类学、伦理学、政治学、诗歌、传记、历史记述一直以形形色色的方式和等等不同的规模研究着此在的行止、才能、力量、可能性与盛衰。”①

因此，“哲学、心理学、人类学、伦理学、政治学、诗歌、传记与历史记述”等都是在“存在之领会”基础上展开的思维活动。“存在之领会”是“源始性”“非对象性”和“前概念性”的思维状态，是“此在”对自身和其他各种存在者的感受、体验和领会。哲学、心理学、人类学、伦理学、政治学、诗歌、传记与历史记述等都离不开“存在之领会”。关于“存在之领会”的思维特征，海德格尔这样描述：“玫瑰花的红艳既不在花园中，也不可能在风中摇曳。但我们却通过对它的命名而思考之、道说之。据此看来，就有一种既不是客观化的也不是对象化的思想与道说。”② 这说明，“领会”也是一种“道说”方式。

所谓“道说”是区别于那种日常生活的、工具化了的语言言说，指可以显现“存在”的言说，即呈现“存在之领悟”的言说。“道说”实际上是对不可说之物的言说，它不是用语言来标示、限定或定义事物，而是借助语言唤醒心灵对“存在之领悟”，使世界显现出来：“澄明着和掩蔽着之际把世界端呈（Reichen）出来，这乃是道说的本质存在。”③“道说”不是告诉人们“这是什么”，而是告诉人们“事物是如何呈现的”。因此，“领会”不是一种理性的推理、分析与判断，而是“此在”对“存在”全身心的观照。

如果说狄尔泰是从精神科学与自然科学不同的角度出发，以理性的方式表达了对“体验”认知方式的推崇。柏格森从对生命的“直觉”提倡体验，那么，尼采则以“超人”的意志发动了一场反传统、反理性、反逻辑的革命。海德格尔从建构“基础本体论”出发，通过分析“诗、思、语

① ［德］海德格尔：《存在与时间》，陈嘉映、王庆节译，生活·读书·新知三联书店 1987 年版，第 21 页。

② ［德］海德格尔：《〈今日神学中一种非客观化的思与言问题〉的神学谈话中主要观点的若干提示》，孙周兴译，载刘小枫选编《海德格尔与有限性思想》，华夏出版社 2002 年版，第 19 页。

③ 孙周兴选编：《海德格尔选集》上册，上海三联书店 1996 年版，第 681 页。

言”之间的关系入手，并从解决人类生存的困境出发，突出了诗人的作用和诗意的生存，从而颠覆了传统西方的理性主义传统，让直觉、体验具有更高的地位。德里达则从解构“逻各斯中心主义”的目的出发，通过对隐喻和哲学的关系分析入手，宣告了“逻各斯中心主义”思维方式的破产。卡西尔从理性批判到文化批判的转向；胡塞尔中止逻辑判断的悬搁法，维特根斯坦把词语从形而上学用法带回到日常用法等都体现着走出理性和逻辑枷锁，走向诗性和诗意的强烈要求。

这正如梯利在《西方哲学史》中指出的：进入20世纪，“可以把反唯理主义者分为两大组。一组包括实用主义者、实证主义者、虚构主义者、约定主义者以及重视科学的哲学家，这种哲学家……认为知识限于研究和描述经验事实，或者知识是为意志服务的工具，或者知识的结论—甚至在自然科学领域——不过是约定者、符号或与真理近似者。另外一组思想家包括直觉主义者、唯心主义者和浪漫主义者，他们一致认为智慧或能推论的知性不能领会实在的意义；在人类心灵的其他方面或职能上，发现比较确实的知识源泉，这就是感情、信念、直接或纯粹经验、意志或直觉”①。可以说，进入20世纪，即使仍重视科学的哲学家也认为，所说的知识只是“经验的描述”或者“约定”，而重视直觉和情感的哲学家则认为，“确实的知识源泉，这就是……经验、意志或直觉。”正是把经验、意志和直觉作为了知识的源泉，“体验”才成了主要的认知方式，伽达默尔也才说：“体验概念构成了对客体的一切知识的认识论基础。”②

① ［美］梯利：《西方哲学史》，葛力译，商务印书馆1995年版，第661页。

② ［德］汉斯-格奥尔格·伽达默尔：《真理与方法　诠释学Ⅰ哲学诠释学的基本特征》修订译本，洪汉鼎译，商务印书馆2011年版，第99页。

第四章　西方体验文学观的历史演进

中国文学由于其抒情文学发达，重视抒情的特点，因此中国文学从初始时起，就形成了重视“体验”的文学观，也可以说，中国“体验”的文学观是天然的，而西方文学则由于叙事文学发达，其最初的文学观并不重视“体验”，因此，其“体验”文学观则有一个历史发展演进的过程。

“体验”文学观涉及文艺本质问题，西方关于文艺本质的看法并不是固定不变的，它大体上经历了三大阶段：第一阶段，从古希腊到文艺复兴和新古典主义（公元前6世纪至17世纪），这一时期的文艺观以古希腊的“摹仿论”为主旋律，以文艺复兴的“镜子说”为变奏，突出文艺的摹仿属性；第二阶段，从启蒙主义到德国古典主义（18世纪至19世纪中叶），这一时期的文艺观以经过改造的“摹仿论”和“镜子说”为主旋律，以“表现论”为变奏，高扬文艺的表现属性；第三阶段，从西方现代主义和后现代主义（19世纪中叶至20世纪末），这一时期的文艺观以“表现论”为主旋律，以“体验论”为变奏，高扬文艺的个体性属性。可以说，西方重视“体验”的文学观正是在这种历史演变过程中逐渐凸显出来的。

第一节　文学与现实——重摹仿的文学观

西方文艺理论最早关注的是文学的现实层面。早期的哲学家、美学家所关心的并不是文学本身，古希腊时期的哲学家、美学家就认为，文学本身的价值是无足轻重的，文学的意义就在于对现实世界的摹仿和再现。因而，古希腊时期的文艺理论和美学普遍关心的问题是：文学与现实的关系是怎样的？一部文学作品是否真实地反映和摹仿了现实世界？这一时期文学理论和美学中使用得最多的词汇也是“摹仿”和“仿制”。

“摹仿”是一个关联词，它表示两个事物之间存在着一种对应的关系。在“摹仿”理论中，事物都被归入“摹仿”和被摹仿两个范畴中，都存在着一种“摹仿”和被摹仿的关系。这一观念最集中地体现在古希腊时期主要的哲学家和美学家身上。当时最具有代表性的哲学家、美学家，如毕达哥拉斯、赫拉克利特、德谟克利特、苏格拉底、柏拉图、亚里斯多德等都认为，文艺和现实存在一种对应的关系，文艺是对现实的一种“摹仿”，只不过是在具体阐述文艺如何“摹仿”现实和“摹仿”的效果时存在着差异。

古希腊时期所说的“摹仿”，其含义与现在不同，不同哲学家、美学家所说的“摹仿”也存在着差异。波兰著名美学史家符·塔达基维奇（W. Tatarkiewicz）在《西方美学概念史》一书中说：摹仿“这个词很可能起源于第俄尼修时代祭典的那种仪式与神秘性活动，就其最初含义（这与现在的含义不同）而言，摹仿所指的是巫师所表演的祭祀节目舞蹈、音乐与唱诗”。[①] 符·塔达基维奇指出，“Mimesisi（摹仿）指的是舞蹈，早期的舞蹈，尤其是宗教仪式上的舞蹈，是表现而不是摹仿，它们是表达感情而不是摹仿感情”，“其目的在于引起情感宣泄与心灵净化”。[②] 直到“公元前5世纪，‘摹仿’这一术语从祭典术语转成为哲学术语，开始表示外在世界的再造”。德谟克利特认为“摹仿”是对自然功能方式的摹仿。“在许多重要的事情上，我们是摹仿禽兽，做禽兽的小学生的。”“更为广泛流行的另一种摹仿概念是公元前5世纪在雅典形成的，而又是由于另外一批哲学家；这是由苏格拉底提出来的，并为柏拉图和亚里士多德进一步加以发挥。对他们来说，‘摹仿’就是指事物现象的抄录。”[③]

可以看出，古希腊时期的“摹仿”经历了一个从表达感情到摹仿事物的转变，也经历了从只用于舞蹈、音乐、唱诗到雕塑、戏剧扩展。在这种转变和扩展过程中，不同的哲学家、美学家也都提出了自己的“摹仿”

---

① ［波兰］符·塔达基维奇：《西方美学概念史》，褚朔维译，学苑出版社1990年版，第361页。

② ［波兰］塔塔科维兹：《古代美学》，杨力、耿幼壮、龚见明、高潮译，中国社会科学出版社1990年版，第26页。

③ ［波兰］符·塔达基维奇：《西方美学概念史》，褚朔维译，学苑出版社1990年版，第361—362页。

说。其中，毕达哥拉斯学派认为，万物的本原是“数”，具体事物是对数的“摹仿”；赫拉克利特认为，事物都处在普遍运动与相互转化中，事物的对立和斗争才产生了和谐。“艺术也是这样做的，显然是模仿自然。绘画在画面上混合着白色和黑色、黄色和红色的成分，造成酷肖原物的形象。音乐混合音域不同的高音和低音、长音和短音，造成一支和谐的曲调。书法混合元音字母和辅音字母，拼写出完整的字句”；[①] 苏格拉底发展了之前的摹仿说，认为绘画与雕塑都是摹仿，并且不仅可以摹仿外形，还要摹仿人心理和精神。“雕像应该通过形式表现心理活动”[②]；柏拉图的艺术“摹仿”观与他对三个世界的划分有关，柏拉图认为，有三种世界：理念世界、现实世界和艺术世界。这其中，艺术世界摹仿现实世界，现实世界摹仿理念世界，现实世界和艺术世界都只有依附理念世界才能存在。柏拉图把关于三个世界的划分这一观念用到文艺观念中，就自然得出，现实是对理念的摹仿，艺术是对现实的摹仿，是“摹本的摹本”，“影子的影子”，“和真实隔着三层”。[③] 因此，艺术是最不真实的。柏拉图除了否定艺术的真实性之外，还认为，摹仿的艺术对人还会有伤害。在《国家篇》第十卷中，柏拉图就提说：“摹仿这玩意儿如果从小就开始，一直继续下去，就会变成习惯，成为第二天性，影响到身体、声音和心理方面。”

亚里士多德则“改变了柏拉图的摹仿概念及其理论。他主张，摹仿就是使事物或多或少地要比其本身更美，摹仿可以使事物呈现出它们能够而且应当是的样子：摹仿能够（而且也应当）限于事物的一般的、典型的和本质的特征”[④]。亚理斯多德认为，“摹仿”是人的天性：“一般说来，诗的起源仿佛有两个原因，都是出于人的天性。人从孩提的时候起就有摹仿的本能……人对于摹仿的作品总是感到快感……诗由于固有的性质不同而分为两种：比较严肃的人摹仿高尚的行动，即高尚的人的行动，比较轻浮

---

① 北京大学哲学系外国哲学史教研室编译：《西方哲学原著选》，商务印书馆 1981 年，第 24 页。

② 伍蠡甫主编：《西方文论选》上卷，上海译文出版社 1979 年版，第 10 页。

③ ［古希腊］柏拉图：《柏拉图文艺对话集》，朱光潜译，人民文学出版社 1963 年版，第 67—79 页。

④ ［波兰］符·塔达基维奇：《西方美学概念史》，褚朔维译，学苑出版社 1990 年版，第 364 页。

的人则摹仿下劣的人的行动。"[①] 与柏拉图相反，亚里士多德还肯定了艺术摹仿的功用，并以音乐为例："音乐是一种最愉快的东西"，能够使人"心畅神怡"。并且来强调摹仿的认识功用："我们看到那些图像之所以感到快感，就因为我们一面在看，一面在求知。"[②] 色诺芬则把文学摹仿理论作了推及，也说："倘若牛马也像人类一样有两只手，并打算用双手绘画或者制作艺术品，那马匹也会仿照自己的模样来绘制它们的神像，牛的神像自然也一定像牛，它们都会依自身的模样塑造神祇的身体。"[③] 因此，"艺术摹仿自然"就是古希腊时期的一个普遍观念。

从亚理斯多德（亚里士多德）之后，"摹仿"成为文艺理论中的一个重要概念，几乎所有的批评家在谈到文艺创作时都要提到"摹仿"。古罗马时期"在原则上保持了这一原则（指"文艺摹仿自然"——引者注）[④]，在艺术与现实的关系问题上，仍然坚持"摹仿"说，贺拉斯在《诗艺》中劝告艺术家"到生活中到风俗习惯中去寻找模型，从那里汲取活生生的语言"[⑤]。而朗吉弩斯在论述"崇高"时说：虽然诗可以作使人"在诗里，我曾说过，神话般的，无从信以为真的夸张是可以容许的"，而在"演说中的形象之美主要在乎其有力和真实"。并认为诗和演说中"思想的崇高"，都是"从心灵的伟大，从摹仿，从运用形象等等产生"[⑥]。

"中世纪，伟大的亚里士多德式学者托马斯·阿奎那毫无保留地重复了古典的宗旨，即'艺术摹仿自然'（ars imitatur nataram）。"[⑦] 托易斯·阿奎那认为，自然万物的根源是上帝的心灵："艺术作品起源于人的心灵，后者又为上帝的形象和创造物，而上帝的心灵则是自然万物的源泉。因此，艺术的过程必须摹仿自然的过程，艺术的产品必须仿照自然

---

① ［古希腊］亚理士多德：《诗学》，《诗学·诗艺》，人民文学出版社 1962 年版，第 11 页。

② ［古希腊］亚里士多德：《诗学》，罗念生译，上海人民出版社 2006 年，第 24 页。

③ 引自 E. 狄赫尔编《抒情诗选编》，莱比锡，杜布纳尔出版公司 1922 年版，第一章，第 58—59 行。

④ ［波兰］符·塔达基维奇：《西方美学概念史》，褚朔维译，学苑出版社 1990 年版，第 366 页。

⑤ 伍蠡甫主编：《西方文论选》（上），上海译文出版社 1979 年版，第 112 页。

⑥ 伍蠡甫主编：《西方文论选》（上），上海译文出版社 1979 年版，第 128 页。

⑦ ［波兰］符·塔达基维奇：《西方美学概念史》，褚朔维译，学苑出版社 1990 年版，第 367 页。

的产品。"[①] 但中世纪的"摹仿说"和希腊罗马时期的"摹仿说"又有大不同，其不同点就在于，艺术摹仿的对象发生了转变：中世纪从摹仿现实中可见的物质性存在（自然）变为摹仿精神性的存在（上帝）。

整个中世纪在艺术与现实的关系上，把上帝看作艺术的根源，因此，艺术对世界进行摹仿的实质，是分享来自上帝心灵的形式和理念。其实，文艺摹仿上帝的观念在古罗马时期就出现了，当时，新柏拉图学派的普诺提诺将柏拉图的"理念"发展为"太一"，认为"太一"是宇宙的本原。现实世界是"分享一种来自神明的理念而得到的"。因此，艺术创造并不是要摹仿自然，而是依据心智中的"理式"，表现"按照他的理解"所构造的形象："例如，斐底阿斯雕刻天神宙斯，并不按着肉眼可见的蓝本，而是按照他的理解，假如宙斯肯现形给凡眼看，他理应像个什么样子。"[②] 也就是说，表现事物"理应像个什么样子"才是艺术创造的最高追求。所以，"各种艺术不只是抄袭肉眼可见的事物。而是要回溯到自然所由造成的那些原则"。[③] 可以看出，中世纪的"摹仿说"既有柏拉图"理式"说的影子，也有亚理斯多德"按照事物应当有的样子去摹仿"的影响，是一种混杂着柏拉图和亚理斯多德思想的"摹仿"说。

比较起来，文艺复兴时期的"摹仿"说则更倾向于亚里士多德，亚里士多德的《诗学》的重新发现使"摹仿"的观念重又兴起，诗人们都在重复说着亚里士多德关于文艺是"摹仿"的话。菲力普·锡德尼在《为诗辩护》中就重复了亚里士多德的"摹仿说"："诗，因此是个摹仿的艺术……它是一种再现，一种仿造，或者一种用形象的表现。"[④] 即使是不赞成"文艺摹仿说"的人，也要在"摹仿说"的旗帜下展开自己的新观点。扬格本来强调文学独创性的，而独创性又和"摹仿"是对立的，但扬格却把独创说成是"摹仿"的一种："摹仿有两种：摹仿自然和摹仿作家；我

---

① 伍蠡甫主编：《西方文论选》（上），上海译文出版社 1979 年版，第 153—154 页。

② ［古罗马］普洛丁：《九章集》第一章卷六，引自北京大学哲学系美学教研室编《西方美学家论美和美感》，商务印书馆 1980 年版，第 60 页。

③ ［古罗马］普洛丁：《九章集》第一章卷六，引自北京大学哲学系美学教研室编《西方美学家论美和美感》，商务印书馆 1980 年版，第 60 页。

④ 《为诗辩护·试论独创性作品》，钱学熙、袁可嘉译，人民文学出版社 1998 年版，第 12 页。

们称前者为独创，而将‘摹仿’一词限于后者。”[①] 因此，“文艺复兴时期，摹仿又成为艺术理论中的基本概念，而且也确实只是在这时达到了顶点。”[②] 这种情形一直延续到18世纪。“15世纪到17世纪，对于艺术的摹仿观念曾进行过全面而且充分的讨论，以至在这方面再没有什么可做的了。18世纪，人们继续并采用了这一观念，而且对此也不再进行仔细的思考。这个世纪卓越的美学家爱德蒙·柏克曾写道：‘亚里士多德曾在他的诗学中大量地、可靠地谈论过了摹仿，对于这一问题，任何深入的思考都是多余的。’”[③] 像18世纪的“美学之父”鲍姆加登也把艺术规定为“摹仿自然”，他明确地说：“诗是对于自然及其所属行为的摹仿。”[④] 只不过鲍姆加登所说的摹仿是感性认识的摹仿：“在美的思维的领域里，第三个任务就是达到真，达到审美的真实性，也就是凭感性就能认识到的真。”[⑤]

可以看出，从亚里斯多德之后，“摹仿”就成为文艺活动中的一个重要术语。凡是想给文艺活动下一个完整定义的理论家，都会用“摹仿”或某个与此相类似的词语，如反映、摹写、复写、复制、仿造、表现或映现等，这些词语尽管其内涵有差异，但大致意思是一致的，都认为文学是对现实的“摹仿”或“再现”。[⑥]

文艺复兴时代的艺术家、诗人、美学家在摹仿的基础上又进一步发展，提出了“镜子说”。“镜子说”最早是由柏拉图提出的，柏拉图认为，画家的工作像照镜子一样容易：“那并不是难事，而是一种常用的而且容易办到的制造方法。你马上就可以试一试，拿一面镜子四面八方地旋转，你就会马上造出太阳，星辰，大地，你自己，其他动物，器具，草木，以及我们刚才所提到的一切东西。”[⑦] 柏拉图的“镜子说”是从否定的意义

---

① ［英］扬格：《试论独创性作品》，人民文学出版社1998年版，第82页。

② ［波兰］符·塔达基维奇：《西方美学概念史》，褚朔维译，学苑出版社1990年版，第367页。

③ ［波兰］符·塔达基维奇：《西方美学概念史》，褚朔维译，学苑出版社1990年版，第373页。

④ ［德］鲍姆加登：《美学》，简明、王旭晓译，文化艺术出版社1987年版，第167页。

⑤ ［德］鲍姆加登：《美学》，简明、王旭晓译，文化艺术出版社1987年版，第40—41页。

⑥ ［美］M. H. 艾布拉姆斯：《镜与灯——浪漫主义文论及批评传统》，郦稚牛、张照进、童庆生译，北京大学出版社1992年版，第7—15页。

⑦ ［古希腊］柏拉图：《理想国》卷十，引自伍蠡甫主编《西方文论选》上卷，上海译文出版社1979年版，第33页。

上说的，认为画家只是描摹了事物的外形。因此，他说：“我想画家也是这样一个制造外形者!”

尽管柏拉图从否定的意义上提出的“镜子说”，但其影响却很大。“在柏拉图之后的很长时间里，美学理论家一直喜欢求助于镜子来表明这种或那种艺术的本质。在文艺复兴时期，人们在谈到观察事物的方法时，常直言不讳地提到镜子。”① 达·芬奇就以“镜子说”来说明，绘画要逼真：“画家的心应该像一面镜子，永远把它所反映事物的色彩摄进来，前面摆着多少事物，就摄取多少形象。”并且提出画家要“就眼睛所看到的东西多加思索……用这种办法，他的心就会像一面镜子真实地反映面前的一切，就会变成好像是第二自然”②；而认为艺术作品犹如照见世间生活的镜子这一说法也非常流行。一种据说是西塞罗（或贺拉斯）的观点传遍各国：喜剧是“生活的摹本，习俗的镜子，真理的反映”。③ 意大利的瓜里尼就说：“西塞罗和贺拉斯不是说‘喜剧就是人类关系的镜子’吗？“悲剧是伟大人物的写照，喜剧是卑贱人物的写照。”④ 塞万提斯则说：“因若照西塞罗的意见，喜剧应该是一种人生的镜鉴，风俗的范例和真理的假象”，并在《堂·吉诃德》序言里称自己的书为“全部骑士制度的光明和镜子”，还说：“所有的事只是摹仿自然，自然便是它唯一的范本；模仿得愈加妙肖，你这部书也必愈见完美。”⑤ 莎士比亚在《哈姆莱特》第三幕第二场中借剧中人物之口也提到“镜子说”说：“演戏的目的，从前也好，现在也好，都是仿佛要给自然照一面镜子，给德行看一看自己的面貌，给荒唐看一看自己的姿态，给时代和社会看一看自己的形象和印记。”⑥ 上述这些说法，从不同的角度发展了古希腊的摹仿说。

“摹仿”说在后来的发展过程中，还有“再现说”“反映说”“复制

① ［美］M. H. 艾布拉姆斯：《镜与灯》，郦稚牛、张照进、童庆生译，北京大学出版社 1989 年版，第 44 页。

② 伍蠡甫主编：《西方文论选》上卷，上海译文出版社 1979 年版，第 183 页。

③ ［美］M. H. 艾布拉姆斯：《镜与灯》，郦稚牛、张照进、童庆生译，北京大学出版社 1989 年版，第 44—45 页。

④ ［意］瓜里尼：《悲喜混杂剧体诗的纲领》，伍蠡甫主编《西方文论选》上卷，上海译文出版社 1979 年版，第 197 页。

⑤ 伍蠡甫主编《西方文论选》上卷，上海译文出版社 1979 年版，第 213、207、208 页。

⑥ 伍蠡甫主编：《西方文论选》上卷，上海译文出版社 1979 年版，第 213 页。

说”。这些说法虽然不同，但有一点是相同的，即注重文学对事物的逼真摹写，要求文艺的摹写要与外在事物酷似，即“真”“真实”“逼真”，这一直是古典艺术的一个核心原则，也是评价艺术的一个主要标准。“艺术即现实摹仿这一看法在欧洲文化之中统治了达二十个世纪。”①

“摹仿说”不但在理论上得到广泛的提倡，在文艺实践中也得到了实际的贯彻，也以“摹仿得逼真”这一标准评价艺术。在希腊时期，逼真的摹仿就成为艺术家的普遍追求。博物学家普林尼曾讲过一个故事，传说希腊画家宙克西斯和巴哈修斯曾作过一次比赛，看谁画画的本领更高。宙克西斯画了一幅以葡萄为主题的静物画，因摹仿得非常逼真，鸟儿都以为是真的葡萄，飞下来啄食。宙克西斯以为这次比赛胜券在握。巴哈修斯也拿出了自己的画，幕帘覆盖着画面。当宙克西斯动手去掀画上面的幕帘时，才发现画面上的幕帘就是巴哈修斯用油彩画上去的。宙克西斯只好认输。

这个故事表明，在希腊艺术家那里，画家技艺的高低是以“摹仿得是否逼真”为评价标准的，技艺高超的画家的画看上去一定就像真的一样，越是摹仿得逼真，就越是技高一筹。黑格尔就对此评价说：“宙克西斯画的葡萄从古到今都被公认为艺术的胜利，同时也被公认为摹仿自然原则的胜利，因为真有活的鸽子啄食这些画的葡萄。除掉这个古老的例子，我们还可以引一个新近的例子：毕特涅的猴子把洛色尔的《昆虫乐趣》一书中画的甲壳虫咬成碎片。猴子的主人看到他的珍本书籍这样遭到损坏，却没有惩罚他，因为这足以证明插图的精工。”② 这说明，在西方的传统观念中，“摹仿得逼真”不但在理论上，而且也在文艺活动实践中得到了一致的认同。

可以说，西方从古希腊的德谟克利特、柏拉图、亚里士多德到文艺复兴的达·芬奇、丢勒、塔索一直到18世纪，“摹仿说”一直都是文艺创作遵循的一个主导原则，它要求文艺中所描摹的景物应像镜子所反射的外部世界一样的逼真，并且认为，摹仿得愈是逼真，其艺术也价值愈大。这是对所有文艺作品提出的要求，不仅仅是针对绘画等造型艺术而言。因此，就可以看到，就连小说也力求纤毫毕现地再现生活场景。弗吉尼亚·伍尔

---

① ［波兰］符·塔达基维奇：《西方美学概念史》，褚朔维译，学苑出版社1990年版，第375页。

② ［德］黑格尔：《美学》第1卷，朱光潜译，商务印书馆1979年版，第53页。

夫就指出，传统的小说都竭力“提供一幅真像那么回事的外表，像得足以保证一切都无懈可击，以至他所写的人物倘若真的活了，就会发现自己已经穿戴整齐，连外衣的每个钮扣都符合当时的时装样式”①。

在这种追求“逼真”的艺术观念中，“美”这一概念在西方传统观念中一直沉睡着，或者说“美”只是为“真”服务的。布瓦洛在《诗的艺术》中说：“只有真才美，只有真才可爱。”② 莎士比亚则说：“美如果有真来点缀，它看起来就要更美多少倍!”③ 黑格尔也说：“美本身必须是真的。”④ 这都说明，摹仿，并且摹仿得“逼真”是西方传统艺术的最高要求。

第二节 文学与情感——重表现的文学

统治二十个世纪的文艺“摹仿”观直到19世纪才真正失去统治地位。在此之前，“摹仿”在其统治过程中也不断有质疑的声音。最早对“摹仿”说提出异议的是公元1世纪时新毕达哥拉斯学派哲学家阿波洛尼阿斯⑤。阿波洛尼阿斯主张文艺创作中需要“想象”：“是想象塑造了这些作品。它比摹仿是更为巧妙的一位艺术家。摹仿仅能塑造它所看到过的东西，而想象还能塑造它所没有看到过的东西，并把这没有看到过的东西作为现实的标准。摹仿常常为恐惧所阻挠，而想象则不为任何东西所阻挠，因为它无所恐惧地上升到它自己理想的高度。”⑥ 阿波洛尼阿斯说：“有两种摹仿……一种是绘画，用心和手来图绘万物；另一种则只是用心来创造形象。”⑦ 阿波洛尼阿斯认为“它（指想象）比摹仿是更为巧妙的一位艺

① ［英］戴维·洛奇编：《二十世纪文学评论》上，上海译文出版社1987年版，第160页。
② 朱光潜：《西方美学史》上卷，人民文学出版社1979年版，第187页。
③ 《莎士比亚十四行诗集》，新文艺出版社1956年版，第54首，第108页。
④ 参见［德］黑格尔《美学》第1卷，朱光潜译，商务印书馆1979年版。
⑤ 阿波洛尼阿斯的思想只能从古罗马时期哲学家斐罗斯屈拉塔斯写的《狄阿那的阿波洛尼阿斯的生平》中才能看到。
⑥ ［古罗马］斐罗斯屈拉塔斯：《狄阿那的阿波洛尼阿斯的生平》第六卷第十九章，伍蠡甫主编《西方文论选》上卷，上海译文出版社1979年版，第134页。
⑦ ［古罗马］斐罗斯屈拉塔斯：《狄阿那的阿波洛尼阿斯的生平》第六卷第十九章，伍蠡甫主编《西方文论选》上卷，上海译文出版社1979年版，第133页。

术家”，想象“是用心来创造形象”的，“摹仿仅能塑造它所看到过的东西，而想象还能塑造它所没有看到过的东西”[①]。可以看出，阿波洛尼阿斯已不仅仅强调“摹仿”，还重视文艺创作中的“想象”。

古罗马的贺拉斯在《诗艺》明确地指出虚构的必要性，并赞扬荷马史诗虚构的非常巧妙：“凡是他认为不能经他渲染而增光的一切，他都放弃；他的虚构非常巧妙，虚实参差毫无破绽，因此开端和中间，中间和结尾丝毫不相矛盾。”[②] 这说明，贺拉斯已不再拘泥于单纯的“摹仿”，而是认为，诗人要在现实的基础上进行虚构和创造，只是这种虚构不能完全脱离现实，由此才能让人信服。而普罗提诺不同意文艺是单纯的“摹仿说”。他说：“我们必须承认，艺术作品并非简单地复制看得见的东西，而是回到自然所由产生的那些理念；再者，艺术作品中的很大一部分是纯粹的自身，是美的所在，补充自然的不足。正因为如此，菲狄亚斯（Pheidias，公元前5世纪古希腊雕塑家）并不是根据世界上看得见的模型来塑造宙斯，而是根据宙斯显形所必然会采取的形式来把握。”[③] 普罗提诺作为新柏拉图主义的创始人，所说的“必然会采取的形式”，也就是“理念”的形式，实际上是一种想象形式。这已和古希腊时期的“摹仿说”有着极大的不同，并对中世纪有着深刻的影响。

中世纪继承了普罗提诺的“理念”式“摹仿说”。尽管也说“文艺是摹仿”，但其“摹仿”的对象则发生了转变。

奥古斯丁继承并发展了古代希腊的文艺摹仿说，他在回答“艺术作品是否允许虚构时”，就认为：“艺术作品确有虚构成分，虚构是艺术作品所必不可少的，没有虚构，它们便不成其为真正的艺术品。不能接受艺术作品中的虚构即不能全面地欣赏艺术。画中的马必须是虚构的马。因为舍此，这幅画便不成其为真正的绘画。舞台上的夸张角色也绝不能是真实的，否则饰演者便不成其为真正的演员。”[④] 在奥古斯丁看来，艺术创作并

---

① ［古罗马］斐罗斯屈拉塔斯：《狄阿那的阿波洛尼阿斯的生平》第六卷第十九章，伍蠡甫主编《西方文论选》上卷，上海译文出版社1979年版，第134页。

② 伍蠡甫主编：《西方文论选》上卷，上海译文出版社1979年版，第105页。

③ ［古罗马］普罗提诺：《九章集》第五卷，引自拉曼·塞尔登《文学批评理论——从柏拉图到现在》，北京大学出版社2000年版，第16页。

④ ［波兰］沃拉德斯拉维·塔塔科维兹：《中世纪美学》，褚朔维、李国武、聂建国、赵国运译，中国社会科学出版社1991年版，第70页。

不是对真实事物的摹仿。因为虚构是艺术作品所必不可少的；没有虚构，就不成其为真正的艺术品。虚构的东西是不真的，因此它不能作为信仰的内容和对象。但虚构的东西可以作为审美的对象，甚至是使艺术品成为审美对象的一个条件，就如同画中的马，它必须是虚构的，这幅画才能成其为一幅画。从这个意义上看，艺术虚构的说假话和骗子的欺骗就不同："骗子与说假话者的区别是，每一个骗子都想欺骗，但不是每个讲假话的人都有意于欺骗。因为哑剧、喜剧和许多诗篇中都充斥着假话，其目的却是给人愉悦而不是欺骗，而且几乎每个讲笑话的人都在讲假话。"① 因此，奥古斯丁说："想要是假的是一回事，而不能是真的则是很不相同的另一回事。……如果不情愿作假赫克托、假安特罗马卡、假赫拉克勒斯和无数别的人，怎么能成为一个真悲剧演员呢？画中的马如果不是假的，怎么可能是一幅真画呢？"②

可以看出，在奥古斯丁看来，艺术必须虚构和想象，虚构得越是成功，就越是艺术品。这说明，奥古斯丁把艺术摹仿的理论与美的创造结合起来，充实了"摹仿"概念的内涵，既保留了"摹仿"的客观再现特点，也增添了审美创造的表现要求。这就给带有某种被动性质的摹仿，注入了带有主体能动性质的美的创造因素和理想表现的因素。明显这种对于艺术创作过程中的虚构和幻想活动的把握，与那种古希腊传统的"摹仿说"有着本质的区别。

托马斯·阿奎那受亚里士多德"摹仿说"的影响，也认为艺术是对自然的摹仿。但阿奎那所谓的艺术摹仿自然，不在于对于自然本身的描摹，而在于摹仿自然生成的过程，即上帝创造自然的方式："艺术的过程必须摹仿自然的过程，艺术的产品必得仿照自然的产品。"③ 托马斯认为，上帝创造自然的过程本身就是一种最高的艺术创造。艺术家创作作品的过程和上帝创造自然的过程非常相似，上帝创造自然万物的过程为艺术家的创造

---

① ［古罗马］奥勒留·奥古斯丁：《论自由意志·奥古斯丁对话录二篇》，成官泯译，上海人民出版社 2010 年版，第 45 页。

② ［古罗马］奥勒留·奥古斯丁：《论自由意志·奥古斯丁对话录二篇》，成官泯译，上海人民出版社 2010 年版，第 46 页。这段引文也可参照［波兰］沃拉德斯拉维·塔塔科维兹《中世纪美学·圣奥古斯丁的美学·圣奥古斯丁的原文》，褚朔维、李国武、聂建国、赵国运译，中国社会科学出版社 1991 年版，第 79 页。

③ 伍蠡甫主编：《西方文论选》上卷，上海译文出版社 1979 年版，第 153 页。

提供最好的范例，艺术家的创作过程也受上帝创造自然过程的启示，因此，“人的心灵着手创造某种东西之前，也须受到神的心灵的启发，也须学习自然的过程，以求与之相一致”。[①] 可以看出，托马斯·阿奎那是将古希腊的艺术“摹仿自然”转换为“摹仿自然的过程”，转换为“艺术摹仿上帝”。这一转变意味着，传统的“摹仿说”已经发生了改变。

文艺复兴时期，由于亚里斯多德的《诗学》被重新发现，“摹仿”说重又受到重视，虽然批评家们也都还在说着“艺术是摹仿”的话，但这时所说的摹仿更多的是将其作为感染读者者的一种手段。锡德尼在16世纪80年代写的《为诗辩护》中就说：“诗，因此是个摹仿的艺术……它是一种再现，一种仿造，或者一种用形象的表现；用比喻来说，就是一种说着话的画图，目的在于教育和怡情悦性。”[②]

这说明，文艺复兴时期虽然也在讲文艺是“摹仿”，但这时的“摹仿”是一种创造性的“摹仿”。“摹仿”只不过是一种手段，其目的是在欣赏者的身上获得某种效果——感化和怡情悦性。弗朗西斯·培根则更为明确地肯定了诗的虚构和想象：“诗是真实地由于不为物质法则所局限的想象而产生的。”认为诗就是“虚构的历史”，“‘虚构的历史’的用途曾是在于它在某些方面给予人心一点点满足，在这些方面事物的本性却不能给人这种满足……诗所给予的是弘远的气度、道德和愉快”[③]。

可以看出，文艺复兴时期表现出了一种新的文学走向：使人怡情悦性和给人以教导被抬到了一个重要的位置，虽然这时文学艺术还在讲着要“摹仿”的话，但其“摹仿”的目的已经发生了变化，它并不是要如何逼真地去描摹事物本身，给人以一种知识，而是为了满足读者的愉悦和情感需要。因此，这时所说的“摹仿”就并不只限于“摹仿”对象本身，而是可以加入诗人自己的虚构和想象。正是在这一新的文学观念中，对文学的定义就不再只限于“摹仿”，而是开始关注到诗人的激情和想象。休·布莱尔在1783年发表的《修辞学与美学讲演集》中就提出：“我认为，对于诗歌我们所能作出的最公正、最全面的定义是：‘诗是激情的语言，或者

---

① 伍蠡甫主编：《西方文论选》上卷，上海译文出版社1979年版，第154页。

② 《为诗辩护·试论独创性作品》，钱学熙、袁可嘉译，人民文学出版社1998年版，第12页。

③ 伍蠡甫主编：《西方文论选》上卷，上海译文出版社1979年版，第248页。

是生动想象的语言，常常表现为韵文的形式’。”[①] 诗之所以是“想象和激情”的，其目的正是愉悦和感化。休·布莱尔就说：“诗人的首要目的是使人得到愉快和感动，因此，诗人是对着想象和激情而说话的。”[②]

从中世纪奥古斯丁对“虚构”的强调和阿奎那文艺“摹仿”对象的转换到文艺复兴时期休·布莱尔对“想象和激情”的重视，“摹仿”说已慢慢失去其主导地位，并日益成为批评的目标。1772 年，威廉·琼斯在《论所谓摹仿性艺术》一文中就明确反对“亚里士多德关于一切诗都是摹仿”的说法。他说：“人们千万遍地重复它，不为别的，就因为它出自一位超人的天才之笔。”[③] 他还提出自己对诗的定义：“我们可以给原始的、纯朴的诗下个定义：它是强烈情感的语言，它的表达恰如其分，音调铿锵有力，用词意义深远。”[④] 柯勒律治则在 1818 年说：“如果艺术家仅只摹写自然，那是非常乏味的。如果艺术家仅只从既有的形式出发并且以这种形式为美，那么，他的作品将是非常空洞和不真实的。”摹仿自然之所以“非常乏味”“非常空洞和不真实”，是“因为在这种摹仿自然的东西里，找不到我们所期待的运动和生命，那些毫发毕现的虚假细节曾经激起我们的兴趣，现在却突然让我们感到离真实更远了。你本以为会看到真实，结果却大失所望，非常不快，有一种被欺骗的感觉”[⑤]。

德国古典主义的代表人物康德和黑格尔也都反对“摹仿论”。康德认为，“美的艺术是天才的艺术”，而“天才是和摹仿的精神完全对立着的”[⑥]，“天才的诸作品……它自身不由摹仿产生”的，因为“一件美的艺术成品，必须被当作艺术，而不是自然”[⑦]，可以看得出，康德从艺术是天

---

① 引自［美］艾布拉姆斯《镜与灯——浪漫主义文论及批评传统》，郦稚牛、张照进、童庆生译，北京大学出版社 1989 年版，第 141 页。

② 引自［美］艾布拉姆斯《镜与灯——浪漫主义文论及批评传统》，郦稚牛、张照进、童庆生译，北京大学出版社 1989 年版，第 141 页。

③ 引自［美］艾布拉姆斯《镜与灯——浪漫主义文论及批评传统》，郦稚牛、张照进、童庆生译，北京大学出版社 1989 年版，第 129 页。

④ 引自［美］艾布拉姆斯《镜与灯——浪漫主义文论及批评传统》，郦稚牛、张照进、童庆生译，北京大学出版社 1989 年版，第 129 页。

⑤ ［英］柯勒律治：《论韵文或艺术》，引自拉曼·塞尔登《文学批评理论——从柏拉图到现在》，刘象愚、陈永国等译，北京大学出版社 2000 年版，第 20—21 页。

⑥ ［德］康德：《判断力批判》上卷，商务印书馆 1964 年版，第 154 页。

⑦ 伍蠡甫主编：《西方文论选》上卷，上海译文出版社 1979 年版，第 409 页。另参见康德《判断力批判》，第四十六节、第四十七节。

才的角度出发，反对传统的摹仿论。黑格尔也同样反对“摹仿论”，他认为，“所谓摹仿就是……就是由人把原已在外在世界里存在的东西，按其本来面貌……再复制一遍。这种复制可以说是多余的”①。因此，他明确的说：“艺术的目的一定不在对现实的单纯的形式的模仿。这种摹仿在一切情况下都只能产生技巧方面的巧戏法，而不能产生艺术作品。”②

这种对质疑和反对的声音也来自艺术家。法国画家德拉克洛瓦就说：“艺术家的目的，绝不是在于准确地再现自然。”③ 法国印象派画家德加说：“一幅画，它首先是艺术家想象的产物，而绝不应该是一种摹仿。”④ 波德莱尔则对公开批评传统的“摹仿”观：“艺术是美的回忆术，而准确的摹仿破坏回忆。”⑤ 并认为“摹仿”说是艺术的敌人。“这种理论（指“摹仿”说——引者注）是艺术的敌人，它不仅企图应用于绘画，而且还想应用于一切艺术，甚至小说和诗。”⑥

正是在这种普遍质疑和反对声中，文学是情感的表现才取代“摹仿”说，成为19世纪以来的主流文学观。

伴随着对“摹仿说”的质疑，“表现说”出现了。“表现说”的文学观认为，文学是人的一种精神性活动，在文学活动中，作者是借助作品表现个人的情感。因此，从本质上说，文学就是表现人的内心情感。文学的“情感表现”说突出地表现在浪漫主义作家那里，这种新的文学观是从卢梭和歌德开始的。“一个新的美学理论的时代从卢梭和歌德这里开始”，“卢梭反对古典主义和新古典主义传统的艺术理论。在他看来，艺术并不是对经验世界的描绘和复写，而是情感和感情的流溢”。⑦ 歌德说：“艺术要通过一种完整体向世界说话。但这种完整体不是他在自然中所能找到的，而是他自己的心智的果实，或者说，是一种丰产的神圣的精神灌注生气的结果。”⑧ 从卢梭和歌德以后，文学是情感表现的观念就成了艺术家的

---

① ［德］黑格尔：《美学》第1卷，朱光潜译，商务印书馆1979年版，第52页。

② ［德］黑格尔：《美学》第1卷，朱光潜译，商务印书馆1979年版，第56页。

③ 杨身源、张弘昕：《西方画论辑要》（修订本），江苏美术出版社1990年版，第328页。

④ 杨身源、张弘昕：《西方画论辑要》（修订本），江苏美术出版社1990年版，第401页。

⑤ 杨身源、张弘昕：《西方画论辑要》（修订本），江苏美术出版社1990年版，第457页。

⑥ 杨身源、张弘昕：《西方画论辑要》（修订本），江苏美术出版社1990年版，第464页。

⑦ ［德］恩斯特·卡西尔：《人论》，甘阳译，上海译文出版社1985年版，第180页。

⑧ 《歌德谈话录》，人民文学出版社1978年版，第137页。

共同思想，尤其是浪漫主义诗人作家的理想，也在理论上得到更多的阐述。正如艾布拉姆斯所说的：“大体上说，浪漫主义批评家认为，与一般的描述相比，诗歌的不同之处在于它表现了充满诗人情感的世界，而不是描绘了普遍性和典型性。”① 可以说，“表现情感”成了所有浪漫主义文学认识艺术的一个基本原则和范式，在浪漫主义诗人看来，只有纯粹理性而缺乏情感的创作是没有价值的。

西方第一次公开宣称“文学是情感表现”的是18世纪初的邓尼斯。他说：“情感才是诗的特有标记，因而也就必须无所不在：一段话语中如果没有情感，那就是散文……没有情感就没有诗，也没有画。”② 而英国浪漫主义诗人华兹华斯则明确地提出了“表现说”，他在《〈抒情歌谣集〉1880年版序言》中就说：“诗是强烈感情的自然流露。它起源于在平静中回忆起来的情感。”③ 诗人柯勒律治也指出：“有一个特点是所有真正的诗人所共有的，就是他们写诗是出于内在的本质，不是由任何外界的东西所引起的。”④ 雪莱则说：“诗人的职责就在于把他自己从这些形象和感觉中所得到的愉快和热情传达于他人。”⑤ 可见，浪漫主义作家一致认为，诗是思想感情的流露、倾吐。

在西方的传统文化中，感性的、情感的一直受到轻视和排挤，“情感表现”说把表现情感作为文学的第一要素，浪漫主义赋予感觉、情感、艺术、审美与理性、哲学、科学知识平等的地位，因此，感性、情感也有了一席之地，人们已经认识到感性、情感的独立价值和意义，要求给感性、情感应有的地位。可以说，一直以来，西方传统文化中只有研究理性的学说，而感性、情感则是被忽视的。随着浪漫主义文学的兴起，开始有研究“感性问题的”要求，鲍姆加通创立的“美学学科”就充分地说明了这一点。在鲍姆加通之前，哲学家们已把人的心理结构分为知、情、意三方

---

① 见［美］艾布拉姆斯《镜与灯——浪漫主义文论及批评传统》，郦稚牛、张照进、童庆生译，北京大学出版社1989年版，第80页。

② 引自［美］艾布拉姆斯《镜与灯——浪漫主义文论及批评传统》，郦稚牛、张照进、童庆生译，北京大学出版社1989年版，第114页。

③《十九世纪英国诗人论诗》，人民文学出版社1984年版，第22页。

④《十九世纪英国诗人论诗》，人民文学出版社1984年版，第22页。

⑤［英］雪莱：《〈伊斯兰的起义〉序言》，伍蠡甫等编《西方文论选》下册，上海译文出版社1979年版，第47页。

面。其中“知”有逻辑学来研究，“意”有伦理学来研究，只有“情”还没有一个专门的学科来研究。因此，鲍姆加通创立了一个专门研究人的感性的学科——“感性学”，即“美学”，把感性作为和理性、意志相并列的学问来研究。

“表现说”是从“摹仿”说向“体验”说转换的中介。“表现说”把文学表现的对象从实体性的自然事物，转向了具有非实体性的情感。对于这种非实体性的情感就不能用理性的逻辑的方式，而只能用感觉、感知的方式。就连最讲求理性的黑格尔也认为，认识事物不能一味地只用理性的、概念的方式，他在《论莱辛和他妻子的通信》中说：“我们过多地习惯于让心灵本身从事自己的活动，过多地根据概念，而不是根据美的感受去判断外在事物。心灵被封锁闭塞，剩下的只是冷漠的、自私自利的理性，而理性最终只顾手段，却从不考虑目的。”① 黑格尔还把从感性出发的希腊人和只知道从理性精神出发的现代人作了一个对比：“希腊人的精神同我们今天的精神相比，就好像一个嗅闻玫瑰香味的孩子和一个要从玫瑰花中提炼香水的药剂师的差别。”② 可见，黑格尔要求人们在理性、概念之外还要根据“美的感受去判断外在事物”。在这种重视感性的浪潮，传统的重视摹仿、“求真”的艺术观念才发生了转换。艺术不再只以理性知识和道德内容作为评价标准，而艺术有其自身独特的规律——非理性，也有其独特的表现内容——情感，更有其自身的目标追求——美。“情感的艺术”“美的艺术”是这一时期艺术观念的最强音。

正是在这样的大背景下，济慈发出了“美醒来了！——而你们为什么不醒呢”的呼喊！③ “美醒来了！”这就是浪漫主义大声呼喊的宣言，也是其文艺创作的信念。谢林就说：“没有美也就没有什么艺术作品。”④ 波德莱尔则说：“浪漫主义恰恰既不在题材的选择，也不在准确的真实，而在

① 蒋孔阳主编：《十九世纪西方美学名著选·德国卷》，复旦大学出版社 1990 年版，第 230 页。

② 蒋孔阳主编：《十九世纪西方美学名著选·德国卷》，复旦大学出版社 1990 年版，第 230 页。

③ ［英］J. 济慈：《睡眠与诗》（“SleepandPoetry”），引自让·贝西埃等主编《诗学史》，史忠义译，百花文艺出版社 2002 年版，第 526 页。

④ 谢林：《先验唯心论体系》，梁志学、石泉译，商务印书馆 1976 年版，第 270 页。

感受的方式。”[①] 创造“美的”“感性”艺术成为一个时代的普遍心声。由此，西方文艺观念发生了重大转变：艺术从传播理性知识转向创造感性的美，从主要关注外在世界转向关注内心情感。

第三节 文学与感觉——重体验的文学观

“表现说”实现了从“摹仿”说向“体验”说的转换。与“摹仿”说看重理性不同，“表现说”把感性放在了重要的地位，这在浪漫主义那里表现得尤其突出。谢林就说：“再也不能忍受了，我必须重新生活一遍，好把我全部的感官放任……我不关心看不见的一切，只关心我能闻、能尝、能触，能刺激我全部感官的一切。”[②] 浪漫主义者蒂克在《洛维尔》中则说：“肉感才是我们机器的第一个发动齿轮。肉感和淫欲是音乐、绘画和一切艺术的精神，人的一切欲望都围绕这个磁极飞舞。”[③] 正是在这种重视感性的文艺大潮中，重“体验”的文学观才正式走上前台。

应当指出的是，重“体验”文学观的形成并没有一个明显的时间段，也可以说，重“体验”的文学观既出现在重摹仿的文学时期，也出现在重表现的文学时期。因此，尽管西方在19世纪中叶才出现“体验”这一概念，但实际上，西方早在古希腊时代，“体验”的认知方式就出现了。柏拉图就最早地看到了“体验”和审美活动之间的关系，在《伊安篇》中，他就提出了在文学批评中要对文本加以细细的“体验”。他说：“诵诗人要把诗人的意思说出来，让听众了解，要让人家了解，自己就得先了解；所以一个人若不是了解诗人的意思，就不能做一个诵诗人。”[④] 所说的“了解”，就是要求诵诗者能够体会和感受作者的写作意图，理解作品中所包含的意蕴。诵诗者要想做到这一点，就要对作品细心地来“体验”和体

---

① ［德］波德莱尔：《一九四六年的沙龙》，《波德莱尔美学论文选》，郭宏安译，人民文学出版社1987年版，第218页。

② 引自勃兰兑斯《十九世纪文学主流》第二分册，刘半九译，人民文学出版社1981年版，第75页。

③ 引自勃兰兑斯《十九世纪文学主流》第二分册，刘半九译，人民文学出版社1981年版，第32页。

④ 伍蠡甫主编：《西方文论选》，上海译文出版社1985年版，第13页。

会。从这里可以看出，柏拉图强调批评者对诗人写作意图的“体验”和体会。

这说明，柏拉图已经意识到：对于一个读者来说：有过亲身的经历和体验是最为重要的，读者对作品有深切的体验和感受，才会有最好的批评。而读者的对作品“体验”的深浅，与读者的经历密切相关，读者与作品中人物的经历越相似、职业越相近，其体验和感受就越深，也就解说和批评得越到位。这是从文学批评角度讲，读者的亲身经历和体验的重要性。

从文学创作实践看，“体验”已经成为一种本质性的规定。狄尔泰就认为，生命体验就是文艺创作的出发点，他在《体验与诗》中就说：“个人体验、对外界的认识，通过思维来扩大和加深自己的经验便是诗歌创作的基本条件了。诗歌创作的出发点永远是生活经验，即作为亲身体验的或者对他人理解的、现实的和过去的，以及对经验在其中共同发挥作用的，对事件的理解。”[①] 他还以歌德为例指出，伟大的艺术家就是通过表达自己的生命体验而创作出不朽的作品：“歌德则是将自己的亲身体验以及体验过程中所付出的造型活动完全表达出来，精神生活中的那种一贯不为人知的东西，它的整个过程和它的全部内涵都表现在体验与表达之间的关系中了。”[②] 可以说，在狄尔泰看来，诗歌不是别的，正是诗人的生命体验。

同样，海德格尔也指出了体验对于艺术的重要性：“通过审美，或者可以说：通过体验并且在体验的决定性领域中，艺术作品先就成了感受和表象的一个对象。只有当艺术作品成了对象之际，它才变为可展览和可收藏的东西。”[③] 海德格尔认为，只有通过“体验”才能使艺术作品成为对象性存在。“体验”因此也就成为使艺术作品成为对象性存在的必要条件；而艺术中的“体验”也是人生命的表达。海德格尔在解释现代的五种根本性的现象时说：“现代的第三个同样根本性的现象在于这样一个过程：艺术进入美学的视界之内了。这就是说：艺术成了体验（Erleben）的对象，

① 蒋孔阳、李醒尘主编：《十九世纪西方美学名著选》（德国卷），复旦大学出版社 1990 年版，第 542—543 页。

② 蒋孔阳、李醒尘主编：《十九世纪西方美学名著选》（德国卷），复旦大学出版社 1990 年版，第 543 页。

③ ［德］马丁·海德格尔：《在通向语言的途中》，见《海德格尔选集》下卷，孙周兴选编，生活·读书·新知三联书店 1996 年版，第 1047 页。

艺术因此被视为人类生命的表达。”①

西方的“体验”观念到了近现代才开始繁荣和发达，“体验”作为一种认知方式才开始受到重视。但也要看到，西方的“体验”概念也是复杂多样的，在不同的哲学家和美学家那里，“体验”也有着不同的说法和表述：柏拉图的“迷狂”；席勒的“游戏”；施莱尔马赫和狄尔泰的“理解”“解释”；马斯洛的“高峰体验”；叔本华的“静观”；尼采的“沉醉”；克罗齐、柏格森的“直觉”；等等。这些不同的概念和说法都与“体验”有着密切的关系。而西方的美学、文学理论中都包含着“体验”的思想：如康德的“共通感”和施莱尔马赫、狄尔泰的“共通性”、立普斯的“审美移情说”、布洛的“心理距离说”、弗洛伊德的“俄狄浦斯情结”等都不同程度地隐含着体验问题。

康德的“共通感”认为，人们之所以能进行鉴赏判断，其前提就是人们的心理有一种“共通感”，“只有在这前提之下，即有一个共通感……只有在这样一个共同感的前提下，才能作鉴赏判断”。② 人们心理上有了“共通感”，这也就意味着人与人之间的相互体验有了基础，人才有可能去体验另一个人的内心。而在文学阅读中，读者也才可能体验作品中所表达的情感。因而，康德虽然没有直接提到过文学批评中的“体验”问题，但他所提的“共通感”却是“体验”文学观的基础，没有人与人之间心理上的“共通感”，人与人之间也就不可能相互沟通并体验对方，之所以有所谓的“对牛弹琴”，就在于人与牛之间的心理上没有“共通感”这一前提，人与牛两者间无法实现相互沟通和体验。文学批评中的“体验”之所以能存在，也在于读者与作者、与作品中的人物心理上存在着“共通感”，没有这一前提，“体验”文学观理论也就不成立。

同样，和康德一样，施莱尔马赫、狄尔泰的“共通性”也涉及文学批评中的“体验”问题，施莱尔马赫认为，一切个体性都是普遍生活的表现，每个人自身都包含有与他人相通的东西，这种精神上的相通性，就表现在作者与解释者之间成功的语义交往之中。施莱尔马赫认为，人与人精神上的相通性，这是读者可以理解和说明历史文本的根据。

---

① ［德］马丁·海德格尔：《世界图像的时代》，见《海德格尔选集》下卷，孙周兴选编，生活·读书·新知三联书店 1996 年版，第 885—886 页。

② 杨祖陶、邓晓芒编译：《康德三大批判精粹》，人民出版社 2001 年版，第 457 页。

狄尔泰也提到“共通性”问题。他认为，人与人之间的“共通性”是精神科学中特殊和普遍联结起来的出发点。在狄尔泰看来，理解的前提就在于人与人之间的“共通性”（Gemeinsamkeit）的人性。他指出，由于任何时代、任何社会中，都存在共同、普遍的生命体验，人心这一共通性保证了作者与解释者的“心心相通”，这就使解释者走出自己，走入作者的内心世界成为可能。

人与人之间的“共通性”是可以相互理解的基础，“每一个字，每一个句子，每一个表情或客套话，每一件艺术品，以及每一个历史行为之所以能够被人们所理解，正是因为有一种共通性，将表现出这些东西的人和理解这些东西的人联结起来；每个人都是在一个共同的领域中体验、思考和行动，也只有在这样一个领域里才能进行理解。一切被理解的东西都带有一种来自这种共通性的熟悉的标记”。① 在狄尔泰看来，人类对精神世界的把握必须把人与人之间的共通性作为可能理解的预设。“这种‘共通性’的基础经验，贯穿于人对精神世界的整个把握中；在这种基础经验里，‘统一的自我’的意识和‘与他人同类’的意识，亦即人性与个体性的同一性互相联结起来。这是理解所需要的一个预设。”② 同时，他也把人与人之间理解的基础看作来自人之间的“同情心”。“只有当我们对一个人有所同情，并在心中体会了他的感受，我们才能理解他，影响他。只有通过爱，我们才能理解。”③ 又说：“理解依赖于同情心的大小，完全没有同情心的人是无法理解的。”④

狄尔泰所提出的“共通性”“同情心”告诉我们，每一个人都可以说是一般人的缩影，人们之间的个别差异只是程度问题。每个人的某些特征也是其他人潜在地所具有的。因此，在理解过程中对他人的理解也能加深对自己的理解。重新体验得到的知识同时也是一个再创造他人经验给认识

① 《狄尔泰全集》第Ⅶ卷，第146—147页。引自涂纪亮主编《现代欧洲大陆语言哲学》，中国社会科学出版社1994年版，第118页。

② 《狄尔泰全集》第Ⅶ卷，第141页。引自涂纪亮主编《现代欧洲大陆语言哲学》，中国社会科学出版社1994年版，第119页。

③ 《狄尔泰全集》第Ⅶ卷，第74页。引自涂纪亮主编《现代欧洲大陆语言哲学》，中国社会科学出版社1994年版，第119页。

④ 《狄尔泰全集》第Ⅶ卷，第277页。引自涂纪亮主编《现代欧洲大陆语言哲学》，中国社会科学出版社1994年版，第119页。

者的精神留下印象的过程。

“审美移情说”的基础也是审美主体对审美对象的一种“体验”，因为当审美主体把自己的情感移置到对象身上时，也就意味着对对象的“体验”。“移情说”由费肖尔父子奠定基础，由德国美学家立普斯（1851—1914）加以发扬，因此，立普斯的名字与移情说联系在一起。他在《空间美学》一书中结合几何体所生的错觉经验对移情作用做了精彩的分析。

按照朱光潜的解释，审美移情“就是人在观察外界事物时，设身处在事物的境地，把原来没有生命的东西看成有生命的东西，仿佛它也有感觉、思想、情感、意志和活动，同时，人自己也受到对事物的这种错觉的影响，多少和事物发生同情和共鸣”。①

立普斯认为，移情有两种表达方式：“机械的解释”和“人格化的解释”。“机械的解释”是从力量、运动、活动、倾向等几个方面来认识对象的方式，也就是运用动力概念（运动、活动、力量等）的解释，这种解释方式尽管名为“解释”，实际上并不涉及人的意识活动；“人格化的解释”则是以人度物，把物看成人的解释。在《空间美学》中，立普斯以古希腊建筑中的“道芮式石柱”为例来说明“移情作用”。“道芮式石柱”是用来支撑希腊平顶建筑的重量，它下粗上细，柱面上有凸凹形的纵直槽纹。“道芮式石柱”本来是一个无生命的一块大理石。但在观照“道芮式石柱”时，它却开始显得有生命，给人一种“凝成整体”和“耸立上腾”的感觉。

为什么会产生这种“凝成整体”和“耸立上腾”有生命的上升感呢？这是因为石柱“这个形象不顾重量而且在克服重量中自己凝成整体和耸立上腾”，这就好比“在我们身上发生的事件，和外在的事件是相类似或可相比拟的。我们都有一种自然倾向或愿望，要把类似的事物放在同一个观点下去理解。这个观点总是由和我们最接近的东西来决定的。所以我们总是按照在我们自己身上发生的事件的类比，即按照我们切身经验的例比，去看待在我们身外发生的事件”。②

立普斯所说的“移情说”也就是“体验”，他就明确地指出了这一点：

---

① 朱光潜：《西方美学史》下卷，人民出版社1983年版，第597页。

② 译丛编委会编：《古典文艺理论译丛》第8册，人民文学出版社1964年版，第40页。

他说："移情作用所指的不是一种身体感觉，而是把自己'感'到审美对象里面去。"① "这种向我们周围的现实灌注生命的一切活动之所以发生而且能以独特的方式发生，都因为我们把亲身经历的东西，我们的力量感觉，我们的努力，起意志，主动或被动的感觉，移置到外在于我们的事物里去，移置到在这种事物身上发生的或和它一起发生的事件里去。这种向内移置的活动使事物更接近我们，更亲切，因而显得更易理解。"② "把自己'感'到审美对象里面去""把亲身经历的东西……移置到外在于我们的事物里去"，这正是"体验"所要求的。

立普斯所说的审美欣赏是对自我的欣赏，也是一种对自我的"体验"。"移情"侧重于审美主体的心理功能和"体验"。它把主体感觉、情感、思想等置身于对象之中，结果是，审美欣赏最终成为主体的自我欣赏，而不是对于对象的欣赏。用立普斯本人的话说：即"审美的欣赏并非对于一个对象的欣赏，而是对于一个自我的欣赏。它是一种位于人自己身上的直接的价值感觉，而不是一种涉及对象的感觉。毋宁说：审美欣赏的特征在于在它里面我感到愉快的自我和使我感动愉快的对象并不是分割开来成为两回事，这两方面都是同一个自我，即直接经验到的自我"。③

爱德华·布洛的"心理距离说"也同样强调文学中的"体验"。"心理距离说"是1912年在《作为艺术因素与审美原则的"心理距离说"》一文中提出来的。"距离"一词本来是指时间和空间之间的跨度，它或从此地到彼地之间隔着的一个空间跨度，或是从此时到彼时之间隔着的一个时间长度。而布洛所说的"心理距离"不是指空间或时间的远隔，而是指从心理上和某种事物、情景拉开距离。他举了雾海航行这一例子来加以说明："设想海上起了大雾，这对于大多数人都是一种极为伤脑筋的事情：除了身体上感到烦闷以及诸如因耽心延误日程而对未来感到忧虑之外，它还常常引起一种奇特的焦急之情绪，对难以预料的危险的恐惧，以及由于看不见远方，听不到声音，判别不出某些信号的方位而感到情绪紧张。船只的胡乱飘动及其发出的警报很快就会打乱旅客的心

---

① 译丛编委会编：《古典文艺理论译丛》第8册，人民文学出版社1964年版，第52页。
② 译丛编委会编：《古典文艺理论译丛》第8册，人民文学出版社1964年版，第40页。
③ 译丛编委会编：《古典文艺理论译丛》第8册，人民文学出版社1964年版，第44页。

神；而且当人们处于这种情境之中时往往会伴随而来的那种特殊的、充满希冀而又缄默无言的焦急之情与紧张状态，一切都使这场大雾变成了海上的一场大恐怖（由于它那极端的沉寂与轻飘迷茫而显得更为可怕），不论是对不谙航海的陆上居民，抑或是对于那些惯于海上生活的海员们都是如此。”①

在这种情况下，人们自然不会发现雾海航行中周围景色的美。怎样才能欣赏大海周围的美景呢？布洛说可以用“心理距离”的方法：“可以暂时摆脱海雾的上述情境，忘掉那危险性与实际的忧闷，把注意力转向‘客观地’形成周围景色的种种风物——围绕着你的是那仿佛用半透明的乳汁做成的看不透的帷幕，它使周围的一切轮廓模糊而变了形，形成一些奇形怪状的物体；你可以观察大气的负荷力量，它给你造成这样一种印象，仿佛你只要把手伸出去，让它飞到那堵白墙的后面，你就可以摸到远处的什么能歌善舞的女怪；你瞧那平滑柔润的水面，仿佛是在伪善地否认它会预示着什么危险；最后还有那出奇地孤寂以及与世隔绝的情境，宛如只有在高山绝顶才能感受到的情况。这种经历把宁静与恐怖离奇地糅合在一起，人们可以从中尝到一种浓烈的痛楚与欢快混同起来的滋味。”②

面对同一情景，为什么会形成两种完全不同的情绪和态度呢？布洛对此解释说：这是“由于距离从中作梗而造成的”。所说的“距离”就是指一种“心理距离”。布洛认为，一个客观的事物都有两面：一面是“正常视像”，如海雾造成的航行危险，这是“那具有最强的实际吸引力的一面”。一般情况下，人们总是只感受到与自己利害关系最为密切的这一面。但客观事物又还有“异常视像”的一面，如海雾造成的周围的景色美。通常由于人的注意力总是被“正常视像”所吸引，而不关注“异常视像”，“对于事物的那些不能迅速地真正打动我们的侧面，总是不予理会的……对于那些自己感受不到的其他印象也是意识不到的。”假设人们能够“超脱了我们个人需要和目的的牵涉”，变换一种观察视角，“摒弃了事物实际的一面，也摒弃了我们对待这些事物的实际态度”，转向“我们平常对于

① ［瑞士］爱德华·布洛：《作为艺术因素与审美原则的“心理距离说”》，见《美学译文》(2)，中国社会科学出版社 1982 年版，第 93 页。

② ［瑞士］爱德华·布洛：《作为艺术因素与审美原则的“心理距离说”》，见《美学译文》(2)，中国社会科学出版社 1982 年版，第 93—94 页。

那些自己感受不到的其他印象”，就会看到“人们平常看不到的事物背面的形象”，也即审美的一面。由此，布洛得出了结论：“从这一最广泛的意义上说：距离乃是一切艺术的共同因素。”①

从“心理距离说”这一点出发，布洛也关注到文学接受中的“体验”问题，他认为，当作品中人物的感情与经历和读者或观众自己的感情与经历吻合一致时，他就会对人物的内心情感有更深的“体验”，其对人物的处境、行为和性格的领会就愈加深刻而完美。布洛举例说：“假如有这么一个人，他认为自然有理由嫉妒他的妻子，他正在观看《奥赛罗》一剧的演出。当奥赛罗的感情与经历和他自己的感情与经历愈加吻合一致时，他对奥赛罗的处境、行为和性格的领会就愈加深刻而完美。”② 这就是说：布洛认为，文学接受中的“体验”非常重要，一部作品能否感动读者，引起读者的“共鸣”，关键在于读者是否有了深切的体验和感受，而“体验”的前提就是，作品所描绘的生活情景与读者自身的生活经历相吻合，作品中所描绘的生活与读者的个人经历愈是吻合，他对作品的感受和体验就愈深切入微，就越能进入“角色”。鲁迅就说过：“看人的作品，也很有难处，就是经验不同，即不能心心相印。所以常有极要紧，极精彩处，而读者不能感到，后来自己经验了类似的事，这才了然起来。例如描写饥饿吧，富人是无论如何都不会懂的，如果饿他几天，他就明白那好处。”③

当然，布洛一方面认为，文学接受中的“体验”非常重要，但同时也指出，文学接受中的“体验”也是有限度的，因为作品所描写的生活与读者的生活经历越贴切、接近，就越容易混淆了艺术与真实生活的界限，从而导致读者在文学接受过程中会从艺术世界退回到现实世界中，使本来是愉快的艺术欣赏活动变成了痛苦的个人回忆。这说明，布洛认识到了“体验”在文学接受中的重要性，但又注意到了读者的“体验”要有一个限度，读者与客体对象之间的心理距离并非越近越好，也就是说，读者并不是要一味地“体验”，而是在“体验”时也要和作品保持一定的心理距

---

① ［瑞士］爱德华·布洛：《作为艺术因素与审美原则的“心理距离说”》，见《美学译文》（2），中国社会科学出版社 1982 年版，第 93—94 页。

② 参见爱德华·布洛《作为艺术因素与审美原则的“心理距离说”》，见《美学译文》（2），中国社会科学出版社 1982 年版。

③ 鲁迅：《致董永舒》，见《鲁迅全集》第 10 卷，人民文学出版社 1959 年版，第 165 页。

离。如何解决文学接受“体验”时“距离的内在矛盾”呢？布洛给出的方案是：“无论是在艺术欣赏的领域，还是在艺术生产之中，最受欢迎的境界乃是把距离最大限度的缩小，而又不至于使其消失的境界。”①

弗洛伊德的“俄狄浦斯情结”说也体现着在文学接受的“体验”观。在弗洛伊德看来，“俄狄浦斯情结”是人人都共同具有的心理情结。他在《梦的解释》中指出：“儿童在幼年时期——说得直率一点——就有性欲偏向：男孩将父亲看作情敌，女孩将母亲看作情敌，除掉这种情敌对自己很有利。”而这种心理情结又体现在文学作品中，“古典作品遗留给我们的一个传说证实了这一发现：只有我所提出的有关儿童心理的假设具有普遍有效性，这个传说——它的深刻而普遍的力量令人感动——才能被理解。我所要说及的是关于俄狄浦斯王的传说和索福克勒斯的同名悲剧《俄狄浦斯王》”。② 人人都共同具有“俄狄浦斯情结”，而“俄狄浦斯情结”又是艺术家进行创作的原始动力。因此，在文学接受活动中，打动读者的就不是别的，而是“俄狄浦斯情结”；或者说：读者“体验”到的不是别的，而是“俄狄浦斯情结”。

对此，弗洛伊德举例说：《俄狄浦斯王》作为一部悲剧，为什么使观众深受感动？通常人们认为其悲剧效果在于，神的意志和人类毫无结果的努力之间的冲突，是一场命运悲剧。但弗洛伊德提出疑问，为什么同样冲突写成的悲剧却并不动人？弗洛伊德认为，《俄狄浦斯王》的悲剧效果并不在于表现了命运与人类意志的冲突，而在于表现这一冲突的题材的特性。即剧中人物的命运与人们的内心发生共鸣的东西。“《俄狄浦斯王》作为一出命运悲剧为世人所称道。它的悲剧效果被说成是至高无上的神的意志和人类逃避即将来临的不幸时毫无结果的努力之间的冲突。……因此，现代剧作家们就靠着把同样的冲突写进他们自己发明的情节中去的方法，试图获得一个同样的悲剧效果。但是，当咒语或神谕不顾那些可怜的人的所有努力而应验了的时候，观众们看来并不感动；就后来的命运悲剧的效果而言，它们是失败了。”③

---

① ［瑞士］爱德华·布洛：《作为艺术因素与审美原则的“心理距离说”》，见《美学译文》(2)，中国社会科学出版社 1982 年版，第 100 页。

② 《弗洛伊德论美文选》，张唤民、陈伟奇译，知识出版社 1987 年版，第 13—14 页。

③ 《弗洛伊德论美文选》，张唤民、陈伟奇译，知识出版社 1987 年版，第 15 页。

这里，弗洛伊德明确表示不同意悲剧的效果来自“命运与人类意志的冲突”这一说法。相反，他说：“如果《俄狄浦斯王》感动一位现代观众不亚于感动当时的一位希腊观众，那么，唯一的解释只能是这样：它的悲剧效果并不在于命运与人类意志的冲突，而在于表现这一冲突的题材的特性。在我们内心一定有某种能引起震动的东西，与《俄狄浦斯王》中的命运——那使人确信的力量，是一拍即合的。”[①] 那这种“引起震动的东西”是什么呢？弗洛伊德说：这种东西“包含在俄狄浦斯王的故事中：他的命运打动了我们，只是由于它有可能成为我们的命运，——因为在我们诞生之前，神谕把同样的咒语加在了我们的头上，正如加在他的头上一样。也许我们所有的人都命中注定要把我们最初的性冲动指向母亲，而把我们最初的仇恨和屠杀的愿望指向父亲。……正是在俄狄浦斯王身上，我们童年时代的最初愿望实现了”。[②] 弗洛伊德认为，《俄狄浦斯王》一剧之所以能引起观众内心的共鸣，是因为俄狄浦斯与观众都在精神上有一种情结：恋母妒父心理，不同的只在于俄狄浦斯实现了被压抑的愿望。

同样，弗洛伊德也用“俄狄浦斯情结”来解释《哈姆雷特》，在解释哈姆雷特为父报仇时行动再三拖延的原因，弗洛伊德不同意哈姆雷特性格优柔寡断的解释。他认为，也正是因为“俄狄浦斯情结”才导致哈姆雷特在复仇时的优柔寡断：“哈姆雷特可以做任何事情，就是不能对杀死他父亲、篡夺王位并娶了他母亲的人进行报复，这个人向他展示了他自己童年时代被压抑的愿望的实现。这样，在他心里驱使他复仇的敌意，就被自我谴责和良心的顾虑所代替了，它们告诉他，他实在并不比他要惩罚的罪犯好多少。”[③]

后来，弗洛伊德更把这种说法加以扩展，试图说明艺术家的创作动机都是出于“俄狄浦斯情结”。如认为米开朗琪罗创作《摩西》，是要表达对专制的教皇既憎恶又不得不妥协的心情——仇父心理的变形；陀斯妥耶夫斯基的《卡拉马佐夫兄弟》，也是出于“俄狄浦斯情结”而反抗父亲的表现。因此，在弗洛伊德看来，“俄狄浦斯情结”不仅适合于说明每一个

---

① 《弗洛伊德论美文选》，张唤民、陈伟奇译，知识出版社 1987 年版，第 15 页。

② 《弗洛伊德论美文选》，张唤民、陈伟奇译，知识出版社 1987 年版，第 15—16 页。

③ ［奥地利］弗洛伊德：《〈俄狄浦斯王〉与〈哈姆雷特〉》，见《弗洛伊德论美文选》，张唤民、陈伟奇译，知识出版社 1987 年版，第 18 页。

作家的童年经验及其与文学创作的关系，而且人类的一切文化创造无不发源于“俄狄浦斯情结”。他说：“宗教、道德、社会和艺术之起源都系于俄狄浦斯情结上。”①

可见，弗洛伊德认为，“俄狄浦斯情结”是读者和作者间相互沟通的基础，读者阅读作品也正是“体验”其中所表现的“俄狄浦斯情结”。

柏格森的“直觉说”也与“体验”有着密切的关联。柏格森直接提到“体验”一词的地方不多，他是通过“直觉”一词间接阐述了“体验”思想。在《形而上学导论》一书中，柏格森说：“所谓直觉就是指那种心智的体验，它使我们置身于对象的内部，以便与对象中那个独一无二、不可言传的东西相契合。”②

在柏格森看来，“直觉”认识其实就是一种心理体验的方式。柏格森之所以强调“直觉”或者说“体验”的认知方式，其根源在于柏格森的哲学基点是“绵延”。“绵延”是柏格森哲学的逻辑起点。柏格森认为，世界的本质就是生命的冲动，这一生命冲动是不断变化着的。当我们揭去世界的理性外壳后，就会发现下面存在着“一股连续不断的流”，这“连续不断的流”就是生命之流，是生命的“绵延”。因此，真正的实在就是存在于时间之中并不断运动变化着的“连续不断的流”，即“绵延”。“绵延”是生命的冲动，它既不是物质，也不是一种理念，而是自发的、不可预见的、持续不断的心理活动过程。正是这股“连续不断”、变幻莫测的“绵延”才创造了宇宙万物。所以，在柏格森那里，世界的本源就是“绵延”。他也说：“我们将绵延知觉为一股我们无法逆它而行的水流。它是我们存在的基础，我们还感觉到：它是我们生存的这个世界的根本实质。”③

由于柏格森认为世界的本源“绵延”是生命性的，因此，这种生命性的“绵延”就无法用理性去认识，只能用“直觉”的方式在生命过程中去体味。因此，柏格森把“直觉”作为是高于理性的认识方式。他认为，“在自然和我们之间，甚且在我们自己和自己意识之间，隔着一幅帐幔——这帐幔对于一般群众是厚重而晦暗的，对于艺术家和诗人却是稀薄

① ［奥地利］弗洛伊德：《图腾与禁忌》，中国民间文艺出版社1986年版，第192页。

② 洪谦主编：《西方现代资产阶级哲学论著选辑》，商务印书馆1982年版，第135页。

③ ［法］柏格森：《创造进化论》，华夏出版社2000年版，第38页。

而几乎透明的”。① 由于理性是运用概念、判断、推理来认识事物的，所采用的是分析方法，其认识特点也是一种静止、凝固和间断的，所以，理性无法把握始终处于“连续不断”运动和变化着的“绵延”和生命冲动，也就无法揭开实在与我们之间的那道“帷幕”；只有凭借“直觉”才能揭开。在柏格森看来，艺术的目的就是揭开遮蔽着现实的这层厚重帷幕，引导人直接把握“现实本身”。或者打碎覆盖在生命本体外面坚硬的外壳，即“扫除一切遮蔽着现实使我们视若无睹的屏障”，引导观赏者直入生命本体，把握“实在”。也正因为艺术能凭借直觉的方式揭开厚重的帷幕，或打碎层层坚硬的外壳，使心灵超越物质的束缚，直接领悟到客体对象的内在生命。柏格森才说我们和实在之间的帷幕“对于艺术家和诗人却是稀薄而几乎透明的”。

伽达默尔的“理解”也与“体验”相关。伽达默尔认为，“理解”是人存在的最基本模式，世界只有经过“理解”才存在，而艺术又是人对自身存在的“理解”。由此，伽达默尔就把“体验”纳入“理解”的框架中。他所说的“理解”实际上也就是对作品的再“体验”。伽达默尔在《真理与方法》一书中，就对“体验”概念的含义和意义做了详尽的阐述，并指出，“体验结构”和“审美特性”的存在方式之间存在着一种“亲合势”。“审美体验”不仅与其他“体验”有所不同，而且根本地体现了“体验”的本质特性，作为“体验”的艺术作品是一个自为的世界。由此，伽达默尔得出结论：“体验”的艺术才是真正的艺术。

不但美学家和文化家从理论上倡导，作家诗人也以自己的实践说明“体验”和创作之间的密切关系，既要求从总体上去“体验”生活，也强调变身作品中的人、事、景、物，去体验和感受不同人、事、景、物的物点。法国浪漫主义作家乔治·桑就说：“我有时逃开自我，俨然变成一棵植物，我觉得自己是草，是飞鸟，是树顶，是云，是流水，是天地相接的那一条水平线，觉得自己是这样颜色或是那种形体，瞬息万变，去来无碍。我时而走，时而飞，时而潜，时而吸露。我向着太阳开花，或栖在叶背安眠。天鹨飞举时我也飞举，蜥蜴跳跃时我也跳跃，萤火和星光闪耀时

① 《缪灵珠美学译文集》第 4 卷，章安祺编订，中国人民大学出版社 1998 年版，第 152 页。

我也闪耀。”① 福楼拜也说：“写书时把自己完全忘去，创造什么人物就过什么人物的生活，真是一件快事。比如我今天就同时是丈夫和妻子，是情人和他的姘头……”② 福楼拜还说自己写《包法利夫人》时就化身为爱玛，体验爱玛当时的生理和心理感受：“爱玛——这就是我。描写爱玛——包法利服毒的时候我自己口里仿佛有了砒霜气味，我自己仿佛服了毒，我一连两天消化不良，当时我连饭都吐了。”③ 陀斯妥耶夫斯基则说：“我沉湎于兴奋的希望和幻想以及对创作的热爱之中；我同我的想象，同我塑造的人物共同生活着，好像他们是我的亲人，是实际活着的人，我热爱他们，与他们共欢乐，同悲伤，有时甚至为我的心地单纯的主人公洒下最真诚的眼泪。”④ 因此，作家为了更真实地表现作品中的人和物，可以随时化身为作品中的人和物。波德莱尔说：“他可以随时是他自己，也可以随时是别人……他可以随时进入每个人物的体内。”⑤

可以说，无论是从文艺创作，还是文艺批评和欣赏，“体验”都是本质性的规定，正因为如此，海德格尔才在《艺术作品的本源》中指出：“体验作为标准的来源，不仅是对艺术欣赏和艺术愉悦而言，而且也是对艺术家的创造而言。”⑥ 在海德格尔看来，无论对艺术享受还是对艺术创作来说：体验都是决定性的。伽达默尔也说：“体验艺术（Erlebniskunst）概念具有一种显著的两重性。本来，体验艺术显然是指，艺术来自体验，并且是体验的表现。但在某种派生的意义上，体验艺术概念也被用于那种专为审美体验所规定的艺术。这两者显然是联系在一起的。凡是以某种体验的表现作为其存在规定性的东西，它的意义只能通过某种体验才能把握。”⑦

---

① 引自《朱光潜美学文集》第 1 卷，上海文艺出版社 1982 年版，第 43 页。

② 引自《朱光潜美学文集》第 1 卷，第 44 页。

③ 《福楼拜评传》，商务印书馆 1935 年版，第 71 页。

④ 《古典文艺理论译丛》第十一期，人民出版社 1966 年版，第 111 页。

⑤ 《波德莱尔散文选》，百花文艺出版社 1992 年版，第 28 页。

⑥ ［德］马丁·海德格尔：《诗·语言·思》，文化艺术出版社 1991 年版，第 74 页。

⑦ ［德］汉斯－格奥尔格·伽达默尔：《真理与方法·诠释学 1：哲学诠释学的基本特征修订译本》上卷，洪汉鼎译，商务印书馆 2010 年版，第 106 页。

第五章　中国古代体验文学观形成的原因

中国古代之所以形成重视体验的批评理论和方法，这是和中国古代文化的特质密切相关的，这其中的原因是多方面的，既有中国古代本体观念方面的原因，也有审美特质和文学传统方面的原因。可以说：正是这多种原因才促成了体验的批评。

第一节　本体观方面的原因

中国古代之所以会形成体验的文学批评，其中一个最根本的原因就是，中国古代的本体论是神秘的、不可言说的。正是由于本体"不可言说"的属性，才导致了中国古代认识论的非逻辑性和重视内心体认，从而影响了中国古代文学的批评方式。

和西方文化发达的本体论不同，一般认为，西方文化的发展经历了本体论、认识论、语言论三个阶段，其中本体论阶段就集中研讨世界本源问题，即使在认识论、语言论阶段中，大多数哲学家们也都或隐或明地表达了自己的本体观。这和中国古代哲学家的情景完全不同。

中国古代哲学家、美学家大多数都没有回答过"世界本源"问题，只有较少数哲学家关注本体论问题。其中，道家认为世界的本源是"道"，从"道"中生出了万物。"道生一，一生二，二生三，三生万物"。[①] 庄子还说："通天下一气耳"[②]，"通于一而万事毕"。[③]《周易》则认为世界的

---

① 饶尚宽译注：《老子》，中华书局2007年版，第105页。

② 方勇译注：《庄子》，中华书局2010年版，第300页。

③ 方勇译注：《庄子》，中华书局2010年版，第198页。

本源是“太极”。《周易·系辞上》说：“易有太极，是生两仪，两仪生四象，四象生八卦。”这里所说的“太极”指原始的混沌之气，它是世界万物的本源。孔颖达《周易正义》说：“太极”又称为“太初”或“太一”。“太极谓天地未分之前，元气混而为一，即是太初、太一也。”而宋代的理学家程颢和程颐、朱熹、陆九渊、王守仁都关注过本体论问题，也都把具有精神属性的“理”“心”作为万物的本源。程颢和程颐说：“天者，理也。”①“理者实也，本也。”② 王守仁说：“心之本体即是天理。”③ 陆九渊说：“宇宙便是吾心，吾心即是宇宙。”④ 值得注意的是，尽管上述哲学家回答了“世界本源”问题，但又无一例外地认定，作为世界本源“道”“太初”“理”“心”都具有不可言说的特点。

道家和《周易》提出了本体论问题，但道家所说的世界本源“道”又是“恍惚”不定的。《老子·第二十一章》中就说：“道之为物，惟恍惟惚。惚兮恍兮，其中有象；恍兮惚兮，其中有物。窈兮冥兮，其中有精；其精甚真，其中有信。”在《老子·第十四章》中，则更为具体地描述了“道”的特点：“视而不见，名曰夷；听之不闻，名曰希；搏之不得，名曰微。……是谓无状之状，无物之象，是谓惚恍。迎之不见其首，随之不见其后。”庄子在《知北游》中则解释说：“道不可闻，闻而非也；道不可见，见而非也。”

“道”是“恍惚”的，“视之不可见，听之不可闻，搏之不可得”。⑤因而“道”也就和“无”“虚”联系在了一起，有了不同的名称：它是“无”、是“虚”、是“静”或是“虚静”。

魏晋玄学就主张以“无”为本，认为世间万物均由“无”而生。何晏说：“天地万物皆以无为本。”⑥ 王弼也说：“天下万物，皆以有为生；有之为始，以无为本；将欲全有，必反于无。”⑦ 宇宙万物之所以能够生成、存在，是因为有“无”作为本体存在的依据。“无”是从本体的实有方面

---

① （北宋）程颢、程颐：《二程集》，中华书局1981年版，第132页。

② （北宋）程颢、程颐：《二程集》，中华书局1981年版，第125页。

③ （明）王阳明：《传习录》，岳麓书社2004年版，第82页。

④ 《陆九渊集》，中华书局1980年版，第273页。

⑤ 《王弼集校释》，中华书局1980年版，第195页。

⑥ 房玄龄等撰：《晋书》，吉林人民出版社1995年版，第719页。

⑦ 《王弼集校释》，中华书局1980年版，第210页。

所言的；“道”是“无”，它也就是“虚”，但作为“虚”的“道”，并不仅仅表示一种“虚无”，作为“道”的“虚”，更多的还体现着“道”涵养包容方面；而从“道”的存在状态而言，“道”又可称作“静”。《老子·第十六章》说“归根曰静”。老子认为，万物的变化是循环往复的，万物生成于动，但动是暂时，它还要复归于“静”，“静”才是永久的。《老子·第十六章》中就说：“夫物芸芸，各复归其根。归根曰静，静曰复命。”所谓“复”就是万物复归于“虚静”的本体。因此，在老庄那里，“有”或“道”从虚中来，动由静间发，万物循环变化，最终都将复归于本体“虚静”。因此，“道”也就是“虚静”。《庄子·天道》篇说：“夫虚静恬淡寂寞无为者，万物之本也。”唐成玄英疏曰：“四者异名同实者也。”而王弼则将“虚静”视作本源：“凡有起于虚，动起于静，故万物虽并动作，卒复归于虚静。”①

怎样去认识这样一个无声、无形、无欲、无为，“视之不见”“听之不闻”“搏之不得”的“道”呢，显然，无法用直观的方法，因为“道，视之不可见，听之不可闻，搏之不可得”。人无法从直观感觉来感知“道”；同样，也无法凭借理性思维去认知“道”，因为理性思维要以感性经验作基础，没有直观的感性经验，理性思维也就无从立足。这正如王弼在《周易大演论》中论及如何认识“太极”时所指出的：“无不可以无明，必因于有，故常于有物之极，而必明其所由之宗也。”王弼认为，“太极”不像自然界的万物一样可以直观看到，它必须借助万物——“有”——才能呈现自己，故称为“无”，所谓“无不可以无明，必因于有”；而人也要借助万物之理才能认识“太极”，所谓“故常于有物之极，而必明其所由之宗也”。可以看出，在王弼那里，无形、无数、无分的“无”（太极），不是一种直观的存在，它只能通过“有”（万物）才得以显现，通过“有”，才能体知“无”（太极）。这就是王弼的“体无”观，反对“舍本以逐末”的经验论，提倡“得本以知末”的理性观。

“道”不但不能从视觉、听觉、触觉上来感知和认识，甚至不可被言说。老子说，“道可道，非常道，名可名，非常名”；庄子则说：“道不可

① 《王弼集校释》，中华书局1980年版，第36页。

言，言而非也。知形形之不形乎！道不当名。”①“道”“恍惚”不定、不可见、不可闻、不可言，这就封闭了可以从逻辑上、理性上认识“道”的可能性。因而，要认识“道”，只能体验、想象它的存在，也即庄子所说的“体道”。

王弼解释说，“道，视之不可见，听之不可闻，博之不可得。如其知之，不须出户；若其不知，出愈远愈迷也”②。

与“道”一样，《周易》中的“太极”也“不可得而名”，也是一个不可界定和言说的存在。韩康伯注“太极”曰：“太极者，无称之称，不可得而名，取有之所极，况之太极者也。”从这个意义上来说：“太极”也是“无”。对于这样一个“无称之称”的“太极”，也同样只能依赖体验、想象去感知，王弼把这称之为“体无”。“圣人体无，无又不可以训，故不说也；《老子》是有者也，故恒言无所不足。”③

可以看出，虽然老子、庄子、《周易》都回答了“世界本源”问题，但又都认为，“道”和“太极”超越了人的感性直观，也超越了人的认知能力，是无法言说和不可言说的。本体观的这种“超越”性和不可言说性，这就使其对世界本体的认识无法在理性和逻辑的层面上展开，只能从感性和印象层面上进行形象性的解说。所以，对“道”和“太极”的认识就只是一种感受性和体验性的解释，而不是理性和逻辑层面上的界定和说明。像庄子的“体道”、王弼的“体无”，这些说法，都强调以“体验”的方式去认识“道”。这种“体道”的认知方式也导致了中国古代理性和逻辑性认识论的薄弱。

先秦时期的儒家并不关注“世界本源”的问题。《论语·公冶长》中就记载了孔子不言“天道”：“子贡曰：‘夫子之文章，可得而闻也；夫子之言性与天道，不可得而闻也。’”这说明，孔子没有关注和谈论过“天道”问题。同样，孟子也没有明确地回答过“世界本源”的问题，自然也就不会提出认识“世界本源”的方法论。但孟子要求理想人格要能够做到“尽心、知性、知天”。《孟子·尽心上》中就说：“尽其心者，知其性也。知其性，则知天矣。存其心，养其性，所以事天也。”在孟子看来，“天

① 方勇译注：《庄子》，中华书局 2010 年版，第 373 页。

② 《王弼集校释》，中华书局 1980 年版，第 126 页。

③ （晋）陈寿：《三国志》，中华书局 1982 年版，第 795 页。

道”与“人性”是相通的，人的“尽心、知性”，同时也就是“知天”。这和孔子一样，孔子所说的“性”与“天道”就是一样的，[①] 朱熹《四书章句集注》曰：“性者，人所受之天理；天道者，天理自然之本体，其实一理也。”

怎样才能达到“知性、知天”呢？孟子提出的方法是要“尽心”。所说的“尽心”，就是指要尽心竭力地知晓自己的“本性”。孟子认为，万物都内在于人的心性，人通过反省自身，就能窥测到万物之理、见出道德之义。人对自我内心反思的过程，实际上也就是探究万物之理。因此，“尽心”就能“知性”，也就能“知天”。正因为“尽心、知性、知天”三者是相互联系在一起的，“内省”“三省吾身”“自省”的道德修养方式，同时也才成为一种“知天”的认知方式。这种“内省”“自省”的认知方式，显然包含着主体内心的感悟和“体验”，而不是理性的认知和逻辑的归纳。

宋代理学家也关注过本体论问题，但和先前的哲学家一样，他们也不是从纯物质性、实体性角度提出本体论的。之所以称其为“理学”，就是因为以程颢、程颐和朱熹等为代表的理学家把“天理”（实即三纲五常、忠孝节义等一整套封建伦理规范）作为宇宙的本体，并将其提升到永恒的、至高无上的地位。

程颢和程颐把“理”或“天理”视作哲学的最高范畴，认为理无所不在，不生不灭，不仅是世界的本源，也是社会生活的最高准则。“理”是宇宙的最高本体，“天者，理也”。[②] “理者实也，本也。”[③] 程颢和程颐认为，“理”是万物的本源，一物有一理，但万物的理又是共同的，“一物之理，即万物之理”。[④] 所以说“万物皆只是一个天理”[⑤]，“天下只有一个理”[⑥]，即“理”超越于万物之上并产生、支配着万物。“理”并不只是自

① （北宋）程颢、程颐：《遗书》卷十一。
② （北宋）程颢、程颐：《二程集》，中华书局 1981 年版，第 132 页。
③ （北宋）程颢、程颐：《二程集》，中华书局 1981 年版，第 125 页。
④ （北宋）程颢、程颐：《二程集》，中华书局 1981 年版，第 13 页。
⑤ （北宋）程颢、程颐：《二程集》，中华书局 1981 年版，第 30 页。
⑥ （北宋）程颢、程颐：《二程集》，中华书局 1981 年版，第 196 页。

然本体，同时也是人的本性："人伦者，天理也"，[①]"道即性也"[②]，"性即是理"[③]，"心是理，理是心"。[④]"理与心一，而人不能会之为一。"[⑤]"理即是礼也。"[⑥]封建等级制度，君臣、父子、夫妇之别，就是理。程颢和程颐将人伦、"性"直接等同于"理""道"。又说："理则天下只有一个，故推之而四海皆准。"[⑦]本体论也因此获得了伦理意义。

因而，在程颢和程颐看来，本体、自然规律、伦理之理是一个统一体。"天地人只一道也，才通其一，则余皆通。"[⑧]因此，程颢和程颐把具有精神属性的"理"视为宇宙万物之根本和总根源。"道未始有天人之别，但在天则为天道，在地则为地道，在人则为人道。"[⑨]并且程颢和程颐又提出，作为最高本体之"理"又是"无形"的。"有形总是气，无形只是道"；[⑩]"气是形而下者，道是形而上者"；[⑪]"有形皆器也，无形惟道"。[⑫]

怎样认知这一种无形的"理"呢？程颐提出，还要用"格物"法。"格犹穷也，物犹理也。犹曰穷其理而已矣。穷其理，然后足以致知。欲思格物，则固已近道矣，以收其心而不放也。"格物穷理需要一件一件地进行研究，积累多了，就会脱然贯通。程颐说："欲致知，须要格物。物不必谓事物然后谓之物也，自一身之中至万物之理，但理会得多，相次自然豁然有觉处。"又说："凡一物上有一理，须是穷致其理"，"须是今日格一件，明日格一件，积习既多，然后脱然有贯通处。"[⑬]程颐所说的"今日格一件，明日格一件"，最后达到贯通，这并不是归纳和抽象，而是脱然觉悟，这和同佛教的"顿悟"是一致的，最终还是一种体验、感悟式的认识方式。

---

① （北宋）程颢、程颐：《二程集》，中华书局1981年版，第394页。
② （北宋）程颢、程颐：《二程集》，中华书局1981年版，第1页。
③ （北宋）程颢、程颐：《二程集》，中华书局1981年版，第204页。
④ （北宋）程颢、程颐：《二程集》，中华书局1981年版，第139页。
⑤ （北宋）程颢、程颐：《二程集》，中华书局1981年版，第76页。
⑥ （北宋）程颢、程颐：《二程集》，中华书局1981年版，第144页。
⑦ （北宋）程颢、程颐：《二程集》，中华书局1981年版，第38页。
⑧ （北宋）程颢、程颐：《二程集》，中华书局1981年版，第183页。
⑨ （北宋）程颢、程颐：《二程集》，中华书局1981年版，第282页。
⑩ （北宋）程颢、程颐：《二程集》，中华书局1981年版，第83页。
⑪ （北宋）程颢、程颐：《二程集》，中华书局1981年版，第162页。
⑫ （北宋）程颢、程颐：《二程集》，中华书局1981年版，第1178页。
⑬ （北宋）程颢、程颐：《二程集》，中华书局1981年版，第188页。

程颢和程颐也认为，只有经过“感悟”、体验。程颢和程颐的这一重视文学创作中体验的思想与体验的认识论是相一致的。程颢认为，他所理解的“天理”就是自己体验来的，说：“吾学虽有所受，天理二字却是自家体贴出来”。就是说，只有经过“自家体贴”的静心内省功夫，才能识认“天理”。

朱熹继承和发展了程颢和程颐“理学”思想。同程颢和程颐一样，朱熹也把“理”作为宇宙的本源。他说：“天理”在逻辑上先于宇宙万物：“未有天地之先，毕竟也只是理。有此理，便有此天地，若无此理，便亦无天地，无人无物。”① 朱熹把这个“理”称作“太极”。“原‘极’之所以得名，盖取枢纽之义，圣人谓之‘太极’者，所以指夫天地万物之根也。”② “总天地万物之理，便是太极。”③ “太极无形象，只是理。”④ 也就是说，“太极”是生出了宇宙万物，是世界的本源。“太极分开只是两个阴阳，括尽了天下物事。”⑤ “事事物物皆有个极，是道理之极致。……总天地万物之理，便是太极。”⑥ “太极非是别为一物，即阴阳而在阴阳，即五行而在五行，即万物而在万物，只是一个理而已。因其极致，故名曰太极。”⑦

朱熹同时还指出，“太极”也就是“无”。“‘无极而太极’，只是说无形而有理。……以理言之，则不可谓之有；以物言之，则不可谓之无。”⑧ 他反复地告诫说：“周子所谓‘无极而太极’，非谓太极之上别有无极也，但言太极非有物耳。”⑨ “无极者无形，太极者有理也。周子恐人把作一物看，故云无极。”⑩ “‘无极而太极’，只是无形而有理。周子恐人于太极之外更寻太极，故以无极言之。”⑪ “‘无极而太极。’盖恐人将太极做一个有

---

① 黎靖德编：《朱子语类》，岳麓书社 1997 年版，第 1 页。
② 黎靖德编：《朱子语类》，岳麓书社 1997 年版，第 2126 页。
③ 黎靖德编：《朱子语类》，岳麓书社 1997 年版，第 2134 页。
④ 黎靖德编：《朱子语类》，岳麓书社 1997 年版，第 2126 页。
⑤ 黎靖德编：《朱子语类》，岳麓书社 1997 年版，第 2125 页。
⑥ 黎靖德编：《朱子语类》，岳麓书社 1997 年版，第 2134 页。
⑦ 黎靖德编：《朱子语类》，岳麓书社 1997 年版，第 2130 页。
⑧ 黎靖德编：《朱子语类》，岳麓书社 1997 年版，第 2125 页。
⑨ 黎靖德编：《朱子语类》，岳麓书社 1997 年版，第 2126 页。
⑩ 黎靖德编：《朱子语类》，岳麓书社 1997 年版，第 2126 页。
⑪ 黎靖德编：《朱子语类》，岳麓书社 1997 年版，第 2125 页。

形象底物看，故又说‘无极’，言只是此理也”。[①] 这就明确地告诉我们，所说的“太极”是无影无形的。

与程颢和程颐一样，在朱熹那里，“理”并不只是自然本体，也是人的本性，人本性中的仁、义、礼、智总名就是“理”。他说：“宇宙之间，一理而已，天得之而为天，地得之而为地，而凡生于天地之间者，又各得之以为性，其张之为三纲，其纪之为五常，盖皆以此理流行，无所适而不在。”[②] “天理本多，人欲便也是天理里面做出来。虽是人欲，人欲中自有天理。”[③] “天理只是仁、义、礼、智之总名，仁、义、礼、智便是天理之件数。”[④] “太极只是个极好至善底道理。人人有一太极，物物有一太极。周子所谓太极，是天地人物万善至好底表德。”[⑤]

“太极”是无影无形的，所以对“太极”就不能以逻辑的方式认识，只能去体会、体验。朱熹就明确地说：“太极无方所，无形体，无地位可顿放。……此皆只说得个仿佛形容，当自体认。”[⑥] 而所说的体验就是在内心反复思量、体会。“体验是自心里暗自讲量一次。……体认是把那听得底，自去心里重复思绎过。”[⑦]

同是理学家的陆九渊（1139—1193）也回答过本体论问题。他提出，“理”是宇宙的本源。“塞宇宙，一理耳。……此理之大，岂有限量？程明道所谓‘有憾于天地’，则大于天地者也，谓此理也。”[⑧] “此理在宇宙之间，未尝有所隐遁，天地之所以为天地者，顺此理而无私焉耳。”[⑨] 在陆九渊看来，充塞宇宙间的，是无限量的“理”，天地万物都是“理”的表现，“理”就是宇宙万物的本源。

“理”不但是天地万物的本源，也是自然、社会的总规律。自然、社会、天地鬼神都必须遵守“理”这一规律。“天覆地载，春生夏长，秋敛

---

① 黎靖德编：《朱子语类》，岳麓书社 1997 年版，第 2125 页。
② 郭齐、尹波点校：《朱熹集》，四川教育出版社 1996 年版，第 2151 页。
③ 黎靖德编：《朱子语类》，岳麓书社 1997 年版，第 2125 页。
④ 郭齐、尹波点校：《朱熹集》，四川教育出版社 1996 年版，第 1885 页。
⑤ 黎靖德编：《朱子语类》，岳麓书社 1997 年版，第 2130 页。
⑥ 黎靖德编：《朱子语类》，岳麓书社 1997 年版，第 2129 页。
⑦ 黎靖德编：《朱子语类》，岳麓书社 1997 年版，第 2597 页。
⑧ 《陆九渊集》，中华书局 1980 年版，第 161 页。
⑨ 《陆九渊集》，中华书局 1980 年版，第 142 页。

冬肃，俱此理。”[①] “此理充塞宇宙，天地鬼神且不能违异，况于人乎？”[②] “理”同时也是社会的政治、礼法制度、纲常伦理的最高准则。他说：“礼者，理也。”[③] “典礼爵刑，莫非天理，……古所谓宪章、法度、典则者，皆此理也。”[④]

陆九渊同时又把“理”等同于“心”，提出“心即理”。他说：“天之所以与我者，即此心也。人皆有是心，心皆具是理，心即理也。”[⑤] “心即理”，因此“心”也是宇宙万物的本源。他就明确地说：“四方上下曰宇，往古来今曰宙。宇宙便是吾心，吾心即是宇宙。”[⑥] “心”是宇宙之本源，它与“理”在作为宇宙的本源上是一致的。他认为，天地万物都在心中。陆九渊的“心”，既是人身之本，又是宇宙的本源，也是伦理道德的最高准则。因此他的学说称为“心学”。

陆九渊的“心学”把“宇宙”与“心”“理”等同起来，因而，在他那里，“心”就等同于“理”。即“道，未有外乎其心者”，“人心至灵，此理至明，人皆有是心，心皆具是理”；[⑦] 正因为“心”与“宇宙”“理”是相同的，在陆九渊看来，“宇宙内事，乃己分内事；己分内事，乃宇宙内事”。[⑧] 这就是说：宇宙的事，就是自己分内之事；而自己分内的事，也就是宇宙的事。因此，认识“吾心”便是认识真理。

从“心即理也”“宇宙便是吾心”这一前提出发，陆九渊教人“自存本心”。他认为，只要“自存本心”、反省内求，就可以认识天下之“理”，也能加强道德修养。因此，“自存本心”就成为在认识论和道德修养上的“基本功”，认识论和道德修养论在陆九渊那里也是紧密联系着的。因为“心即理”“宇宙便是吾心，吾心便是宇宙”，因而“万物皆备于我矣。反身而诚，乐莫大焉。此语之本心也”。[⑨] 也就是说，人只要反身向自

① 《陆九渊集》，中华书局 1980 年版，第 450 页。
② 《陆九渊集》，中华书局 1980 年版，第 147 页。
③ 《陆九渊集》，中华书局 1980 年版，第 159 页。
④ 《陆九渊集》，中华书局 1980 年版，第 233 页。
⑤ 《陆九渊集》，中华书局 1980 年版，第 149 页。
⑥ 《陆九渊集》，中华书局 1980 年版，第 273 页。
⑦ 《陆九渊集》，中华书局 1980 年版，第 273 页。
⑧ 《陆九渊集》，中华书局 1980 年版，第 388 页。
⑨ 《陆九渊集》，中华书局 1980 年版，第 428 页。

我的内心自省“向内用功夫”“发明本心”，就能认识宇宙和社会也包括自我。所以，陆九渊认为，人们学习知识“不过切己自反，改过迁善”[①]。认识宇宙就只须向内用功，发明本心，不必向外界探求。这其中向内的“切己”“反身”也就是要求体验。

明代的王守仁（1472—1529）也提出本体论。王守仁继承陆九渊的“心”学，明确地确立了心本论，他说：“心即性，性即理。”[②] 又说：“心即理也，天下又有心外之事，心外之理乎？”[③]“心之本体即是天理”。[④] 王阳明认为“心即理”“心外无物，心外无事，心外无理，心外无义，心外无善”。[⑤]“万事万物之理不外于吾心。”[⑥] 因此，认识宇宙万物只须从自己内心中体会，不需向外界探寻就可获得。“心即道，道即天，知心则知道、知天。”[⑦]“人者，天地万物之心也；心者，天地万物之主也。心即天，言心则天地万物皆举之矣，而又亲切简易。故不若言‘人之为学，求尽乎心而已’。”[⑧] 在王阳明看来，“求尽乎心”也就能认识“道”、认识“天”。那么，人怎样“求尽乎心”呢？王阳明提出，就是要“体认”“体察”。他说：“诸君要实见此道，须从自己心上体认，不假外求始得。”[⑨]“今必曰穷天下之理，而不知反求诸其心，则凡所谓善恶之机，真妄之辨者，舍吾心之良知，亦将何所致其体察乎？”[⑩]

可以看出，程颢和程颐、朱熹、陆九渊、王守仁都关注过本体论问题，也都把具有精神属性的“理”“心”作为宇宙万物的本源，甚至是自然、社会的总规律。正如《易传·说卦》对“道”的概括性说明一样：“昔者圣人之作《易》也，将以顺性命之理，是以立天之道曰阴与阳，立地之道曰柔与刚，立人之道曰仁与义。”理学家和心学家们所说的“理”“心”也是天之道、地之道、人之道的总括。并且和道家所说的“道”一

---

① 《陆九渊集》，中华书局 1980 年版，第 400 页。
② （明）王阳明：《传习录》，岳麓书社 2004 年版，第 45 页。
③ （明）王阳明：《传习录》，岳麓书社 2004 年版，第 6 页。
④ （明）王阳明：《传习录》，岳麓书社 2004 年版，第 82 页。
⑤ 《王阳明全集》，上海古籍出版社 2012 年版，第 134 页。
⑥ （明）王阳明：《传习录》，岳麓书社 2004 年版，第 135 页。
⑦ （明）王阳明：《传习录》，岳麓书社 2004 年版，第 64 页。
⑧ 《王阳明全集》，上海古籍出版社 2012 年版，第 181 页。
⑨ （明）王阳明：《传习录》，岳麓书社 2004 年版，第 64 页。
⑩ （明）王阳明：《传习录》，岳麓书社 2004 年版，第 136 页。

样，作为具有精神属性的“理”“心”也不可能从逻辑上来认识，只能依靠内心的体认。这对于二程、朱熹是如此，对于陆九渊、王守仁也是如此。

由此可以看出，中国古代由于较少对本体论的关注，也没有形成系统的本体认识论，这就造成了中国古代文艺理论浓厚的感受性和形象化特征。

第二节 审美追求方面的原因

中国古代之所以会形成体验的文学批评，除了本体论的原因之外，其另一个原因就是，中国古代的审美追求并不是外表的“形”、形式，而是内在的“神”“神韵”。

中国古代哲学家、美学家之所形成得“神”“神韵”的审美追求，这和其对自然世界的看法密切相关。在中国古人看来，自然世界不是一个机械的、物质性的存在物，而是一个充满着生命活力的有机体。《说文解字》在释“天”字时就说：“天，颠也。从一，大。”这里的“大”即人，是人的正面形象。《说文解字》：“大，天大地大人亦大，故大象人形。”这就是说：“天”实际上就是一个大的“人”，而人则是一个小的“天”，人和天是相同一体的。

“天”是一个小的“人”，“天”也就和“人”具有完全相同的属性。因而，在中国古代的观念中，“天”或者更直接地说“自然”就一直以和人的生命相类似的形式表现出来，它是一个生生不自息、有着生命活力的生命体。如最早的《周易》就把自然看成一个生生不息生命体，《周易·系辞上》就说：“生生之谓易。”《周易·系辞下》中则说“天地之大德曰生”。这说明，《周易》把“易”“生”作为天地万物最基本的特征。宋代的程颢对此解释说：“生生之谓易，是天之所以为道也。天只是以生为道。”①

荀子则提出：“形具而神生，好恶喜怒哀乐臧焉，夫是之谓天情；耳

① （北宋）程颢、程颐：《二程集》，中华书局1981年版，第29页。

目鼻口形能各有接而不相能也，夫是之谓天官；心居中虚以治五官，夫是之谓天君。”① 人的情绪、器官、心知都是从自然中生成的，是天所生成的，所以称为天情、天官、天君。而董仲舒则从人是天的副本提出了“人副天数”说。他认为，人是“天”所创造的，因而，人在各个方面都与“天”相类似，人就是“天”的副本，天和人也就有着相同相类的形态。《春秋繁露·为人者天》中就说：“人之形体，化天数而成；人之血气，化天志而仁；人之德行，化天理而义……人之喜怒，化天之寒暑；人之受命，化天之四时。人生有喜怒哀之答，春秋冬夏之类也；喜，春之答也；怒，秋之答也；乐，夏之答也；哀，冬之答也。”《春秋繁露·人副天数》中又说：“唯人独能偶天地。人有三百六十节，偶天之数也；形体骨肉，偶地之厚也；上有耳目聪明，日月之象也；体有空窍理脉，川谷之象也；心有哀乐喜怒，神气之类也；观人之体，一何高物之甚，而类于天也。”“人副天数”、人体“类于天”，这从相反的方面说明了，天和人一样，因此，董仲舒所理解的“天”也是一个人性化、人格化的。而程颢和程颐、朱熹、陆九渊、王守仁又都把“心”作为宇宙万物的本源。

实际上，在中国古代哲学家和美学家那里，世界上万事万物，大至宇宙，小至鱼虫，都有其生命、性情。譬如山水，“得真性情，山便得环抱起伏之势，如跳、如坐、如俯仰，如挂脚”。“水便得涛浪潆洄之势，如绮，如云，如奔，如怒，如鬼面。”② 不但山水有生命、性情，就是一草一木也有生命和性情，它们“若含蕊舒叶，若披枝行干，虽一花而或含笑，或大放，或背面，或将凋，或未谢，俱有生化之意”。③

自然是有生命、有性情、人格化的，因此，中国古代也常以人的骨、肉、貌、态、意、情比拟自然山水。郭熙《林泉高致·山水训》中就说：“山以水为血脉，以草木为毛发，以烟云为神采。故山得水而活，得草木而华，得烟云而秀媚。水以山为面，以亭榭为眉目，以渔钓为精神。”而明代王思任《杂序·淇园序》中则把山水比作“人的面相”：“天下山水，有如人相。眉巉目凹，蜀得其险；骨大肉张，秦得其壮；首昂须戟，楚得其雄；意清态远，吴得其媚；貌古格幻，闽得其奇；骨采衣妍，滇粤得其

① 安小兰译注：《荀子》，中华书局2007年版，第111—112页。
② 唐志契：《绘事微言》，山东画报出版社2015年版，第36页。
③ 唐志契：《绘事微言》，山东画报出版社2015年版，第36页。

丽。然而韶秀冲停，和静娟好，则越得其佳。”

这种人性化、人格化的自然观就使自然的美并不在外表的形式，而更在于其内在意蕴，正如刘禹锡《陋室铭》所说的：“山不在高，有仙则名。水不在深，有龙则灵。”有了灵性、有了精神自然的山水才是最奇妙的。

天与人相副相类，自然是人性化、有灵性的，由此，自然也就成为人可以进行情感交流的对象，成为可以情感互动的关系双方。刘勰在《物色·赞语》中就说：“山沓水匝，树杂云合。目既往还，心亦吐纳。春日迟迟，秋风飒飒。情往似赠，兴来如答。”刘勰这里所说的“情往似赠，兴来如答”就是指诗人将感情倾注于客观景物，就像赠予一样，而客观景物给诗人以感兴，作者以情感迎接外物，又像回报一样。这说明，人的情感与外物之间可以相互感应，相互赠答。宋代郭熙的《林泉高致·山水训》中也说：“春山烟云连绵，人欣欣。夏山嘉木阴阴，人坦坦。秋山明净摇落，人肃肃。冬山昏霾翳塞，人寂寂。看此画令人生此意。如真在此山中，此画之景外意也。”在郭熙看来，“看此画令人生此意”，人和山水也是相应的。

明代唐志契（1579—1651）《绘事微言》中“山水性情”一节说：“凡画山水，最要得山水性情。得其性情，山便得环抱起伏之势，如跳如坐，如俯仰，如挂脚，自然山性即我性，山情即我情，而落笔不生软矣；水便得涛浪潆洄之势，如绮如云，如奔如怒，如鬼面，自然水性即我性，水情即我情，而落笔不呆板矣。或问，山水何性情之有？不知山性即止，而情态则面面生动；水性虽流，而情状则浪浪具形。……岂独山水，虽一草一木亦莫不有性情，若含蕊舒叶，若披枝行干；虽一花而或含笑、或大放、或背面、或将谢、或未谢，俱有生化之意。画写意者，正在此着精神，亦在未举笔之先，预有天巧耳。不然，则画家六则，首云‘气韵生动’，何所得气韵耶？”

在唐志契看来，山水都有性情，山有山的性情，如得山的性情，画中之山便得环抱起伏之势，如人的跳、坐、俯仰、挂脚一样，各具表情，其“落笔不生软”；而水也有水的性情，得了水的性情，便得涛浪潆洄之势，如绮、云、奔、怒、鬼面一样，各具形态，其“落笔不呆板”。山水性情之得，便在于“我”的性情与之感兴。因之，山性即我性，水性也即我性，山水草木是有性情的，也都是与我互相映发的。

山水有性情，但山水不能言怀，人就代山水言情，正如清代画家恽格《南田画跋》中所说的：“春山如笑，夏山如怒，秋山如妆，冬山如睡，四山之意，山不能言，人能言之。”石涛也说：“我有是一画，能贯山川之形神。此予五十年前未脱胎于山川也；亦非糟粕其山川，而使山川自私也。山川使予代山川而言也，山川脱胎于予也，予脱胎于山川也。搜尽奇峰打草稿也。山川与予神遇而迹化也。”[①] “山川使予代山川而言也。”山水有性情，人又代山水言情，人所言之文也就有性情、有精神。因而，中国古代所理解的“文”或“文学”[②] 也同样是人格化的、生命化的。

这表现在：中国古代认为艺术作品像人一样，有血、肉、筋、骨、气。从魏晋开始，以人比诗文就大量存大于文论、画论、书论中。以人比诗、比文、比书、比画就成为中国古代一种很普遍的评论方式。如诗论中就有，“诗有肌肤，有血脉，有骨骼，有精神。无肌肤则不全，无血脉则不通，无骨骼则不健，无精神则不美。四者备，然后成诗”。[③] 姜夔《白石道人诗说》中说：“大凡诗，自有气象、体面、血脉、韵度。”张谦宜《茧斋诗谈》则云：“身既老矣，始知诗如人身，自顶至踵，百骸千窍，气血俱要通畅，才有不相入处，便成病痛。”徐寅《雅道机要》中也说：“体者，诗之象，如人之体象，须使形神丰备，不露风骨，斯为妙手矣。”

文论中刘勰《文心雕龙·体性》则提出：“辞为肤根，志实骨髓”；《文心雕龙·风骨》中说：“结言端直，则文骨成焉；意气骏爽，则文风清

① 释原济：《苦瓜和尚画语录·山川章》，俞剑华编著：《中国古代画论类编》，人民美术出版社2000年版，第153页。

② 这里要特别指出的是，在中国古代的观念，“文”并不仅仅是指人创造的文字，它同时也指自然所表现出的色彩、花纹。所说的“文”，包括自然之文和人文之文两方面。《刘子·慎言》中就说：“日月者，天之文也。山川者，地之文也。”并且中国古代所讲的自然之文也不仅仅是日月山川的外在形貌，而是强调在日月山川的外在形貌背后还有着一种“道”，日月山川是“道”的文。刘勰《文心雕龙·原道》论“文”时就说：“文之为德也，大矣；与天地并生者，何哉？夫玄黄色杂，方圆体分，日月叠璧，以垂丽天之；山川焕绮，以铺理地之形。此盖道之文也。”刘勰不但认为日月山川是天地之“文”，还认为，日月山川所表现出的色彩、花纹是“道”之“文”，也就是说：自然之“文”是“道”的表现。同样，中国古代所理解的人文之文，也不仅仅只是文字的字音、字义，它也同样是“道”的表现。按照刘勰《文心雕龙·原道》中的说法：文字之所以能有鼓动天下的力量，就在于它是“道”的表现。“辞之所以能鼓天下者，乃道之文也。”这样看来，中国古代所理解的自然之文和人文作品都不是表面上的、形式上的，而是一种内在的、精神性的。

③ 吴沆：《环溪诗话》，中华书局1985年版，第11页。

焉”；《文心雕龙·附会》中也说，“必以情志为神明，事义为骨髓，辞采为肌肤，宫商为声气”；颜之推《颜氏家训·文章》认为，“文章当以理致为心肾，气调为筋骨，事义为皮肤，华丽为冠冕”。宋代“苏门六君子”之一的李廌在《答赵士舞德茂宣义论宏词书》一文中说，“凡文之不可无者有四：一曰体，二曰志，三曰气，四曰韵。……有体，有志，有气，有韵，夫是谓之成全”。明代的王铎则说：“文有神、有魂、有魄、有窍、有脉、有筋、有腠理、有骨、有髓。”① 认为，文体如同人体，是文的精神载体。清代徐枋则说，人要有骨格、筋脉、气血，而“文犹是也，其段落者，骨格也；其意与气者，筋脉也；而辞藻则血肉也。故段落既定而少意气以贯之则脉不属；有段落而少辞藻则色不荣”。②

书论中苏轼《孙莘老求墨妙亭诗》认为，各家书法“短长肥瘠各有态”，崇尚“端庄夹流丽，刚健含婀娜”之美（《次韵子由论书》），并认为“书必有神、气、骨、肉、血，五者阙一，不为成书也”（《东坡题跋·论书》）。姜夔《续书谱》论“真书”时，称“点者，字之眉目”，“横直画者，字之体骨”，“［丿］、［乀］、者，字之手足”，“［乚］、［亅］者，字之步履”；论草书时说：“草书之体，如人坐卧行立、揖逊忿争、乘舟跃马、歌舞擗踊，一切变态，非苟然者”；荆浩《笔法论》就以“筋、肉、骨、气”为绘画的“四势”。康有为也说：“书若人然，须备筋、骨、血、肉，血浓骨老，筋藏肉洁，加之姿态奇逸，可谓美矣。”（《广艺舟双楫》碑评第十八）

中国古代文学批评的概念也往往与人的生理和心理相联系。如从眼睛角度论诗文有，诗眼、文眼、点睛、字眼等；从人的头角度论诗文有，篇首、首联、首句、首字、首尾等；从人的骨骼角度论诗文有，风骨、气骨、骨架、骨力、骨气等；从人的胸部方面论诗文有，心胸、胸襟、胸次、胸怀、胸抱；从人的身体角度论诗文有，文体、体脉、体性、整体等；从人的形貌方面论诗文有，形拟、形象、形貌、形体、形态等。从人的心方面论诗文有，文心、诗心、词心、中心等；从人的气脉角度论诗文有，文气、气骨、神气、脉络、文脉等；从人的精神角度论诗文有，神

---

① （明）王铎：《拟山园初集》第24册，台湾学生书局1973年版，第31页。

② （明）徐枋：《居易堂集》，台湾学生书局1973年版，第43—44页。

气、神似、入神、神韵、精神等。而形、气、神、筋、骨、血、肉、肌、肤、体、目、皮、毛、肥、壮、瘦、病、弱、神韵、风骨、气骨、主脑、首联、尾联、文心、诗眼、肌理等概念大量充斥于文论、画论、书论中。

中国传统文学批评这种“人化”现象，钱锺书称之为“人化文评”。他说，中国传统文学批评：

> 把文章通盘的人化或生命化（animism）。《易·系辞》云：“近取诸身……以通神明之德，以类万物之情”，可以移作解释：我们把文章看成我们同类的活人。《文心雕龙·风骨篇》云：“辞之待骨，如体之树骸，情之含风，猷形之包气。……瘠义肥辞。”又《附会篇》云：“以情志为神明，事义为骨髓，辞采为肌肤”；宋濂《文原·下篇》云：“四瑕贼文之形，八冥伤文之膏髓，九蠹死文之心”；魏文帝《典论》云：“孔融体气高妙”；钟嵘《诗品》云：“陈思骨气奇高，体被文质”——这种例子，哪里举得尽呢？……谈到文学批评，也会用什么“气”“骨”“力”“魄”“神”“脉”“髓”“文心”“句眼”等名词。翁方纲精思卓识，正式拈出“肌理”，为我们的文评，更添上一个新颖的生命化名词。①

中国古代对自然和诗文的这种“人化”“生命化”理解，就造成了其在审美追求上不讲求形似，而重视“气”“气象”“神”“气韵”“味”“滋味”“神韵”“风骨”“格调”“意境”“兴趣”等从而形成中重视“神似”，不看重形似，不重视外在的、形式上的，而更注重一种内在的、精神性的美学倾向。

其实，中国古代文学在发展过程中，也存在着一个注重描写、叙述的阶段。尽管“诗言志”的观念早就在《尚书》中就提出来了，但这还是理论上的提倡，就文学创作实践看，还没有形成自觉的注重“言志”的观念。在文学创作中，还存在着一个“咏物”写形、重“形似”的阶段。

重“形似”观念出现在魏晋时期，这一时期的刘勰、沈约、宗炳、钟嵘都提到了“形似”。刘勰在《文心雕龙·物色》中就指出：“自近代以

---

① 钱锺书：《谈艺录》，中华书局 1984 年版，第 111—117 页。

来，文贵形似。窥情风景之上，钻貌草木之中；吟咏所发，志惟深远；体物为妙，功在密附。故巧言切状，如印之印泥，不加雕削，而曲写毫芥。故能瞻言而见貌，印字而知时也。”刘勰所说的近代是指晋、宋时期。从刘勰的描述中可以看出，这一时期的文学要逼真地描摹自然景物，“贵形似”，这时的“形似”重在对外界景物的逼真、细致的描绘，要“体物”、要“切状”、要“写气图貌，既随物以宛转”，其结果要如“如印之印泥”一样，“情貌无遗”“不加雕削，而曲写毫芥”，与所描绘的对象毫芥不差。刘勰所说的“窥情风景之上，钻貌草木之中”“体物为妙，功在密附”“巧言切状，如印之印泥，不加雕削，而曲写毫芥。故能瞻言而见貌，印字而知时也”，正是写实、“咏物”的特点。张戒在《岁寒堂诗话》中就说：“建安、陶阮以前诗，专以言志；潘陆以后诗，专以咏物；兼而有之者，李杜也。言志乃诗人之本意，咏物特诗人之余事。”这一时期出现“形似”观正是对文学创作实践的总结。

魏晋时期山水诗、宫体诗兴起。“宋初文咏，体有因革，庄老告退，而山水方滋”。山水诗目标“模山范水”“写气图貌，既随物以宛转”；采用表达方式是“字必鱼贯”①，“俪采百字之偶，争价一字之奇，情必极貌以写物，辞必穷力以追新”。② 刘勰认为，这种用骈偶的华丽辞采“模山范水”是“此近世之所竞也”。③ 是这一时期诗诗人竞相追求的。这一时期，不但山水诗“极貌以写物”，这一时期的宫体诗也倾心于表现女性的容颜体态，对女性华丽的衣着、入时的装扮，方额、翠眉、明眸、皓齿、粉面、朱唇、玉颈、纤手、雪肌、柳腰、莲足、衣香、泪光、香汗等，都做了细致的描绘。

不仅山水诗及宫体诗中注重“形似”，其实，“巧构形似”“贵尚巧似”就是魏晋时期的一种普遍的倾向。刘勰、钟嵘在总结这一时期文学创作特点时都用了“形似”一词。

钟嵘《诗品》在评张协、谢灵运、颜延之、鲍照等人诗文时就用了“形似”：评论张协时说：“其源出于王粲。……又巧构形似之言，雄于潘岳，靡于太冲。”评论谢灵运时说：“其源出于陈思，杂有景阳之体，故尚

---

① （南朝梁）刘勰：《文心雕龙》，岳麓书社2004年版，第381页。

② （南朝梁）刘勰：《文心雕龙》，岳麓书社2004年版，第49页。

③ （南朝梁）刘勰：《文心雕龙》，岳麓书社2004年版，第49页。

巧似，而逸荡过之，颇以繁芜为累。”评论颜延之时说：“其源出于陆机，尚巧似，体裁绮密，情喻渊源，动无虚散，一句一字，皆致意焉。”评论鲍照时说：“其源出于二张（张协、张华），善制形状写物之词，得景阳之諔诡，含茂先之靡嫚。……然贵尚巧似，不避危仄，颇伤清雅之调。”《颜氏家训·文章》中在评论何逊时说：“何逊诗实为清巧，多形似之言。”

可以看出，张协“巧构形似之言”、谢灵运“尚巧似”、颜延之“尚巧似”、鲍照“贵尚巧似”、何逊“多形似之言”。“尚巧似”，“巧构形似”是他们诗文创作的共同点，而谢灵运、颜延之、鲍照、张协、何逊在当时的文坛具有举足轻重的地位，他们的这种重“形似”倾向，也必然引领当时的创作风气。所以钟嵘《诗品》说：“五言居文辞之要，……指事造形，穷情写物，最为详切。”

其实，写形诗在《诗经》中就出现了。胡仔《苕溪渔隐丛话》前八集引范温《潜溪诗眼》中所说：“形似之意，盖出于诗人之赋，‘萧萧马鸣，悠悠旆旌’是也。……古人形似之语，如镜取形，灯取影也。”[①] 除诗或山水诗之外，赋也讲“写物图貌”“形似”，先秦时期宋玉《高唐赋》中对三峡景色的描绘，《神女赋》中对神女形貌的描写，都极为形象；而汉代司马相如的《上林赋》《子虚赋》中对宫苑壮丽、游猎盛况的描绘更是铺张细腻。沈约在评价司马相如的赋时说：“相如巧为形似之言。”沈约则认为，司马相如的赋“巧为形似之言”，并把司马相的这种“形似之言”与班彪、班固的“情理之说”，曹植、王粲的“以气质为体”相提并论，认为这三种不同的文体“并标能擅长，独映当时”：“自汉至魏四百余年，辞人才子，文体三变，相如巧为形似之言，二班长于情理之说：子建仲宣以气质为体，并标能擅长，独映当时。”[②] 司马相如“巧为形似之言”的赋作为“自汉至魏四百余年”间的一种文学创作倾向的代表。

魏晋时期的重“形似”的观念，也体现在绘画理论中，宗炳的《画山水序》中一方面主张：“万趣融其神思”“以神法道”，另一方面也强调“以形写形，以色貌色”“澄怀味象”“以形媚道”。可以明显地看出，宗炳在重视“神”的同时，也重视“形”，明显地表现出“形”“神”并重。

---

① （南宋）胡仔：《苕溪渔隐丛话》，人民文学出版社 1962 年版，第 53 页。

② （南朝梁）沈约：《宋书·谢灵运传》，见金午江、金向银编《谢灵运山居赋诗文考释》，中国文史出版社 2009 年版，第 276 页。

魏晋时期注重“形似”的观念一直延续到唐代。初唐元兢《古今诗人秀句选序》就把形似作为他选录秀句的标准之一：“以情绪为先，直置为本，以物色留后，绮错为末；助之以质气，润之以流华，穷之以形似，开之以振耀。或事理俱惬，词调双举。”[①] 唐代崔融在《唐朝新定诗体》中论述了十种诗体，其中第一种就是“形似体”：“形似体者，谓貌其形而得其似，可以妙求，难以粗测者是。”他还举出“风花无定影，露竹有余清”和“映浦树疑浮，入云峰似灭”四句诗来说明什么是“形似体”。旧题唐代李峤的《评诗格·诗有十体》中，也有“形似”体，其说法和崔融所说的“形似体”相一致，“谓貌其形而得似也”；所举的诗也和崔融的一致：“风花无定影，露竹有余清”。这说明，从沈约的“三体”到唐代崔融、李峤的“十体”，“形似”的观念还占着重要的地位，甚至是诗文创作中的一种重要倾向。而张九龄较多注意用“形似”论画，所谓“意得神传，笔精形似”。[②] 对“形似”还多是从正面加以肯定，并无太多的贬意。同时，他也认为，绘画不仅要“极其天姿”，更要“见其风骨”[③]。

这里还要认识到的是，中国古代的“咏物”写形、重“形似”并不是自然主义的纯写实，自然主义的纯写实强调对外在事物照抄照录和机械摹仿，是一种“如镜取形，灯取影”的描绘方式。而中国古代在追求“形似”时，更强调“巧似”“巧构”或“巧制”。注重“形似”时的“巧似”“巧构”，这就使其所说的“形似”并不完全是要摹写对象的外部形态，而是巧写、巧构事物的形态。所说的“巧似”“巧构”无外就是在追求“形似”之时，又不拘泥于“形似”，同时也要传达出其内在的“神韵”。因而，重视“形似”，又强调“巧似”“巧构”，就使这种“形似”观念必然被重视“神韵”的观念所取代。刘勰在《文心雕龙·物色》就提出要“拟容取心”，也就是说，要摹拟外物的形象，但又要描摹神韵。宋代梅尧臣就说：“鉴貌不鉴道，写形宁写心。”[④] 因此，中国古代在形与神，事与心的关系上，明确地指出要舍形求神，舍事求心，甚至提出求神，也

① ［日］遍照金刚：《文镜秘府论》，人民文学出版社 1975 年版，第 165 页。

② （唐）张九龄：《曲江集》，广东人民出版社 1986 年版，第 617 页。

③ （唐）张九龄：《曲江集》，广东人民出版社 1986 年版，第 615 页。

④ （宋）梅尧臣：《传神悦躬上人》，见《梅尧臣集编年校注》，上海古籍出版社 2006 年版，第 226 页。

必须通过写心，所谓“传其神，必写其心”。[①]

但唐代这种重“形似”的观念也只是一个短促的过渡，强调“形似”的观念已经弱化，很快重“神”“神韵”的观念就占据了主导的地位。

中国古代重视“神韵”这一美学追求，也形成了一种人性化、生命化的文艺理论概念，所说的美并不是一种物质性的实体，而是一种生命化的美。美学也和“气”“气象”“象”“神”“气韵”“神韵”“味”“滋味”“风骨”“意境”“兴趣”“格调”等相联系。由此，中国古代文艺理论还有一套人性化、生命化的概念，这其中，“气”“象”“气象”“意象”“形”“神”“神思”“气韵”“现量”“直寻”“言志”“缘情”“性灵”“味”“滋味”“风骨”“神韵”“妙”“妙悟”“坐忘”“心斋”“虚静”“玄鉴”“空灵”“兴”“感兴”“兴象”“兴趣”“格调”等，是中国美学中最典型和最常见的概念。这完全是一套不同于西方美学的话语体系。这一话语体系的明显特征就是，它都和人的身体、感觉、情绪、心境、神情等相联系，具有鲜活的生命体征，是一种人化和生命化了的概念。

中国古代对“神韵”的追求就使其更强化了注重“言志”“缘情”的文学传统，这不但影响着以抒情为主的诗、词、曲（这里要注意的是，诗也不仅仅是抒情的，西方的诗就表现为一种叙事特征），也同时影响着以状物、叙事或记人为主的戏曲、小说。因而就可以看到，虽然从宋以来，词、曲、戏剧、小说就已经大量出现，但这些诗之外的文体仍然受着诗的影响，有着明显的诗的特征。如出现于诗之后的词就被称为“诗余”，而出现于词之后的曲又被称为“词余”。“诗余”“词余”的称呼也就说明，赋、词和曲在某种意义上来说也是诗，或者说是诗的变体，它的身上还流淌着诗的血液，仍然保存着诗所具有的特征和传统。

这也造成了体验文学观方式的特点。因为从文艺创作来讲，诗人表现的对象是人化、生命化的，诗人不能满足于对客观景物形式的机械地描绘，而是要体会客观景物所包藏的“神韵”，创作出“诗而入神”[②] 之作。同样，从文学接受角度看，作品是人化、生命化的，是具有内在“神韵”的，读者也就不能拘泥于诗文的字句分析，而是要体会其中所包含的内在

---

① 陈郁：《藏一话腴》外编下第865册，文渊阁四库全书本，台湾商务印书馆1986年版，第570页。

② 郭绍虞：《沧浪诗话校释》，人民文学出版社1961年版，第8页。

意蕴。因此，无论从文学创作，还是文学接受角度看，中国古代重“神韵”这一美学追求都强化了体验的批评方式。

第三节 抒情文学传统的影响

中国古代文学中的体验观还和抒情的文学传统有着密切关系。中国古代最主要的文学样式是诗，这是中国古代最具有优势的文学样式，也是最为成熟的文学样式，其他的文学样式都是在诗的基础上生成和发展的。

在中国文学史上，诗之后的文学样式大多和诗有着关联，如词被称为“诗余”，曲又被称为“词余”。“诗余”“词余”这一说法就说明了词、曲和诗之间的关系。闻一多就说：“诗似乎也没有在第二个国度里，像它在这里发挥那样大的社会功能，在我们这里，它就是宗教，是政治，是教育，是社交，它是生活的全面。维护封建精神的是礼乐，阐发礼乐意义的是诗。所以，诗支配了整个封建时代的文化。”① 这说明，中国文化是一种诗性文化，中国文学也是诗性化的。在中国诸多文学样式中，赋、词、曲都是诗的变体，而戏剧的唱词、韵白也都是诗。即使是叙事性文学中，也运用“诗笔”，可以说，无论是唐传奇、宋元话本、明清小说，都有明显的“诗笔”特征。因此，整个中国文学呈现出的就是诗性化、抒情化的。

本来，诗有抒情和叙事两种，但中国古代更多关注的是抒情性诗。作为中国诗学“开山的纲领”② 的“诗言志”，就突出了诗的抒情特征。从“诗言志”提出后，先秦、两汉时期都重复着这一说法。《庄子·天下》中说：“诗以道志”；《荀子·儒效》中说：“诗言是其志也”；《左传·襄公二十七年》赵文子对叔向说：“诗以言志”；《汉书·艺文志》中说：“诗言志”；司马迁《史记·五帝本纪》中说：“诗言意”；《毛诗序》中说：“诗者，志之所之也，在心为志，发言为诗。情动于中而形于言。”可见，“诗言志”是早期中国古代文学理论家的共识。

关于“志”字的含义，许慎在《说文解字》中说：“志，意也。从

① 闻一多：《文学的历史动向》，《闻一多全集》，生活·读书·新知三联书店1982年版，第202页。

② 朱自清：《诗言志辨》，华东师范大学出版社1996年版，第4页。

心，之声。志者，心之所之也。”五代时徐铉增补《说文解字》中解释“志”时说：“从心，止声。”而段玉裁《说文解字注》中注“志”时也说：“意也。从心，从㞢。㞢亦声。”[①]“㞢”即“止”。闻一多在《歌与诗》一文中对此解释说：“志从‘止’从‘心’，本义是停止在心上。停止在心上，亦可说是藏在心里，故荀子《解蔽篇》曰：‘志也者，臧（藏）也’；《注》曰：‘在心为志’，正谓藏在心，《诗序》疏曰：‘蕴藏在心谓之志’，最为确诂。”[②]按照闻一多的说法，所说的“言志”就是把藏在内心里的情感、情结抒发出来。因此，“言志”“缘情”就是抒发内心的情感。

从中国文学的发展历史看，强调抒情性、情感性也是中国古代诗论的一贯主张：“诗者，吟咏性情也。”[③]“哀乐之真，发乎情也，此诗之正理也。”[④]“诗与文特言语之别称耳。有所记述之谓文，吟咏性情之谓诗，其为言语则一也。”[⑤]“人无根柢学问不能为诗，若无真性情即能为诗亦不工。”[⑥]“诗者，人之性情也，近取诸身而足矣，其言动心，其色夺目，其味适口，其音悦耳，便是佳诗。”[⑦]“诗本性情，固不可强，亦不必强。”[⑧]“诗是心声，不可违心而出，亦不能违心而出。”[⑨]这些不同的说法都把抒发情感作为诗的本质。

中国文学发展的实践也证实了诗注重抒情的特征。《诗经》就开了写内心、抒发内心情感的先河。《诗经·魏风·园有桃》的“心之忧兮，我歌且谣”；《诗经·小雅·蓼萧》的“既见君子，我心写兮”。《诗经》奠定的写内心、抒发内心情感的传统，由此也影响了中国文学的抒情性特点。可以说，中国古代文学中最具代表性的文体都是抒情性的，其中诗、词、曲（包括戏曲和散曲）是中国传统文学的典型代表，强调抒情性，强

---

① 许慎撰、段玉裁注：《说文解字注》，上海古籍出版社 1981 年版，第 502 页。

② 闻一多：《歌与诗》，《神话与诗》，华东师范大学出版社 1997 年版，第 201 页。

③ 郭绍虞：《沧浪诗话校释》，人民文学出版社 1961 年版，第 26 页。

④ （金）王若虚：《滹南诗话》，中华书局 1985 年版，第 6 页。

⑤ （宋）元好问：《杨叔能小亨集引》，见《中国历代少数民族文论选》，新疆人民出版社 1987 年版，第 320 页。

⑥ 舒位等：《三百年来诗坛人物评点小传汇录》，中州古籍出版社 1986 年版，第 450 页。

⑦ （清）袁枚：《随园诗话》，江苏古籍出版社 2000 年版，第 423 页。

⑧ （明）王夫之等撰，丁福保辑录：《清诗话》，中华书局 1963 年版，第 905 页。

⑨ （清）叶燮：《原诗笺注》，上海古籍出版社 2014 年版，第 299 页。

调“言志”“缘情”也成为中国古代对文学（主要是诗、词、曲）的基本要求。当然，中国古代早期文学观念和文学实践中也存在着“专以咏物”、注重写形、重视“形似”阶段。但“专以咏物”、写形、重“形似”只是一个过渡，中国古代的抒情传统就决定了必然要向“言志”方面转换。张戒在《岁寒堂诗话》中就说：“建安、陶阮以前诗，专以言志；潘陆以后诗，专以咏物；兼而有之者，李杜也。言志乃诗人之本意，咏物特诗人之余事。”张戒认为“咏物”是“诗人之余事”，“言志乃诗人之本意”“言志之为本”。这种对“言志”为诗之“本”也伴随着对叙事诗的否定。徐祯卿《谈艺录》就曰：“乐府往往叙事，故与《诗》殊。盖叙事辞缓，则冗不精。”对乐府叙事“叙事辞缓”“变体失体”的不满与指责。陆时雍《诗境总论》中则说：“叙事议论，绝非诗家所需，以叙事则伤体，议论则费词也。”明确提出，如果叙事就有损诗的文体，“诗虚境也，安得与纪事同论?”陆时雍还《诗境总论》中历数《孔雀东南飞》数病：“焦仲卿诗有数病：大略繁絮不能举要，病一；粗丑不能出词，病二；颓顿不能整格，病三。”

正因为反对诗中叙事，在诗坛上有着“诗圣”崇高地位的杜甫，其“诗史”性的纪事诗，却饱受批评。杨慎在《升庵诗话》就说：杜甫“以韵语纪时事”的诗，“直陈时事，类于讪讦，乃其下乘末脚”；王廷相在《与郭价夫学士论诗书》则说，“子美《北征》之篇，昌黎《南山》之作，玉川《月蚀》之词，微之《阳城》之什”，是“诗人之变体，骚坛之旁轨也”。其原因就在于这类诗，只是“漫敷繁叙，填事委实”，而缺少“言志”抒情。王夫之也强调诗贵在“道性之情”，不是要言道理、讲礼义。他反复申说，“诗达情”①、“诗以言情”②、“诗以道情”③、“诗以道性情”④、“长言咏叹，以写缠绵悱恻之情，诗本教也”。⑤ 在王夫之看来，诗与其他的文体不同：“诗以道性情，道性之情也。性中尽有天德、王道、事功、节义、礼乐、文章，却分派与《易》《书》《礼》《春秋》去，彼不

① （明）王夫之：《诗广传》，中华书局 1964 年版，第 22 页。
② （明）王夫之：《诗广传》，中华书局 1964 年版，第 35 页。
③ （明）王夫之：《古诗评选》，上海古籍出版社 2011 年版，第 142 页。
④ （明）王夫之：《明诗评选》，上海古籍出版社 2011 年版，第 219 页。
⑤ （明）王夫之：《姜斋诗话笺注》，上海古籍出版社 2012 年版，第 88 页。

能代诗而言性之情，诗亦不能代彼也。”[1] 人性中除了“情”之外，还有“天德”“王道”“事功”“节义”“礼乐”“文章”，这些都由《易》《书》《礼》《春秋》去道，诗只是“言性之情”。

王夫之甚至提出，“诗之为教，相求于性情”，[2] “关情是雅俗鸿沟，不关情者，貌雅必俗”。[3] 诗“关情”即“雅”，关情则“俗”。突破“关情”这一界限，就是诗的罪人，以“诗史”著称的杜甫正是这样一位罪人。“决破此疆界，自杜甫始。桎梏人情，以掩性之光辉；风雅罪魁，非杜其谁耶。”[4] 同样，王夫之也批评《孔雀东南飞》《琵琶行》《长恨歌》这类叙事的诗。认为《孔雀东南飞》是“潦倒拖沓”的“里巷盲词”；白居易的《琵琶行》《长恨歌》，即使受刑法也不为严酷：“自‘庐江小吏’一种赝作流传不息，而后元、白踵承，潦倒拖沓之词繁，杜牧之所由按剑，非曹亚矣。彼‘庐江小吏’诸篇，自是古人里巷所唱盲词白话，正如今市井间刊行《何文秀》《玉堂春》一类耳。稍有愧心者，忍辱吾神明以求其形似哉?《琵琶行》《长恨歌》允膺典刑，不为酷也。”[5]

中国传统文学观不但反对诗中叙事，也反对诗中说理。中国传统观念认为，“说理”会使诗歌变得枯燥乏味，坠入“理障”或“理臼”，从而使诗变成刘克庄《恕斋诗存稿·跋》中所批评的“语录讲义之押韵者”。所谓“理障”和“理臼”，都是指诗中说理却没有形象性、丧失了审美特性的作品。与之相对的是“理趣”。“理趣”是宋代包恢提出来的：“古人于诗不苟作，不多作。而或一诗之出，必极天下之至精，状理则理趣浑然，状事则事情昭然，状物则物态宛然。”[6] “理趣”是指文学作品中说理和形象浑然一体，作到既说理，又有形象和趣味。

因为在传统的文学观念中，诗是“别材”“别趣”。“夫诗有别材，非关书也；诗有别趣，非关理也。”[7] “别材”强调诗要“吟咏情性”，“非关书”，它与读书和学识无关，是一种特别的才能；“别趣”是指，诗与理对

---

① （明）王夫之：《明诗评选》，上海古籍出版社 2011 年版，第 219 页。
② （明）王夫之：《古诗评选》，上海古籍出版社 2011 年版，第 158 页。
③ （明）王夫之：《明诗评选》，上海古籍出版社 2011 年版，第 272 页。
④ （明）王夫之：《明诗评选》，上海古籍出版社 2011 年版，第 219 页。
⑤ （明）王夫之：《古诗评选》，上海古籍出版社 2011 年版，第 22 页。
⑥ （宋）包恢：《答曾子华论诗》，见郭绍虞主编《中国历代文论选》，第 79 页。
⑦ 郭绍虞：《沧浪诗话校释》，人民文学出版社 1961 年版，第 26 页。

立，“非关理”，“不涉理路”，是一种“别趣”，不能“以议论为诗”。从诗“道性之情”出发，王夫之也批评写意的诗。“唐人以意为古诗，宋人以意为律诗绝句，而诗遂亡。如以意，则直须赞《易》陈《书》，无待诗也。”① 并认为，宋人写诗“以意为主之为谬误、为腐儒”，是“措大”“冬烘”。刘克庄则说：“近世贵理学而贱诗。间有篇咏，率是语录讲义之押韵者耳。”② 这说明，仅仅有“理”还不能算诗，还必须有“趣”，做到“理趣浑然”。正如钱锺书说的：“理之在诗，如水中盐、蜜中花，体忒性存，无痕有味。”③

可以看出，在中国古代的传统观念中，诗中只是叙事不行，一味写景不行，只是说理而无理趣也不行，只有抒情才是诗之本。刘克庄所说的：“嘲弄风月，污人行止，此论之行已久。近世贵理学而贱诗。间有篇咏，率是语录讲义之押韵者耳。”就明确表达了对诗单纯咏物和“贵理”的不满。

中国古代注重“言志”“缘情”的文学传统，这不但体现在以抒情为主的诗、词、曲中，也体现在以叙事或记人的“赋”、传奇、话本、戏曲、小说中，使叙事或记人的文体也表现出诗性特征。同时，文论家在论及诗之后出现的文学样式时，也都突出其和诗的渊源关系。词是“诗余”，曲是“词余”。“诗余”“词余”这一说法就说明了词、曲和诗的渊源关系，词和曲具有抒情性就是无须论证的。

对于“赋”这一文体，中国古代也从与“诗”的渊源关系角度考察。认为《诗经》是“赋”的源头。班固的《两赋序》说，“赋者，古诗之流也”；刘勰的《文心雕龙·诠赋》说，“赋自《诗》出，分歧异派”；挚虞的《文章流别论》说，“赋者，敷陈之称，古诗之流也”；姚鼐的《古文辞类纂·序》说，“辞赋类者，风雅之变体也”；刘熙载的《艺概·赋概》则具体地指明了不同的赋与《诗经》中《风》《雅》《颂》的关系：“赋，古诗之流……言情之赋本于《风》，陈义之赋本于《雅》，述德之赋本于《颂》”。班固、刘勰、挚虞、姚鼐、刘熙载的说法中都认定《诗经》是赋的源头，是《诗经》中《风》《雅》《颂》的变体。

---

① （明）王夫之：《明诗评选》，上海古籍出版社2011年版，第324页。

② （南宋）刘克庄：《恕斋诗存稿·跋》。

③ 钱锺书：《谈艺录》，中华书局1984年版，第231页。

“赋”不仅从文体上看是古诗的流，在“言志”和“讽谏”两个方面也继承着《诗经》传统。“李仲蒙曰：叙物以言情，谓之‘赋’，情物尽也；索物以托情，谓之‘比’，情附物也；触物以起情，谓之‘兴’，物动情者也。”① 李仲蒙不仅说明了“赋”是“叙物”，还指出“赋”“叙物”的目的是“言情”。刘勰也说：“赋者，铺也，铺采摛文，体物写志。”② 所说的“铺采摛文”是强调“赋”重视铺排辞藻文采；“体物写志”是指“赋”通过描摹具体事物表达情感。因此，“铺采摛文，体物写志”就是“赋”这一文体的主要特征。“赋”不仅铺陈描摹外部世界，也同时要“体物写志”。刘熙载的《艺概·赋概》中说，在“言志”和“讽谏”方面，诗与赋是“事异而意同”：“古人赋诗与后世作赋，事异而意同。意之所取，大抵有二：一以讽谏；……一以言志。”在刘熙载看来，“赋”作为古诗的流，从根本上看，与诗是相同之处，所谓的“诗为赋心，赋为诗体”。只是在细微处又有其自己的特点，“诗言持，赋言铺，持约而铺博也”。即诗的语言简约，而赋的语言铺陈。“赋无非诗……赋，诗之铺张者也。”因此，“赋”作为一种文体，是另一种意义上的诗和《楚辞》，也就是刘勰《文心雕龙·诠赋》中所说的：“赋也者，受命于诗人，而拓宇于《楚辞》也。”从内容上看，赋担负着诗人的使命，从文体上看，则是《楚辞》的拓展。

同样，戏曲也源自诗，是从诗、词、赋演变而成的。明代王世贞就说，“曲者，词之变”，从诗与音乐关系说明了诗从骚、赋到乐府再到北曲、南曲的演变过程：“三百篇亡而后有骚、赋；骚、赋难入乐而后有古乐府；古乐府不入俗而后以唐绝句为乐府；绝句少婉转而后有词；词不快北耳而后有北曲；北曲不谐南耳而后有南曲。”③ 这说明，杂剧和南戏都是诗、骚、乐府、绝句和词的变体，戏曲就是诗、词、赋的不同表现形式。明代的敬一子在《鸳鸯涤记·序》中更详细地说明了从诗到曲的演变过程：“词曲非小道也，溯所有来，赓歌五子实为鼻祖，渐变而之三百，之骚辩，之河西，之十九首，之郊祭铙歌。诸曲又变而之唐，之近体竹枝、

① （明）王世贞著，罗仲鼎校注：《艺苑卮言校注》，齐鲁书社1992年版，第10页。

② （南朝梁）刘勰：《文心雕龙》，岳麓书社2004年版，第65页。

③ （明）王世贞：《曲藻》，见中国戏曲研究院编《中国古典戏曲论著集成》，中国戏剧出版社1959年版，第27页。

杨枝、清平诸词。夫凡此犹诗也，而业已曰曲、曰词矣。于是又变而之宋之填词，元之剧曲至于今。”① 明代孟称舜则把诗、词看作戏曲之“祖”：“诗变而为词，词变而为曲。词者，诗之余而曲之祖也。”② 认为“曲本于辞，辞本于诗”。和词一样，北曲和南曲在风格上也有着婉约和豪放之别：“若夫曲之为词，分途不同，大要则宋伶人之论柳屯田、苏学士者尽之。一主婉丽，一主雄爽。……曲之与词，约亦相类。”③

戏曲源于“诗”这一特点就决定了其重点不在于情节的构思和场景的描写，而是要写情、“言志”。“言志”是更重要的。王骥德就说：“作闺情曲，而多及景语，吾知其窘矣，此在高手，持一‘情’字，摸索洗发，方挹之不尽，写之不穷，淋漓渺漫，自有余力，何暇及眼前与我相二之花鸟烟云，俾掩我真性，混我寸管哉。世之曲，咏情者强半，持此律之，品力可立见矣。”④ 他认为，戏曲高手重在写情，持一“情”字，便可能“挹之不尽，写之不穷，淋漓渺漫，自有余力”。“而多及景语”，就会陷入窘境。李渔《闲情偶记·戒浮泛》中提出：“填词义理无穷……予谓总其大纲，则不出‘情景’二字。”一种方法是“舍景言情”；另一种则是“舍情言景”：“舍情言景，不过图其省力。殊不知眼前景物繁多，当从何处说起？咏花既愁遗鸟，赋月又想兼风。若使逐件铺张，则虑事多曲少；欲以数言包括，又防事短情长。”而“舍景言情”则“只就本人生发，自有欲为之事，自有待说之情。念不旁分，妙理自出”。李渔认为，“舍情言景”会因外物过多过繁而难以取舍，造成“展转推敲，已费心思几许”，而“舍景言情”则用内心情感贯穿所言之事之情，结果“念不旁分，妙理自出”。汤显祖则认为，创作是“为情所使”：“世总为情，情生诗歌，而行于神。天下声音笑貌大小生死，不出乎是”，⑤ 因此，《牡丹亭》就是

---

① （明）敬一子：《鸳鸯绦记·叙》，见吴毓华编著《中国古代戏曲序跋集》，中国戏剧出版社 1990 年版，第 211 页。

② （明）孟称舜：《古今词统·序》，见吴毓华编著《中国古代戏曲序跋集》，中国戏剧出版社 1990 年版，第 203 页。

③ （明）孟称舜：《古今词统·序》，见吴毓华编著《中国古代戏曲序跋集》，中国戏剧出版社 1990 年版，第 198 页。

④ （明）王骥德：《曲律·杂论第三十九下》，见中国戏曲研究院编《中国古典戏曲论著集成》，中国戏剧出版社 1959 年版，第 159 页。

⑤ （明）汤显祖：《耳伯麻姑游诗序》，《汤显祖诗文集》，上海古籍出版社 1998 年版，第 1050 页。

"因情成梦，因梦成戏"。[①] 汤显祖把"情"放在了戏曲创作的第一位，有了"情"就可以"成梦""成戏"。

不但与诗有着渊源关系的"赋"和戏曲讲究抒情"言志"，即使是以叙事为主的传奇、话本、小说也多用"诗笔"。宋代赵彦卫《云麓漫钞》卷八中说："唐之举人，先藉当世显人，以姓名达之主司，然后以所业投献。逾数日又投，谓之温卷。如《幽怪录》《传奇》等皆是也。盖此等文备众体，可以见史才、诗笔、议论。"赵彦卫所说的《幽怪录》是牛僧孺所撰，《唐书·艺文志》作《玄怪录》；《传奇》的主要代表是晚唐裴铏的《传奇》[②]，是唐代的传奇的代表。所说的传奇有"诗笔"，指采用诗的笔法，以诗化的笔法写传奇的诗化。"诗笔"是唐代传奇小说的一种重要特征。

其实，叙事性文学中运用"诗笔"并不是从唐代才开始的。战国时期《穆天子传》一书中在描写周穆王和西王母分别时，王母在瑶池畔为周穆王送行就以诗来对答。"天子觞西王母于瑶池之上。西王母为天子谣，曰：'白云在天，丘陵自出。道里悠远，山川间之。将子无死，尚能复来。'天子答之曰：'予归东土，和治诸夏，万民平均，吾愿见汝，比及三年，将复而野。'"而刘义庆的《幽明录》中的小说，大都采用了"诗笔"手法。其他如任昉的《述异记》中一犬遍视朱氏兄弟而摇头歌曰："言我不能歌，听我歌梅花，今年故复可，奈汝明年何?"这就是用"诗笔"的手法。孔约的《孔氏志怪》中卢充一篇，崔女临别所赠一诗："煌煌灵芝质，光丽何猗猗！华艳当时显，嘉异表神奇。含英未及秀，中夏罹霜萎；荣曜长幽灭，世路永无施。不悟阴阳运哲人忽来仪；会浅别离速，皆由灵与祗。何以赠余亲，金鹭可颐儿。爱恩从此别，断绝伤肝脾！"刘义庆《世说新语》中《豪爽》第十三桓玄闻听"外白司马梁王奔叛"，遂"直高咏云：'箫管有遗音，梁王安在哉?'"干宝《搜神记》中的《杜兰香》《弦超》《紫玉》《崔少府墓》等篇，也采用了诗文融合的"诗笔"手法。到了唐代，传奇小说中"诗笔"特征就更加鲜明，如张鷟的传奇《游仙窟》，《游仙

---

① （明）汤显祖：《复甘义麓》，《汤显祖诗文集》，上海古籍出版社 1998 年版，第 1367 页。

② 唐代并没有用"传奇"作为小说的通称，北宋所说的"传奇体"是以裴铏的小说集为标准的。南宋开始把"传奇"作为小说的一种类别，与灵怪、烟粉并列，只是从题材着眼，并不注重文体的特征。近人常用"笔记小说"的名称来统称古代的文言小说。

窟》用第一人称，自叙旅途中在一处“神仙窟”中的艳遇。全篇多用四六句，大体整齐，基本上是骈体文，多用对偶，声调和谐，完全是六朝小赋的格局。在叙事中插入了主人公互相调情的唱和诗，用对话和“对歌”叙述故事，展开情节，表现出鲜明的“诗笔”特征。

后人也从不同的角度论述唐传奇小说的这种“诗笔”特征。陈师道《后山诗话》中说：“范文正公为《岳阳楼记》，用对语说时景，世以为奇。尹师鲁读之曰：传奇体尔。传奇，唐裴铏所著小说也。”陈师道认为，“《岳阳楼记》，用对语说时景”，这正是传奇的特征。“用对语说时景”，即多用骈俪的语句讲时景，这实际上也就是“诗笔”手法。而洪迈《容斋随笔》卷十五《唐诗人有名不显者》中就说：“大率唐人多工诗，虽小说戏剧，鬼物假托，莫不宛转有思致，不必撷门名家而后可称也。”洪迈认为，唐人多工诗，在小说和戏剧中也多用“诗笔”，也写得“宛转有思致”，即使不是出自名家的，也令人称道。汪辟疆在《唐人小说序》中说：“宋刘贡父尝言：‘小说至唐，鸟花猿子，纷纷荡漾。’洪景庐亦言：‘唐人小说：小小情事，凄惋欲绝，洵有神遇而不知者。’”所谓的“鸟花猿子”写得“纷纷荡漾”，是指用诗意的笔法写自然景物；而“小小情事”写得“凄惋欲绝”，则是指以抒情性笔调叙事。鲁迅在《唐宋传奇集·序例》中也说：“王度《古镜》犹有六朝志怪余风，而大增华艳。”① “大增华艳”既是对唐传奇绮丽的语言，也是从总体上指骈散杂糅、诗文相间的“诗笔”手法。

从以上各家的论述中可以看出，“用对语说时景”，“宛转有思致”，写景“纷纷荡漾”、叙事“凄惋欲绝”，“大增华艳”，这不仅是唐宋传奇的语言、文体特征，也是中国古代小说的语言和文体特点。无论是唐代的传奇、宋元的话本、明清的长篇小说，都可以看到“诗笔”特点。

中国文学的这种“诗笔”特点就决定了其抒情性，抒情也成了从诗到词曲，再到传奇、话本、小说的共同特征。

抒情性文学和再现性文学不同。抒情注重抒写主体内心感受和体验。而再现则是对客观对象细致、客观地描摹。再现性文学需要一种科学的求实态度，而抒情性文学则注重独特的理解，需要作家有内心的感悟和体

① 鲁迅：《唐宋传奇集·序列》，天津古籍出版社 2002 年版，第 1 页。

验，也就是严羽所说的“妙悟”。“大抵禅道惟在妙悟，诗道亦在妙悟。”①同样，对抒情性文学理解中也要靠感悟和体验，也要“妙悟”，而不是细致的分析。而“感兴”“妙悟”离不开体验，无论是诗人创作时的“感兴”“妙悟”，还是读者在阅读过程中“妙悟”，都要伴随着一种内心的体验。因此，可以说，“感兴”“妙悟”的基础体验，或者说，只有在体验的基础上才能有“感兴”“妙悟”。

① 郭绍虞：《沧浪诗话校释》，人民文学出版社1961年版，第12页。

第六章　西方体验文学观形成的原因

西方体验认知观和中国不同，它并不是一开始就有的，而是随着本体论、思维方式的转换以及对精神科学与自然科学不同研究方法的区别才逐渐形成的。正是在这种转换中，体验的认知方式开始形成，并逐渐取代理性占据主导地位。因此，西方体验文学观的形成除了文学本身需要体验外，也和体验认知观的兴起有着密切的关系。对西方体验文学观形成原因的把握就要从本体论、思维方式、研究方法区分三个方面来进行。

第一节　本体论原因——从物质本体转向生命本体

“体验”认知观的爆发与本体论的转换密切相关。

自古希腊以来，西方文化所关注的中心始终是客观世界，即自然界。古希腊哲学家都认为，世界的本质是物质性的：像泰勒斯的“水”、毕达哥拉斯的“数”、阿那克西美尼的“气”、德谟克里特的“原子”、赫拉克利特的“火”等，这些构成世界本源的始基虽然带有感性的、诗意的特征，但无一例外都是纯物质性的；而柏拉图的“理念”、康德的“物自体”、黑格尔的“绝对精神”、中世纪的“上帝”等，这些被称为“世界本源”的存在物，尽管不属于物质性的，但却是一种客观精神性的。

对于这样一种纯物质性或客观精神性的本体，理性的、逻辑的就是最好的认知方式。这其中，亚里士多德大前提、小前提、结论的三段论和黑格尔正、反、合的逻辑三段式就是典型的代表。

西方这种物质本体观到 19 世纪发生了转变，这种转变最先是从浪漫主义诗人和哲学家那里开始的。与传统的物质本体观不同，浪漫主义诗人把世界的本源看成感性的、诗意的，认为诗是世界的本体。在诺瓦里斯那里，诗就不再属于一种人的创造物，而是一种真正世界的创造，诗就是绝对的真实。“诗歌是一种完全绝对的真实。这就是我的哲学的要点。越是富有诗意的就越是真实的。”[①] 施勒格尔则说：“没有诗，就没有存在。”又说：美“不只是一个必要的虚构，而且也是一个事实，一个永恒的、超验的事实”[②]。布拉德雷在《为诗而诗》一文中说：“诗的本质并非真实世界（像我们通常所理解的真实世界）的一个部分，或一个摹本，而是独自存在的一个世界，独立的、完整的、自己管自己的。”[③]

可以看出，在浪漫主义诗人眼中，诗不只是人创造出来的产物，它还是世界的本源，世界的本质从根本上来说就是诗性的。而在德国古典浪漫主义哲学家那里，世界本源则是生命性的，这其中费希特就提出世界的本源是“自我”，而谢林则认为世界的本源是“自我”与“非我”的“绝对的同一性”。

在费希特那里，世界分成“自我”和“非我”两个世界。“自我”是指自我个体的整个生存着的自我；“非我”则是“把被想象为自我之外存在的、有别于自我的、与自我对立的一切东西称为非我”[④]。费希特认为，“自我设定自身”，同时，“自我设定非我”。因此，“自我”就是唯一的实在。一切存在物都在“自我”之中并且通过“自我”而存在。费希特就说：“自我是一切实在的源泉，只有通过自我，并且与自我一起，才得出了实在这个概念。”[⑤] 因此，在费希特那里，整个世界都是“自我”的产物，都是“自我”的创造，存在的东西只有通过“自我”才存在。通过“自我”而存在的东西，“自我”也可以把它消灭掉。所以黑格尔说：在费希特那里，“‘自我’就成为一切事物的主宰；在道德和法律的领域里，

---

① 《诺瓦利斯选集》，1928 年冯·保罗·克拉克洪公司版，四卷集，《新片断集》（1798 年），卷二，第 411 页。引自凯·埃·吉尔伯特赫·库恩《美学史》下卷，夏乾丰译，上海译文出版社 1989 年版，第 491 页。

② ［德］弗·施勒格尔：《〈雅典娜神殿〉断片集》，李伯杰译，生活·读书·新知三联书店 2003 年版，第 101 页。

③ 伍蠡甫：《西方文论选》，上海译文出版社 1981 年版，第 102 页。

④ ［德］费希特：《论学者的使命人的使命》，梁志学、沈真译，商务印书馆 1997 年版，第 6 页。

⑤ 引自［德］费希特《论学者的使命人的使命》，梁志学、沈真译，商务印书馆 1984 年版，第9 页。

在人和神、世俗和神圣的领域里，都没有任何东西不是通过‘自我’才产生，又可以由‘自我’去消灭的”①。

谢林则认为，作为真正的世界本源不是“自我”，必须是一种更高的东西，“这种更高的东西无非是绝对的主观事物与绝对的客观事物、有意识的东西与无意识的东西之间的同一性的根据”，并且其“本身就既不能是主体，也不能是客体，更不能同时是这两者，而只能是绝对的同一性”。② 谢林所谓的“绝对的同一性”是“自我”与“非我”、思维与存在、主体与客体、物质与精神都融合为一，是绝对的无差别性。绝对的同一性“不是宇宙的原因，而就是宇宙本身”③。可以看出，到了费希特和谢林这里，世界本源就不再是物质性的，而是包含着生命性的“自我”。

进入现代西方，更加强化了生命的本体地位。在现代西方哲学家中，把世界本体感性化、生命化是一种普遍的现象。这其中，叔本华就提出，世界本源是“生命意志”。世界既是“意志”，又是“表象”。在《作为意志和表象的世界》的第一篇第一节中就说：“这世界的一面自始至终是表象，正如另一面自始至终是意志。”④ 叔本华认为，“意志”无所不在，无论人类和动物，还是植物和无机物都有“意志”，都受“意志”的支配。意志是“一切表象，一切客体和现象，可见性，客体性之所出。它是个别（事物）的，同样也是整体（大全）的最内在的东西，内核”。⑤ 尼采也认为，世界的本源也是“意志”，只不过不是“生命意志”，而是“强力意志”；狄尔泰认为，世界的本源是“生命”。世界不是一种实体而是一种活力，是一种不可遏止的、永恒的冲动，是一股转瞬即逝的生命流动，又是一种能动的创造力；柏格森则把“绵延”作为世界的本源。他认为，真正的实在是存在于时间之中，并不断运动着的一种“流”，即“绵延”。“绵延”是一种生命的冲动，它既不是物质性的，也不是理念，而是一种自发

---

① ［德］弗里德里希·黑格尔：《美学》第1卷，朱光潜译，商务印书馆1981年版，第81页。

② ［德］弗里德里希·威廉·约瑟夫·谢林：《先验唯心论体系》，梁志学、石泉译，商务印书馆1976年版，第250页。

③ ［德］弗里德里希·威廉·约瑟夫·谢林：《我的哲学体系的阐述》，《谢林著作集》第2卷，慕尼黑纪念版，第25页。

④ ［德］叔本华：《作为意志和表象的世界》，石冲白译，商务印书馆1982年版，第28页。

⑤ ［德］叔本华：《作为意志和表象的世界》，石冲白译，商务印书馆1982年版，第165页。

的、持续不断的心理活动过程。正是这一“绵延”创造了世界万物：“我们将绵延知觉为一股我们无法逆它而行的水流。它是我们存在的基础，我们还感觉到：它是我们生存的这个世界的根本实质。”① 柏格森所说的“绵延”是一种心理体验和活动状态，也是世界的本源。

总之，进入现代，西方的本体观经历了一个从物质本体向生命本体的转换。在这一转换过程中，生命哲学主张生命是一切事物的本质、存在的基础和发展的动力，从而形成了一种生命本体论。这其中叔本华的生命意志本体论、尼采的权力意志本体论、克尔凯郭尔的生存本体论、柏格森的生命本体论等；而存在主义哲学主张把人的存在当作全部哲学的基础和出发点，从而形成一种存在本体论。这其中雅斯贝尔斯提出生存的本体论、海德格尔提出基本本体论、萨特提出现象学的本体论等。

正是在这一从物质本体向生命本体的转换过程中，传统的理性认知方式在认识生命本体时变得无效。因为生命本体不同于物质本体。物质本体没有活力，是僵死的、无生命的。对于这样一种僵死的、无生命的物质本体，一切都是可以预见的。因此，也就可以用理性的、逻辑推理的方式来认识。而对生命本体，理性和逻辑的方式则无能为力。柏格森就指出，“本能”和“智慧”是生命进化过程中两个并行的动力。其中“智力”——“科学”是生命进化的一条道路；而从“本能”到“直觉”则是生命进化过程中的另一条道路。“智力”——“科学”这条道路指向外在世界，而“本能”到“直觉”这条道路则指向生命本身。尽管人类的“智力”创造了无数的奇迹，但“智力”只能揭示生命中的一个方面，并且只是从外在的活动揭示生命的本质；而“直觉”则能通过内在的“体验”揭示生命的本质。生命的真正活力就存在于生命本身之中。因此，柏格森指出，传统形而上学的根本错误就在于方法上的错误，即用“理智”而不是“直觉”来认识生命的本质。他说：“理智不承认有不可预见的东西。他拒绝一切创造……理智只承认有正在变新的现实而不承认有完全新奇的事物……理智在与死气沉沉的东西打交道时是如此之麻利，而一旦接触到活生生的东西却是如此之笨拙……理智的特点，便是天生地不能理解

---

① ［法］亨利·柏格森：《创造进化论》，肖聿译，华夏出版社 2000 年版，第 38 页。

生活。"[①] 因此，如果想把握生命的本质，就应该用"直觉"的、"体验"的方式。因为"大脑的机械直觉比理性更强大，比直接经验更强大"[②]。"智力在生命周围活动，从生命外部采取尽可能多的视点，将生命拉向自己，而不是进入生命内部。然而，直觉（intuition）却将我们引向了生命的最深处。"[③] 可以看出，在柏格森看来，具有生命性的"绵延"是不可言说的，它不能靠语言和思维来把握，只能在直觉中加以"体验"。"体验"的认知观由此走向前台。因此，西方体验认知观形成的第一个原因就在于本体观念的转换。

第二节　思维方式原因——从重理性转向重直觉

"体验"认知观的爆发与思维方式的变革密切相关。

"体验"是作为"理性"的对立面而出现的。西方的文化史上一直存在着这样一种观念：认为哲学是逻辑、理性和概念化的，因而哲学具有认识和揭示真理的功能，认识和揭示真理也成了哲学所具有的特权。崇尚理性、用理性追求知识、智慧的就成为古希腊文化的主要基调。因此，从古希腊以来，理性和感性、精神和物质、灵魂和肉体就形成了对立的关系，并且认定在理性和感性、灵魂和肉体、精神和物质两者之间，理性、精神、灵魂高于感性、物质和肉体，追求理性和知识也是人最高尚的生活。

当然，在这种推崇理性认知的背后，也同时意识到了感性认识的存在，如古希腊和罗马时期的柏拉图、亚里士多德、普洛丁、奥古斯丁、托马斯·阿奎那等尽管都推崇理性认识方式，但也都意识到了还有感性认知的存在。

到了文艺复兴时期则更认识到，在理性认知方式之外，还有一种感性认识方式。早在笛卡儿强调理性逻辑的同时，帕斯卡就提出了"理性计算逻辑"和"心灵自己的逻辑"。他把"理性计算的逻辑"称为"几何精

---

① 柳鸣九主编：《未来主义、超现实主义魔幻现实主义》，中国社会科学出版社 1987 年版，第 217 页。

② ［法］亨利·柏格森：《创造进化论》，肖聿译，华夏出版社 2000 年版，第 21 页。

③ ［法］亨利·柏格森：《创造进化论》，肖聿译，华夏出版社 2000 年版，第 150 页。

神”，认为，在“几何精神”之外还有一种“心灵自己的逻辑”，“心灵自己的逻辑”是一种“敏感精神”。心灵的这种“敏感精神”与“几何精神”不同，并有着自己独特的价值：“几何学精神与敏感性精神的区别——在几何学，原则都是显然可见的，但却脱离日常的应用，但是敏感性精神，其原则就在日常的运用之中，并且就在人人眼前。”① 可以说，“几何精神”就是一种根据原则办事的精神，而“敏感精神”就是根据日常感觉办事的精神，从这可以看出所谓的敏感精神也好，心灵自己的逻辑也好，都可以强调感性。莱布尼兹则认为，在“理性逻辑”之外还存在着另一种逻辑，如在艺术判断中就存在着一种特殊的判断逻辑，它不是一种理性的逻辑，而是一种清晰的判断。但又说不清为什么会作出这样而不是那样的判断。因此，艺术逻辑就是一种“清晰的混乱”逻辑。这也就是说，艺术家有清晰着的审美感受，但它又无法用理性来解释，只有通过举例的方式才能让人明白。而休谟则提出，审美趣味和理性不一样，审美中的判断是一种依据趣味所作的判断，这是与纯粹理性完全不同的思维方式。审美趣味源于人的情感，它所产生的是“美”与“丑”、“善”与“恶”的判断；而理性所表达的则是对“真理”和“谬误”的认识。维柯则从人类社会的历史发展出发，认为人类最初的思维方式是想象，这是一种与抽象思维不一样的思维方式，它属于是诗性的思维方式：“诗性的智慧，这种异教世界的最初的智慧，一开始就要用的玄学就不是现在学者们所用的那种理性的抽象的玄学，而是一种感觉到的想象出的玄学。”② 维柯认为，“感觉到的想象”是诗性思维的原则，而理性的抽象则是理性思维的原则。因此，诗性的思维和理性的思维是完全不同的。

可以说，文艺复兴时期帕斯卡、莱布尼兹、休谟、维柯等大多数哲学家都已经认识到了存在理性和感性两种不同的认知方式，而经历了对理性和科学崇拜后，人们越来越认识到，科学技术尽管推动了社会的进步，但被理想化和神化的科学造成了理性的片面发展和对人的统治。科学理性在发展的过程中遗忘了人，遗忘了人的生存和生存价值，最终导致了人和文化上的危机。因此，进入到了现代，在文化上也不再追求科学性。胡塞尔

---

① ［法］帕斯卡：《思想录》，何兆武译，商务印书馆1985年版，第1页。

② ［意大利］维柯：《新科学》，朱光潜译，人民文学出版社1986年版，第161页。

就说："哲学之作为科学，作为严肃的、严格的甚至是不容置疑的严密科学——这个梦想已经结束。哲学从前曾以为自己是关于存在物的普遍科学，但这些时代已过去了——这是一种普遍地居统治地位的信念。一个强大的并不断壮大的潮流，即拒绝科学性的哲学的潮流，如同对宗教不信任的潮流一样，正在欧洲人中间泛滥。"① 于是，无论是"重视科学的哲学家"，还是强调"直觉"的哲学家，都不再相信理性的绝对权威。梯利在《西方哲学史》中就说："可以把反唯理主义者分为两大组。一组包括实用主义者、实证主义者、虚构主义者、约定主义者以及重视科学的哲学家，这种哲学家肯定人类智慧虽然在他自由的领域可以胜任，却不能解决世界之谜；因此，形而上学是不可能的。他们认为知识限于研究和描述经验事实，或者知识是为意志服务的工具，或者知识的结论——甚至在自然科学领域——不过是约定者、符号或与真理近似者。另外一组思想家包括直觉主义者、唯心主义者和浪漫主义者，他们一致认为智慧或能推论的知性不能领会实在的意义；在人类心灵的其他方面或职能上，发现比较确实的知识源泉，这就是感情、信念、直接或纯粹经验、意志或直觉。"②

这说明，在20世纪，即使仍然"重视科学的哲学家"也不再相信理性能"解决世界之谜"，而是认为所说的"知识"只不过是"描述经验事实"，"知识"是一个"约定者、符号或与真理近似者"；而直觉主义和浪漫主义哲学家则认为，"智慧或能推论的知性不能领会实在的意义"，人类"确实的知识源泉"是"感情、信念、直接或纯粹经验、意志或直觉"，所说的"真理"只能在感情、意志、直觉等人自身的感官中来寻找。

可以看出，进入到20世纪，反唯理主义是一个普遍的信念，反理性主义已经成为一个时代的潮流。"理性的毁灭"成为"现代"的一种标志，在现代哲学家眼里，理性并不比非理性有更多的存在理由。尼采就说：上帝曾经以真理的化身长时期地存在，理性又何尝不是如此呢？"要是人类真的依自身的理性行事，即以自己的见解和知识做基础来行事，则

---

① ［德］胡塞尔：《欧洲科学的危机和先验现象学》，王炳文译，商务印书馆2001年版，第358页。

② ［美］梯利：《西方哲学史》，葛力译，商务印书馆1995年版，第661页。

人类早就毁灭了。”[①] 他甚至认为，在人们的生活中，理性是没有必要的，因为世界上更多的是非理性。“世界不是永恒的合理性的总体，这一点最终可由此来证明，即我们所认识的那一部分世界——我们人如何合乎理性——并不怎么合乎理性”，因而“即使是在最为明智的人身上，理性也是个例外现象：星辰的混乱与必然性及其旋转——这才是规则。”[②] 非理性和理性比也具有同样的存在可能性，“没有理性和没有理性的存在，这与有一个理性和理性的存在相比，同样是可能的”[③]。

正是在这样的背景下，批判理性的泛滥，反对科学方法对精神、生命领域的“入侵”，成为西方现代文化的一致行为集体思潮，“‘体验’这个词的铸造显然唤起了对启蒙运动的理性主义的批判”。[④] 人们纷纷用生命、情感、直觉、本能来反抗理性。这其中“施莱尔马赫为反对启蒙运动的冷漠的理性主义而援引富有生命气息的情感，席勒为反对社会机械论而呼吁审美自由，黑格尔用生命（后期是用精神）反抗“实证性（Positivität）这一切都是对现代工业社会抗议的先声，这种抗议在本世纪初就使体验和经历这两个词发展成为几乎具有宗教色彩的神圣语词”[⑤]。

正是出于“对现代工业社会抗议”和对“科学性的哲学”的拒绝，经验、意志和直觉成了知识的源泉，“体验”作为一种认知方式受到了重视。从前，感性世界是罪恶的渊薮，人的灵魂要逃出感性欲望的现实世界，实现向理性世界的飞升；现在，哲学家则视逻辑为罪孽的地狱，罗素就曾说道：“逻辑真是地狱。”[⑥] 打碎理性的枷锁，逃离逻辑的地狱，复归感性世界成为现代西方的普遍渴求。正是在这样的时代背景下，“体验概念构成

---

① 引自［德］卡尔·雅斯贝斯《尼采其人其说》，鲁路译，社会科学文献出版社 2001 年版，第 228—230 页。

② 引自［德］卡尔·雅斯贝斯《尼采其人其说》，鲁路译，社会科学文献出版社 2001 年版，第 228 页。

③ ［匈］卢卡契：《理性的毁灭》，王玖兴等译，山东人民出版社 1997 年版，第 161 页。

④ ［德］汉斯-格奥尔格·伽达默尔：《真理与方法·哲学诠释学的基本特征》，修订译本，洪汉鼎译，商务印书馆 1999 年版，第 80—81 页。

⑤ ［德］汉斯-格奥尔格·伽达默尔：《真理与方法·哲学诠释学的基本特征》，修订译本，洪汉鼎译，商务印书馆 1999 年版，第 80—81 页。

⑥ 见［美］诺尔曼·马尔康姆《回忆维特根斯坦》，李步楼、贺绍甲译，商务印书馆 1984 年版，第 59 页。

了对客体的一切知识的认识论基础”①。

第三节 方法论原因——精神科学与自然科学研究方法的区别

“体验”认知观的爆发与区别精神科学与自然科学研究方法相关。

西方因其理性主义传统一直重视科学化的、实证的研究方法。到了19世纪，实证主义盛行，孔德首创的实证主义坚持自然科学是人类文化的典型，要求一切人文科学自然科学化。自然科学作为实证的知识被广泛推崇，实证方法也被当作唯一科学的方法，并逐渐被引进到社会科学研究中。

在这种实证主义和科学研究方法盛行的时期，狄尔泰则对此提出了批评，他认为，实证主义的一些原则，如注重经验、推崇科学、追求知识的客观性在自然科学研究中是有效的，但如果把一切有关人的问题、精神问题都归在实证主义式的论证中，“使历史实在适合于自然科学的概念和方法”就会造成“对这种实在进行了删节和肢解”。② 因为自然科学与精神科学从研究对象和目的上都存在明显的差异，所用的研究方法也应该不同，如果用自然科学和实证主义的方法来研究人文科学那就是错误的。

1883年狄尔泰出版了《精神科学引论》一书，提出了“自然科学”和“精神科学”的不同研究方法。所说的“精神科学”是指包括社会科学和精神科学在内的所有与人的精神相关的学科，它包括历史学、人类学、心理学、政治学、社会学、经济学等多种学科。在狄尔泰看来，“精神科学”和“自然科学”的研究对象完全不同：“自然科学”的研究对象是物质；而“精神科学”的研究对象则是人的精神创造能力及其产物。物质作为研究对象是外部的、客观的东西；而精神作为研究对象则是与研究主体同一的。“自然科学”寻求的是对客观物质的因果解释，它是通过对物体

① ［德］汉斯－格奥尔格·伽达默尔：《真理与方法·哲学诠释学的基本特征》，修订译本，洪汉鼎译，商务印书馆1999年版，第84页。

② 参见［德］狄尔泰《精神科学引论》，童奇志、王海鸥译，中国城市出版社2002年版，第5页。

(对象)的精确观察和测量获取对于物理世界的知识；而精神世界则充满了人的情感、意志、想象以及人类活动的观念、目的、价值等，这些都是无法以精确地观察来测量的，而只能依靠理解和体验。因此，科学的世界与人的精神世界就是两个完全不同的领域，两者也要使用不同的研究方法。“我们不能只是靠着把自然科学家的研究方法直接移植到我们精神科学的领域中来，这丝毫也不表明我们就成为大科学家的真正门人。我们必须使自己的知识适应于我们的研究对象的本性，只有以此为基点，才是科学家们对待他们的研究对象的方式。”①

“精神科学”之所以要使用不同于“自然科学”的研究方法，原因就是“自然科学”研究的对象是纯粹的客观现象，它是一种外部实在。这种外部实在具有确定性和普遍性的特点，因而自然科学适合于使用“说明和解释”的方法，即从个别事件发现一般规律，并依据一般规律对个别事件进行因果性解释的方法；而“精神科学”的研究对象是“总体的人”(ganzen Menschen)和人的客观精神。即“根据人是有意志、有情感、有想象的存在物这种能力来阐明认识及其概念”。在这“总体的人”中，“知、情、意只是真实的生活过程的不同方面”。是“血管中流着真正的血”的有血有肉的活生生“认识主体”。② 因此，“精神科学”是从不同的方面来研究“同一个大事实”，这就是人或更确切地说是“人—社会—历史的实在”，所以狄尔泰才说：只有活生生的人、人的生命才是“精神科学分析的起点和终点”。③

作为“精神科学”研究对象的人和生命，它不同于纯粹的客观物质。狄尔泰认为，“生命”是每一个人都能通过自我体验到的，它通过知觉、思想、情感表达出来，并以语言、道德、哲学、法律、艺术、宗教、国家、社会制度以及历史等表现出来，一切社会生活现象都是“生命”的客观化。因此，“精神科学”所研究的对象是充满了情感、想象、意志，以及人类活动的观念、价值、目的等，这些都是无法精确观察和测量。因为

---

① 《狄尔泰选集》，里克曼编，剑桥 1976 年英文版，第 89 页。引自阎国忠《西方著名美学家评传》下卷，安徽教育出版社 1991 年版，第 27 页。

② 《狄尔泰全集》第 1 卷，第 xviii 页。引自阎国忠《西方著名美学家评传》下卷，安徽教育出版社 1991 年版，第 26 页。

③ 《狄尔泰全集》第 7 卷，第 79、81 页。引自阎国忠《西方著名美学家评传》下卷，安徽教育出版社 1991 年版，第 27 页。

生命是每个人都经历的东西，人不是凭推理，而是直接经验它："生命是一个基本事实，它必须形成哲学的起点。我们从内部认识它。它是我们无法走到其后面的东西。生命不能被带到理性的法庭前。"[①] 这说明，对"精神科学"就不再是从"旁观者"的观点来研究，而必须通过自己亲身经历、体验的表达来解释和理解。"自然科学"追寻普遍性的知识，"精神科学"是以"个别的东西"为研究对象的。对于自然科学，用的是说明的方法，而对于"精神科学"，用的则是解释或理解的方法。"我们说明自然，我们理解精神。"[②]"理解过程与解释过程是各种精神科学研究始终在运用的方法，而且，这种方法把所有各种功能都统一在自身之中了。它包含了精神科学研究的所有各种真理。"[③] 所以"精神科学"就不能用"说明和解释"的方法，而只能靠"理解"和"解释"，即通过内心体验来理解社会和历史中包含的内在精神。

海德格尔说："狄尔泰的研究工作可分为三个方面：精神科学理论及其与自然科学的划界研究；关于人、社会和国家的诸门科学的历史解释学研究；心理学方面的工作是要表现出'人这一整体事实'。"[④] 实际上，狄尔泰是在走着康德之路，他是效仿康德的"纯粹理性批判"，开展了"历史理性批判"。康德通过"纯粹理性批判"为自然科学奠定了认识论和方法论基础。但也要看到，康德所提出的"知识如何可能?"只解决了自然科学知识如何可能的问题，并没有解决精神科学知识如何可能的问题。狄尔泰则要沿着康德的路继续走下去，通过"历史理性批判"使"精神科学"也具有可靠的认识论和方法论基础。为此，狄尔泰还批评了以洛克、休谟和康德为代表的认识论的理智主义。他说："在由洛克、休谟和康德所建构起来的认识主体的血管中，流淌的不是真实的血液，而只是作为单纯思想活动的稀释的理性汁。"[⑤] 因而，这样的知识主体无法完成"历史理

---

① 引自张汝伦《现代西方哲学十五讲》，北京大学出版社 2003 年版，第 106 页。

② 《狄尔泰全集》第 5 卷，143—144 页，莱比锡/柏林，1914—1936。引自洪汉鼎《诠释学——它的历史和当代发展》，人民出版社 2001 年版，第 105 页。

③ ［德］狄尔泰：《历史中的意义》，艾彦、逸飞译，中国城市出版社 2002 年版，第 73 页。

④ ［德］马丁·海德格尔：《存在与时间》，陈嘉映、王庆节译，生活·读书·新知三联书店 1987 年版，第 467 页。

⑤ 引自［美］鲁道夫·马克瑞尔《狄尔泰传：精神科学的哲学家》，商务印书馆 2003 年版，第 398 页。

性批判”。狄尔泰以康德的提问方式提出了“精神科学知识如何可能”的问题，试图像康德为“自然科学”奠定一种哲学基础一样，也为“精神科学”建立一个普遍适用的方法论原则。

其实，狄尔泰关于“自然科学”和“精神科学”研究方法的区分是延续维柯关于“知识”和“实践智慧”不同的思路。维柯在评论18世纪初的欧洲学术状况时说：“我们研究方法的最大弊端是，在倾全力于自然科学时，我们忽略了伦理学，尤其是忽略了涉及人类心灵及其激情的本性以及它们之同公民生活和雄辩术的关系的那部分学说。”① 他认为，知识不同于“实践智慧”：“在知识方面出类拔萃的人寻求用一个原因来解释许多自然结果”；而“实践智慧上出众的人则寻求用尽可能多的原因来说明一个事功，以便通过归纳来达到真理”。“知识追求最高真理，而实践智慧追求最低真理”。它“轻率的学究从最高真理引出最低真理；而智者则从最低真理引出最高真理”。所以，“把适用于知识的判断方法转移到实践智慧领域，是错误的”②。维柯关于“知识”和“实践智慧”的区分打破了近代科学方法的一统天下，为“实践知识”的合法化开启了闸门。

狄尔泰则更加强化了精神科学与自然科学、内在体验与感性经验的分界，将“所有各种以社会实践和历史实际为研究主题的科学都被归在‘精神科学’这个标题下”，“各种精神科学构成了一个与自然科学并列发展的独立整体”③。通过对自然科学和精神科学两种研究方法的区分，狄尔泰把感性思维看成可以和理性思维平行的认知方式。如果说康德是通过“纯粹理性批判”为自然科学奠定了认识论与方法论基础，那么狄尔泰则通过“历史理性批判”使精神科学关于人类历史的知识的确定性和客观性成为可能。正是在这一“历史理性批判”过程中，狄尔泰提升了感性的地位。从狄尔泰开始，“体验”与逻辑作为两种不同认知方式之争拉开了一个新的序幕，进入到了一个感性性思维可以和逻辑相互抗衡的时期。从狄尔泰之后“体验”成了可以和逻辑对抗甚至可以取代逻辑的一种认知方式。

---

① ［英］利昂·庞帕：《维柯著作选》，陆晓禾译，商务印书馆1997年版，第74页。

② ［英］利昂·庞帕：《维柯著作选》，陆晓禾译，商务印书馆1997年版，第74—76页。

③ ［德］狄尔泰：《精神科学引论》第1卷，艾彦译，译林出版社2014年版，第13页。

第七章　中国古代体验文学观的表现形式

中国古代体验文学观的表现是多方面的，也是系统化的，它既表现在文学创作活动中，也表现在文学接受活动中，因此本章将从中国古代文学创作活动中的体验观和文学接受活动中的体验观两个方面来考察。

第一节　诗话

诗话是中国古代的一种独特的论诗的文体，属于评论诗歌、诗人、诗派以及记录诗人议论、行事的著作。中国古代最早使用“诗话”一词的是宋代欧阳修的《六一诗话》。写作诗话之风，始于《六一诗话》，盛行于宋代。明清两代作者也很多。《历代诗话》《历代诗话续编》《清诗话》等，辑集了历代重要诗话著作。

其实，如果追溯其渊源，诗话的萌芽很早，清代姜曾在《三家诗话序》中说：“吴札观乐，不废美讥；子夏序诗，并论哀乐，即诗话之滥觞也。”清代秦大士在《龙性堂诗话序》中说：“诗话之由来尚矣：‘思无邪’，孔子之诗话也。‘不以文害辞，不以辞害志’，孟子之诗话也。”清代汪沆则在《榕城诗话序》中说：“予惟诗话之作，滥觞于十氏（子夏）《小序》，至钟仲伟（嵘）《诗品》出更一变其体。”其他的如《西京杂记》中司马相如论作赋、扬雄评司马相如的赋、阮孚赞郭璞诗、袁羊调刘恢诗、刘义庆《世说新语》的《文学》篇、《排调》篇中谢安摘评《诗经》佳句、《南齐书·文学传论》中对王粲、曹植、鲍照等一系列作家作品的评论、《颜氏家训》的《勉学》《文章》篇中关于时人诗句的评论和考释，等等，都可以看作诗话的雏形。

杜甫的《戏为六绝句》《偶题》，李白、韩愈、白居易等的论诗诗等，则是以诗论诗的一种形式，这既是一种论诗诗，也与真正的诗话联系密切。而唐代皎然的《诗式》、旧题王昌龄的《诗格》等著作，更进一步接近了后世的诗话。据郭绍虞《宋诗话考》，现存完整的宋人诗话有 42 种；部分流传下来，或本无其书而由他人纂辑而成的有 46 种；已佚，或尚有佚文而未及辑者有 50 种，合计 138 种。

现在能见到的最早的“诗论”，当数魏文帝的《典论》，继之有陆机的《文赋》、刘勰的《文心雕龙》。钟嵘的《诗品》，被看作最早的一部“诗话”著作，清人何文焕编印《历代诗话》即以此书冠首，清章学诚《文史通义·诗话》:“诗话之源，本于钟嵘《诗品》。”

严格地说，《诗品》还不是后世所说的诗话，但其对后世的影响很大。《诗品》问世以来，摹仿者不绝于缕。唐代殷璠的《河岳英灵集》和高仲武的《中兴间气集》，分别选录了盛唐和中唐的诗歌，并对其风格特色进行点评，其中的一些评语就沿袭《诗品》的特点。如《中兴间气集》中评崔峒诗“斯亦披沙拣金，往往见宝”，其用语就直接出于《诗品》评陆机:“陆文如披沙简金，往往见宝。”

诗话到了宋代，开始真正成型，这其中的标志就是欧阳修《六一诗话》的出现。就宋代诗话来看，它也经历了一个发展过程：早期的诗话主要以记事为主，所记都是诗人和诗作的琐事逸闻。欧阳修《六一诗话》自序中就说:“居士退居汝阴，而集以资闲谈也。”就说明了其宗旨在于集琐事、资闲谈。司马光的《温公续诗话》也同样是记录诗人、诗作的琐事逸闻。

随着诗话作品的增多，诗话所记的的内容也不断扩大，除记事外，增加了考订辨证、谈论句法一类的内容。南宋初许顗在《彦周诗话》自序中说:“诗话者，辨句法，备古今，纪盛德，录异事，正讹误也。”清钟廷瑛《全宋诗话序》曰:“诗话者，记本事，寓评品、赏名篇，标隽句；耆宿说法，时度金针，名流排调，亦征善谑；或有参考故实，辨正谬误：皆攻诗者所不废也。”可以说:“诗话”的内容无所不包，凡是和诗、诗人、诗文相关的内容都收纳其中。清代章学诚《文史通义·内篇·诗话》在论及唐代诗话时说:“唐人诗话，初本论诗，自孟棨《本事诗》出（亦本《诗小序》)。乃使人知国史叙诗之意；而好事者踵而广之，则诗话而通于史部之传记矣。间或诠释名物，则诗话而通于经部之小学矣（《尔雅》训诂类也）。或泛述闻见，则诗话而通于子部之杂家矣。”在章学诚看来，诗话和史书中的传记、经部中的小学、诸子中的杂家都有相通之处。而诗话中最主要的则是“或泛述闻见”和“论诗而及辞”两大类，各种诗话“虽书旨不一其端，而大略不出论辞论事”。郭绍虞对此补充说：“诗话中间，则论诗可以及辞，也可以及事；而且更可以辞中及事，事中及辞。”①

进入宋代，诗话中除了论辞论事之外，其最重要的一点就是，其理论色彩强化了，越来越多的诗话关注诗歌创作和诗歌理论问题。这其中张戒的《岁寒堂诗话》、姜夔的《白石道人诗说》、严羽的《沧浪诗话》、王若虚的《滹南诗话》等。特别是严羽的《沧浪诗话》中提出的“别材”“别趣”说，“兴趣”说，“妙悟”说等，都有很高的理论价值，对后世产生了广泛深远的影响。而宋代诗话中也出现了“点铁成金”“夺胎换骨”“以禅喻诗”等说法。

诗话在宋以后，继续有所发展。明清代诗话中，李东阳的《怀麓堂诗话》、谢榛的《四溟诗话》、王世贞的《艺苑卮言》、王世懋的《艺圃撷余》、胡应麟的《诗薮》、王夫之的《薑斋诗话》、叶燮的《原诗》、王士禛的《带经堂诗话》、袁枚的《随园诗话》、赵翼的《瓯北诗话》、潘德舆的《养一斋诗话》、梁启超的《饮冰室诗话》，等等。在这些诗话中，也都提出了非常有价值的理论，像“性灵”说、“神韵”说、“格调”说、“肌理”“诗界革命”等就是这一时期提出来的。

除了诗话外，随着宋词、元曲的发展，词话、曲话等形式也在诗话的影响下发展起来，其中王灼的《碧鸡漫志》、张炎的《词源》、沈义父的《乐府指迷》、杨湜的《古今词话》（已佚）、况周颐的《蕙风词话》、陈廷焯的《白雨斋词话》、李渔的《李笠翁曲话》、王国维的《人间词话》等都是这方面的代表。在这些词话、曲话著作中，提出了“意内言外”“沉郁”说、“感兴”“寄托”“兴寄”“意境”说等。

可以看出，诗话是中国古代文学批评中最主要的体裁样式，中国古代的文艺理论思想大多都是通过诗话这种形式表达的。像“意境”说、“神韵”说、“格调”说、“肌理”“意内言外”“沉郁”说、“感兴”“寄托”

① 郭绍虞辑：《宋诗话辑佚序》，中华书局1980年版，第2页。

“兴寄”说等都是在诗话中提出来。诗话、词话、曲话和所见的一般文艺理论著作不同，它不以系统、严密的理论分析方式出现的，而是以三言两语的方式表达对一个字词、一个作家、一部作品、一种文学现象等的看法，它是随感式、只言片语式的，正如朱光潜《〈诗论〉抗战版序》中所说的：“诗话大半是偶感随笔，信手拈来，片言中肯，简练亲切，是其所长。”诗话的这些随感、只言片语表达的是批评者的直接感受和内心体验。也可以这样说：正因为中国古代文学批评重视体验，才形成了这种随感式的批评方式，这两者其间是有着密切的关系的。当然，诗话这种感受式、随感式、只言片语的批评方式也并不是只论及枝节的小问题，从这些谈论枝节的言论中也表明了其对艺术规律直接性的感受和意见。因此，在这些看似随意的诗话中，也反映了中国古代诗人对艺术的独到见解。

第二节 评点

评点是中国古代文学批评的重要形式，评点集圈点、鉴赏、批注和评改于一身，广泛运用于诗、文、小说、戏曲等各种文体中。

中国古代评点渊源久远，但对于评点起于何时？学者们的意见并不一致。章学诚说起于梁代，他在《校雠通义·宗刘》中说：“评点之书，其源亦始钟氏《诗品》、刘氏《文心》。然彼则有评无点，且自出心裁，发挥道妙。又且离诗与文而别自为书，信哉，其能成一家言矣！”曾国藩在《经史百家简编序》也说：“梁氏刘勰、钟嵘之徒，品藻诗文，褒贬前哲，其后或以丹黄识别高下，于是有评点之学。”而袁枚认为，圈点滥觞于唐代，他在《小仓山房文集·凡例》中说：“古人文无圈点，方望溪先生以为有之，则筋节处易于省览。按唐人刘守愚《文冢铭》云‘有朱墨围者’，疑即圈点之滥觞。姑从之。”

其实，读书时随手点读圈志，用概括语言，撮要钩玄，标出心得，本是读书人自然形成的一种学习方式，并不是那一个人的单独发明。《礼记·学记》中有“离经辨志”之说：“一年视离经辨志，三年视敬业乐群，五年视博习亲师，七年视论学取友，谓之小成。”郑玄注云：“离经，断句绝也。辨志，谓别其心意所趣乡也。”孔颖达疏云：“离经，谓离析经理，使章句断绝也。”清代黄以周《离经辨志说》云：“离经专以析句言。”可见，“离经”就是解析句言。而关于“辨志”，黄以周则说：“断章乃辨志之事。志与识通。辨志者，辨其章指而标志之也。”他又说：“今诸经章句，注家标识，大半已明，若初学《史记》《汉书》，用离经辨志法，令之点句画段，标明大旨，一展视之，便知其用意之浅深，洵良法也。”

可见，评点作为一种批评方式，其萌芽应是很早就产生的。对此，罗根泽在《中国文学批评史》中说：“评是很早的，点起于何时，可以字训索答。”“是汉晋所谓点指以笔灭字，唐宋所谓点指以笔点画，元明以后所谓点指以笔点注。”

从罗根泽的论述中可以看出，评点的起源很早，其形式也多种多样，因其受经学、训诂句读之学、诗文选本注本、诗话等形式的影响，古代的序、注、疏、解、笺、章句、章指等都是评点的表现方式。这其中序作为最早的一种评点方式很早就出现了。如《毛诗》中就有大序、有小序，“序”列于全书之首或一篇之首，是对一书或一诗“大旨”的说明。就其形式和内容上来看，同后代的诗文评点文章之前的介绍或回前总评基本一致。像《诗经·卫风·氓》小序云：“氓，刺时也。宣公之时，礼义消亡，淫风大行，男女无别，遂相奔诱，华落色衰，复相背异，或乃困而自悔，丧其妃耦，故序其事以风焉。美反正，刺淫佚也。”这是揭示全诗题旨的“评”。再如《诗经·魏风·伐檀》小序曰：“伐檀，刺贪也。在位贪鄙，无功而受功，君子不得进仕。”《诗经·魏风·硕鼠》小序曰：“硕鼠，刺重敛也。国人刺其君重敛，蚕食于民，不修其政，贪而畏人，若大鼠也。”这更是现代意义上的评点了。

《尚书》中也有序，虽然大部分序只有寥寥几语，又只限于介绍背景，但这也是一种注评。《尚书·虞书·舜典》序中曰：“虞舜侧微，尧闻之聪明，将使嗣位，历试诸难，作舜典。”《尚书·周书·大诰》序说：“武王崩，三监及淮夷叛，周公相成王，将黜殷，作大诰。”《尚书·周书·秦誓》序曰：“秦穆公伐郑，晋襄公率师败诸靖，还归作秦誓。”这种关于背景介绍的序，和后来的评点大致相同。到了汉代，序这种形式也存在，如王逸的《楚辞章句》就每篇都有序。从魏晋以下，尽管有了专门的论文之作，但在书信、序跋中也往往涉及文学评论。

按照钱锺书的说法，魏晋时期就出现了中国最早的诗文评点。钱锺书认为，陆云的《与兄平原书》就相当于最古的诗文评点：

> 陆云《与兄平原书》。按无意为文，家常白直，费解处不下二王诸帖。什九论文事，着眼不大，着语无多，词气殊肖后世之评点或批改，所谓“作场或工房中批评”（workshopcriticism）也。方回《浪奎律髓》卷一〇姚合《游春》批语谓“诗家有大判断，有小结裹”；评点、批改侧重成章之词句，而忽略造艺之本源，常以“小结裹”为务。苟将云书中所论者，过录于机文各篇之眉或尾，称赏处示以朱围子，删削处示以墨勒帛，则俨然诗文评点之最古者矣。①

而其他著作中的诗文随笔也证实着这一点。像《世说新语》《颜氏家训》中的诗话随笔，也是六朝人的诗文评点，只不过没有采用后来的评点形式。如《世说新语·文学篇》中的三则：

> 谢公因子弟集聚，问《毛诗》何句最佳？遏称曰：“昔我往矣，杨柳依依，今我来思，雨雪霏霏。”公曰，“吁谟定命，远猷辰告”。谓此句偏有雅人深致。郭景纯诗云：“林无静树，川无停流。”阮孚云：“乱峥萧瑟，实不可言，每谈此文，辄觉神超形越。”孙兴公云：“潘文烂若披锦，无处不善，陆文若排沙简金，往往见宝。”又云：“潘文浅而净，陆文深而芜。”

《颜氏家训·文章篇》中的一段话也是评点：

> 王籍《入若耶溪诗》云：“蝉噪林逾静，鸟鸣山更幽。”江南以为文外断绝，物无异议，简文吟泳，不能忘之；孝元讽味，以为不可复得，至怀旧志，载于籍传。范阳卢询祖，邺下才俊，乃言：此不成语，何事于能？魏收亦然其论。《诗》云：“萧萧马鸣，悠悠旆旌”，《毛传》云：“言不喧华也。”吾每叹此解有情致，籍诗生于此意耳。

① 钱锺书：《管锥编》第4册，《全晋文》第1册，中华书局1979年版，第1215页。

这已经完全属于一种诗文评点了。

对具体诗文的品评、评点也出现了，像钟嵘的《诗品》中就有对具体诗文的评论。[①] 钟嵘的《诗品》评诗文采取先概括总体风格特征，再用形象化比喻，如评范云、丘迟说“范诗清便宛转，如流风迴雪；丘诗点缀映媚，如落花依草”；评曹植则曰“陈思之于文章，譬人伦之有周孔，鳞羽之有龙凤，音乐之有琴瑟，女工之有黼黻”；论谢灵运又云“丽曲新声，络绎奔发，譬犹青松之拔灌木，白玉之映尘沙，未足贬其高洁也”。评潘岳时说，“陆（机）才如海，潘才如江”；评阮籍时说，“《咏怀》之作，可以陶性灵，发幽思。言在耳目之内，情寄八荒之表，洋洋乎会于风雅”；评陶渊明时说，“‘欢颜酌春酒’，‘日暮天无云’，风华清靡，岂直为田家语耶”。钟嵘这种用形象化、诗意的语言评论诗的方式，与后来评点已非常相近。

唐代以来，偏重于探讨作诗标准、法式的诗学入门一类的“诗格”开始流行。所谓“诗格”，就是作诗标准、法式。据文献记载，唐代诗格、诗式、诗例、诗句图之类诗学入门书较多，主要有徐寅的《雅道机要》、王玄的《诗中旨格》、齐已的《风骚旨格》、虚中的《流类手鉴》、僧淳的《诗评》、徐衍的《风骚要式》、王睿的《炙毂子诗格》、李洪宣的《缘情手鉴诗格》、文彧的《诗格》、旧题王昌龄的《诗格》《诗中蜜旨》、李峤的《评诗格》、王维的《诗格》、白居易的《金针诗格》《文苑诗格》、王梦简的《诗要格律》、李淑的《诗苑类格》、僧保暹的《处囊诀》、元兢的《诗脑髓》、姚合的《诗例》、王起的《大中新行诗格》、郑谷的《国风正诀》、徐三极的《律诗洪范》、徐蜕的《诗律文格》、皎然的《诗式》、张天觉的《律诗格》、李邯郸的《诗格》、李嗣真的《诗品》、司空图的《二十四诗品》、张为的《诗人主客图》、李商隐的《源词人丽句》、李洞的《集贾岛诗句图》，等等。这其中有的是后人伪托，有的已失传。在这众多诗格、诗式、诗例著作中，往往举诗句加之以点评、说明，有着和评点相类似的特征。

同时，唐代的诗文选集也颇为发达，其中，芮挺章选编的《国秀集》、元结选编的《箧中集》、殷璠选编的《丹阳集》和《河岳英灵集》、高仲

---

① 《诗品》一书又名《诗评》，见《隋书·经籍志》，湘东王萧绎也著有《诗评》。

武选编的《中兴间气集》、姚合选编的《极玄集》、韦庄选编的《又玄集》等，这其中也时有对诗句的评点、说明。这些虽然还不是真正意义上的评点，但也为真正评点的出现奠定了基础。

作为一种自觉的、完整的批评形式，评点这种批评方式直到宋代才真正形成。评点包括“评”和“点”两个方面，把评和点结合起来，评语以原作正文中的夹批、书页上端的眉批、章节或章回前后的总批等形式出现，这才成为中国文学批评特有的评点形式。《四库全书总目提要》云：“宋人读书，于切要处率以笔抹，故黎靖德编:《朱子语类》论读书法云，先以某色笔抹出，再以某色笔抹出。吕祖谦《古文关键》、楼昉《迂斋评注古文》亦皆用抹，其明例也。谢枋得《文章轨范》、方回《瀛奎律髓》、罗椅《放翁诗选》始稍稍具圈点，是盛于南宋末矣。”① 吴瑞草说：“诗文之有圈点，始于南宋之际而盛于元。”②

从现存的文献来看，最早把选本与评点合而为一的书是南宋吕祖谦的《古文关键》。《古文关键》是吕祖谦在孝宗乾道、淳熙年间（1173—1174）居丧于武义明招山，因招收学生弟子教授古文，为方便教学而编撰的古文评点书。书中选了唐宋古文家韩愈、柳宗元、欧阳修、曾巩、苏洵、苏轼、张耒之文凡六十二篇，所谓“关键”者，即是“门径”“诀窍”的意思。此书之所以称为“关键”，就在于它“标举其命意布局之处，示学者以门径”，③ 并在“卷首冠以总论看文、作文之法”，④ 示学者以看文、作文的门径。《古文关键》一书总二卷，据《四库全书总目提要》说：“考《宋史·艺文志》载是书作二十卷。今卷首所载看诸家文法，凡王安石、苏辙、李廌、秦观、晁补之诸人俱在论列，而其文无一篇录入，似此本非其全书。然《书录解题》所载，亦祗二卷，与今本卷数相合，所称韩、柳、欧、苏、曾诸家，亦与今本家数相合，知全书实止于此。《宋志》荒谬，误增一‘十’字也。”从这里可以知道，《古文关键》有两种版本，其中一种刻本，旁有圈点勾抹之处。这和陈振孙《直斋书录解题》所说的“标抹注释，以教初学”相符合。

---

① （清）纪昀主编：《四库全书总目提要》，河北人民出版社 2000 年版，第 966 页。

② 引自詹杭伦《清代律赋新论》，北京燕山出版社 2008 年版，第 147 页。

③ （清）纪昀主编：《四库全书总目提要》，河北人民出版社 2000 年版，第 5116 页。

④ （清）纪昀主编：《四库全书总目提要》，河北人民出版社 2000 年版，第 5116 页。

《古文关键》卷首列“看古文要法”，分为“总论看文字法”“看韩文法”“看柳文法”“看苏文法”“看诸家文法”“论作文法”和“论文字病”（如“深、晦、怪、冗、弱、涩、虚、直、疏、碎、缓、暗。尘俗、熟烂、轻易、排事。说不透、意未尽、泛面切”），对所选各家文章进行概括性的评议，并在入选文章的标题之下，有一段极简括的评语。如韩愈《获麟解》一文的总提是：“字少意多，文字立节，所以甚佳。其抑扬开合只主祥字，反复作五段。”文中有旁批，如对“麟之为灵昭昭也”一句，旁批说：“起得好，先立此一句。”“虽妇人女子皆知”一句，旁批说：“见昭昭处”。“角者吾知其为牛，霞者吾知其为马”一句，旁批说：“造语健”，等等。旁批大多从章法结构、起结照应、字法句法入手。在评点标识时，多用用标、抹等符号在文章的“关键”处来表示。

其实，像《古文关键》这种“标举其命意布局之处，示学者以门径”的著作，在此之前可能没有。但前人学习时在文章上勾画评注倒很可以举出些典型例子来。韩愈的《秋怀》诗中说：“不如覷文字，丹铅事点勘。”这里说的“丹铅事点勘”其实就是用笔作批点；韩愈在《进学解》中又说，“先生不绝吟于六艺之文，手不停披于百家之编；记事者必提其要，纂言者必钩其玄”。读书时“提其要”“钩其玄”也属于评点批注。

《古文关键》的总论、总提、旁批等成为后来评注者都采用的方式。受吕祖谦的影响，其弟子楼昉也编撰有《崇文古诀》，体例与《古文关键》相似。全书选秦汉至宋的古文200余篇，也采用文章之前加评语，概括文章写作的风格、特点与手法等。与《古文关键》不同，书前没有总评、文中也没有旁批，而是采用逐篇评议的方式。真德秀《文章正宗》和谢枋得《文章轨范》也继承了选评、批点的方式。《文章正宗》选录了《左传》到唐末的散文，全书按体裁划分，在全书前有总评，并在文中有旁批和文末的按语。《文章轨范》选取汉代至宋各家散文共69篇，全书分为“放胆文”和“小心文”两种。《文章轨范》中有大量的眉批和尾批。

与此同时，也出现了对词的评点，黄升《花庵词选》是其中的代表。全书20卷，前10卷是《唐宋诸贤绝妙词选》，始于李白，终于北宋王昴，卷一为唐五代词，收26家，其余9卷是宋词，禅林、闺秀词亦入选，收108家，共134首。后10卷是《中兴以来绝妙词选》，始于康与之，终于洪蚧，收南宋词人89家。共录词750余首。《花庵词选》除在词人名下设有小传外，其题下也往往设评，个别词篇尾还加有尾批。而之后赵闻礼的《阳春白雪》一书多选南宋词600多首，以词调分卷，书中也采用了选评批点的方式。

评点之所以兴盛于宋代，与宋人读书讲究虚心涵泳，熟读精思，倡导自得悟入有关。其读书有心得处，便将其记在所读的书籍中。黄庭坚在《大雅堂记》中说：读杜诗“欣然会意处，辄欲笺以数语”。黄庭坚所说的“笺以数语”，就是典型的评点了。

宋代不但出现了评点这种批评方式，还形成了具体的评点方法。当然，关于评点的方法并不是在宋代才有的，《三国志·魏志·王肃传》卷十三裴松之注引鱼豢《魏略》介绍董遇治《左传》作“朱墨别异”故事，就是最早关于文章评点方法的记载。原文说：“（董）遇，字季直，……初，遇善治《老子》，为《老子》作训注。又善《左氏传》，更为作《朱墨别异》。……无传其《朱墨》者。”所说的“朱墨别异”就是用朱笔和墨笔两种不同颜色来标示对《左传》的批点或编撰，以便省览。关于“朱墨”指用来标示不同颜色区别的说法后代也有。唐代刘知几《史通·点烦》：“昔陶隐居《本草》，药有冷热味者，朱墨点其名；阮孝绪《七录》，书有文德殿者，丹笔写其字，由是区分有别，品类可知。”陆游在《老学庵笔记》卷十：“太宗时史官张洎等撰太祖史，凡太宗圣谕及史官采摭之事，分为朱墨书以别之。”可见，三国时期已经有用“朱墨”两种颜色来批点的方法了，只可惜董遇作的左传《朱墨别异》没流传下来。

到了宋代，评点的方法也日渐多样起来。朱熹在说自己的读书方法时说：“某二十年前得上蔡语录观之，初用银朱画出合处；及再观，则不同矣，乃用粉笔；三观则又用墨笔。数过之后，则全与元看时不同矣。”① 朱熹在董遇“朱墨”两种颜色的基础上，形成了五色圈点读书法。不仅仅朱熹有评点的方法，宋代的其他人也采用了多种不同的评点、标记、圈点、抹画的方法。《四库全书总目提要》中对此就说：“宋人读书，于切要处率以笔抹。故黎靖德编：《朱子语类》论读书法云：先以某色笔抹出，再以某色笔抹出。吕祖谦《古文关键》、楼昉《迂斋评注古文》亦皆用抹，其明例也。谢枋得《文章轨范》、方回《瀛奎律髓》、罗椅《放翁诗选》始

---

① 黎靖德编：《朱子语类》第4卷，岳麓书社1997年版，第2353页。

稍稍具圈点，是盛于南宋末矣。”①

元代选评批点著作也主要还集中在诗选和赋选中，主要有方回《瀛奎律髓》，全书共49卷，选唐宋两代五言、七言律诗2989首，诗人380余家，许多诗中加圈加点，有的诗后加有评语，并说：“所注，诗话也。”范德机《杜工部诗范德机批选》，全书共6卷，选杜甫诗作，有句评、总评、首评、尾评四种形式。范德机《李翰林诗范德机批选》，全书共四卷，批点李白《古风》等诗作19首，除句评、首评、尾评外，并增加有题评。祝尧《古赋辨体》，收录从战国至宋代赋作及部分与赋相近的文体，各卷、各家、各篇均加评点。这标志着对赋的评点已经开始。另有释圆至《唐诗说》，颜润卿《唐音缉释》，刘履《风雅翼》等。

明代是评点批评的兴盛期，评点学至晚明达到高潮。这一方面表现在评点方式的广泛运用，更表现在对“敬之如神明，尊之如师保”的圣经贤传，“偕而加之评骘”。学人们评《毛诗》，评《左传》，评《檀弓》，评《孟子》，评《史》《汉》，像钟惺、谭元春、孙月峰就“评《毛诗》，评《左传》，评《史记》”，要“自立新说”，竟至“天下之士，靡然从之”。明代对《史记》一书，归有光的《史记评点》，凌稚隆《史记评林》中所汇辑引录的评家，多达一百四十六人，引用书籍达一百三十九种，可见其评点风气之盛。

明代评点批评的兴盛还表现在，诗文选编的昌盛。作家、文论家除通过文集和书信中阐述诗文主张外，还通过选编历代作家的作品，用评点或序跋宣扬自己的文学主张。如唐宋派的代表人物茅坤、唐顺之就编选了《唐宋八大家文钞》《文编》，通过对唐宋八大家散文的评点宣扬自己的文学主张；竟陵派的代表作家钟惺、谭元春编选了《古诗归》15卷、《唐诗归》36卷，通过对隋以前诗和唐代诗的评选来宣扬自己的诗文观点。两人的评语或前或后，或双行夹评，或交叉评。题前的批语或尾批就整首诗或整组诗而论，双行夹评则就一句诗或一联诗，或诗中某一字义或词语而论；公安派的代表人物袁宏道选编了《韩欧苏三大家诗文选》，通过韩愈、欧阳修和苏轼诗文选来宣扬自己的诗文思想；杨慎则评选了《风》、《雅》、古逸、《选》诗、唐绝。其他的诗文选如：徐献忠《唐诗品》、徐

---

① （清）纪昀主编：《四库全书总目提要》，河北人民出版社2000年版，第966页。

用吾《唐诗分类绳尺》、李沂《唐诗援》、赵士春《唐诗选》、唐汝询《唐诗解》、陈继儒《国朝名公诗选》、郝敬《批选唐诗》和《批选杜工部诗》、李沂《唐诗援》、李贽《初潭集》。而陈仁锡则选了《古文奇赏》《明文奇赏》《苏文奇赏》《诸子奇赏》《续草堂诗余》等多篇。

清代借选编诗文的风气依然不衰。其中，王士禛通过《唐贤三昧集》《唐诗七言律神韵集》和评选杜诗宣扬了“神韵说”；沈德潜通过《古诗源》《唐诗别裁集》《明诗别裁集》《国朝诗别裁集》《唐宋八大家文读本》等书为宣扬了“格调说”；翁方纲通过《七言律诗偶评》等书宣扬的“肌理说”……其他的如：王夫之的《古诗评选》《唐诗评选》《明诗评选》，陆次云的《五代诗善鸣集》《宋诗善鸣集》《明诗善鸣集》，黄生的《唐诗矩》《唐诗摘抄》，姚鼐的《五七言今体诗抄》《古文辞类纂》，张惠言《词选》，周济《宋四家词选》《词辨》，许昂霄《词综偶评》，黄苏《蓼园词选》，爱新觉罗·弘历敕编《唐宋文醇》，曾国藩《十八家诗钞》，吴楚材、吴调侯《古文观止》，金圣叹《杜诗解》《贯华堂选批唐才子诗》，等等。

随着明清小说、戏曲的发展，小说、戏曲的评点也发展起来。其中如明代李贽、叶昼，清代金圣叹的《水浒传》《西厢记》评点，清代毛宗岗的《三国演义》评点，清代张竹坡的《金瓶梅》评点，清代汪澹漪的《西游记》评点，清代天目山樵的《儒林外史》评点，清代冯远村、但明伦的《聊斋志异》评点，清代脂砚斋的《红楼梦》评点。

随着明清时期评点的兴盛，如何评价评点这种批评方式，也成为一个有争议的问题。赞赏者有之，如姚鼐《与陈硕士书》：“文家之事，大似禅悟，观人评点，皆是借径，一旦豁然有得，呵佛骂祖，无不可者。此中自有真实境地，必不疑于狂肆妄言未证为证者也。”姚鼐在《答徐季雅书》中又说：“震川阅本《史记》，于学文最为有益，圈点启发人意，有愈于解说者矣。”而李贽在《书绣像评点〈忠义水浒全书〉发凡》中则说：“书尚评点，以能通作者之意、开览者之心也。得则如着毛点睛，毕露神采；失则如批颊涂面，污辱本来，非可苟而已也。今于一部之旨趣、一回之警策、一句一字之精神，无不拈出，使人知此为稗家史笔，有关于世道，有益于文章，与向来坊刻，迥乎不同。如按曲谱而中节，针铜人而中穴，笔头有舌有眼，使人可见可闻，斯评点所最贵者耳。”这里，李贽一方面讲了评点的优点，“能通作者之意、开览者之心”，认为好的评点“如着毛点睛，毕露神采……如按曲谱而中节，针铜人而中穴，笔头有舌有眼，使人可见可闻”；同时也指出，不好的评点“如批颊涂面，污辱本来”。李贽辩证地论述了评点的优缺点。

而贬低者如清章学诚《文史通义·内篇·文理》则说：“至于纂类摘比之书，标识评点之册，本为文之末务，不可揭以告人，只可用以自志，父不得而与子，师不能以传弟，盖恐以古人无穷之书，而拘于一时有限之心手也。”

对于具体的诗文选集，也多有批评。如对茅坤《唐宋八大家文钞》，黄宗羲在《答张尔公论茅鹿门批评八家书》中说：“鹿门八家之选，其旨大略本之荆川道思，然其圈点勾抹，多不得要领。故有腠理脉络处不标出，而圈点漫施之字句间者，与世俗差强不远。”王夫之在《夕堂永日绪论外编》则说：“有皎然《诗式》而后无诗，有《八大家文钞》而后无文。立此法者，自谓善诱童蒙，不知引童蒙人荆棘，正在于此。”《四库全书总目提要》则批评钟惺、谭元春评点的《诗归》：“大旨以纤诡幽渺为宗，点逗一二新隽字句，矜为元妙。又力排选诗惜群之说：于连篇之诗随意割裂，古来诗法于是尽亡。至于古诗字句，多随意窜改。”①《四库全书总目提要》批评《诗归》评点主要缺点在于：一是标举的“纤诡幽渺”诗学宗旨；二是评说诗的方式，“点逗一二新隽字句，矜为元妙”。“于连篇之诗，随意割裂”。并且影响又很坏：“天门钟惺更标举尖新幽冷之词，与元春相倡和。评点《诗归》，流布天下，相率而趋纤仄。”② 钱谦益也批评钟惺、谭元春及孙鑛的评点：“古之学者，九经以为经，三史以为纬。……敬之如神明，尊之如师保，……僭而加评骘焉，其谁敢？……妄而肆论议焉，其谁敢？评骘之滋多也，论议之繁兴也，自近代始也。而尤莫甚于越之孙氏，楚之钟氏。……句读之不析，文理之不通，而俨然丹黄甲乙，衡加于经传，不已慎乎？是之谓非圣无法，是之谓侮圣人之言。而世方奉为金科玉条，递相师述。学术日颇，而人心日坏，其祸有不可胜言

① （清）纪昀主编：《四库全书总目提要》，河北人民出版社 2000 年版，第 5297 页。
② （清）纪昀主编：《四库全书总目提要》，河北人民出版社 2000 年版，第 4878 页。

者。"[①] 其中的"越之孙氏、楚之钟氏"，指孙鑛（余姚人）、钟惺（竟陵人）。这里钱谦益批评钟惺、谭元春及孙鑛所作的评点"僭而加评骘""妄而肆论议"，并批评其"句读之不析，文理之不通"，由于钟惺、谭元春及孙鑛的评点影响很大，也带来了很大的负面影响。

中国传统这种"点评式"批评，其优长之处就在于，批评家们以一种"点到即止"的方式把自己的感受、印象和体会表达出来，这种感受、印象和体会可能只是一点点的所感、所识，并不全面，也并不一定正确，但却是批评者个人的独特的感受和体验。这种感受、印象和体会是读者在阅读过程中偶然得到的，它通常也是最深切的，不是一般的理论化或是逻辑化批评所能比拟的。

当然，"点到即止"的批评方法也有着很大的缺点。"点到即止"的批评方式是批评者内心感受的形象表达，缺少对概念作一个清晰的阐述，批评者没有条分缕析地指出一个作家或作品总体的风格特点怎样，只是指出了某一作家或作品具有某一方面的特色，并指出这一特色是和生活中的某一种情形有相似之处，读者联想到某一种情形，也就同时感受到了作家或作品的风格。

钟嵘的《诗品》中评范云、丘迟诗时说，"范诗清便宛转，如流风迴雪；丘诗点缀映媚，如落花依草"；评曹植诗，"陈思之于文章，譬人伦之有周孔，鳞羽之有龙凤，音乐之有琴瑟，女工之有黼黻"；评陶渊明"'欢颜酌春酒'，'日暮天无云'，风华清靡，岂直为田家语耶"。就用人们日常所熟知的人、事、物来比喻诗人或作品的风格。这种评点方式的好处在于，给读者留下了自由想象的空间。但这也给后人的研究和理解带来了一个难题，还无法对一些传统的文艺理论概念作出以清晰的界定。因而，"点到即止"的评点方式实际上是把批评的任务又交给了读者。对于读者来说，如果没有相当的领悟力和审美素养就无法把握批评家所作的评点。这正如叶维廉所说的：

第一，我们要问，是不是每一个读者都有诗的慧眼可以一击而

① （清）钱谦益：《牧斋初学集　牧斋有学集》，彭达生晦农草序，卷二十九，上海古籍出版社2003年版，第837页。

悟？第二，假如批评本身不具有诗人的才能（我们可以假定他的感受力是很足够的，否则他不会去批评和鉴赏诗）他就无法唤起诗的活动，如此他的批评就容易流于随意（任意的）印象批评，动辄说此诗的“气韵高超”，他既没有说明（他既用传统的方法，他自然说明不了）气韵如何高超，而又没有“重造”高超的境界。（要“重造”，一定不能拾人牙慧，抄别人的意象，所以虽然有人设法“重造”，其仍流于任意的印象批评就是没有独见的诗的活动的缘故。）这个坏的影响在中国相当的严重。①

第三节 论诗诗

就现存的文论资料看，以诗论诗的风气大致形成于唐代。唐人以“诗”这一文体来说诗论诗，其标志是杜甫的《戏为六绝句》。但论诗诗的形成是一个漫长的、渐进的过程。可以说：自诗歌产生之日以诗论诗就已存在。

早在《诗经》的时代，已有论诗之句出现。《大雅·崧高》中就有：“吉甫作诵，其诗孔硕，其风肆好，以赠申伯。”此“诵”之意与“诗”“歌”同，可视为最早的论诗诗。马瑞辰通释：“‘其风肆好’与‘其诗孔硕’相对成文，其风犹言其诗，肆好即极好，犹言孔硕，古人自有复语耳。”《大雅·烝民》中则有：“吉甫作诵，穆如清风。”这是讲宣王大臣尹吉甫作诗送别仲山甫，称其所作的诗“穆如清风”，用诗句来讲这首诗。

《诗经》之后，通过诗句讲作诗目的，或批评他人诗作的则有，荀子的《佹诗》：“天下不治，请陈佹诗。”杨倞注：“荀卿请陈佹异激切之诗，言天下不治之意也。”这是说：佹诗是辞意诡异、语调激切的诗。到了建安时期，曹植《薤露行》中的“骋我径寸翰，流藻重华芬”，是说要作不朽的文章；阮籍的《咏怀》中也有论及诗文的诗句。而南朝的怀人诗、咏史诗也或多或少地夹杂了一些论诗的内容。如沈约《伤谢朓》一诗中有“调与金石谐，思逐风云上”。沈德潜评曰，“能状谢朓之诗”。颜延之

① 叶维廉：《中国诗学》，生活·读书·新知三联书店1996年版，第6页。

《五君咏·阮步兵》一诗中有“沈醉似埋照，寓辞类讽托”。这是对阮籍《咏怀诗》的评价，这些都可看论诗诗的先驱。

到了唐代，论诗诗更为普遍。像李白就有论诗诗。李白的诗《古风》《嘲鲁儒》《江上吟》都有关于论诗的诗句。如李白在《古风》第一首中，推崇《诗经》古雅与“哀怨起骚人”的《楚辞》以及“建安风骨”。认为“自从建安来，绮丽不足珍”，而希望能创作出“文质相炳焕”的诗作。“大雅久不作，吾衰竟谁陈。……正声何微茫，哀怨起骚人。……自从建安来，绮丽不足珍。……文质相炳焕，众星罗秋旻。我志在删述，垂辉映千春。希圣如有立，绝笔于获麟。”而在《古风》其三十五中，用“丑女来效颦，还家惊四邻。寿陵失本步，笑杀邯郸人”讥刺诗坛中的步趋模拟之徒。同时也提出，“一曲斐然子，雕虫丧天真。棘刺造沐猴，三年费精神。功成无所用，楚楚且华身”。费尽心力“雕虫”出来的诗句，既“费精神”，雕琢出来的诗句也无用。这和他在《嘲鲁儒》中鲁地儒者虽皓首穷经，却死守章句，不懂经邦治国之策，其意见是一样的。而在《经乱离后天恩流夜郎，忆旧游，书怀赠江夏韦太守良宰》中，则以“清水出芙蓉，天然去雕饰”比喻谢灵运一派清新自然的诗风。

但唐代真正有影响的、最具有“论诗诗”性质的则始于杜甫的《戏为六绝句》。杜甫除了像《戏为六绝句》这种集中论诗的诗外，还有一些是在诗中随性地发表对诗人的评价和诗的看法。杜甫的很多诗学主张都是通过诗的形式表达的。如注意诗歌语言的精练：“为人性僻耽佳句，语不惊人死不休。”[①] 谈诗格律的：“晚节渐于诗律细。”[②] 谈诗文的“文章千古事，得失寸心知”，[③] 赞扬李白的，“白也诗无敌，飘然思不群”[④]，等等。在《解闷十二首》则集中谈了对诗人和作诗的看法，第五首中说“李陵苏武是吾师”、第六首中说“复忆襄阳孟浩然，清诗句句尽堪传”、第七首中则提出“新诗改罢自长吟”。而在《戏为六绝句》中，杜甫则运用了一种“论诗诗”的方式，较全面地表达了对前人的“别裁伪体”“转益多师”的态度，更重要的是开创了以绝句论诗的先例。杜甫一方面推重古体，另

---

① 《杜甫全集》，上海古籍出版社 1996 年版，第 165 页。

② 《杜甫全集》，上海古籍出版社 1996 年版，第 289 页。

③ 《杜甫全集》，上海古籍出版社 1996 年版，第 222 页。

④ 《杜甫全集》，上海古籍出版社 1996 年版，第 126 页。

一方面又爱好近体；一方面推重风格的雄浑古朴，另一方面又重视清丽华美。这种眼界开阔、注意艺术创作各个方面的特色，构成了杜甫“不薄今人爱古人”和“转益多师”的文学观。

中唐的韩愈、白居易等也用论诗诗的方式表达文学见解和对具体作家和作品的评论。如韩愈的《调张籍》开篇就说：“李杜文章在，光焰万丈长。不知群儿愚，那用故谤伤？蚍蜉撼大树，可笑不自量。”这是韩愈针对“扬杜抑李”说所作，意在全面公正地评价李白和杜甫。其他的则有《醉赠张秘书》《孟生诗》《送无本师归范阳》《题杜子美坟》等。

白居易的论诗诗较多，也通过论诗诗表达自己的诗文主张。《读张籍古乐府》云：“为诗意若何？六义互铺陈，风雅比兴外，未尝着空文。”在称赞张籍诗的同时，也强调诗的社会功能，主张诗要反映民生疾苦和社会现实；《寄唐生》一诗中则说：“我亦君之徒，郁郁何所为？不能发声哭，转作《乐府诗》。篇篇无空文，句句必尽规。功高虞人箴，痛甚骚人辞。非求宫律高，不务文字奇。惟歌生民病，愿得天子知。”诗中自明其创作《新乐府》的本旨，是关于《新乐府》的创作动机、基本倾向和艺术特色的重要诗论。《杨柳枝词》：“《六幺》《水调》家家唱，《白雪》《梅花》处处吹，古歌旧曲君休听，听取新翻《杨柳枝》。”则对新兴的流行曲极为赞赏。晚唐司空图的《二十四诗品》则用四言诗的形式把诗的风格分为二十四品，每一品都以诗的形式对风格做了分类。

由于韩愈、白居易在当时诗坛的重要地位和影响，经过杜、韩、白的倡导，以诗论诗成为中国传统诗学批评的重要体式。

到了宋代，论诗诗继续盛行，这其间最有代表性的是梅尧臣、苏轼和陆游等在创作上有很高成就的诗人。

梅尧臣通过《答韩三子华韩五持国韩六玉汝见赠述诗》一诗：“因事有所激，因物兴以通。自下而磨上，是之为国风；雅章及颂篇，刺美亦道同。”表达了对现实主义创作的赞成；而《读邵不疑学士诗卷》里所说的“作诗无古今，惟造平淡难”，则表达了对平淡风格的喜好。

苏轼则通过《书摩诘蓝田烟雨图》一诗表达了对诗与画之间的关系：“味摩诘之诗，诗中有画；观摩诘之画，画中有诗。”在《书鄢陵王主簿所画折枝二首之一》中苏轼又表达了以重视“神似”的思想：“论画以形似，见与儿童邻。赋诗必此诗，定非知诗人。诗画本一律，天工与清新。”

在《读孟郊诗二首》一诗中苏轼又提出诗要从肺腑流出："我憎孟郊诗，复作孟郊语。饥肠自鸣唤，空壁转饥鼠。诗从肺腑出，出则愁肺腑。"可以看出，梅尧臣和苏轼都通过诗的方式表达了自己的文学思想。

陆游在《题庐陵萧彦毓秀才诗卷后》云："法不孤生自古同，痴人乃欲镂虚空。君诗妙处吾能识，尽在山程水驿中。"诗中借佛家语来阐说文学创作与现实生活的紧密联系，明确反对脱离现实生活的"刻镂虚空"，主张到"山程水驿"中去获得创作的源泉。在《冬夜读书示子聿》一诗中又说："纸上得来终觉浅，绝知此事要躬行。"

而在《示子遹》一诗中则表达了作诗的独特理解："我初学诗日，但欲工藻绘；中年始少悟，渐若窥宏大。怪奇亦间出，如石漱湍濑。数仞李杜墙，常恨欠领会。元白才倚门，温李真自郐。正令笔扛鼎，亦未造三昧。诗为六艺一，岂用资狡狯？汝果欲学诗，工夫在诗外。"因为在陆游看来，"文章本天成，妙手偶得之"。[①] 当然，陆游所说的"工夫在诗外""妙手偶得之"，其中的"工夫"和"妙手"的根源就是自然或现实。陆游认为，自然或现实是诗的"本"源和最初的素"材"。他说，"村村皆画本，处处有诗材"[②]，陆游还说："挥毫当得江山助，不到潇湘岂有诗。"[③]

宋代论诗诗中吴可的《学诗诗》独具一格，在宋代人看来，诗的创作如参禅一样，应该用"参""悟""涵咏""玩味"的方式。吴可的《学诗诗》则用论诗诗的方式表达了学诗也如同参禅：

> 学诗浑似学参禅，竹榻蒲团不计年。直待自家都了得，等闲拈出便超然。
>
> 学诗浑似学参禅，头上安头不足传。跳出少陵窠臼外，丈夫志气本冲天。
>
> 学诗浑似学参禅，自古圆成有几联。春草池塘一句子，惊天动地至今传。

---

① 《陆游集》第4册，中华书局1976年版，第1933页。
② 《陆游集》第3册，中华书局1976年版，第1242页。
③ 《陆游集》第3册，中华书局1976年版，第1457页。

吴可所用的“学诗浑似学参禅”这样的诗句也成了一种模式。龚相就随之有和吴可的《学诗诗》：

> 学诗浑似学参禅，悟了才知岁是年。点铁成金犹是妄，高山流水自依然。
>
> 学诗浑似学参禅，语可安排意莫传。会意即超声律界，不须炼石补青天。
>
> 浑诗浑似学参禅，几许搜肠觅句联。欲识少陵奇绝处，初无言句与人传。

韩驹的《赠赵伯鱼》一诗则稍做了点变换：“学诗当如初学禅，未悟且遍参诸方。一朝悟罢正法眼，信手拈出皆成章。”

这论诗诗都是以禅喻诗，开了严羽《沧浪诗话》的先声。在严羽看来，诗的创作需要“别才”，诗人的创造的才能，与读书穷理的工夫截然不同，它并不一定依赖读书穷理，而是和“禅道”一样，需要的“妙悟”。严羽在《诗辨》中就说：“大抵禅道唯在妙悟，诗道亦在妙悟。”正因为诗歌创作靠的是“妙悟”，学力远在韩愈之下的孟浩然，其诗才能独在韩愈之上。“孟襄阳学力下韩退之远甚，而其诗独出退之之上者，一味妙悟而已。唯悟乃为本色。”这就说明“妙悟”在诗歌创作中的重要。这一以禅喻诗的说法，不但严羽说过，其他人也同样讲过。魏庆之《诗人玉屑》卷五引韩子苍《陵阳室中语》就说：“诗道如佛法，当分大乘、小乘、邪魔、外道。”吴可《藏海诗话》也说：“凡作诗如参禅，须有悟门。”

南宋和金代，论诗诗数量明显增加，论诗诗的组诗开始出现。这其中在戴复古和元好问是典型的代表。

戴复古的《论诗十绝》首次在题目上出现“论诗”字样，在杜甫论诗诗《戏为六绝句》的基础上，以绝句体组诗来阐说其诗学主张，是一组专门论诗的诗。在这组诗中，戴复古用了形象化的方法来比喻不同的诗体“绝句如春”“律诗如夏”“词如秋”“曲如冬”；又从“妙手偶得”“走路读书”“情理识趣”“形象思维”“改革勿乱”“融今化古”六个方面讲了诗歌创作中的不同问题。

戴复古的《论诗十绝》虽然论及了诗、词、曲及诗歌创作方面的问题，但就其影响来说，远不及金代元好问的《论诗三十首》影响大。元好问继承杜甫论诗诗的特点，系统地品评了前代诗人。同时，《论诗三十首》也表达了要发扬建安以来的文学传统，推崇天然真淳、标举豪劲刚健的建安风骨。《论诗三十首》也很明确地表现了诗学宗旨，即崇尚和强调真情实感，如赞扬陶渊明“一语天然万古新，豪华落尽见真淳”（其四），称许《敕勒歌》“穹庐一曲本天然”（其七），批评潘岳“心画心声总失真”（其六），讥讽黄庭坚“精纯全失义山真”（其二十八），认定“暗中摸索总非真”（其十一），主张“心声只要传心了”（其九）。其中，第一首就表明了全诗的主旨：“汉谣魏什久纷纭，正体无人与细论。谁是诗中疏凿手？暂教泾渭各清浑。”元好问以“诗中疏凿手”自期，从建安、正始文学论起，一直到北宋的苏、黄称雄诗坛为止，跨度九百多年，系统地论评论了张华、阮籍、李白、苏轼等二十多位作家，历代有影响的诗人几乎无一遗漏，并对南北朝的民歌和诗坛上的陋习也表明了自己的态度。可以说，元好问的诗学主张主要是通过《诗论绝句三十首》中表达的。《论诗绝句三十首》无论是在形式规模上，还是在内容表达上将“论诗诗”提升到相当完美的境地。对后世的影响也远远超过戴复古。

《论诗绝句三十首》甚至成为后人的一种范本，被广为效仿。论诗绝句的创作更为繁盛，几十首以至上百首的组诗，层出不穷。这其中，王士祯《戏仿元遗山论诗绝句四十首》（现存 35 首），马长海《效元遗山论诗绝句》47 首，袁枚《仿元遗山论诗》38 首，谢启昆《读全唐诗仿元遗山论诗绝句》100 首、《读全宋诗仿元遗山论诗绝句》200 首等，都是这一类的仿效之作。有统论历代诗人，有专论一朝诗人，也有专论某一地诗人，甚至专论女诗人，可谓丰富多彩。这其中王士祯的《戏仿元遗山论诗绝句四十首》对后世有较大影响。清人说到论诗诗的演变，在元好问之后就举到王士祯。如丁咏淇《论诗绝句自序》云：“论诗绝句发源于杜陵，衍派于遗山，疏瀹决排于渔洋、尧峰、迦陵。”刘汲跋张晋《仿元遗山论诗绝句六十首》云：“元遗山《论诗绝句》，渔洋仿之，久已脍炙人口。”黄维申《论诗绝句序》云：“元遗山论诗多主严刻，国朝王新城效其体，立论较精。”后来有人自题为仿王士祯而作，如方于谷《仿王渔洋论诗绝句四十首》。清人的论诗绝句往往连篇累牍，以超过百首者言之，如钱陈群

《宋百家诗存题词》一百首，谢启昆《读全唐诗仿元遗山论诗绝句一百首》《读全宋诗仿元遗山论诗绝句二百首》，林昌彝《论本朝人诗一百五首》，方廷楷《习静斋论诗百绝句》，廖鼎声《拙学斋论诗绝句一百九十八首》，沈景修《读国朝诗集一百首》，陈融《读岭南人诗绝句》录三百十一首。可以说：论诗诗至清而大盛。郭绍虞、钱仲联、王遽常主编的《万首论诗绝句》为例，该书收录论诗绝句作者自唐迄清近八百人，作品近万首。全书4册共1830页，清代（含近代）的篇幅竟多达1636页，占89.4%，将近9000首，清代论诗诗的总体规模由此可见一斑。作为一种特有的批评文体，论诗诗经过明清两代诗论家已经完全确定下来。

这里从诗话、评点、论诗诗三个方面分析了中国古代文学批评的特点。其实，中国古代对其批评方式也有过总结。《四库全书总目提要》在“集部·诗文评”的总叙中就指出：“文章莫盛于两汉，浑浑灏灏，文成法立。无格律之可拘，建安、黄初，体裁渐备，故论文之说出焉，《典论》其首也。其勒为一书，传于今者，则断自刘勰、钟嵘。勰究文体之源流而评其工拙；嵘第作者之甲乙，而溯厥师承，为例各殊。至皎然《诗式》，备陈法律。孟棨《本事诗》旁采故实。刘攽《中山诗话》、欧阳修《六一诗话》又体兼说部。后所论著不出此五例中矣。宋、明两代均好为议论，所撰尤繁，虽宋人务求深解，多穿凿之词。明人喜作高谈，多虚矫之论。然汰除糟粕，采撷菁英，每足以考证旧闻，触发新意。”

《四库全书总目提要》的这段话，实际上是一篇简略的中国文学批评史纲，它认为，中国古代较自觉的论文出现在“体裁渐备”的建安、黄初①时期，之后的诗文评著作有五种基本模式，并对每一种诗文评著作的主要特征作了概括。

《四库全书总目提要》中概括诗文评的第一种模式是刘勰的《文心雕龙》，认为《文心雕龙》是诗文评的代表，主要“究文体之源流而评其工拙”，“其书《原道》以下二十五篇，论文章体制；《神思》以下二十四篇，论文章工拙”。虽然《文心雕龙》重在论文，开启了后世诗文评的一种模式。

《四库全书总目提要》中概括诗文评的第二种模式，是钟嵘《诗品》

① 黄初：（220—226），魏文帝曹丕的年号，共7年。

开创的“第作者之甲乙，而溯厥师承”，即把作者按优劣高下以类划分、依品排队。“所品古今五言诗，自汉、魏以来一百有三人，论其优劣，分为上、中、下三品。”同时，勾勒出创作中对前人的师承、学习、摹仿、继承、创新的轨迹和渊源关系。钟嵘对诗人的品评受魏晋时期品藻人物的影响，但结合作品品评诗人，以优劣高下为诗人排队，在文学史上具有开创意义。

《四库全书总目提要》中概括诗文评的第三种模式，是以皎然《诗式》为代表的“备陈法律”一类。《诗式》主要讲诗的体制、做法、格调、技巧等。唐代时，随着诗歌的繁荣，诗人和诗论家开始关注诗歌的体制、形式、做法、技巧等。先后出现了王昌龄的《诗格》、皎然的《诗式》、旧题白居易的《金针诗格》、李峤的《评诗格》等一系列探讨诗歌体制、风格、形式、创作方法、技巧的著作。如《诗格》中关于“诗有三境”“诗有三格”，作诗有“十七势”；《诗议》中的“十四例”；《诗式》中关于风格的“辨体一十九字”等就是其中的代表。

《四库全书总目提要》中概括诗文评的第四种模式，是以孟棨《本事诗》为开端的“旁采故实”一类。《本事诗》的“旁采故实”丰富了诗话的宝库，使诗话具备了鲜活的特征，而且也为《六一诗话》《中山诗话》等“体兼说部”类的诗话打下了基础。通常是将欧阳修的《六一诗话》作为诗话的滥觞。孟棨的《本事诗》采摭繁富，把与诗密切相关的本事，完整地记述了下来。《本事诗》这种“旁采故实”模式，也为后来的诗话所继承。从记述诗人趣事角度看，魏晋南北朝时期的笔记小说就有了记载。刘义庆《世说新语》的“文学”“排调”“任诞”中都有围绕诗人、诗作、诗事的记述。如谢安、谢玄叔侄论《诗经》、曹植赋七步诗、阮孚赞郭璞诗等。

《四库全书总目提要》中概括诗文评的第五种模式，是以欧阳修《六一诗话》和刘攽《中山诗话》为代表的“体兼说部”一类。“体兼说部”是典型的诗话类型，这与欧阳修“集以资闲谈”是一致的。“体兼说部”指这种诗文评的模式具有“说部”的特征。所谓的“说部”，是指《四库全书》归入子部的“杂家”“小说家”一类书文。《四库全书总目提要·子部》中对“杂家”的特征做了概括：“杂之义广，无所不包。班固所谓合儒墨，兼名法也。……以立说者为之杂学。辩证者为之杂考。议论者而兼叙述者为之杂说。旁究物理，胪陈纤锁者谓之杂品。类辑旧文，兼众轨者谓之杂纂。合刻诸书，不名一体者谓之杂编。”而对“小说家”的特征也做了概括：“迹其流别，凡有三派，其一叙述杂事，其一记录异闻，其一缀辑琐语也”。从中对“杂家”和“小说家”的概括中可以看出“说部”的特点：一是“杂”，即所谓的“杂学”“杂考”“杂说”“杂品”“杂纂”“杂编”者；二是“记录异闻”“缀辑琐语”，记述杂事异闻而兼及议论。从文体的流变来看，诸子中的杂家、汉代的小说家以及唐传奇、宋话本，都影响了“诗话”。

《四库全书总目提要》所举的诗文评五种模式，概括了中国文学批评的几种不同文体，这五种诗文评模式除《文心雕龙》外，其余的都在诗话、评点和论诗诗中。

形成中国诗话、评点、论诗诗批评的原因在于：“中国的批评，大都是作家的反串，并没有多少批评专家。”[1] 由于中国古代的批评家大多以诗人或作家的身份从事文学批评，所以往往集作、赏、评于一身。从《典论·论文》的曹丕、《诗品》的钟嵘到《二十四诗品》的司空图、《沧浪诗话》的严羽，再到《人间词话》的王国维，都是批评家，又是诗人。中国文学批评主体的这种诗人气质，就使其具有更为敏锐的艺术感悟力和细腻的体味能力，其批评和评点也更多地带有人格化、诗意化特征。

---

① 罗根泽：《中国文学批评史》，上海古籍出版社 1984 年版，第 14 页。

第八章　体验文学观对文学理论的影响

重视体验是中国文学理论的独特特点，从而形成了具有中国特征的体验式文学观。这一重视体验的文学观有其优长之处，但也存在着明显的缺陷，如由于强调文学活动中的体验，由此导致中国古代以形象化的方式表达对文学创作和批评的认识，从而形成了中国文学理论的形象化特点；同时，又造成了中国古代文学理论是一种印象式的、非逻辑性和非体系性的。形象化、非逻辑性和非体系性，是中国文学理论最为显著的特点。

同样，受伦理化文化倾向的影响，中国古代文学理论又表现出政治化、伦理化情结，从而形成了“情结式”批评；这种“情结式”批评也是一种“误读”和“过度诠释”。

由于中西方文学对体验观重视程度不同，西方文学理论不表现为印象式和非逻辑性特点，不像中国文学理论是一种形象化和非体系性的，而是表现为一种理论性的阐述和逻辑性论。但中国文学中的“情结式”和“过度诠释”批评，同样也存在西方文学批评中。因此，体验文学观对文学理论的影响在中西方都存在。

第一节　影响之一：文学理论的形象化

中国古代文学对“体验”的重视使其表现出与不同西方的特征：中国传统美学、文艺学理论的范畴通常都没有严格的内涵和外延，具有很大的模糊性和多义性。中国传统的哲学不像西方那样，对真、美、善等从理论上进行严格的概念界定。虽然中国传统美学、文艺学理论也从理论上说着真、善、美这些概念，但它只是把生活中认为属于真、善、美的东西用一种形象的说法表述了出来，并没有在理论和逻辑上对真、善、美的内涵和外延加以界定。因此，像“气”“气韵”“风骨”“兴”“兴象”“妙悟”“滋味”“神韵”等这些概念都没有严格的理论上和逻辑上的界定，都具有很大的模糊性和多义性。它所表达的只是一种感受和体验，读者无法从中得到清晰的概念界定，只能靠读者自己去感受和体会。

但重视“体验”的文学观也有其优长之处。因为在审美活动中，形象性是一种最有效的表达方法。美和艺术是感性的、形象的，这种感性的、形象的东西无法用理性的方式解说。中国古代文艺理论较早地认识到了审美活动的这一特点，对审美活动过程的阐述也就要舍弃理性的思辨，而代之以形象的表达方式。这也充分看出中国古代美学家、文艺理论家对美和艺术认知方式理解的深刻和独到。

从具体的文学活动看，某种文学理论的内涵是无法用理性的方法来传达和把握的。如关于风格中“冲淡”“飘逸”“清空”的内涵具体如何，即使在今天也难以确切的语言来表述，只能意会而不可言传。所以用形象描述的方式就比以抽象分析的方法更有效果，更能传达出其中的神韵；而文学创作中的“神思”“妙悟”“神韵”等，也很难给出一个明确的界定，对此，中国古代就以形象的方式来描述。刘勰把“神思”描述为“寂然凝虑，思接千载；悄然动容，视通万里”；王国维把“妙悟”解释为“众里寻他千百度，蓦然回首，那人却在灯火阑珊处”；王世祯则用诗句“白云抱幽石，绿条媚清涟”来比喻“神韵”。这里，虽然有理由责怪古人并没有说出何为“神思”，何为“妙悟”，何为“神韵”，但通过刘勰、王国维和王世祯的形象描述，也确实能感受到“神思”“妙悟”“神韵”的特点。而其他的如“道”“气”“意”“象”“味”“妙”“神”“虚”“实”“形”“神”“意象”“隐秀”“风骨”“气韵”“意境”“兴趣”“趣气”等一系列的范畴，中国古代也都没有给出一个逻辑性的定义，只能看到一个又一个形象化的描述。

中国古代文学理论的形象化体现在多方面。如关于“风格”，中国古代就有太多的形象化描述：张炎则用“七宝楼台”来概括吴文英词的风格。张炎认为吴文英词不如姜夔词“清空”，而有“质实”之病。“吴梦窗词如七宝楼台，眩人眼目，碎拆下来，不成片断。”指吴文英的词表面华丽绚美，实际上却混杂零乱。清代周济在《介存斋论词杂著》第十九则中评论温庭筠、韦庄、李煜三位词人不同风格时，就以毛嫱、西施两位美人作比，以严妆、淡妆等三种妆式为喻，“毛嫱、西施，天下美妇人也，严妆佳，淡妆亦佳，粗头乱服，不掩国色。飞卿，严妆也：端己，淡妆也；后主，则粗头乱服矣”。用形象化的说法来说明温飞卿词的艳丽，韦端己词的淡雅，李后主词的直抒胸臆、毫无粉饰的特点。俞文豹在《吹剑录》中在概括苏轼、柳永诗歌风格时则用了更为形象化的说法：“（苏）东坡在玉堂（翰林院）日，有幕士善讴，因问曰：‘我词何如柳七（柳永）？’对曰：‘柳郎中词，只合十七八女孩儿，执红牙板，歌“杨柳岸晓风残月”；学士词，须关西大汉，弹铜琵琶，击铁绰板，唱“大江东去”。’”

用“风格”来概括人和作家创作的特点，始于魏晋南北朝时期。在魏晋的人物品评中，也用和诗歌风格论相似的概念。如刘孝标注的《世说新语·言语篇》注引《续晋阳秋》说：“许询……总角秀惠，众称神童，而风情简素”；《世说新语·识鉴篇》注引《续晋阳秋》说：“（褚期生）俊迈有风气”；《世说新语·赏誉篇》注引《文士传》说：“（王弥）风神清令”；刘义庆《世说新语·赏誉篇》中说：“（王舒）风概简正”；《世说新语·容止》中说：“嵇康身长七尺八寸，风姿特秀”；《世说新语·赏誉篇》说：“庾公目中朗神气融散”；《世说新语·赏誉篇》注引《王澄别传》说：“澄风韵迈达”；《世说新语·贤媛篇》说，“（王夫人）神情散明”。这里的“风情简素”“俊迈有风气”“风神清令”“风概简正”“风姿特秀”“神气融散”“风韵迈达”“神情散明”都是指一个人的风神骨相和情志特征，包括着容貌、神情、风度、性格、情志，它是指由外在形象表现出来的神情风貌。可以看出，风格论和人物品评有相似之处。“文如其人”，“品诗”如同“品人”一样。因此，也可以用描述人的容貌、神情的方式来形容一个作家的风格。这通常表现为以比喻的方式来概括一个作家的风格。如苏轼《祭柳子玉文》中就用“元轻白俗，郊寒岛瘦”概括元稹、白居易、孟郊、贾岛的诗文风格。而李耆卿《文章精义》中概括韩愈、柳宗元、欧阳修诗文风格时则说：“韩如海，柳如泉，欧如澜，苏如潮。”钟嵘在品评诗歌时，则用自然景物来比喻诗的风格。卷上评谢灵运诗“譬犹青松之拔灌木，白玉之映尘沙”；卷中称“范（云）诗清便宛转，如流风回雪。丘（迟）诗点缀映媚，似落花依草”；卷下评齐仆射江祏："祏诗猗猗清润，弟祀明靡可怀"。这种用自然景物来比喻诗歌风格的方式，在涵虚子《元词记》中达到了极致：

马东篱如朝阳鸣凤，张小山如瑶天笙鹤，白仁甫如鹏抟九霄，李寿卿如洞天春晓，乔梦符如神鳌鼓浪，费唐臣如三峡波涛，宫大用如西风雕鹗，王实甫如花间美人，张鸣善如彩凤刷羽，关汉卿如琼筵醉客，郑德辉如九天珠玉，白无咎如太华孤峰。……贯酸斋如天马脱羁，邓玉宾如幽谷芳兰，滕玉霄如碧汉闲云，鲜于去矜如奎壁腾辉，商政叔如朝霞散彩，范子安如竹里鸣泉，徐甜斋如桂林秋月，杨淡斋如碧海珊瑚，李致远如玉匣昆吾，郑廷玉如佩玉鸣銮，刘廷信如摩云老鹘，吴西逸如空谷流泉，秦竹村如孤云野鹤，马九皋如松阴鸣鹤，石子章如蓬莱瑶草，盖西村如清风爽籁，朱廷玉如百卉争芳，庾吉甫如奇峰散绮，杨立斋如风烟花柳，杨西庵如花柳芳妍，胡紫山如秋潭孤月，张云庄如玉树临风，元遗山如穷崖孤松，高文秀如金盘牡丹，阿鲁威如鹤唳青霄，吕止庵如晴霞结绮，荆干臣如珠帘鹦鹉，萨天锡如天风环佩，薛昂夫如雪窗翠竹，顾均泽如雪中乔木，周德清如玉笛横秋，不忽麻如闲云出岫，杜善夫如凤池春色，钟继先如腾空宝气，王仲文如剑气腾空，李文蔚如雪压苍松，杨显之如瑶台夜月，顾仲清如雕鹗冲霄，赵文宝如蓝田美玉，赵明远如太华晴云，李子中如清庙朱瑟，李取进如壮士舞剑，吴昌龄如庭草交翠，武汉臣如远山叠翠，李直夫如梅边月影，马昂夫如秋兰独茂，梁进之如花里啼莺，纪君祥如雪里梅花，于伯渊如翠柳黄鹂，王廷秀如月印寒潭，姚守中如秋月扬辉，金志甫如西山爽气，沈和甫如翠屏孔雀，睢景臣如凤管秋声，周仲彬如平原孤隼，吴仁卿如山间明月，秦简夫如峭壁孤松，石君宝如罗浮梅雪，赵公辅如空山清啸，孙仲章如秋风铁笛，岳伯川如云林樵响，赵子祥如马嘶芳草，李好古如孤松挂月，陈存甫如湘江雪竹，鲍吉甫如老蛟泣珠，戴善甫如荷花映水，张时起如雁阵惊寒，赵天锡如秋水芙蕖，尚仲贤如山花献笑，王伯成如红鸳戏波。……王子一如长鲸饮海、又如汉庭老吏，刘东生如海峤云霞，王文昌如沧海明珠，谷子敬如昆山片玉……蓝楚芳如秋芳桂子，陈克明如孤鹤鸣皋，穆仲义如洛神凌波，汤舜民如锦屏春风，贾仲名如锦帷琼筵，杨景言如雨中之花，苏复之如云林之豹，杨彦华如春风飞花，杨文奎如匡庐叠阜，夏均政如南山秋色，唐以初如仙女散花。①

这一大段文字中，完全是采用形象化的比喻方式来描述不同作家的风格，尽管这种大量的比喻并不能保证完全准确，但这却最典型地代表了中国古代文学批评的形象化特点。

对于不同的文体，中国古代也采用形象化的方式说明其特征。如“诗庄、词媚、曲俗”之说就充分说出了诗、词、曲三种文体的不同特征。清代李东琪也说：“诗庄词媚，其体原别”；清代田同之《西圃词说·曹学士论词》中说：“魏塘曹学士云：‘词之为体如美人，而诗则壮士也。如春华，而诗则秋实也。如夭桃繁杏，而诗则劲松贞柏也。’罕譬最为明快。然词中亦有壮士，苏、辛也。亦有秋实，黄、陆也。亦有劲松贞柏，岳鹏举、文文山也。”这里以“美人”比词，以“壮士”比诗。认为词“如春华，而诗则秋实”，词“如夭桃繁杏，而诗则劲松贞柏”。王国维《人间词话删稿》中则说“诗之境阔，词之言长”。“境阔”和“言长”来说明诗和词的特征。清徐大椿《乐府传声·元曲家门》在比较曲与诗词的区别时说：“若（曲）其体则全与诗词各别，取直而不取曲，取俚而不取文，取显而不取隐。盖此乃述古人之言语，使愚夫愚妇共见共闻，非文人学士自吟自咏之作也。”“直”和“曲”就成了曲和诗词的区别，所谓的“诗词贵曲，曲宜直”。清代王又华《古今词论》引毛稚黄词论说：“长调如娇女步春，旁去扶持，独行芳径，徙倚而前，一步一态，一态一变，虽有强力健足，无所用之。”用“娇女步春”来形容长调慢词的袅娜风姿。这些说法都形象地说明了诗、词、曲和长调在内容和风格上的文体特征。

中国古代文学理论形象化方式最常见的就是把诗文与人的身体相比拟。陶明浚《诗说杂记》卷七在解释严羽的“诗之法有五：曰体制，曰格力，曰气象，曰兴趣，曰音节”一段话时说：“此盖以诗章与人身体相为比拟，一有所阙，则倚魁不全。体制如人之体干，必须佼壮；格力如人之筋骨，必须劲健；气象如人之仪容，必须庄重；兴趣如人之精神，必须活

① （明）王世贞：《曲藻》，见中国戏曲研究院编《中国古典戏曲论著集成》第4集，中国戏剧出版社1959年版，第31—33页。

泼；音节如人之语言，必须清朗。五者既备，然后可以为人。亦惟备五者之长，而后可以为诗。”可见，陶明濬把诗的“体制”“格力”“气象”“兴趣”“音节”比喻成人的“体干”“筋骨”“仪容”“精神”“语言”。

李廌则把文章比作一个“有体、有志、有气、有韵”的人：“凡文之不可无者有四：一曰体，二曰志，三曰气，四曰韵……文章之无体，譬之无耳目口鼻，不能成人。文章之无志，譬之虽有耳目口鼻，而不知视听臭味之所能，若土木偶人，形质皆具而无所用之。文章之无气，虽知视听臭味，而血气不充于内，手足不卫于外，若奄奄病人，支离憔悴，生意消削。文章之无韵，譬之壮夫，其躯干枵然，骨强气盛，而神色昏蒙，言动凡浊，则庸俗鄙人而已。有体、有志、有气、有韵，夫是谓成全。”[①] 李廌认为，文章若“无体”就不是一个“成人”，即一个面容完整的人；若“无志”就相当于有完整的躯体，但“若土木偶人，形质皆具而无所用之”；若“无气”就相当于一个“奄奄病人，支离憔悴”；若“无韵”就相当于一个“庸俗鄙人”。

其他的如姜夔在《白石道人诗说》中把诗比喻为人的“气象、体面、血脉、韵度”：“大凡诗，自有气象、体面、血脉、韵度。”清代的归庄在《玉山诗集序》中认为，诗如同人的“气、格、声、华”：“余尝论诗，气、格、声、华，四者缺一不可。譬之于人，气犹人之气，人所赖以生者也，一肢不贯，则成死肌，全体不贯，形神离矣。格如人五官四体，有定位，不可易，易位则非人矣。声如人之音吐及珩璜琚之节。华如人之威仪及衣裳冠履之饰。”

上述这些说法都把诗文与“人体”一一对应，认为诗文如人一样，形神兼备。从中国古代文学理论的术语中也可以看出其人格化倾向，如“气”“才”“风骨”“神韵”“形”“神”“血气”“主脑”“首联”“颔联”“颈联”“尾联”“肥”“瘦”“健”“壮”“情”“志”“趣”“格”“才”“胆”“识”“力”“神采”“文心”“句眼”“性灵”“理趣”“精神”“风骨”“肌理”“童心”等，都是一种把文学艺术人化、人格化的比喻。这众多的人格化比喻，都增加了中国古代文学理论的形象化特点。而

---

① 李廌：《答赵士舞德茂宣义论宏词书》，见曾枣庄《中国古代文体学　上　中国古代文体学史》，上海书店出版社2012年版，第352页。

这一点是西方文学批评所不具备的。

中国古代文学理论形象的特征在《诗经》中出现了，《卫风·硕人》就有“手如柔荑，肤如凝脂，领如蝤蛴，齿如瓠犀；螓首蛾眉；巧笑倩兮，美目盼兮”，以动植形象比喻人的外貌美。汉魏以来，随着人物品评风气的盛行，又以动植物和自然现象来比喻人的风采。如《世说新语·容止》称王羲之：“时人目王右军‘飘如游龙，矫若惊龙’。”称王恭：“有人叹王恭形茂者，云：‘濯濯如春月柳。’”《世说新语·容止》中说嵇康：“嵇康身长七尺八寸，风姿特秀。见者叹曰：‘萧萧肃肃，爽朗清举。’或云：‘肃肃如松下风，高而徐引。’山公曰：‘嵇叔夜之为人也，岩岩若孤松之独立；其醉也，傀俄若玉山之将崩。’”文学评论中也采用这种形象的方法《世说新语·文学》篇孙绰评潘岳、陆机诗云：“孙兴公云：‘潘文烂若披锦，无处不善；陆文若排沙简金，往往见宝。’”晋李充《翰林论》评潘岳诗文时说：“潘安仁为文也，犹翔禽之羽毛，衣被之绡縠。”《南史·颜延之传》说：“延之尝问鲍照己与灵运优劣。照曰：‘谢五言如初发芙蓉，自然可爱。君诗如铺锦列绣，亦雕缋满眼。’”钟嵘《诗品》卷中评颜延之诗引汤惠休语云“谢（灵运）诗如芙蓉出水，颜如错采镂金”。齐梁时的书论、画论也用形象的方法。如梁袁昂《古今书评》评崔子玉书：“崔子玉书如危峰阻日，孤松一枝，有绝望之意。”评萧子云书：“萧子云书如上林春花，远近瞻望，无处不发。”可以说，中国古代文学理论的形象化从早在先秦时期就出现了，并且体现在诗词曲文书画评论中。

因此，中国古代重体验的文学观就形成了“以诗论诗”“以禅论诗”、以诗喻理的理论模式，它以一种诗或格言的方式表达对作品和作家的看法，属于形象化而不是理性的理论。我们固然可以责怪这种形象化、比喻性的理论缺少一个明晰的界定，但是，又要看到，通过这些形象化、比喻性的说明，却又有了一个令人满意的答案，这种效果可能是抽象的理论分析所无法达到的。

第二节 影响之二：文学理论的非体系性

比较中国古代和西方的文学理论，可以明显地感受到，中国古代文学理论是一种印象式的、感觉式的，非体系性和非逻辑性的。而这种印象式的、感觉式的批评就来自重体验，尽管“体验”与艺术之间有“亲合势”；而从另一角度看，“体验”的批评方式也导致中国古代文论的非体系性。

当然，说中国古代文艺理论没有体系或体系性，并不意味着这是一种贬低。感悟的、诗化的、非逻辑性的、非体系性的恰恰是中国古代文艺理论和美学的一大特色，也是其区别于西方文论和美学的重要标志。关于这一点有过不同的论述。叶维廉就说，“中国传统的美感视境一开始就是超脱分析性、演绎性的”，它是“点到即止”的。[①] 钱锺书也说：中国传统文学批评的特点就是“把文章通盘的人化或生命化”。[②] 那么，怎样看待中国古代文艺理论和美学的体系或体系性问题呢？

谈论一种理论有没有“体系”或是“体系性”，首先就要回答“什么是体系”。按照《现代汉语词典》上的解释，体系是“若干事物或某些意识互相联系而构成的一个整体”。[③] 这就是说：“体系”是有关思想意识互相联系并且构成的一个整体。因此，当一个理论或学说成为一种“体系”时，就必须是思想意识互相联系并且构成的一个整体。这个整体要具备三个必需的要件：第一，要有一批关于这一理论或学说的基本概念，并且这些概念还应该有明确清晰的定义，有着确切的内涵和外延；第二，这些基本概念之间要以缜密的推理形成一个严密的逻辑结构；第三，这一逻辑体系被构造者自认为具有真理性。[④] 在这三者之中，其中最为重要的就是，要有非常明确清晰的概念，并且各个概念之间能形成一个严密的逻辑结构。

可以说，“体系”是哲学家、理论家有意识的主观构造，而构造“体系”的目的，就是要使一种学说或思想更具有逻辑性和理论力量，更能够使人信服。所以，具备“体系”或是“体系性”的学说就有一个重要前

---

① 叶维廉：《中国诗学》，人民文学出版社 2006 年版，第 3 页。

② 钱锺书：《中国固有的文学批评的一个特点》，《钱锺书散文》，浙江文艺出版社 1997 年版，第 302 页。

③ 中国社会科学院语言研究所词典编辑室编：《现代汉语词典》，商务印书馆 2012 年版，第 1281 页。

④ 参见张法《论中国古代美学体系性著作的特色》，《中国人民大学学报》（哲学社会科学版）2008 年第 1 期。

提，那就是，对本学科、本领域中最基本的问题能从理论和逻辑上，作出明确的回答。[①] 如作为一个哲学体系，就要回答本体论，即“世界本源”这一哲学基本问题，并从理论和逻辑上论证和说明“世界本源”为什么是这个而不是那个；而作为一个文艺理论体系，则要回答“文学是什么”这一文艺理论基本问题，并论证和说明“文学的本质”为什么是这样的而不是那样的；作为一个美学体系，则要回答“美的本质”这一美学基本问题，并论证和说明美何以是“主观的”“客观的”或“主客观统一的”。因此，一个典型的“体系”必须要回答和说明本学科的“本体”问题，并且这种回答和说明不能是纯粹的主观臆断，而是要从理论和逻辑上作出论证和说明，而不是直觉地说、印象式地说、经验式地说，因为“所谓直觉、顿悟、神秘经验等”都算不得哲学的方法，凡是不能用语言文字清楚表达出道理的言说都算不得哲学，也算不得学问，只能是一种经验。[②] 当然也就不能称其为有“体系”。

从西方的情况看，很多哲学家、美学家都回答了“世界本源”和“文学是什么”“美是什么”的问题，并提出了认识“世界本源”“文学”和“美”的方法，这其中，亚里斯多德和黑格尔是最具有典型性的代表：亚里斯多德认为，世界的本源是实体，所说的实体既指个别事物，也包含个别事物的一般性；而认识世界的方式则有“认识或观照”“实践行动”“创造”三种；黑格尔则认为，世界的本源是“绝对理念”；认识“绝对理念”则有艺术、宗教、哲学三种方式。可以说，西方的哲学、美学和文艺理论之所以称为有“体系”或“体系性”，正是因为像亚里斯多德和黑格尔这样的哲学家、美学家都自觉地建构起了本体论和认识论。

比较而言，中国的哲学家、美学家则不然，大多数的哲学家都没回答过“世界本源”是什么这一问题，只有少数哲学家关注过这问题。这其中，道家认为，世界的本源是“道”，所谓的“道生一，一生二，二生三，三生万物”，从“道”中生出了万物；《周易》则认为，世界的本源是“太极”，《周易·系辞上》中说：“易有太极，是生两仪，两仪生四象，

① 除了从逻辑角度来解答之外，还有用直觉的、感性的、印象式的方法解答，这种解答就是非体系性的。

② 冯友兰：《中国哲学史》，商务印书馆 2011 年版，第 5、10 页。

四象生八卦。”这里所说的“太极”指原始的混沌之气，它是世界万物的本源。

道家和《周易》都回答过“世界本源”问题，提出了自己的本体论，这满足了体系性的一方面要求。但道家所说的“道”又是“恍惚”不定的。《老子·二十一章》中就说：“道之为物，惟恍惟惚。惚兮恍兮，其中有象；恍兮惚兮，其中有物。窈兮冥兮，其中有精；其精甚真，其中有信。”《庄子·知北游》中则说：“道不可闻，闻而非也；道不可见，见而非也。”对于这“恍惚”不定、不可见、不可闻的“道”，人无法从直接上来感知“道”，也不能够凭理性去认知“道”。王弼就解释说：“道，视之不可见，听之不可闻，搏之不可得。如其知之，不须出户；若其不知，出愈远愈迷也。”①

“道”不但无法从视觉和听觉上感知和认识，甚至也不能加以言说。《老子·一章》中就说，“道可道，非常道，名可名，非常名”；《庄子·知北游》中也说：“道不可言，言而非也。知形形之不形乎！道不当名。”“道”的“恍惚”不定、不可见、不可闻，不可言，这就封闭了从逻辑上、理性上认识和言语“道”的可能性。要想认识“道”，只能靠“体验”和感受，这也就是庄子所说的“体道”。

与“道”一样，《周易》中所说的“太极”也是“不可得而名”，也是一个不可言说和界定的。韩康伯在《周易注解》中就说：“太极者，无称之称，不可得而名，取有之所极，况之太极者也。”对于这一“无称之称”的“太极”，同样也只能依靠“体验”和感受。王弼把这称为“体无”，“圣人体无，无又不可以训，故不说也”。②

可以看出，即使老子、庄子、《周易》回答了“世界本源”这一问题，但同时又都认为，“道”“太极”超越了人的感性直观，也超出了人的认知能力，是不可认识和言说的。“道”“太极”这种超越感性直观和不可言说性，就使对“道”和“太极”的认识不可能在理性和逻辑层面上展开，只能在感觉和印象上解说。因此，对“道”和“太极”的认识和言说都只是一种感受和“体验”，无法从逻辑上界定和说明，像庄子的“体

---

① 王弼著，楼宇烈校释：《王弼集校释》，中华书局1980年版，第126页。

② 王弼著，楼宇烈校释：《王弼集校释》，中华书局1980年版，第639页。

道”、王弼的“体无”、朱熹的“体认”等，都强调以“体验”的方式认识“道”。这也就造成了中国古代逻辑性认识论的薄弱，而具有逻辑性又是满足“体系”或“体系性”的最基本的要求。

早期儒家不关注“世界本源”问题，《论语·公冶长》中记载：“子贡曰：‘夫子之文章，可得而闻也；夫子之言性与天道，不可得而闻也。’”子贡说，没有孔子听谈论过“性与天道”。实际上，孔子和孟子都没有关注过“世界本源”问题，自然也就不能提出过认识“世界本源”的方式。但孟子要求理想人格要能够“尽心”“知性”“知天”。《孟子·尽心上》中说：“尽其心者，知其性也。知其性，则知天矣。存其心，养其性，所以事天也。”孟子认为，“天道”与人性是相通的，人能够“尽心”“知性”，也就能“知天”。这一点和孔子完全一致，孔子所说的“性”和“天道”就是一体的。朱熹注“夫子之言性与天道，不可得而闻也”一句时就曰：“性者，人所受之天理；天道者，天理自然之本体，其实一理也。”①

怎样才能达到“知性”“知天”呢？孟子提出的方法是“尽心”。所谓的“尽心”，就是竭尽心力来知晓自己的“本性”。孟子认为，万事万物都内在于人的心性中，人通过反省自身，由此也就能窥测万物之理、见道德之义。人对自我内心反思的过程，实际上也就是探究万事万物之理的过程。因此，通过“尽心”就能够“知性”，也就能够“知天”。正因为“尽心”和“知性”“知天”三者是相互联系着的，儒学所说的“三省吾身”“自省”“内省”的道德修养方式，同时也就是一种“知天”的方式。这种“内省”的认知方式，显然不是一种理性的认知和逻辑上的归纳，而更多地包含着内心感悟和“体验”。

可以说，中国古代早期除老子、庄子、《周易》外，其他诸子较少关注“世界本源”问题。本体论的缺乏所带来的直接后果就是，各个学科都缺少一种对本体问题的追问和解答。例如，在美学中就缺少对“美是什

① 关于这一点，宋明理学也与孔子一致。宋代理学家认为，三纲五常、忠孝节义等封建伦理规范就是“天理”，“天理”是宇宙的本体，天地万物都是“天理”派生出来的。王阳明则提出，“心即理”“心外无理”，认为“心”是整个宇宙的本体，天地万物都由“心”产生。

么”的纯理论性、学理性的追问和回答[①]；在文学中也缺少对“文学是什么”的追问和回答。这种对本体论问题思考的缺乏，就使其各个学科的理论性和思辨性都显得先天不足。而具备充分的理论性和思辨性，这又是满足体系性的一种最为基本的要求。所以，由于较少对本体论的关注和认识论的非逻辑性，这就造成了中国古代文艺理论表现出浓厚的感受性和形象化特征。这就与通常意义上的体系性相去甚远。

其实，在中国古代文艺理论家和美学家那里，也有一要“成一家之言”，建构“体大而思精”体系的设想，刘勰和叶燮是典型代表。

刘勰著述《文心雕龙》就是要在注经之外，实现“立家”的一条可行之路。从“立家”这一标准出发，刘勰对前代的论文者进行了详细的考察，“详观近代之论文者多矣”，如曹丕《典论・论文》、曹植《与杨德祖书》、应玚《文论》、陆机《文赋》、挚虞《文章流别论》、李充《翰林论》等。通过考察，刘勰认为，这些论文“各照隅隙，鲜观衢路”，或“密而不周”或“辩而无当”或“华而疏略”或“巧而碎乱”或“精而少功”或“浅而寡要”，都“未能振叶以寻根，观澜而索源”[②]，在刘勰看来，前代的这些论文都“未足立家”。

与前代“未足立家”的这些论文不同，《文心雕龙》既要明“纲目”，“原始以表末，释名以章义，选文以定篇，敷理以举统”；[③] 又要显“毛目”，“割情析采，笼圈条贯”。可见，刘勰要建立一种系统性文论的想法是非常明确的。

清代的叶燮也要“自成一家”。《原诗》中说：“夫作诗者。至能成一家之言足矣”[④]、“立言者，无力则不能自成一家”[⑤]、“欲成一家言，断宜奋其力矣”。[⑥] 从“自成一家”这一点出发，叶燮就批评前代诗论大多“祖述前人之口吻，而掇拾其皮毛”，缺少新意，也批评前代各家诗论“杂

---

① 像孔子的“里仁为美”、孟子的“充实之为美”、《国语・楚语上》中的“夫美也者，上下、内外、大小、远近皆无害焉，故曰美”，这些说法都不是纯理论性、学理性的定义，只是伦理道德意义上的规定。

② （南朝梁）刘勰：《文心雕龙》，岳麓书社 2004 年版，第 464 页。

③ （南朝梁）刘勰：《文心雕龙》，岳麓书社 2004 年版，第 465 页。

④ （清）叶燮：《原诗笺注》，上海古籍出版社 2014 年版，第 114 页。

⑤ （清）叶燮：《原诗笺注》，上海古籍出版社 2014 年版，第 173 页。

⑥ （清）叶燮：《原诗笺注》，上海古籍出版社 2014 年版，第 177 页。

而无章。纷而不一”。“其时评诗而著为文者，如钟嵘，如刘勰，其言不过吞吐抑扬，不能持论。”“他如汤惠休‘初日芙蓉’、沈约‘弹丸脱手’之言，差可引申；然俱属一斑之见，终非大家体段。其余皆影响附和，沉沦习气，不足道也。”而“唐宋以来，诸评诗者，或概论风气，或指论一人，一篇一语，单辞复句，不可殚数”。但总的来说是“诗道之不振”。“明之论诗者，无虑百十家。而李梦阳、何景明之徒，自以为得其正而实偏，得其中而实不及。”① 更令叶燮不满意的是，“自汤惠休以‘初日芙蓉’拟谢诗，后世评诗者，祖其语意，动以某人之诗如某某：或人，或神仙，或事，或动植物，造为工丽之辞，而以某某人之诗一一分而如之”②。

尽管刘勰和叶燮都要“自成一家”，构建一个理论体系，《文心雕龙》在总体构架上看也是体系性的，有关于文学的本体论、创作论、作品论、接受论、作家论，文学活动的几个主要要素，都关注到了，这说明，刘勰已经具有了明确的构造体系的意识。但也不能不指出的是，《文心雕龙》在具体论述过程中，又不免完全是中国式的，如用骈偶的、形象的语言来言说“神思”“体性”“风骨”“情采”“比兴”“隐秀”“物色”“知音”等。说“神思”则曰“形在江海之上，心存魏阙之下”。“寂然凝虑，思接千载；悄焉动容，视通万里”；说“风骨”则曰“辞之待骨，如体之树骸；情之含风，犹形之包气”。“若风骨乏采，则鸷集翰林；采乏风骨，则雉窜文囿”；说“情采”则道“水性虚而沦漪结，木体实而花萼振，文附质也。虎豹无文，则鞟同犬羊，犀兕有皮，而色资丹漆，质待文也”；说“物色”又云“春秋代序，阴阳惨舒；物色之动，心亦摇焉”，“一叶且或迎意，虫声有足引心”。从这一点来说：《文心雕龙》形式上是体系化的，但内在骨子里仍是诗性的、形象化的。这也就如叶燮所批评的“其言不过吞吐抑扬，不能持论”。

同样，叶燮的《原诗》也被称为最具备体系性的，《原诗》这一名称就表明，叶燮要探究诗的本源及其发展演变过程。他提出“理”“事”“情”是艺术的本源；同时把审美主体的创造力分为“才”“胆”“识”“力”四种。同时论述了诗中各个要素之间的关系：如“因”和“创”、

① （清）叶燮：《原诗笺注》，上海古籍出版社 2014 年版，第 327 页。

② （清）叶燮：《原诗笺注》，上海古籍出版社 2014 年版，第 331 页。

“正”和“变”、“盛”和“衰”之间的关系；“心”与“物”的关系；主体和客体的关系，认为诗的创造活动就是以主体的“才”“胆”“识”“力”反映客体的“理”“事”“情”。即“以在我之四，衡在物之三，合而为作者之文章”。[①] 但叶燮也只是搭起了文艺理论体系的框架，而其整个论证和阐述过程仍旧用形象的、诗意化的表达方式，文体形式也是诗话式、对话体式的。如《原诗》对杜甫诗的评论就是感悟式、形象化的。并且叶燮还认为，诗文无定法，也不可言解。《原诗·内篇》中就说：“诗文一道，岂有定法哉！”又曰：“要之作诗者，实写理，事、情，可以言言，可以解解，即为俗儒之作。惟不可名言之理，不可施见之事，不可径达之情，则幽渺以为理，想象以为事，惝恍以为情，方为理至事至情至之语。”所以，“乃称诗者，不能言法所以然之故”。“诗文一道”，没有“定法”，不可“言言”，不可“解解”，这也就意味着“诗文一道”不可能从理性上、逻辑上加以解说。因此，《原诗》体系性、逻辑性不充分也就是可以理解的了。

第三节　影响之三：文学的“情结”批评

体验文学观带来的另一个影响的结果就是，造成了批评的政治化、伦理化。因为体验文学观注重读者的体验，当读者的体验侧重一种非个人化的时候，把个人的体验上升到政治或伦理的高度时，就可能形成政治化、伦理化的批评。而当这种个人化的体验对社会产生影响，成为一种风潮时，就会形成整个社会性的政治化、伦理化批评。

这种体验文学观还会形成一种情结，一种认定文学作品具有某种意蕴——如政治意蕴、道德意蕴、性欲意蕴——的情结，由此从政治、道德、性欲角度来解释作品，形成政治批评、道德批评和弗洛伊德的心理分析批评等。无论在中国古代，还是在西方都存在着明显的“情结批评”倾向。

“情结”一词的英文是（Complex），意思是指“存在于个人无意识中

---

① （清）叶燮：《原诗笺注》，上海古籍出版社 2014 年版，第 150 页。

的情感、思想、知觉和记忆的一个有组织的群体或群集。一种情结往往是围绕着某个有重要意义的人如母亲或父亲的情结，或围绕着某物如金钱情结组织起来的。情结的核像一种磁铁，把各种经验都吸引到它那里。情结可以变得很有力量，甚至可以像一个单独的人格那样行动”。[①] 可以看出，情结是指人在意识活动中的一种具有固定化的意识指向，这种固定化的意识指向通常总是偏向于某一个特定的方面，从而造成一个人在思考问题时总是自觉或不自觉地围绕着某一个特定的点来展开。因此，可以说，情结就是人在意识活动中所表现出来的一种嗜好或偏好，当人在意识活动中，对某种东西或某个事件表现出过度的偏爱和嗜好，其意识指向总是集中于某一点时，就可以将其称之为“情结”。这种意识指向所表现出的偏好是因人、因文化而异的，不同的人或文化会表现出不同的意识嗜好。因而，在日常生活和精神文化中“情结”的表现也就是多种多样的，比如有“恋父情结”“恋母情结”“政治情结”“道德情结”“伦理情结”“性欲情结”“权力情结”“金钱情结”，等等。

所说的“情结批评”是指，在文学批评中批评者不是通过对具体作品的阅读来解说作品，而是在批评某一具体作品之前预先就存有了一种意识情结，并把这种意识情结带到对作品的评论中，以某种固有的意识情结来解说具体的作家或作品。一般来说，文学批评的过程应该是这样：批评者首先要阅读文学作品，通过对作品中人物、事件、情节的感受或体验之后再来解说作品。我把这种批评方式称作“情境批评”。“情结批评”则不是这样，批评者不是先阅读作品，走进到文学作品中，依照作品中的人物、事件、情节等具体内容来解说作品，而是停留在自我的意识世界中，从自己所热衷的某一意识观念出发来解说作品，并把这种意识情结投射到作品的人物、事件和情节中去，挖掘人物、事件和情节背后所蕴藏的某一意识情结，而这一意识情结不是在阅读具体作品中所感受到的，而是批评者在阅读作品之前在头脑中预先就设定的。

因此，在文学批评的发展历程中，就形成了两种完全相反的批评方式：一种是主观的批评方式；另一种是客观的批评方式。当把主观的批评

---

① ［美］弗农·J. 诺尔贝、卡尔文·S. 霍尔：《心理学家概念及其指南》，李延揆译，商务印书馆 1998 年版，第 107 页。

和客观的批评换成另一种说法时，就可以称主观批评为“情结批评”，而客观批评则可称之为“情境批评”。

“情结批评”是批评者把自我的情结意念强加给作品的一种批评方式。在“情结批评”中，批评者不是从自我的世界中走出来，走进文本的世界中去；相反，它以批评者的自我情结理念为中心，批评者是带着自我的先验观念走入文学文本的。这样，批评者在解说文学文本时注重的就不是对文本的解说，而是注重自我情结的释放；所说的“情境批评”则是批评者走进文学作品的情境，通过对作品的感受和体验来评说作品的一种批评方式。在“情境批评”中，批评者力图摒弃自我的“先见”，接近作者和作品的原意，达到对作品的真实评说。这是两种完全不同的文学批评观，所产生的批评结果也是完全不同的。

一般来说，人的“情结”具有固定化和阶段性的特点，在某一个时期里，一个人会固执地钟情于某一种情结，当一个人处在某种情结意识中时，在思考问题时就会一直以此情结为出发点，他不会因为意识对象的变化而发生改变。当然，一个人对一种情结的钟情并不是固定不变的，一个人在某一时期内会钟情于某一种情结，并不是说他终生都只钟情于此一种情结。随着时间和条件的变化，他会放弃自己曾经热衷的某一种情结而转向另一种情结。这时，他又会以这种新的意识情结出发来思考问题，形成一种新的意识情结，而这种新的意识情结也还会随着时间和条件的变化而发生改变。

在文学批评中，“情结批评”的现象也是普遍存在的，批评者在解说作家或作品时都或多或少地表现出情结化倾向，只不过这种情结倾向在某些批评者那里表现得重一些，而在另一些批评者那里则表现得轻一些。同样，一个民族或一个时代对作家或作品的解说也会或多或少地表现出情结化倾向，当一个批评者或一个时代对作品的解释总是偏向于某一意识指向时，就可以将其看成“情结批评”。

和人日常思维中的情结具有多种多样指向一样，文学批评中的情结也是多种多样的，不同的批评者和时代的情结指向也是不同的：有的热衷于作品的伦理教化意义；有的则关注作品的隐喻功能；有的则注重作品的政治色彩；有的钟情于作品的性欲内容。比如关于小说《红楼梦》的主题，就有很多种不同的解释：张新之在《石头记读法》中说：《红楼梦》“全书无非《易》道也”；梁恭辰在《北东园笔录》中认为，“《红楼梦》一书，诲淫之甚者也”；花月痴人在《红楼幻梦序》中则说，“《红楼梦》何书也？余答曰：情书也”；而蔡元培在《石头记索隐》中说，“作者持民族主义甚挚，书中本事在吊明之亡，揭清之失”；王梦阮和沈瓶庵在《〈红楼梦〉索隐》中则指出，《红楼梦》是写“清世祖与董小宛事”。

当然，并不能把上述对《红楼梦》主题的解释都看成“情结批评”。因为只有当一个批评者不仅在对《红楼梦》批评中，而是在对所有作品的批评中都表现出相同的意识指向时，这才属于“情结批评”。值得注意的是，一个人在文学批评中所表现出来的情结意识通常是与他的身份、地位相一致的，是批评者身份、地位的一种直接反映。正如鲁迅在《〈绛洞花主〉小引》中所指出的：“《红楼梦》单是命意，就因读者的眼光而有种种：经学家看见《易》，道学家看见淫，才子看见缠绵，革命家看见排满，流言家看见宫闱秘事。”① 这说明，不同的批评者从《红楼梦》中看到的命意是不同的：经学家和道学家从《红楼梦》中看到的命意不会相同；才子和革命家从《红楼梦》中看到的命意也不会相同；而流言家从《红楼梦》中所看到的命意也和经学家、道学家、才子、革命家的不会相同。之所以对《红楼梦》的命意作出不同的解释，其根本原因就在于经学家、道学家、才子、革命家和流言家都各有着不同的意识情结，一个革命家不可能从《红楼梦》中看到宫闱秘事，一个流言家也不可能从《红楼梦》中看到《易》，同样，一个才子则不可能从《红楼梦》中看到排满。经学家、道学家、才子、革命家和流言家从《红楼梦》中所看到的不同命意，正源自于他们意识情结的不同。

从不同的人对《红楼梦》命意的多种解释中就可以看出，文学批评中的情结模式是多种多样的，不同的读者会钟情于不同的情结，这其中最为常见的情结就有“道德情结”“政治情结”“索隐情结”“性欲情结”“隐喻情结”“考据情结”“原型情结”，等等。虽然不同“情结批评”所关注的内容各不相同，但有一点却是相同的，那就是，在“情结批评”中，批评者通常都把意识集中到自己所热衷的某一点上，完全围绕着自己热衷的某一情结来解说作品，而对于作品的其他方面则缺少考虑或根本不去考

---

① 《鲁迅全集》第 8 卷，人民文学出版社 1987 年版，第 145 页。

虑。而当一个批评者或者一群批评者都以某种固定的情结来解读作品时，它所带来的后果就是文学批评的模式化，像文学批评中的“政治批评”“道德批评”“意识形态批评”“原型批评”“社会学批评”“隐喻批评”“索隐批评”“考据批评”“心理分析批评”“性欲批评”等都可以看作“情结批评”的具体表现。

尽管“情结批评”的表现形式虽然多种多样，但总体可以将其划分为两种：道德式“情结批评”和考据式“情结批评”，并且这两种“情结批评”方式又是相互联系着的，即考据批评也是为了得出一个道德的或政治上的结论。

道德式“情结批评”是指批评者在批评过程中更多地关注作品的道德教化意义，注重文学的实用性和功用性，认为文学具有教化民众、净化情感的功能，从道德教化角度来解说作品的一种批评倾向。它包括伦理批评、政治批评、社会学批评、意识形态批评等。

中国传统文学批评中普遍存在着一种道德倾向，可以说形成了一种道德“情结批评”，之所以这样说的原因就在于，中国古代总是从道德角度解读作品，作品中的内容、情感、意蕴、意象、形象等都被赋予了道德性和政治化的含义，成为儒家道德观念或政治理想的载体。因为在传统的文学观念中，文学是经国之大业，不朽之盛事，担负着“兴”“观”“群”“怨”的功能。正是有了对文学的这种理解，从道德和教化角度来评论文学作品也就不难理解了。

文学是人学，“人非太上，未免有情”。[①] 人未免有情，而人的情感又是多方面的。作为表情达意的文学中所表达的情感也是多种多样的，它可以表现亲情、友情、爱情，也可以表达作家个人的儿女私情，甚至是男女私情，并不是每一首诗都忠君爱国相联系，所表达的情感也并不一定有着道德教化的功用。可传统批评为了达到对文学的道德解说，却提出“闺房琐屑之事，皆可作忠孝节义之事观”。[②] 从“修身、齐家、治国、平天下”的儒家训导出发，把诗词中描写的男女之情解释为，治国必先齐家，齐家必先自儿女之情始。于是，在传统文学批评那里，诗文中的男女之情就有

---

① 徐釚著，王百里校笺：《词苑丛谈校笺》，人民文学出版社 1988 年版，第 183 页。

② 陆以谦：《词林纪事序》，见张思岩辑《词林记事》，成都古籍书店 1982 年版，第 2 页。

了一种伦理道德意义。

为了能达到对文学进行道德化的解说，传统的批评提出了“比兴”“以意逆志”“寄托”“兴寄”“意内言外”等批评方法，把原本属于抒情写意的“吟咏性情”之作比附出美刺功用来。如《关雎》是一首描写青年男女的爱情诗。“这诗写男恋女之情。大意是：河边一个采荇菜的姑娘引起一个男子的思慕。那‘左右采之’的窈窕形象使他寤寐不忘，而‘琴瑟有之’‘钟鼓乐之’便成为他梦寐求其实现的愿望。”[①] 可在传统的文学批评中，《关雎》一诗说成为赞美“后妃之德”，《毛诗序》说：“《关雎》，后妃之德也……所以风天下而正夫妇也。”诗中的青年女子被比附为后妃，把男子对青年女子的求爱附会为后妃求贤。通过这样的附会，就把本来属于表现男女情爱的爱情诗道德化了，这就是一种典型的道德式“情结批评”。

这其中，经学家如张惠言、焦循、刘熙载等让文学批评和经学相通，用阴阳协调理论把学诗与治经联系，认为学诗不但不妨碍治经，反倒有益于治经。这是因为诗词，可以分泄阴柔之气。所以焦循就说：“谈者多谓词不可学，以其妨诗、古文，尤非说经尚古者所宜。余谓非也。人禀阴阳之气以生，性情中所寓之柔气，有时感发，每不可遏。有词曲一途分泄之，则使清纯之气，长流行于诗古文。且经学须深思默会，或至抑塞沉困，机不可转。诗词是以移其情而豁其趣，则有益于经学者正不浅。”[②]

在经学家看来，词可做“意内言外”解，因此，词中的闺房儿女之言不仅不需要回避，反倒可以用“意内言外”的方法使之与经学相通，因为“善言词者，假闺房儿女之言，通之于《离骚》变雅之意”。[③] 词人可以借艳情托意风骚之旨。“闲情之作，虽属词中下乘，……根柢于《风》《骚》，涵泳于温韦，以之作正声可也，以之作艳体亦无不可。”[④] 有了“意内言外”的理论做基础，经学家也就可以放心大胆地从政治、道德角度解读作品了。

---

① 余冠英选注：《诗经选》，中华书局2012年版，第3页。

② （清）焦循：《雕菰楼词话》，见孙克强主编《中国历代分体文论选》上，北京交通大学出版社2006年版，第348页。

③ 朱彝尊：《陈绛云红盐词序》，见孙克强主编《中国历代分体文论选》上，北京交通大学出版社2006年版，第313页。

④ 陈廷焯：《白雨斋词话》，上海古籍出版社2009年版，第144—145页。

同时，中国古代的道德“情结批评”又与索隐式、考据式批评结合在一起。考据即“考证”，指在研究文献或历史问题时，根据资料来考核、证实和说明。考据学兴起于汉代并传衍于后世。清代乾隆、嘉庆两朝考据之学最盛，后世称“乾嘉学派”。

“考据式批评”也包括多种形式，像原型批评、隐喻批评、索隐批评、心理分析批评等都带有明显的考据色彩。考据批评把文学作品看成有着隐含喻意的批评方式。在考据批评家看来，文学作品中的人、事、景、物不仅有字面的意义，在文字的背后还有着隐含的意义。而且和文本的字面意义相比，这种隐含的意义显得更为重要。批评者只有考证出作品字面背后的隐藏意义，才能算真正地理解了作品，只是停留在字面意义上的批评并没有真正把握做作品的本质。

具体说：考据批评可分为两种，一种是侧重于作者身世生平、作品写作的年代背景和作品中事件、人物的考证。俞椒在《徐诚庵大令词律拾遗序》中说：“圣朝之兴，大儒辈出，论学则务实行而扫空谈，治经则守师法而耻臆说：举义理、名物、声音、训诂，无一不实事求是，力求古初。”

“实证性考据”将“本事”和“本文”联系起来，力图证明“本事”和“本文”之间存在着隐喻的关系，依据作品中的人的名称、事件、个人物推论出与作者或现实中某人的某种关系。索隐派批评在考据《红楼梦》时，就采用了将“本事”和“本文”联系在一起的方法，如蔡元培采取的索隐方法是：“知其所寄托之人物，可用三法推求：一、品性相类者；二、逸事有征者；三、姓名相关者。”

采用“品性相类者”方法，蔡元培认为，小说中“宝钗之阴柔，妙玉之孤高”，分别与高江村、姜西溟二人之“品性相合”，便说宝钗是影射高江村，妙玉是影射姜西溟。

“薛宝钗，高江村也。薛者，雪也。林和靖《咏梅》有曰：‘雪满山中高士卧，月明林下美人来。’用薛字以影江村之姓名也（高士奇）。”

“妙玉，姜西溟也（从徐柳泉说）。姜为少女，以妙代之。《诗》曰：‘美如玉’，‘美如英’。玉字所以影英字也。”

采用“逸事有征者”方法，蔡元培就“以宝玉曾逢魔魇而推为允礽，以凤姐哭向金陵而推为国柱”。

“贾宝玉，言伪朝之帝系也；宝玉者，传国玺之义也，即指胤礽……

是胤礽（即允礽）生而有为皇太子之资格，故曰衔玉而生。”

“王熙凤，影余国柱也。王即柱字偏旁之省，国字俗写作‘国’，故熙凤之夫曰琏，言二王字相连也（楷书王玉同式）。”

采用“姓名相关者”这种方法，蔡元培就“以探春之名，与探花有关，而推为健庵；以宝琴之名，与学琴于师襄之故事有关，而推为辟疆”。

“探春，影徐健庵也。健庵名干学，乾卦作☰，故曰三姑娘。健庵以进士第三人及第，通称探花，故名探春。”

“宝琴，冒辟疆也。辟疆名襄，孔子尝学琴于襄，故以琴字代表之。”①

同时，蔡元培认为，“甄士隐即真事隐，贾雨村即伪语存”。从这一点来看书中的“本事”，蔡元培就认为，《红楼梦》中的主要人物都影射着现实中的某个人，如“林黛玉，影朱竹垞也。绛珠影其氏也，居潇湘馆，影其竹之号也”。“史湘云，陈其年也。其年又号迦陵。史湘云佩金麒麟，当是‘其’字‘陵’字之借音。氏以史者，其年尝以翰林院检讨纂修《明史》也。”“惜春，严荪友也。以为荐举鸿博四布衣之一，故曰四姑娘。”

“实证性考据”重在考证“本事”和“本文”之间的联系，这种批评方式也往往被指为牵强附会。胡适在《红楼梦考证》中就说蔡元培的《石头记索隐》是：“‘附会的红学’”之中，谓之‘走错了道路’，谓之‘大笨伯’‘笨谜’，谓之‘很牵强的附会’。”②

另一种则是侧重于作品内容意义的考据。这种考据批评把重点放在了对作品意义的考证上。在此种考据批评中，批评者不是着眼于作品的内容本身来解说作品，而是认定作品包含着另外一种含义，作品表面上描写的是此一种人、事、物，而实际上在这表面的人、事、物背后，所包藏的却是另外一种含义。这考据批评尽管也注重实证，但通常都包含着更多的猜测和假设的成分，它以作品中的某一句话、某一件事、某一人名就可以推断出作品的喻意。还是以《红楼梦》中的索隐派批评为例子：

在索隐派看来，《红楼梦》并不是一部纯粹虚构的小说，而是有着一定喻意的隐喻小说。蔡元培就说：“《石头记》者，清康熙朝政治小说也，

---

① 蔡元培：《石头记索隐》，上海书店出版社2008年版，第39页。

② 蔡元培：《石头记索隐第六版自序》，见《石头记索隐》，上海书店出版社2008年版，第1页。

作者持民族主义甚挚。书中本事，在吊明之亡，揭清之失，而尤于汉族名士仕清者，寓痛惜之意。”而他的依据就是：“作者深信正统之说：而斥清室为伪统，所谓贾府即伪朝也。其人名如贾代化、贾代善，谓伪朝之所谓化、伪朝之所谓善也。贾政者，伪朝之吏部也。贾敷、贾敬，伪朝之教育也（《书》曰“敬敷五教”）。贾赦，伪朝之刑部也，故其妻氏邢（音同刑）。予妇氏尤（罪尤）。贾琏为户部，户部在六部位居次，故称琏二爷，其所掌则财政也。”蔡元培又说：“书中‘红’字多影‘朱’字，朱者，明也，汉也。宝玉有爱红之癖，言以满人爱汉族文化也；好吃人口上胭脂，言拾汉人唾余也……宝玉在大观园中所居曰怡红院，即爱红之义。所谓曹雪芹于悼红轩中增删本书，则吊明之义也。本书有《红楼梦曲》，以此。书中序事托为石头所记，故名《石头记》。其实因金陵亦曰石头城而名之。……又曰《情僧录》及《风月宝鉴》者，或就表面命名，或以‘情’字影‘清’字；又以古人有‘清风明月’语，以‘风月’影‘明清’亦未可知也。”① 从而认定《红楼梦》是一部政治小说。

王梦阮则认为，“其书大抵为纪事之作，非言情之作，特其事为时忌讳，作者有所不敢言，亦有所不忍言，不得已乃变例出之。假设家庭、托言儿女，借言情以书其事，是纯用借宾定主法也”。② 从而考据出《红楼梦》是写“清世祖与董小宛事”。这种主观猜测到了索隐派后期发展到了极致，有的人竟提出，《红楼梦》“字字不空”，认为《红楼梦》无一事无来历，无一人不影射，处处从考据学的意义上来解读《红楼梦》，这就更带有了明显的考据情结。索隐派《红楼梦》批评也成为中国“情结批评”的典型代表。

值得指出的是，考据式“情结批评”不只是中国传统批评中存在，西方也同样存在着考据批评，像弗洛伊德的心理分析批评就属于明显的考据批评，只不过与中国传统的道德式“情结批评”不同，心理分析批评的情结重点放在了“性欲”之上。在弗洛伊德看来，人们普遍存在着一个“俄狄浦斯情结”（Oedipus Complex）。

所说的“俄狄浦斯情结”源自古希腊的神话中一个弑父娶母故事。弗

---

① 蔡元培：《石头记索隐》，上海书店出版社 2008 年版，第 8 页。

② 王梦阮：《红楼梦索隐提要》，见黄霖编《中国历代小说批评史料汇编校释》，百花洲文艺出版社 2012 年版，第 1093 页。

洛伊德用“俄狄浦斯情结”来表示一个儿子对母亲的爱恋和对父亲的憎恨。

弗洛伊德认为，“俄狄浦斯情结”是无所不在的，具有一种普遍性，更普遍存在于文学作品中的，“俄狄浦斯情结给我很多启示，我渐渐认识到，它是无所不在的”。① 在《精神分析引论》一书中他说：“兰克在他的一本很有价值的著作里曾说过，各时代的戏剧作家多取材于俄狄浦斯及乱伦的情结及其变式。”② 正因为认定，“俄狄浦斯情结”是无所不在的，和文学有着密不可分的联系，因此，弗洛伊德在文学批评中也就处处考证作品中的“俄狄浦斯情结”，他分析了达芬奇、莎士比亚、歌德、陀思妥耶夫斯基等的作品，认为在他们的作品普遍存在着恋母仇父倾向，而《俄狄浦斯王》《哈姆雷特》《卡拉玛卓夫兄弟》这三部文学史上的杰作更鲜明地表达了“俄狄浦斯情结”：“很难说是由于巧合，文学史上的三部杰作——索福克勒斯的《俄狄浦斯王》、莎士比亚的《哈姆雷特》和陀思妥耶夫斯基的《卡拉玛卓夫兄弟》都表现了同一主题——弑父。而且，在这三部作品中，弑父的动机都是为了争夺女人，这一点也十分清楚。”③

可以看出，“俄狄浦斯情结”是弗洛伊德分析评价作品时的一种强烈的指向，弗洛伊德就是带着这样一种信念来批评作品的，即每一个作品都会表现出“俄狄浦斯情结”，这是弗洛伊德没有阅读具体作品之前就有的想法，而不是经过阅读具体作品时的感受。

在“情结批评”中，批评者不是从自我的世界中走出来，走进文本的世界；而是批评者以自我的情结为中心，带着自我的先验观念走入文学文本的，甚至可以说：批评者是把文本的世界带进到自我的世界中。在对文本的解说中，“情结批评”只是关注作品中和自我的情结相近或相似的内容，对作品中的其他方面会置之不理；而且为了能使对作品的批评符合自我的情结，批评者有时会歪曲作品的原意。因而，“情结批评”所做的就不是对文本的解说：只不过是批评者自我情结的释放，批评者所表达的只是他面对作品发出的自我读白，而不是从对作品的阅读中所产生的与作品

---

① 《弗洛伊德自传》，顾闻译，国际文化出版公司 2013 年版，第 82 页。

② ［奥地利］弗洛伊德：《精神分析引论》，商务印书馆 2011 年版，第 271 页。

③ 张唤民、陈伟奇译：《陀思妥耶夫斯基和弑父者》，见《弗洛伊德论美文选》，上海知识出版社 1987 年版，第 160 页。

的交流和对话。由此，“情结批评”也就是一种自白性的批评。

“情结批评”和“情境批评”是两种完全不同的，或者说是两种完全对立的批评，它所表现出的是两种完全不同的批评观念：“情结批评”是主观的、封闭的，在“情结批评”中，批评者封闭于自我的世界中，其批评只是从自我的主观意愿出发，这也往往会导致了对作品的误读；而“情境批评”则是客观的，开放的，走向作品和作者的。

第四节　影响之四：文学批评的“过度诠释”

“过度诠释”和“情结批评”有着密切的关系，但又有不同，“过度诠释”通常更多地挖掘其中的象征、道德教化意义。

“过度诠释”（over - interpretation）一词是意大利学者昂贝多·艾柯提出的。“过度诠释”是指批评者不满足于对作品字面意义的理解，认定在作品字句的背后隐藏着一种秘密意义，从而对作品进行了“无限衍义”。“过度诠释”根源于对诠释限度的强力突破和对诠释者权力的无限夸大，它认为，对作品的解释可以不局限于文本自身，作品的意义也可以“无限衍义”，当把“无限衍义”的解释强加到作品身上时，就形成了文学批评中的“过度诠释”。[①] 一般地说，“过度诠释”力图挖掘出隐藏在字句背后的文化积淀、政治态度、宗教情绪、道德情怀、心理情结等，因而，对作品中文化、政治、宗教、道德、心理等意义的挖掘就成为“过度诠释”的通常表现形式。从这一角度来看，文学批评中的“过度诠释”就是很普遍的现象。可以说，凡是过度挖掘作品的文化、政治、宗教、道德、心理意义，对作品做了“无限衍义”的批评都属于“过度诠释”。

从这一点看，中国古代的文学批评就存在着明显的“过度诠释”。这一“过度诠释”早在解释《诗经》时就出现了。按照朱熹的说法，《诗经》中的《风》都是男女相互咏歌，表达相互间一种爱慕情感。“凡《诗》之所谓《风》者，出于里巷歌谣之作，所谓男女相与咏歌，各言其

---

① ［意］艾柯（Umberto Eco）等著：《诠释与过度诠释》，王宇根译，生活·读书·新知三联书店 1997 年版。

情也。”① 并不包含有什么隐藏的寓义，但传统的文学批评却要从中挖掘出道德或政治含义，如《关雎》本来是描写男女青年两情相悦的爱情诗，可中国古代批评家却要从中挖掘出一种政治的或道德的教化意义。于是，《关雎》一诗也就有了多种含义：有的认为是赞美“后妃之德也”“风天下而正夫妇”。“《关雎》，后妃之德也，风之始也，所以风天下而正夫妇也。”② 又认为是“忧在进贤”。“《关雎》乐得淑女，以配君子，忧在进贤，不淫其色；哀窈窕，思贤才，而无伤善之心焉。是《关雎》之义也。”③ 更有人提出是对“康王晏朝”的讽谕和规劝。“周渐将衰，康王晏起，毕公喟然，深思古道，感彼《关雎》，性不双侣，愿得周公，配以窈窕，防微杜渐，讽谕君父。”④ 这些解释无一例外都把普通的爱情诗道德化、政治化，对其意义做了道德和政治上的“无限衍义”，这显然属于一种典型的“过度诠释”，并且这种“过度诠释”在中国古代产生了深远的影响。

中国古代不但对爱情诗从道德和政治角度来解释，对表现日常生活的诗也同样从道德和政治角度加以“无限衍义”。杜甫有一首《江村》的诗，这本来是描写家庭生活情趣的一首诗。但宋代的惠洪在解释“老妻画纸为棋局，稚子敲针作钓钩”这两句时认为，诗中“妻比臣，夫比君。棋局，直道也。针合直而敲曲之，言老臣以直道成帝业，而幼君坏其法。稚子，比幼君也”。⑤ 陈郁则说：“此盖言士君子宜以直道事君，而当时小人反以直为曲故也。”⑥ 还有人认为，诗中的“老妻以比杨妃，稚子以比禄山。盖禄山为妃养子。棋局，天下之喻也。妃欲以天下私禄山，故禄山得以邪曲包藏祸心”。⑦ 在这些批评者那里，把本来属于描写表现日常生活的场景，解释成了包含“老臣”“幼君”、以“直道”曲道治天下等，这种

① （宋）朱熹：《诗集传序》，见王华宝校点《诗集传》，凤凰出版社 2007 年版，第 2 页。
② 毛亨传：《毛诗正义》，山东画报出版社 2004 年版，第 5 页。
③ 毛亨传：《毛诗正义》，山东画报出版社 2004 年版，第 24 页。
④ 王先谦：《诗三家义集疏》，岳麓书社 2011 年版，第 20 页。
⑤ （宋）惠洪：《天厨禁脔》，见张伯伟编校《稀见本宋人诗话四种》，江苏古籍出版社 2002 年版，第 135 页。
⑥ 陈郁：《藏一话腴》，见华文轩编《古典文学研究资料汇编》第 3 卷，中华书局 1964 年版，第 904 页。
⑦ 师古注引：见曾祥波《杜诗考释》，上海古籍出版社 2016 年版，第 361 页。

对政治含义的“无限衍义”，也显然属于“过度诠释”。

中国古代的“过度诠释”还延伸到了对山水诗和闺怨诗中。本来，山水诗是描绘山川景色，赞美自然风光，传达诗人对山水的喜爱之情，仅仅是“模山范水”。可中国古代却认为，诗人是“借花卉以发骚人墨客之豪”。[1] 于是，《诗经》中的鸟禽花卉就有了“比兴”的意义，《离骚》中的“美人”“香草”也包含着君子忠贞之喻。所谓“咏物之作，在借物以咏性情，凡身世之感，君国之忧，隐然蕴于其内，斯寄托遥深，非沾沾焉一咏物矣”。[2] 如王维的《终南山》本来是一首描写终南山景色的诗，但《唐诗纪事》中却说：“或说此诗为议时之作”，是在“皆讥时宰”，并具体解释说：“‘太乙近天都，连山接海隅’，言势为位盘踞朝野也。‘白云回望合，青霭入看无’，言徒有其表而无内也。‘分野中峰变，阴晴众壑殊’，言恩泽偏也。‘欲投人处宿，隔水问樵夫’，言畏祸深也。”[3] 经过这样的“无限衍义”，一首纯粹的山水诗也就有了政治寓意。

中国古代在解释诗中的具体景物、物象时，也挖掘其中包藏的寓意，像韦应物《滁州西涧》中的两句写景的句子“独怜幽草涧边生，上有黄鹂深树鸣”，就被元代的赵章泉解释成“君子在下，小人在上之象”。[4]

苏东坡《卜算子》云：“缺月挂疏桐，漏断人初定。时有幽人独往来，缥缈孤鸿影。惊起却回头，有恨无人省。拣尽寒枝不肯栖，寂寞沙洲冷。”时东坡在黄州，固不免沦落天涯之感。而鲖阳居士释之云：……字笺句解，果谁语而谁知之？虽作者未必无此意，而作者亦未必定有此意，可神会而不可言传。断章取义则是，刻舟求剑则大非矣（谢章铤：《赌棋山庄词话续编》一）。鲖阳居士（姓名未详，见张惠言《词选》引）则说“缺月”讽刺政治不清明，“漏断”讽刺时局黑暗，这就牵强了。

同样，闺怨诗是少女、少妇所抒发的怀春或思念情人的忧愁和忧伤。这是一种常见的情感表达，并不一定包含什么深刻的含义。可中国古代却

---

① （宋）刘克庄：《后村题跋·跋刘叔安感秋八词》，见曾枣庄主编《宋代序跋全编》，齐鲁书社 2015 年版，第 5143 页。

② 沈祥龙：《论词随笔》，见郭绍虞主编《中国历代文论选》，上海古籍出版社 2001 年版，第 580 页。

③ 计有功辑撰：《唐诗纪事》，上海古籍出版社 2013 年版，第 237 页。

④ 周振甫：《诗词例话》，中国青年出版社 1979 年版，第 45 页。

认为，闺怨诗词包含着“托闺怨以寓放臣逐子之感”。[①] 属于“极命风谣里巷男女哀乐，以道贤人君子幽约怨悱不能自言之情”。[②] 闺怨诗也就有了文人士子的“寄托”之意，也就可以挖掘闺怨诗中所包藏着的政治寓意。于是，温庭筠的《菩萨蛮》“小山重迭金明灭”一词，本来是描写一个慵懒娇媚的女子晨起梳妆的情景。可张惠言却说这首词是“此感士不遇也。篇法仿佛《长门赋》。‘照花’四句，《离骚》初服之意”。并认为“照花前后镜，花面交相映。新帖绣罗襦，双双金鹧鸪”四句是说政治上不得志，退而加强德行的修养，这和屈原《离骚》中的“退将复修吾初服”是同一个意思；而欧阳修的《蝶恋花》“庭院深深深几许”一词，本来是写一个女子思念心上人而不得相见的忧伤。但张惠言却认为这首词包含着与《离骚》中“闺中既以邃远兮，哲王又不悟”的同样含义，并具体解释说：“‘庭院深深’，‘闺中既以邃远’也；‘楼高不见’，‘哲王又不悟’也；章台游冶，小人之径；‘雨横风狂’，政令暴急也，乱红飞去，斥逐者非一人而已，殆为韩范作乎？”并由此把“庭院深深深几许”解释成宫中变得非常深远，“楼高不见章台路”解释成楚怀王不醒悟，认为这首词表达了与屈原当年被放逐，感叹见不到怀王的同样意思。陈廷焯则说：“飞卿《菩萨蛮》十四章，全是变化《楚骚》，古今之极轨也。徒赏其芊丽，误矣！”[③]

可以看出，中国古代从解释《诗经》起就形成了“过度诠释”，并在对爱情诗词、山水诗词、闺怨诗词、咏物诗词的解释中都明显地带有对道德和政治意义的偏爱，从而形成了道德和政治上的“过度诠释”。

中国古代之所以能长时期地存在着“过度诠释”，并不是从客观上无法避免的，而是一种主观上的故意，也就是说，中国古代从主观上就不想避免“过度诠释”，并且提出了支持“过度诠释”的理论。

在对作品意义的理解上，中国古代认为，文学作品的意义是多义性的，没有一个固定的意义，这种观念早在先秦时期就已经通过实践的方式表现出来。当时群臣在外交谈判时，常常以“赋诗断章”的方式来表达心

---

① （宋）刘克庄：《后村题跋·跋刘叔安感秋八词》，见曾枣庄主编《宋代序跋全编》，齐鲁书社 2015 年版，第 5143 页。

② （清）张惠言辑：《词选序》，见《词选》，中华书局 1957 年版，第 7 页。

③ （清）陈廷焯：《白雨斋词话》，上海古籍出版社 2009 年版，第 9 页。

志，虽然所引的诗都为人所熟知，但表达的意思却和诗的原意并不相同。这正如曾异在《复曾叔祈书》中所说的："凡左氏引《诗》，皆非《诗》人之旨……此非诗人之情，而引诗者之情也。"[①] 这种"赋诗断章，余取所求"[②] 所表达的只是"引诗者之情"，而"非诗人之情"。这就否定了作品意义的固定性，为后来的"过度诠释"开了先河。从这之后，《易经·系辞》中的"仁者见之谓之仁，智者见之谓之智"说、《荀子·大略》的"善为《诗》者不说：善为《易》者不占，善为《礼》者不相"、董仲舒的"《诗》无达诂"、刘向的"《诗》无通诂"、钟惺的"《诗》，活物也"、卢文弨的"《诗》无定形"。这些说法，都强调了作品的多义性。

中国古代还从读者接受的角度支持"过度诠释"。这种支持在孟子那里就开始了。孟子认为，文学批评就是一个"以意逆志"的过程。不管"以意逆志"中的"意"，是读者之"意"，还是作者之"意"，是古人之"意"，还是今人之"意"，"以意逆志"说都开启了读者自由解读的可能。如果说"以意逆志"只给读者的自由解释提供了一个模棱两可的方案，而后来的一些说法就更加明确提出，读者的解释可以不符合作者的原意，也可以不符合作品的意思。这其中刘辰翁的"凡大人语不拘一义，亦其通脱透活自然。观诗各随所得，或与此语本无交涉"；[③] 沈德潜的"古人之言，包含无尽。后人读之，随其性情，各有心会"；[④] 王夫之的"作者用一致之思，读者各以其情而自得"；[⑤] 魏源的"夫诗，有作诗者之心，而又有采诗，编诗者之心焉；有说诗者之义，而又有赋诗，引诗者之义焉"。[⑥] 这就从作品和读者两个方面否定了文本意义的固定性，给予读者更大的自由解释空间。读者的解释不仅可以不必符合作者的意思或是作品的原意，甚至可以把自己的意思强加到作品身上。这其中，袁枚的"作诗者以诗传，说

① （明）曾异：《复曾叔祈书》，见周亮工辑《尺牍新钞》，岳麓书社 2016 年版，第 7 页。
② 《左传》，岳麓书社 2006 年版，第 215 页。
③ （南宋）刘辰翁：《题刘玉田题杜诗》，见曾枣庄主编《宋代序跋全编》，齐鲁书社 2015 年版，第 5685 页。
④ （清）沈德潜：《唐诗别裁集·凡例》，见李克和等校点《唐诗别裁集》，岳麓书社 1998 年版，第 4 页。
⑤ （明）王夫之：《姜斋诗话笺注》，上海古籍出版社 2012 年版，第 5 页。
⑥ （清）魏源：《齐鲁韩毛异同论中》，见《魏源全集》，岳麓书社 2011 年版，第 121 页。

诗者以说传。传者传其说之是，而不必尽合于作者也”。[①] 谭献的“作者之用心未必然，而读者之用心何必不然”。[②] 程颐还为读者的错误解读做了辩护：“善学者不要为文字所梏，故文义虽解错而道理可通行者，不害也。”[③]

可以看出，“诗无达诂”“《诗》无通诂”、《诗》为“活物”“《诗》无定形”“诗无定价”等，这些说法都从作品角度否定了作品有固定意义；而“以意逆志”“各随所得”“各以其情而自得”“各有心会”“作者之用心未必然，而读者之用心何必不然”“文义虽解错而道理可通行者，不害”等，这些说法又强调读者的解释并不一定符合作品的原意，给了读者极大的自由解读空间。

中国古代不但有支持“过度诠释”的理论基础，还有一整套支持“过度诠释”的批评方法。其中“比兴”“比德”“意内言外”是最主要的代表。

“比”和“兴”原来是《诗经》“六义”中的两种。孔颖达在《毛诗正义》中说：“风、雅、颂者，《诗》篇之异体；赋、比、兴者，《诗》文之异辞耳。……赋、比、兴是《诗》之所用，风、雅、颂是《诗》之成形。”孔颖达认为，“比”“兴”是“《诗》之所用”，也就是说，“比”“兴”是《诗》的表现手法，《诗经》中运用的表现手法有“赋”“比”“兴”三种。

所说的“比”和“兴”，按照朱熹的解释：“比者，以彼物比此物”；“兴者，先言他物以引起所咏之辞”。这就是说，“比兴”是用比喻的方式来表情言意。“比兴”的这一特点意味作品有字面和字面背后两种意义，这就为挖掘作品的“比兴”意义提供了基础。因此，寻找作品中的“比兴”意义也成为中国古代文学中一种普遍的现象。

“比兴”是《诗经》《离骚》所共同运用的表现方法，因此，挖掘文学中“比兴”意义也最早是从《诗经》《离骚》开始的。像汉代就开始了对《诗经》“比兴”意义的挖掘。在解释《小雅·裳裳者华》中“裳裳者华，其叶湑兮”一句时，就挖掘其中所隐含的政治含义：“兴者，华堂堂

---

① （清）袁枚：《程绵庄诗说序》，见周本淳标校《小仓山房诗文集》，上海古籍出版社 1988 年版，第 1765 页。

② （清）谭献：《复堂词录序》，见《复堂词录》，浙江古籍出版社 2016 年版，第 2 页。

③ （宋）程颢、程颐：《二程集》，中华书局 1981 年版，第 378 页。

于上，喻君也，叶湑然于下，喻臣也；明王贤臣，以德相承而治道兴，则谗谄远矣。”[①] 同样，对《离骚》也立足于“比兴”的解读。王逸就说：“《离骚》之文，依《诗》取兴，引类譬喻，故善鸟香草，以配忠贞；恶禽臭物，以比谗佞；灵脩美人，以媲于君；宓妃佚女，以譬贤臣；虬龙鸾凤，以托君子；飘风云霓，以为小人。”[②] 在王逸看来，《离骚》和《诗经》一样，都用了“引类譬喻”的“比兴”手法，其中的人、事、景、物也有了一种隐喻的意义。

“比兴”不仅仅体现在《诗经》《离骚》中，它也成为中国古代诗词共同遵循的创作方法，并且“比兴”又和类比、比拟、隐喻、象征、“美刺”相联系，郑玄就说：“其实美、刺俱有比、兴者也。”[③] 因此，不再关注作品的字面意义，而是着重从“比兴”、类比、比拟、象征、隐喻、寄托、“美刺”角度解读作品，这也造成了中国古代文学批评的“过度诠释”。

与“比”“兴”相近的“比德”说也同样推动着中国古代的“过度诠释”。“比德”说的基础是《周易》中的“观物取象”。《周易》中说圣人“观物取象”是为了“以通神明之德，以类万物之情”。“比德”说认为，自然界中的事物，无论美的、丑的，都可以与人、事相互“比德”，可以从自然事物联想到人或人的品德。

从自然景物可以与人“比德”这一点出发，自然的事物、景象也就有深一层的“比德”意义。旧题唐·贾岛撰的《二南密旨·论总例物象》中就把自然景物都与人相比拟：“山影、山色、山光，此喻君子之德也。乱峰、乱云、寒云、翳云、碧云，此喻佞臣得志也。黄云、黄雾，此喻兵革也。白云、孤云、孤烟，此喻贤人也。涧云、谷云，此喻贤人在野也。云影、云色、云气，此喻贤人才艺也。”同样，释虚中的《流类手鉴》把自然景物都与人相比拟：“日午、春日，比圣明也。残阳、落日，比乱国也。昼，比明时也。夜，比暗时也。”这种对自然景物“比德”意义的强调，也成为造成“过度诠释”的一个重要因素。

常州词派的“意内言外”也同样支持着“过度诠释”。“意内言外”

---

① （汉）毛亨传：《毛诗正义》，山东画报出版社 2004 年版，第 955 页。

② （东汉）王逸：《楚辞章句补注》，吉林人民出版社 2005 年版，第 3 页。

③ （汉）毛亨传：《毛诗正义》，山东画报出版社 2004 年版，第 13 页。

是许慎在《说文解字》解释“词”这一词语时提出的，但常州词派所说的“意内言外”更强调其“比兴”“寄托”意义，是罗大经在《鹤林玉露》里所说的“言在于此，而意寄于彼”。“常派词兴，虽不无皮傅，而比兴渐盛”。[①] 因而，所说的“意内言外”是指作品中的语言和意义可以不一致，表面上看，所言的是儿女私情、花草树木，但其内在的含义却可以和礼教、道德相通，可以从儿女私情、花草树木的言辞中阐释出一种道德、教化意义。

为了达到这一目的，常州词派用阴阳协调理论，解释诗词中的儿女私情。认为，治国必先齐家，齐家必先修身，修身必先自儿女之情始，诗词是调节儿女性情的一条修身途径。“人禀阴阳之气以生，性情中所寓之柔气，有时感发，每不可遏。有词曲一途分泄之，则使清纯之气，长流行于诗古文。且经学须深思默会，或至抑塞沉困，机不可转。诗词是以移其情而豁其趣，则有益于经学者正不浅”。[②] 因而，诗词中不仅不需要回避闺房儿女之语，反倒可以“极命风谣里巷男女哀乐，以道贤人君子幽约怨悱不能自言之情”。[③] 因为借艳词托喻风骚之旨，“以之作正声也可，以之作艳体亦无不可”。[④] 因此，可以用“意内言外”方法使之和经学相通，从儿女私情中阐发出礼教、道德意义。这种对词中“比兴”“寄托”的挖掘也形成了中国古代文学批评中“过度诠释”的又一个高峰。

可以说，“比兴”“比德”“意内言外”说为文学与政治教化的联姻找到了一条最佳的途径，也为“过度诠释”找到一个很好的借口。由此，中国古代也大兴“比兴”“比德”“意内言外”之风，并繁衍出“兴象”“兴寄”“寄托”等多种说法。这些方法都要求诗人用泉石胜景寓含教化之意，以山水清音表现仁智之乐，批评者也要从“比兴”“比德”“意内言外”的角度来解释作品，这就造成了文学批评中穿凿、牵强之风的盛行。

总的来看，中国古代普遍存在着“过度诠释”，并且这种“过度诠释”又都有一个明显的道德指向。中国古代文学批评中之所以能够长久地、普

---

① （清）谭献：《复堂日记》，河北教育出版社 2001 年版，第 72 页。

② （清）焦循：《雕菰楼词话》，见孙克强主编《中国历代分体文论选 上》，北京交通大学出版社 2006 年版，第 348 页。

③ （清）张惠言：《词选序》，见《词选》，中华书局 1957 年版，第 7 页。

④ （清）陈廷焯：《白雨斋词话》，上海古籍出版社 2009 年版，第 145 页。

遍存在着“过度诠释”，其根源正是来自它有着一定的理论做支持，又有了批评方法的保障。所以，中国古代的“过度诠释”并不是客观上无法避免的，而是一种主观上的故意。

西方文学批评中也同样存在着“过度诠释”，当弗洛伊德以“恋母情结”来解释哈姆莱特为父报仇的“迟疑”及达·芬奇和陀思妥耶夫斯基的创作，并说，“兰克在他的一本很有价值的著作里曾说过，各时代的戏剧作家多取材于俄狄浦斯及乱伦的情结及其变式”[①]。这就是一种“过度诠释”；而读者反应精神批评代表人物诺曼·霍兰德把“恋母情结”推广到所有的文艺作品中，认为“任何深刻地描写人们之间爱与恨的艺术作品都可能包含某些恋母的幻想”时，这就更是一种“过度诠释”。

① ［奥地利］弗洛伊德：《精神分析引论》，商务印书馆 2011 年版，第 271 页。

第九章　体验文学观的评价

怎样评价、体验文学观呢？或者说：从“体验”这一角度来理解文学、文学批评是不是具有优越性呢？这其中，伽达默尔指出了体验和艺术之间的“亲合势”。“体验”和审美之间存在着一种“亲合势”(Affinität)：“体验艺术（Erlebniskunst）概念具有一种显著的两重性。……艺术来自体验，并且是体验的表现。……凡是以某种体验的表现作为其存在规定性的东西，它的意义只能通过某种体验才能把握。”[①]“体验”的两重性就表现在，它不仅和创作有“亲合”关系，文学创作离不开“体验”；文学批评也和“体验”有“亲合”关系，也离不开“体验”。因为作品是作家经“体验”的方式创作出来的，批评家也要用“体验”的方式来理解作品。因此，“体验”就成为文学创作和文学批评的共同要求。

第一节　体验与文学创作的“亲合势”

关于文学的本质是什么，历来有着不同的理解，通常讲，有摹仿说、表现说、再现说、反映说、游戏说等不同的说法。周宪在《超越文学——文学的文化哲学》一书中就罗列了 18 种关于文学本质的观点。美国文学理论批评家沃特伯格（Thomas E. Wartenberg）在《什么是艺术》一书中，搜集了 28 条自古希腊以来西方对艺术本质所做的讨论，其中包括：（1）柏拉图：艺术即模仿；（2）亚里士多德：艺术即认识；（3）大

---

① ［德］汉斯－格奥尔格·伽达默尔：《真理与方法·哲学诠释学的基本特征》上卷，洪汉鼎译，上海译文出版社 1999 年版，第 90 页。

卫·休谟：艺术即品味的对象；（4）伊曼努尔·康德：艺术即可传递的快感；（5）亚瑟·叔本华：艺术即展现；（6）G. W. F. 黑格尔：艺术即理想；（7）弗里德里希·尼采：艺术即救赎；（8）列夫·尼古拉耶维奇·托尔斯泰：艺术即情感交流；（9）西格蒙德·弗洛伊德：艺术即症候；（10）克莱夫·贝尔：艺术即有意味的形式；（11）R. G. 科林伍德：艺术即表现；（12）约翰·杜威：艺术即经验；（13）马丁·海德格尔：艺术即真理；（14）瓦尔特·本雅明：艺术即灵晕；（15）西奥多·阿多诺：艺术即自由；（16）莫里斯·魏兹：艺术即无定义；（17）纳尔逊·古德曼：艺术即范例；（18）阿瑟·丹托：艺术即理论；（19）乔治·狄基：艺术即习俗；（20）门罗·C. 比尔兹利：艺术即美感制作；（21）肯代尔·沃顿：艺术即假扮；（22）罗兰·巴特：艺术即文本；（23）亚德里安·派柏：艺术即恋物；（24）卡罗琳·科斯梅尔：女权主义艺术；（25）皮埃尔·布迪厄：艺术即文化生产；（26）狄利·杰格德：艺术即文脉；（27）克瓦米·安东尼·阿皮亚：艺术即后殖民；（28）道格拉斯·戴维斯：艺术即虚拟。①

可以看出，关于文学和艺术的定义有着众多的观点。在这众多关于文学或艺术本质的定义中，"艺术是摹仿"和"艺术是表现"最具有代表性。

但无论是反映说、表现说还是再现说都有着很大的缺陷。韦勒克和沃伦在其合著的《文学理论》一书中就对表现说、再现说进行了批驳。他们在批评"文学是社会表现"这句话时指出："这句话究竟有什么含义呢？如果它假定文学在任何特定的时代都'正确地'反映当时的社会状况，那它就是错误的；如果它的意思仅指描绘社会现实的某些方面，则只是一句平凡、陈腐和含糊的话。要说文学反映或表现生活，那就更是模棱两可的了。一个作家不可避免地要表现他的生活经验和他对生活的总的观念；可是要说他完全而详尽地表现整个生活，甚至某一特定时代的整个生活，那显然是不真实的。"又说："倘若研究者只是想当然地把文学单纯地当作生活的一面镜子，生活的翻版，或把文学当作一种社会文献，这类研究似乎

① 见［美］沃特伯格：《什么是艺术》，李奉栖、张云、胥全文译，重庆大学出版社2011年版。

就没有什么价值。"① 正像韦勒克和沃伦所批驳的那样，反映说、表现说和再现说由于有着太多的模糊性和陈腐化而失去了对文学创作本质的界定功能。

那么，文学创作的本源是什么呢？我以为，文学创作的本源或本质就是体验，文学作品就是作家通过对现实生活体验后的情感凝结物，文学表现的内容就是作家体验过的现实。它是作家对现实感受、体验后形成的意识凝结物。无论说文学是表现自我也好、是再现生活也好、还是反映现实也好，文学创作都深深地蕴含着作家对现实、对社会、对人生的深切体验和理解，它都是作家对人生、社会、现实体验和感受的凝结；离开了对人生、社会、现实的深切体验，就不可能创作出真正意义上的文学作品。而那些真正写出了人生、社会、情爱真谛的作家也无不是他对某一种生活有了深切体验后的结果。可以这样说：一个作家如果没有某一方面的生活体验，他也就一定写不出成功的作品，而且一个作家对某一方面的生活体验的越是深厚时，他在文学作品中对这一方面的生活也就表现得越是深刻，古今中外的文学实践无不在证明着这一点。也正是由于文学创作来源于一种对人生、社会、现实体验，作家通常都要在作品中表现那些自我经历过的、自己非常熟悉的生活。从文学创作的实践中也可以看到，任何一部优秀的文学作品都是作者对某一种生活有了深切的体验后才创作出来的，有的作品甚至就是文学家的自传，成为作家对自身生活的一种再现。

作家之所以热衷于写自己熟悉的生活，其原因就在于，熟悉的生活使作家对此有着更多的感受和体验，在这种体验和感受中，作家把握住了此种生活的某一个方面的本质；而对不熟悉的生活，作家因没有体验和感受，也就无法把握住此种生活的本质，创作的激情也就无法生出。正如冈察洛夫所说："我只能写我体验过的东西，我思考过的感觉过的东西，我爱过的东西，我清楚地看见过和知道的东西，总而言之，我写我自己的生活和与之常在一起的东西。"②

由此可以说：尽管作家的创作表面上看是在表现着、再现着、摹仿

---

① ［美］韦勒克、沃伦：《文学理论》，刘象愚等译，生活·读书·新知三联书店 1986 年版，第 93 页。

② ［俄］冈察洛夫：《迟做总比不做好》，见《古典文艺理论译丛》第 1 册，人民文学出版社 1961 年版，第 189 页。

着、反映着生活，而实际上，在这表现、再现、摹仿和反映的背后却包含著作家对人生、对社会的深切体验。因此，文学创作的实质上是作家对生活的体验。没有对人生、社会的深切体验之情，就不会有真正意义上的文学作品。海德格尔就承认说："无论对艺术享受还是对艺术创作来说：体验都是决定性的源泉。一切都是体验。"① 伽达默尔也说："艺术来自体验，并且是体验的表现。"② 在伽达默尔看来，体验和审美存在着一种"亲合势"（Affinität）；审美体验与其他体验相并列，但却代表了一般体验的本质类型。因此，伽达默尔才说：体验的艺术才是真正的艺术。可以说：没有体验就没有艺术。而体验是建立在生活经验基础上的，作家正是在对生活经验的感受和体验上才有了创作冲动。威廉·狄尔泰就说："诗歌创作的出发点永远是生活经验，即作为亲身体验的或者对他人理解的、现实的和过去的，以及对经验在其中共同发挥作用的，对事件的理解。从心理学的角度看，诗人所经历的无数生活状态中的任何一种都可以算作体验，然而在他的生活因素中只有那些能向他揭示生活特征的体验才属于他的诗的有效范围。"③

中国古代的"物感"说讲的是一种体验。朱熹说："或有问于予曰：'诗何为而作也？'予应之曰：人生而静，天之性也；感于物而动，性之欲也。夫既有欲矣，则不能无思；既有思矣，则不能无言；既有言矣，则言之所不能尽，而发于咨嗟咏叹之余者，又必有自然之音响节奏而不能已焉。此诗之所以作也。"④ 朱熹认为，诗人之所以能写出诗，就在于"感于物而动"。这其中的"感于物"正是对"物"的一种感受和体验。正因为文学创作来自作者的独特体验，所以文学创作才没有捷径可走。美国作家辛克莱在《美国人民百科全书》中撰文，特别声言"文学高峰无捷径"，并把叫卖"写作的秘诀"和"小说捷径"的人称为"空头文艺匠"，说他

---

① ［德］马丁·海德格尔：《林中路》，孙周兴译，上海译文出版社 2004 年版，第 67 页。

② ［德］汉斯－格奥尔格·伽达默尔：《真理与方法·哲学诠释学的基本特征》上卷，洪汉鼎译，上海译文出版社 1999 年版，第 90 页。

③ ［德］威廉·狄尔泰：《体验与诗》，引自蒋孔阳主编《十九世纪西方美学名著选》（德国卷），复旦大学出版社 1990 年版，第 543 页。

④ （宋）朱熹：《诗集传序》，《诗集传》，上海古籍出版社 1980 年版，第 1 页。

们是在“胡说”。①

值得指出的是，所说的体验和通常所说的作家要主动地去“体验生活”中的“体验”是不相同的。通常所说的作家要“体验生活”，指的是一种作家有意识、有目的的行为，作家只是为了创作表现某一类生活题材的作品，要去亲身经历某种自己所不熟悉的生活。这种为了创作目的体验到的生活，通常只是对生活的表面的认识，而不能深入到生活的深层本质。正如一个作家为了表现死囚的生活和心理而到监狱里体验生活，这时，他可能通过亲历监狱生活能够感受到没有此种经历的人的某种感受和认识。但是，作家的这种感受、认识和真正犯人的感受和体验还是不尽相同。尽管作家可以和死囚同吃同住，而实际上，作家并不是死囚，他只是从形式上把自己当成了死囚，因此，在作家和死囚之间还有着一道无形的界线，作家也不可能有死囚的心理感受。作家所得到的感受和体验只是表面的，或者说是模式化、脸谱化的，并不是一种真正死囚所具有的感受和体验。只有当一个作家自己也成为犯人或死囚时，他才可能真正体会到监狱的生活，也才可能有着和犯人或死囚相同的心理。他的创作也才可能是真正成功的。这种为了创作目睥而去体验生活的结果通常会造成了在反映生活的公式化、脸谱化和模式化。

这里所说的“体验”则不是一种表面化的、有意识的行为。体验是一种更为直接的、亲历性的。当说一个人对某种生活有体验时，是指他就在这种生活中亲历过，他就直接地在这种生活中生活，而且还从中获得了一种没有此种生活经历的人所有的独特感受。因此，所说的“体验”最重要的一点就是“亲历过”，并且从这种“亲历”中得到了一种独特的感受。这种独特的感受是没有“亲历”过此一种生活所不可能得到的。因而，从文学创作和体验的关系这一角度来说：文学就是作家通过体验现实后的情感凝结，是作家对现实感受、体验后形成的意识凝结物。

文学创作中的体验可以分为两种：

第一种是直接性的、亲历性的体验。这种创作表现的是作家曾经亲身经历过或者正在亲身经历着的生活。在这种创作体验中，作家所描写的通

---

① 引自崔道怡等编著《“冰山”理论 对话与潜对话 外国名作家论现代小说艺术》，中国工人出版社 1987 年版，第 49 页。

常是正在亲历着的一种生活，或者曾经经历过的一种生活。这时，作家会把自己的大部分经历写进小说中，作品中的主人公通常也和作者本人非常相近。因而，表现直接性的、亲历性的生活体验的文学作品通常都带有自传色彩，这种情形在中外文学创作中是经常见的。法国作家弗朗索瓦－莫里亚克就说："我们会把自己的大部分经历写进某些小说中，也许这些小说并不是最理想的。辟如，在《弗隆特纳克的奥秘》中，我试图记录下自己的青春时代，再现我的母亲和我的叔父——他是我们的导师——的形象。"[①] 詹姆斯·乔伊斯在《一个青年艺术家的画像》中也说："艺术家，就如创造神一样，在他所创造的作品的里里外外、上上下下都隐有他自己的影子，但又那么不可捉摸。"[②]

其实，文学作品中表现直接性的、亲历性的生活体验，这也就是中国和西方文学创作中所说"回忆"。

中国文学批评中，"诗言志"的说法最为广泛，对"诗言志"中的"志"人们有着不同的解释。比较一致的认为是，"志"即是"志意""情""情性""怀抱"等的同义语。唐代孔颖达就明确地说："在己为情，情动为志，情、志一也。"[③] 自此以后"志"就等同于"情"，是"情"的异名。而杨树达、闻一多、朱自清等学者则认为，"志"从"心"，从"声"。"志""寺"古音相同，音近可以假借。于是"诗""志"同义，"诗"与"志"本来是一个字。"志"的"本义是停止在心上。停在心上亦可说是藏于心里"。[④]"志"的这一特点也即记忆或"回忆"。因此，"诗言志"说的本义是指，诗传达保存在人内心中的东西，即诗是"回忆"。

西方关于文学与"回忆"的关系最早在柏拉图那里就得到阐述。柏拉图把诗归结为"回忆"。他指出，人的感觉只能认识变幻的、不真实的现实事物，而不能认识永恒的、真实的理念。人们要想认识关于理念的知识，只有通过"回忆"。在《斐多篇》中，柏拉图又把"灵魂不灭说"与

---

① 王诜：《世界著名作家访谈录》，江苏文艺出版社 1995 年版，第 34—35 页。

② 引自 M. H. 艾布拉姆斯《镜与灯——浪漫主义文论及批评传统》，郦稚牛等译，北京大学出版社 1989 年版，第 424 页。

③ 李学勤：《十三经注疏·春秋左传正义》，北京大学出版社 1999 年版，第 1455 页。

④ 参阅杨树达《积微居小学金石论丛》卷一，第 21—22 页；闻一多：《歌与诗》，载《中央日报》昆明版《平明》副刊 1937 年 6 月 5 日；朱自清：《诗言志辨》，见《朱自清古典文学论文集》上册，上海古籍出版社 1981 年版，第 193—194 页。

"回忆说"结合，指出，人在出生以前，灵魂原已有了关于理念的知识，只有当灵魂与肉体结合出生时忘记了。人出生后通过对具体事物的认识，并借助苏格拉底式精神助产术的启发，便能回忆起和具体事物相类似的知识。正如看到一个人的肖像或他的用物时回忆起这个人一样，人通过美的花、美的人等具体事物，便回忆起美的理念。因此，人的知识就来自"回忆"，而文学创作也就是一种"回忆"了。

到了现代，海德格尔更重视文学与"回忆"之间的关系，认为"回忆"与思（诗）是不可分割的，只有"回忆"才能引发思（诗），也才能拯救思（诗），他说："回忆，这位天地的娇女，宙斯的新娘，九夜之中便成了众缪斯的母亲。戏剧、音乐、舞蹈、诗歌都出自回忆女神的孕育。显然，回忆绝不是心理学上证明的那种把过去牢牢把持在表象的能力。回忆回过头来思已思过的东西。但作为缪斯的母亲，'回忆'并不是随便地去思能够被思的随便什么思的东西。回忆是对处处都要求思的那种东西的思的聚合。回忆是回忆到的，回过头来思的聚合，是思念之聚合。这种聚合在敞开处处都要求被思的东西的同时，也遮蔽着这要求被思的东西，首先要求被思的就是这作为在场者和已在场的东西在每一事物中诉诸了我们的东西，回忆，众缪斯之母，回过头来思必须思的东西，这是诗的根和源。这就是为什么诗是各时代流回源头之水，是作为回过头来思的去思，是回忆。"① 看来，中西诗学都有一个同一命题：诗是"回忆"。

不仅理论家把文学看成"回忆"，许多作家也把文学看成"回忆"，莫里亚克就把"回忆"和文学创作联系起来，他在访谈录中说："我的所有小说叙述的事都发生在与自己青少年时期同时的阶段。它们全是'追忆逝去的往事'。"② 列夫·托尔斯泰说："在自己心里唤起曾经一度体验过的感情，在唤起这种感情之后，用动作、线条、色彩、声音以及言辞所表达的形象来传达出这种感情，使别人也能体验到这同样的感情——这就是艺术活动。"③ 列夫·托尔斯泰的这段说：既说明了体验与艺术之间的关系，认为艺术活动就是对体验的描述；同时也说明，文学创作也说是"回

---

① ［德］海德格尔：《讲演与论文集》，第136—137页。引自刘小枫《诗化哲学》，山东文艺出版社1986年版，第236—237页。

② 王诜：《世界著名作家访谈录》，江苏文艺出版社1995年版，第33页。

③ ［俄］列夫·托尔斯泰：《艺术论》，耿济之译，人民文学出版社1958年版，第48页。

忆”，它是“在自己心里唤起曾经一度体验过的感情”。

当把文学看成体验时，文学和“回忆”就联系得更为紧密。因为“回忆”就是一种体验行为。当回忆一件事、一个人的时候，实际上就是去重新体验这件事、这个人。一个人在回忆时是把自己经历过的生活重新的体验一回，并在这一过程中获得了一种新的感受，这种感受是多种多样的，有欢乐的，有痛苦的，有的可能让人悲恸欲绝。但无论所感受到的滋味如何，“回忆”都是对过往经历的一种重新体验。

直接性的、亲历性的体验通常是反刍式的。所说的反刍就是作家可以在经历过某一事件之后，不是当时就将其写出来，而是存留在了心中。某一天，作家进行创作时用到了这一事件，他把自己经历过的这事件再在内心中细细地体会、玩味一下。在这种反刍体验当中，作家实际上是把自己分为两个部分：一方面，他是一个主动的感受者，他在感受着自己在现实中所曾经历过的事情，把他曾经体验过的东西再重新地体验、感受一番，在这个过程中他是一个主动者；另一方面，他又是一个被感受者，他要把自我所经历过的事情再重新体验一番，在这一体验过程中，“过去的作家”是一个被体验者，而“现在的作家”则是一个体验者，他要体验一下当初事件中自己的感受和体会。这时，作家既是一个体验者，又是一个被体验者，只不过所体验这个自己是过去的，属于过去时，而不是现在的自己。反刍性的体验实际上作家也是“回忆”式的。当作家把自己的经历加以反刍咀嚼时，他也同时就是在“回忆”。歌德所说的话就很有代表性：“我写诗向来不弄虚作假。凡是我没有经历过的东西，没有迫使我非写诗不可的东西，我从来就不用写诗来表达它。我也只在恋爱中才写情诗。本来没有仇恨，怎么能写表达仇恨的诗歌呢？”① 歌德的话很好地说明了艺术与体验的关系，艺术要以日常体验为基础。歌德认为《少年维特之烦恼》与时代无关，是他个人的特殊遭遇导致产生《维特》的那种阴郁心情。“使我感到切肤之痛的、迫使我进行创作的、导致产生《维特》的那种心情，无宁是一些直接关系到个人的情况。原来我生活过，恋爱过，苦痛过，关键就在这里。”②

---

① ［德］爱克曼：《歌德谈话录》，朱光潜译，人民文学出版社1978年版，第214页。

② ［德］爱克曼：《歌德谈话录》，朱光潜译，人民文学出版社1978年版，第18页。

第二种是想象性的体验。这种体验是指作家本人没有经历过某种生活，或对某种生活不是很熟悉，但在作品中又要表现此种生活，于是，作家不得不凭借想象来体验他人的感受。鲁迅就说过："日本的厨川白村（H. Kuriyakawa）曾经提出过一个问题，说作家之所描写，必得是自己经验过的吗？他自答道，不必，因为他能够体察。所以他写偷，他不必亲自去做贼，要写通奸，他不必亲自去私通。但我以为这是因为作家生长在旧社会里，熟悉旧社会的情形，看惯了旧社会的缘故，所以他能够体察。"①厨川白村这段话就说明了，作家在描写"贼""通奸"者时就"不必亲自去做贼"，"不必亲自去私通"。而作家只所以能写"贼"、写"通奸"者，原因就在于他能"体察"。厨川白村所说的作家能够"体察"。就是在作家熟悉社会的情形，看惯了社会的缘故，因而可以借助想象来写"贼""通奸"者。

在这种想象性体验中，作家往往会变成了一个或几个作品中所要描写的人物。它用"移情"的方法，把自我的情感移植到所描写的对象身上，作家把自我变成所描写的对象，分享着对象的喜悦，对象也由此有了生命活力。法国浪漫主义作家乔治·桑在谈到自己的创作时就说到了自我和表现对象的同一性。"我有时逃开自我，俨然变成一棵植物，我觉得自己是草，是飞鸟，是树顶，是云，是流水，是天地相接的那一条水平线，觉得自己是这样颜色或是那种形体，瞬息万变，去来无碍。我时而走，时而飞，时而潜，时而吸露。我向着太阳开花，或栖在叶背安眠。天鹨飞举时我也飞举，蜥蜴跳跃时我也跳跃，萤火和星光闪耀时我也闪耀。总而言之，我所栖息的大地仿佛全是由我自己伸张出来的。"② 福楼拜谈到写《包法利夫人》时说："写书时把自己完全忘去，创造什么人物就过什么人物的生活，真是一件快事。比如我今天就同时是丈夫和妻子，是情人和他的姘头，我骑马在一个树林里游行，当着秋天的薄暮，满林都是黄叶，我觉得自己就是马，就是风，就是他们俩的甜蜜的情语，就是使他们的填满情波的眼睛眯着的太阳。"③ 关于作家变身为作品中人物的论述有很多。以至波德莱尔说，作家"他可以随时是他自己，也可以随时是别人……他可以

① 《鲁迅全集》第 4 卷，人民文学出版社 1959 年版，第 237 页。
② 引自《朱光潜美学文集》第 1 卷，上海文艺出版社 1982 年版，第 43 页。
③ 引自《朱光潜美学文集》第 1 卷，上海文艺出版社 1982 年版，第 44 页。

随时进入每个人物的体内”。[①]

想象性体验是作家在创作过程中经常采用的方法。这是因为，作家所写的众多人物中只有一个或两个和自己的生活经历相似，作者可以用亲历性体验的方式来描写，而对于作品中的大部分人物来说：因其出身、性格、兴趣、爱好方面的差异，作者都要用想象的方式来体验这不同人物的心理和行为。比如，曹雪芹在描写宝玉、黛玉、宝钗、探春等人在一起相聚玩耍时，就要想象每一个人在此时此刻对某一件事的反应。在这一描写过程中，曹雪芹要同时把自己变身为几个人，想象不同的人的不同表现。这种表现还不能和个人的性格相背离。具体地来说就是，在玩耍中各人要有各人的特点，不能让黛玉和宝钗的玩法相雷同，也不能让探春和宝钗的玩法相同。要想写好这不同人物性格间的区别，作家就要借助想象性体验在不同的人物之间来回穿梭，同时想象着几个人的心理和行动。

在想象性的体验中，最为重要的就是作家要和所描写的人物达到一种认同，作家要想象着自己就是所要描写的人物，要和他们在行为上、心理上实现沟通。巴尔扎克就曾描写过他如何体验街上行人的生活，与街上的行人认同，他说：“听着这些人说话，我可以亲历他们的生活，仿佛自己就穿着他们褴褛的衣衫，脚上就是他那个满是窟窿的鞋子；他们的欲望，他们的需求，都深入了我的心灵，我的心灵与他们的心灵融为一体。”[②] 英国小说家赫胥黎也说过，“我试着去想想像自己认识的人在某种情况下会有什么样的反应。当然，我（小说中）的角色部分是根据认识的人，这是免不了的，但是小说中的角色都是简化过的，他们的复杂程度和真实人生中的人物相差太远了”。[③]

想象性、感受性体验给了作家以创作上的无限自由，也为作家的创作提供了广阔的空间。当作家进行想像性的体验的时候，他可以摆脱自我生活范围的局限性，把自己变成作品中的任何一个人，和作品中的任何一个人相互交流沟通。波德莱尔在《巴黎的忧郁·人群》这一散文诗中就说：“诗人享受着这无与伦比的优惠，他可以随意使自己成为他本身或其他人。

① 《波德莱尔散文选》，怀宇译，百花文艺出版社 1992 年版，第 28 页。

② 引自［比利时］乔治·布莱：《批评意识》，郭宏安译，百花洲文艺出版社 1997 年版，第 18 页。

③ 王诜：《世界著名作家访谈录》，江苏文艺出版社 1995 年版，第 87 页。

去同那些寻找躯壳的游戏，当他愿意的时候，他可以进入任何人的躯体。对他自己来说：一切都是开放的；如果有什么地方好像对他关闭着，那是因为在他眼里，这些地方并不值得一看。”

可以说，文学创作就是表达作家对人生、生活的感受和体验，它表达着自己经历过的生活经验，这一点和反映论相通；并且也用想象的方式表达着自己没有经历过生活经验，这一点又和表现论（虚构）相通。当然，作家表达的生活感受都是有意义的、特殊的。“从心理学的角度看，诗人所经历的无数生活状态中的任何一种都可以算作体验，然而在他的生活因素中只有那些能向他揭示生活特征的体验才属于他的诗的有效范围。”①“因为每一部真正的诗艺作品都会在它所表现的那个现实片段上显出以前未被人看到过的生活的一种特殊性。”②

体验之所以和文学艺术有着“亲合势”，就在于，文学艺术是人学，是表现人生命和情感活动的符号形式。人类正是为了把握达“内在生命”和情感活动的需要，才创造出艺术这种符号形式。“语言能使我们认识到周围事物之间的关系以及周围事物同我们自身的关系，而艺术则使我们认识到主观现实、情感和情绪。使我们能够真实地把握到生命运动和情感的产生、起伏和消失的全过程。”③ 实际上，艺术是把人类情感转变为可见符号形式的一种手段，是表现人类情感的符号形式。苏珊·朗格就说：“艺术是人类情感的符号形式的创造。”④ 作为表现生命和情感形式的艺术，就要采用与生命相类似的形式，使艺术形式与生命形式形成一种同构关系。“艺术形式与我们的感觉、理智和情感生活所具有的动态形式是同构的形式……因此，艺术品也就是情感的形式或是能够将内在情感系统地呈现出来以供我们认识的形式。”⑤ 因此，真正的艺术形式就是情感和生命形式。

---

① 蒋孔阳主编：《十九世纪西方美学名著选》（德国卷），复旦大学出版社 1990 年版，第 543 页。

② ［德］威廉·狄尔泰：《体验与诗》，胡其鼎译，生活·读书·新知三联书店 2003 年版，第 164 页。

③ ［美］苏珊·朗格：《情感与形式》，刘大基、傅志强、周发祥译，中国社会科学出版社 1986 年版，第 7 页。

④ ［美］苏珊·朗格：《情感与形式》，刘大基、傅志强、周发祥译，中国社会科学出版社 1986 年版，第 51 页。

⑤ ［美］苏珊·朗格：《情感与形式》，刘大基、傅志强、周发祥译，中国社会科学出版社 1986 年版，第 31 页。

艺术也真正地表现了人的情感和生命。

狄尔泰就提出，生命体验本身才是最重要的，所以，不是抽象的思辨而是当下的“不能被带到理性的法庭前”的生命体验本身才是最高的本体。而对生命体验的最好表达形式就是艺术，艺术就是生命体验的表达：“没有科学的头脑能够穷尽，没有科学的进展能够达到艺术家关于生命的内容所说的东西。艺术，尤其是诗，最接近生命，最真实最全面，同时也最具体的再现了生命的结构整体和意义。”① 所以，对于狄尔泰来说，艺术、诗歌就是生命体验，而不是客观再现或塑造美，评价艺术的价值也要看是否“激发了我们的情感并使内心燃起的每种追求都得到满足”。狄尔泰甚至认为，“美学和艺术批评把这个僵死的‘美’的概念推上艺术理论的宝座已经太久了”②。再也不能以“美”而是要以是否激发起生命体验作为评价艺术作品的标准。

第二节　体验与文学批评的“亲合势”

通常文艺理论更多地关注体验和创作之间的“亲合”（Affinität）关系，而对体验与文学批评之间的“亲合”关系则关注较少。其实，不但文学创作需要“体验”，文学批评也需要“体验”。因为文学创作来自作家对人生、社会的深切体验。文学创作与体验之间的这种“亲合”关系，就提了一个要求：批评者要想准确地把握作品的意义，也要用“体验”的方式。关于这一点，伽达默尔在《真理与方法》中就明确地指出：“体验艺术（Erlebniskunst）概念具有一种显著的两重性。本来，体验艺术显然是指，艺术来自体验，并且是体验的表现。……凡是以某种体验的表现作为其存在规定性的东西，它的意义只能通过某种体验才能把握。”③ 在伽达默尔看来，“体验”的两重性就表现在：它不仅仅和文学创作有着“亲合”

① 引自张汝伦《现代西方哲学十五讲》，北京大学出版社 2003 年版，第 116 页。

② 蒋孔阳主编：《十九世纪西方美学名著选》（德国卷），复旦大学出版社 1990 年版，第 512 页。

③ ［德］汉斯－格奥尔格·伽达默尔：《真理与方法·哲学诠释学的基本特征》上卷，洪汉鼎译，上海译文出版社 1999 年版，第 90 页。

关系，文学创作离不开体验；同样，文学批评也和体验有着“亲合”关系，也同样也离不开体验。海德格尔在《艺术作品的本源》后记中也说：“人体验艺术的方式，被认为是能说明艺术之本质的。无论对艺术享受还是对艺术创作来说，体验都是决定性的源泉。”① 尽管海德格尔“也许体验却是艺术死于其中的因素”，但他也承认，在传统的艺术观念中，无论“对艺术享受还是对艺术创作来，体验都是决定性的源泉”。

因此，无论对文学批评还是文学创作，体验都是决定性的。体验对文学批评的决定性关系，正如同体验对文学创作的决定关系一样，也决定着文学批评的成功与否。

在体验这一点上，文学批评和文学创作是一样的：在创作中，作家要“亲历”生活，通过对生活的体验创作出作品，没有对生活的深切体验，就不可能创作出优秀感人的作品；同样，在文学批评中也是一样，也要用体验的方式去评论作品。批评家首先要深入到作品中、深入到作品的情境中去，化身为作品中的某一个人物，细心地体会作品中人、事、景物所包含的情感意蕴，由此，才能写出切实精彩的批评作品。

这也说明，文学作品是作家通过体验方式创作出来的，在创作中，现实生活是作家所要感受和体验的对象；同样，在文学批评中也要用体验的方式，作品就是批评家所要感受和体验的对象。作家和现实之间的关系，与批评家和作品之间的关系是相同的：都是体验对象和体验者的关系。因此，“体验”就成为文学创作和文学批评的共同要求。西方就有这样一种说法：“除非你自己搞创作，否则就理解不了文学；没有亲手写过英雄双韵体的人，就不能也不应该研究蒲伯（A. Pope），或者，不曾亲自用无韵诗写过戏剧的人，不能够也不应该去研究伊丽莎白时代的戏剧。”② 这就说明，文学创作来自作家对生活的体验，批评家研究文学作品，也要运用体验的方式。体验就是和文学创作方法最区配的方式。鲍列夫就说：“批评的方法是批评对象（文学艺术过程及其规律，艺术作品及其特点）的‘类似物’。”③

---

① ［德］马丁·海德格尔：《林中路》，孙周兴译，上海译文出版社2004年版，第67页。

② ［美］韦勒克、沃伦：《文学理论》，刘象愚译，生活·读书·新知三联书店1986年版，第1页。

③ ［苏联］鲍列夫：《美学》，中国文联出版公司1986年版，第17页。

以这一标准来衡量历史上的文学批评，就会发现，很多文学批评方法和文学创作方法是相脱节的，都没有能够采取和文学创作相一致的批评方法。这种批评方法和文学创作本源的不一致，也造成了批评者和文学作品之间的距离感，批评者无法真正体会出文学作品所蕴藏的内涵，也无法体会出作者通过作品所传达的创作意图。由此也就造成了文学批评和文学作品的脱节，这样的批评很难说得上有什么实效。因此，选择一种和文学创作本源相一致的批评方法就是当前文学批评所面临的重要课题，这一批评方式就是体验式批评。在这方面，中国古代就较多地采取“体验”的批评方式，和文学创作方法的一致性。中国古代所说的“亲历”“会心”“亲动心”“设身处地”，要求读者幻化为作品中的人，“设身处地”地来揣度不同身份、不同性别、不同教养、不同经历人的特征，想象不同人的内心情感，这实际上就是强调批评时的体验。

中国古代反对那种条分缕析式的“细读”法，宋代的杨时在《杨龟山先生集·语录》中就说：“大抵今之说诗者，多以文害辞。非徒以文害辞，又有甚者，分析字之偏旁，以取义理。如此岂复得诗？”① 又说：“学诗者不在语言文字，当想其气味，则诗之意得矣。”② 苏轼也提出“深观其意”说：“夫诗者，不可以言语求而得，必将深观其意焉。”③ 苏轼所说的“不可言语求而得”，是说读者在体验和解读诗歌的时候，不应该只从诗句及其字面去探寻诗的本意。

既然不能靠“分析字之偏旁，以取义理”，那么怎样把握诗的内涵呢？杨时说：“诗极难卒说：大抵须要人体会，不在推寻文义。”而且“唯体会得，故看诗有味”。④ 因此，在中国古代文学批评家看来，只有从内心里“体会”才能看出诗的内在意韵。可以说，重视“体会”和体验，使中国古代文学批评不重视逻辑分析，由此也形成了与西方不同的文艺理论体系性——重“体验”的文学批评理论。

中国古代体验的文学批评观系统性的，也是一个漫长的过程，它包括

---

① 傅云龙、吴可主编：《唐宋明清文集》第1辑，《宋人文集》卷三，天津古籍出版社2000年版，第1844页。

② （北宋）杨时：《杨龟山集》，中华书局1985年版，第20页。

③ 逸凡点校：《唐宋八大家全集》第8卷，新世纪出版社1997年版，第35页。

④ 引自羊列荣，刘明今编著《中国历代文论选新编》（宋金元卷），上海教育出版社2007年版，第84页。

阅读前的“感兴”“虚静”；阅读时的“吟咏”“涵泳”“熟读”；阅读过程中的“切己”“亲历”“设身处地”；阅读高潮时的“顿悟”“妙悟”。通过阅读前、阅读中、阅读后，一个完整的体验阅读也就完成了。

中国古代认为，和文学创作一样，文学批评也要有“感兴”。朱熹说：“‘诗可以兴’，须是读了有兴起处，方是读《诗》。若不能兴起，便不是读《诗》。”① 所说的“有兴起处”，就是读书时的兴致、兴趣。这也就是说，只有产生兴致、情致，才能真正地投身到阅读过程。

有了渴望阅读的“兴起处”，还要让自己内心“虚静”，以一个“虚静”的心态走进阅读中。中国古代很早就认识到了“虚静”和文学创作、文学欣赏的关系。刘勰《文心雕龙·神思》中就说：“陶钧文思，贵在虚静，疏瀹五藏，澡雪精神。”“文之思也，其神远矣。故寂然凝虑，思接千载；悄焉动容，视通万里。”这就是说，在文学创造中，只有进入寂然凝虑的虚静状态，创造者的思维才能活跃，才能如陆机《文赋》中所说的“精骛八极，心游万仞”，“思接千载……视通万里”。

文学创作需要“虚静”，文学批评要“虚静”。两者不同的是：文学创作中的“虚静”是要排除功利性和杂念，使内心宁静专一；文学批评中所说的“虚静”，则是指读者要排除自身的“前见”，所说的“前见”既包括存在于自我内心的某种观念，也包括他人对作品的评论解说，使自我处于一种“零度意识”。“零度意识”就是排除了一切杂念，使自我的内心处于一种“虚静”的“零意识”状态。

中国古代的“虚静”也就是西方接受美学所说的“预备情绪”。所谓“预备情绪”是指接受者从关注现实状态向审美接受状态的转换环节，是读者准备阅读作品的一种“前审美”心理状态。

读者有了“虚静”的心态后，就进入到阅读体验阶段。在这一阶段，中国古代强调对作品的“涵泳”。“涵泳”原指水中潜行，扬雄曾说：“南楚谓沉为涵，泳，潜行也。”② 西晋左思的《吴都赋》有“涵泳乎其中”，李善解释说：“涵，沉也”。可见，“涵泳”的本义是指“在水中潜行”。宋代时，“涵泳”成了一种文学阅读的方法。朱熹说研究《诗经》的方法

---

① 黎靖德编：《朱子语类》，岳麓书社 1997 年版，第 1874 页。

② 萧统选，李善注：《昭明文选》卷 5，京华出版社 2000 年版，第 132 页。

是："章句以纲之，训诂以纪之，讽泳以昌之，涵濡以体之。"① 这里的"涵濡"也就是"涵泳"，在朱熹看来，"涵泳"是一种不同于章句、训诂、讽咏的文学阅读方法。朱熹还给"涵泳"作解释："所谓'涵泳'者，只是子细读书之异名也。"② 从朱熹对"涵泳"的解释可以看出，所谓"涵泳"就是指"子细读书"。因此，"涵泳"就和"涵咀""咀嚼""讽咏""吟咏""熟参""久读"等说法相近或相同。

通过"涵泳"确实能够解读出作品的内涵。但中国古代却认为，只是"涵泳""熟参""久读"还不够，读者还要亲身体会和感受作品描绘的情境，这样对作品的理解才能更深入。中国古代把这概括为"亲历""切己""设身处地"。

所说的"亲历"也有两种：一种是现实情景的亲历。指读者只有亲身经历或感受到作品中描绘的景象，才能真正体会到妙处。清代洪亮吉就说："大抵读古人之诗，又必身亲其地，身历其险，而后知心惊魄动者，实由于耳闻目见得之，非妄语也。"③ 袁枚《随园诗话补遗》中也说："诗中境界，非亲历者不知。"董其昌《画禅室随笔》中说："古人诗语之妙，有不可与册子参者，唯当境方知之。"不"亲历"则不能体会其文意之深，其文辞之妙。周紫芝在《竹坡诗话》里举了三个例子来说明这一点："余顷年游蒋山，夜上宝公塔，时天已昏黑，而月犹未出，前临大江，下视佛屋峥嵘，时闻风铃铿然有声。忽记杜少陵诗：'夜深殿突兀，风动金琅珰。'恍然如己语也。又尝独行山谷间，古木夹道交阴，惟闻子规相应木间，乃知'两边山木合，终日子规啼'之为佳句也。又暑中濒溪与客纳凉，时夕阳在山，蝉声满树，观二人洗马于溪中。曰，此少陵所谓'晚凉看洗马，森木乱鸣蝉'者也。此诗平日诵之，不见其工，惟当所见处，乃始知其为妙。"苏轼也说："'两边山木合，终日子规啼'，此老杜云安县诗也。非身到其处，不知此诗之工。"④ 这都是讲，读者对某一诗作最初并没有深切的感受，当"亲历"了诗中描述的情境后，才体会到了诗的妙处。

---

① （宋）朱熹集注：《诗集传》，中华书局 2011 年版，第 2 页。

② 金沛霖主编：《四库全书·子部精要》（上），天津古籍出版社 1997 年版，第 265 页。

③ （清）洪亮吉：《北江诗话》卷五，人民出版社 1983 年版，第 86 页。

④ 张春林编：《苏轼全集》下，《书子美云安诗》，中国文史出版社 1999 年版，第 1394 页。

另一种是生活阅历上的“亲历”，当读者有了一定的生活经历，对生活的体会也更深。一个人的生活阅历要影响着对问题的理解，黑格尔曾说：“同样一句格言，在完全理解它的青年人口中，总没有在阅历很深的成年人的精神中那样的作用和范围，要在这种成年人的阅历中，那句格言里所包含的内容的全部力量才会表达出来。”[①] 这正像辛弃疾《丑奴儿》词中所说：“少年不识愁滋味，爱上层楼。爱上层楼，为赋新词强说愁。而今识尽愁滋味，欲说还休。欲说还休，却道天凉好个秋。”年老的人和年轻人对愁的理解是完全不同的，这其中的原因就在于生活经历的不同。王直方在评论杜诗时曾发出感叹：“信乎不行一万里，不读万卷书，不可看老杜诗也。”[②] 惠洪则说：“亲证其事，然后知其义，子美诗平时读之未见其工，逮亲更兵火丧乱之后，诵其诗，然后知其语之妙也。”[③] 惠洪认为，读者只有“亲更兵火丧乱”，才更能体会杜诗之妙。因为杜甫的诗大多表现经历“安史之乱”后的忧国忧民情怀。因而，读者如果没有“亲更兵火丧乱”，对杜甫诗所表达的情感就无法有更深入的体会。这说明，文学接受并不是建立在空白阅历上，它需要一定的人生经历。明代陈继儒《读少陵集》在谈到读杜甫诗体会时就说：“少年莫漫轻吟味，五十方能读杜诗。”

除“亲历”外，中国古代还讲“切己”和“设身处地”。“切己”指不只从字面上来理解，还要从自身的经历去揣测、体验、感受，想象如果自己处于此一情境时会有怎样的感受。从某种意义上讲，“切己”也就是“亲历”的另一种说法。“切己”就如朱熹所说：“读书，不可只专就纸上求理义，须反来就自家身上推究。……自家只借他言语来就身上推究、始得。”[④] “读书，须要切己体验。不可只作文字看，又不可助长。”[⑤] “切己”强调从自身的经历去揣测、体验、感受。中国古代所以强调“切己”，就在于，读者只有“切己”体会诗中的情境，才能读出滋味。正如刘熙载说

---

① ［德］黑格尔：《逻辑学》下卷，杨一之译，商务印书馆 1976 年版，第 524 页。

② （南宋）胡仔：《苕溪渔隐丛话》，人民文学出版社 1962 年版，第 9 页。

③ （北宋）惠洪：《冷斋夜话》卷六，见王大鹏编《中国历代诗话选》（一），岳麓书社 1985 年版，第 367 页。

④ 王云五主编：《万有文库》第二集，《七百种朱子语类·朱子语类辑略》卷二，商务印书馆 1937 年版，第六二页。

⑤ 黎靖德编：《朱子语类》，岳麓书社 1997 年版，第 162 页。

的“讲书须使切己体认，及证以目前常见之事，方觉有味”①。

“设身处地”是讲读者在阅读作品过程中，化身为作者，体察作者的思想、性格、习惯、言行，并想象作者当时的心境，也可以化身为作品中人物，和作品中的人物形成共鸣。就如梁启超说：“凡读小说者，必常自化其身焉，入于书中，而为其书之主人翁。”② 不但读小说要“设身处地”、化身其中，读诗词时也是如此。黄生《杜诗说》：杜甫诗“其用意之深，取境之远，制格之奇，出语之厚，非设身处地，若与公周旋于花溪草阁之间，亲陪其杖履，熟闻其謦咳，则作者之精神不出，阅者之心孔亦不开”。③ 对杜甫的《登岳阳楼》一诗，王夫之就运用“设身处地”的方式：“‘亲朋无一字，老病有孤舟。’自然是登岳阳楼诗。尝试设身作杜陵，凭轩远望观，则心目中二语居然出现，此亦情中景也。”④ 当读者“设身处地”地走进文学作品时，文学鉴赏也才开始。厨川白村《苦闷的象征》就说：“读者和作家的心境帖然无间的地方，有着生命的共鸣、共感的地方，于是艺术底鉴赏即成立。”⑤

可以说，通过“感兴”“虚静”和“涵泳”“熟参”“久读”再经过“亲历”“切己”“设身处地”，读者就会渐有感发、感悟，并达到“妙悟”，至此，中国古代一个完整的阅读体验过程就完成了。

西方文学批评中没有明显的“体验”说，但却强调文学接受中的“家族相似”。“家族相似”（family resemblance）是维特根斯坦在《哲学研究》中提出的：“我想不出比‘家族相似性’更好的表达式来刻画这种相似关系：因为一个家族的成员之间的各种各样的相似之处：体形、相貌、眼睛的颜色、步姿、性情等等，也以同样方式互相重叠和交叉。——所以我要说：‘游戏’形成一个家族。”⑥ 借用维特根斯坦的“家族相似”理论，即“一个家族的成员之间的各种各样的相似之处：体形、相貌、眼睛的颜色、步姿、性情等等”来考察文学接受活动时，就会发现，在文学接受中也存

① （清）刘熙载：《艺概笺注》，贵州人民出版社1980年版，第463页。
② 梁启超：《论小说与群治之关系》，《新小说》1902年第1期。
③ 《黄生全集》册二，安徽大学出版社2009年版，第20页。
④ （明）王夫之：《夕堂永日绪论·内编》“十五”条，郭绍虞主编《四溟诗话 薑斋诗话》，人民文学出版社1961年版，第150页。
⑤ ［日］厨川白村：《苦闷的象征》，《鲁迅译文集》卷三，人民出版社1958年版，第45页。
⑥ ［德］维特根斯坦：《哲学研究》，李步楼译，商务印书馆2002年版，第48页。

在着一种“家族相似”。

所说的“家族相似”是指，在文学接受活动中，读者会选择与自己的性情、爱好、情感、志趣相同或相近的作家和作品来阅读，当阅读到与自己相同或相近的作家和作品时，就会表现出极大的热情，甚至很狂热，并形成“共鸣”；而当面对与自己的性情、爱好、情感、志趣不相同或相近的作家和作品则表现得很冷漠，激发不起阅读热情，甚至会放弃阅读。柏拉图在《伊安篇》中就已经注意到了文学接受中的“家族相似”。伊安是古希腊的一个诵诗者，本来作为一个诵诗者，他应当能够解读任何一个诗人的作品，可伊安却只有解说荷马的本领，对于赫西俄德等其他诗人却没有本领解说，这其中的原因就在于，伊安与荷马两个人在性格、爱好、兴趣、感受等方面的“相似”。

柏拉图所说的“家族相似”在当代西方又从多方面得到论述，也从更广泛的意义上探讨了文学接受中的相似性问题，并明确地提出读者与作者、读者与作品中人物的相似问题。其中，康德的“共通感”和施莱尔马赫、狄尔泰的“共通性”就涉及“家族相似”问题；而移情美学的“审美移情说”、布洛的“心理距离说”、精神分析批评的“俄狄浦斯情结”、完形心理学的“同形同构说”都不同程度地隐含着“家族相似”。

“家族相似”意味着文学接受是一个读者走出自我，走向作者、走向作品的过程。如果一个读者接受了一个作者或一部作品，就需要走出自我，走进作品的情境，走向作者的精神世界。这正如意识批评学派代表人物乔治·布莱指出的，文学接受是一种舍弃，一种出让和自我牺牲，他说：“阅读或批评就意味着牺牲（我们）所有的习惯、欲望、信仰。”① 在这一“舍弃”“出让”过程中，读者会变成了另外一个人，变成了和他所要批评的对象相似的人。于是，“阅读是这样一种行为，主体的原则——我称之为‘我’——通过它变得我无权再将其视为我之‘我’了。我被借与另一个人，这另一个在我的内心中思想、感觉、痛苦和骚动”②。

文学接受是一种舍弃，一种出让，甚至是一种牺牲。但“家族相似”

---

① 引自［美］J. 希利斯·米勒《重申解构主义》，郭英剑等译，中国社会科学出版社 1998 年版，第 2 页。

② ［比利时］乔治·布莱：《批评意识》，郭宏安译，百花洲文艺出版社 1993 年版，第 259—260 页。

理论又提示我们，读者并不是向所有的作家、作品都舍弃、出让、牺牲自己，他只肯向有限的作家或作品放弃、出让、牺牲。只有当读者和作家、或作品中的人物具有相似性时，并引起了共鸣时，才肯舍弃、出让甚至牺牲自己，走进作品。正如希利斯·米勒所说的，“只有读者对作者的思想了解达到‘难以描绘的熟悉程度’，二者的思想达到完全一致，他才能算得上投入到书本当中”[①]。离开了“相似性”这一点，读者也可以阅读，但并不会全心身地投入，更不会舍弃、出让自己。

文学接受中的“家族相似”来自读者与作者心理结构的相似性。从读者和作者的心理结构来看，可以分成主观型心理结构和客观型心理结构，也就是说，作者和读者都可以分为两类：主观型的和客观型的。

通常把作家划分为主观型作家、客观型作家两种。关于作家的类型，王国维在《人间词话》中提出的主观诗人和客观诗人最为典型。在西方也有关于作家类型的分类，贡道尔夫把作家分为两种类型：一类作家是将世界引向自我，比如像但丁，另一类作家则极富表现力，将自己辐射于世界之中，比如像莎士比亚。第一类作家“感觉自己是世界的中心和象征”。第二类作家将自己融入到世界之后，把世界变成自己的象征。第一类作家“为世界的不完美、为世界不符合自己心灵深处的自然规律而痛苦”。第二类作家“为自己的过分膨胀而痛苦，给予自我空间后便如释重负”[②]。韦勒克和沃伦在《文学理论》中也提到了作家分类：“我们确实应当分辨开两类诗人，即主观的和客观的诗人：像济慈和艾略特这样的诗人，强调诗人的‘消极能力’（negative capabibity），对世界采取开放的态度，宁肯使自己具体的个性消泯；而相反类型的诗人则旨在表现自己的个性，绘出自画像，进行自我表白，作自我表现。”[③]

一般地说，主观性的作家通常更乐于表现自我，这一类型的作家以诗人气质偏多，其风格也多是浪漫主义式的；而客观性的作家则更乐于再现对象，这一类型的作家则更多是诗史性的，其风格多是现实主义式的。和

---

① ［美］J. 希利斯·米勒：《重申解构主义》，郭英剑等译，中国社会科学出版社 1998 年版，第 2 页。

② 参见让－伊夫·塔迪埃《20 世纪的文学批评》，史忠义译，百花文艺出版社 1998 年版，第 42 页。

③ ［美］韦勒克、沃伦：《文学理论》，刘象愚，生活·读书·新知三联书店 1984 年版，第 71 页。

作家分为主观型、客观型一样，读者也可以划分为主观型和客观型。一般地说，主观型读者的阅读范围较多限定在情感、浪漫、抒情性作品上，作品通常具有多愁善感、抒情浪漫的特点，阅读目的主要是宣泄或补偿生活中缺乏的情感；客观型读者的阅读范围则较多限定在写实、历史、趣味作品上，较多地关注作品的历史知识、科学常识、风俗趣味等方面的作品，其阅读目的更多的是吸取知识。

客观型读者和客观型作家对应，主观型读者和主观型作家相对应，两者间形成一种同形同构的心理结构。这意味，客观型读者喜欢客观型作家的作品，他也会很容易进入到文学情境中去，并和作品中人物的行为、语言、情感、兴趣等有同形同构的心理结构，引起一种家族式认同，有一种“家族相似”的感觉，其解说也就能恰切、合理；主观型读者会喜欢主观型作家的作品，他也会很容易进入到文学情境中去，并和作品中人物的行为、语言、情感、兴趣等有着同形同构的心理结构，引起一种家族式认同，有一种“家族相似”的感觉，其解说也能恰切、合理。这说明，批评者只能走进与自己的性情、爱好、情感、志趣、气质相同或是相近的文学情境中去，而很难走进与自己的性情、爱好、情感、志趣、气质相背或相反的文学情境中去。因此，文学批评和文学创作一样，也是个性化的、主体化的。

结　语

“体验”和文学有着密切的关系。文学创作离不开“体验”，同样，文学批评也离不开“体验”，正如伽达默尔所指出的，“体验”和审美之间存在着一种“亲合势”（Affinität），他在《真理与方法》一书中说：“体验艺术（Erlebniskunst）概念具有一种显著的两重性。……艺术来自体验，并且是体验的表现。……凡是以某种体验的表现作为其存在规定性的东西，它的意义只能通过某种体验才能把握。”① 在伽达默尔看来，“体验”的两重性就表现在，它不仅仅和文学创作有着“亲合”关系，在文学创作过程中就特别强调作家对生活的“体验”，西方就非常重视文学和“体验”之间的关系，狄尔泰就写过《体验与诗》一书。文学创作的实践已经证明了“体验”对文学创作的重要性；同样，文学批评也和“体验”有着“亲合”关系，也同样离不开“体验”。因为文学作品是作家通过“体验”的方式创作出来的，批评家也要用“体验”的方式来理解作品，只有对作品有了深切的感受并“体验”着作品中表达的情感，才能更好地理解作品。因而，对文学批评来讲，“体验”也同样重要。因此，“体验”就成为文学创作和文学批评的共同要求。从“体验”角度来理解文学就既把握住了文学创作的实质，也把握住了文学批评的实质。

关于“体验”与文学创作的关系已经有很多的论述，“体验”对文学创作的重要性已不言自明；更为重要的是，在文学批评中也要讲“体验”，提倡一种“体验”的文学批评。这不但有理论意义，更有其实践意义。

因为文学批评是一种依附性活动，文学批评的前提不能离开文学作

---

① ［德］汉斯－格奥尔格·伽达默尔：《真理与方法·哲学诠释学的基本特征》上卷，洪汉鼎译，上海译文出版社1999年版，第90页。

品，没有了文学作品，文学批评的存在就是不可能的；或者说，文学批评是一种意向性行为，它的意向所指就是文学作品，文学批评不可能离开作品这一意向，也不应该离开作品这一意向。文学批评只所以能存在就在于，它是针对具体的文学作品所作的批评，离开了文学作品，文学批评的存在就是没有理由的。因此，文学批评不是一种读者反应和接受，而应是文本的和还原的。在文学批评中，只有文学文本才是最重要的，也是最值得批评者关注的，批评者所作的批评只能是面对文学文本的批评，离开了文学文本，其批评存在的意义也就没有了。所以，文学批评不是目的，文学批评的目的在于对作品的解读。艾略特就明确地说，"我敢说从来没有一个解说批评（就这个词的狭义意思而言）的人曾经作过这样的荒谬的结论，认为批评本身就是目的"。他所说的批评，"意思当然指的是用文字所表达的对于艺术作品的评论和解释"；"批评就必须有明确的目的；这种目的，笼统说来，是解说艺术作品，纠正读者的鉴赏能力。这样，批评家的任务已是十分明显规定的了；要评判批评家是否出色地完成了自己的任务，一般说来哪种批评有用，哪种没用，也比较容易"。[①] 在这个意义上看，文学批评正如塔迪埃所说，它只是一座灯塔，其目的是要照亮文本，也要照亮读者，通过自己富有启示性的批评给读者以开启，而不是要和它所批评的对象去媲美。在这样一种重视文本和还原作品愿意的批评中，读者（当然也包括批评者）的体验就十分重要，在对作品的体验性阅读过程中，读者会化身为作者或作品中的某一人物，细心体会作品所表达的情感和意思。这正如法国文学评论家圣伯夫所说，他的批评特长在于"把自己置于作者的地位上，置于研究对象的观点上，用作品的精神来阅读作品"。[②] 这样看来，文学批评就是一种依附性的存在，它要依附于文学作品才能存在。而这种依附性也表现在批评方法上，在文学创作中要用"体验"的方法，文学批评也要用"体验"的方法。这就是鲍列夫所说的："批评的方法是批评对象（文学艺术过程及其规律，艺术作品及其特点）的'类似物'。"[③] 文学是用"体验"的方式创作的，文学批评作为其依附性的"类似物"，也要采用"体验"的方式。

---

① 伍蠡甫主编：《现代西方文论选》，上海译文出版社 1984 年版，第 279 页。

② ［法］蒂博代：《六说文学批评》，生活·读书·新知三联书店 1989 年版，第 83 页。

③ ［苏联］鲍列夫：《美学》，中国文联出版公司 1986 年版，第 17 页。

参考文献

典籍类

1.（春秋）管仲撰，黎翔凤校注，梁运华整理：《管子校注》，中华书局2004年版。

2.（春秋）老子著，饶尚宽译注：《老子》，中华书局2007年版。

3.（春秋）左丘明著，杨伯峻编著：《春秋左传注》（修订版），中华书局1995年版。

4.（战国）庄子著，方勇译注：《老子》，中华书局2010年版。

5.（战国）孟子著，方勇译注：《孟子》，中华书局2010年版。

6.（战国）荀子著，安小兰译注：《荀子》，中华书局2007年版。

7.（战国）墨子著，毕沅校注：《墨子》，上海古籍出版社2014年版。

8.（汉）孔安国传，孔颖达正义，黄怀信整理：《尚书正义》，上海古籍出版社2007年版。

9.（汉）赵岐注，孙奭疏：《孟子注疏》，上海古籍出版社1990年版。

10.（汉）董仲舒撰，曾振宇注说：《春秋繁露》，河南大学出版社2009年版。

11.（汉）王充撰，黄晖校释：《论衡校释》，中华书局1990年版。

12.（汉）司马迁撰：《史记》，中华书局1963年版。

13.（汉）何休撰：《春秋公羊传》，中华书局1998年版。

14.（汉）班固撰，颜师古注：《汉书》，中华书局1964年版。

15.（汉）许慎撰，段玉裁注：《说文解字注》，上海古籍出版社1981年版。

16.（汉）扬雄撰，汪荣宝注疏，陈仲夫点校：《法言义疏》，中华书局1987年版。

17. （汉）刘安等撰，何宁等释：《淮南子集释》，中华书局 1998 年版。
18. （汉）郑玄注，孔颖达疏：《礼记正义》，北京大学出版社 1999 年版。
19. （汉）毛亨撰：《毛诗正义》，山东画报出版社 2004 年版。
20. （三国）王弼、韩康伯注，孔颖达正义：《宋本周易注疏》，中华书局 1988 年版。
21. （三国）王弼、韩康伯注，孔颖达疏：《周易正义》，上海古籍出版社 1990 年版。
22. （三国）王弼注，楼宇烈校译：《老子道德经注校释》，中华书局 2008 年版。
23. （三国）王弼著，楼宇烈校释：《王弼集校释》，中华书局 1980 年版。
24. （三国）何晏集解，皇侃义疏：《论语集解义疏》，商务印书馆 1937 年版。
26. （晋）司马彪撰，刘昭注补：《后汉书志》，中华书局 1973 年版。
27. （晋）葛洪著，王明校释：《抱朴子内篇校释（增订本）》，中华书局 1996 年版。
28. （晋）葛洪著，杨明照校笺：《抱朴子外篇校笺》，中华书局 1991 年版。
29. （南朝宋）刘义庆撰，余嘉锡笺疏，周祖谟整理：《世说新语笺疏》，中华书局 1983 年版。
30. （南朝宋）范晔撰，李贤等注：《后汉书》，中华书局 1973 年版。
31. （南朝梁）刘勰著，周振甫注：《文心雕龙注释》，人民文学出版社 1981 年版。
32. （南朝梁）萧统编，李善注：《文选》，上海古籍出版社 1986 年版。
33. （唐）张彦远：《历代名画记》，辽宁教育出版社 2001 年版。
34. （唐）杜佑撰，王文锦等点校：《通典》，中华书局 1988 年版。
35. （唐）房玄龄等撰：《晋书》，中华书局 1974 年版。
36. （宋）朱熹著，朱杰人、严佐之、刘永翔主编：《朱子全书》，上海古籍出版社 2002 年版。
37. （宋）邵雍著，郭彧整理：《邵雍集》，中华书局 2010 年版。
38. （宋）周敦颐撰，陈克明点校：《周敦颐集》，中华书局 1990 年版。
39. （宋）程颢、程颐著，王孝鱼点校：《二程集》，中华书局 1981 年版。

40.（宋）陆九渊著，钟哲点校：《陆九渊集》，中华书局 1980 年版。
41.（宋）张载撰，章锡琛点校：《张载集》，中华书局 1978 年版。
42.（宋）司马光编撰：《资治通鉴》，岳麓书社 2016 年版。
43.（宋）胡仔：《苕溪渔隐丛话》，人民文学出版社 1962 年版。
44.（宋）计有功辑：《唐诗纪事》，上海古籍出版社 2013 年版。
45.（宋）孟元老撰：《东京梦华录》，中州古籍出版社 2010 年版。
46.（元）脱脱等撰：《宋史》，中华书局 2000 年版。
47.（明）王守仁撰，吴光等编校：《王阳明全集》，上海古籍出版社 1992 年版。
48.（明）宋濂等编：《元史》，中华书局 1976 年版。
49.（明）李贽：《藏书》，中华书局 1974 年版。
50.（清）王夫之：《古诗评选》，上海古籍出版社 2011 年版。
51.（清）王夫之：《明诗评选》，上海古籍出版社 2011 年版。
52.（清）顾炎武：《日知录集释》，黄汝成集释，栾保群、吕宗力点校，花山文艺出版社 1990 年版。
53.（清）李渔：《闲情偶寄》，浙江古籍出版社 2011 年版。
54.（清）袁枚：《随园诗话》，江苏古籍出版社 2000 年版。
55.（清）浦起龙：《读杜心解》，中华书局 1961 年版。
56.（清）纪昀等编纂，《文渊阁四库全书》，台湾商务印书馆 1986 年版。
57.（民国）赵尔巽等撰：《清史稿》，吉林人民出版社 2005 年版。

著 作 类

1. 阿英编：《晚清文学丛钞 <小说戏曲研究卷>》，中华书局 1960 年版。
2. 俞剑华编著：《中国古代画论类编》，人民美术出版社 2004 年版。
3. 钱锺书：《管锥编》，中华书局 1979 年版。
4. 钱锺书：《谈艺录》（补订本），中华书局 1984 年版。
5. 叶维廉：《中国诗学》，生活·读书·新知三联书店 1996 年版。
6. 罗根泽：《中国文学批评史》，上海古籍出版社 1984 年版。
7. 冯天瑜等著：《中华文化史》（上下卷），上海人民出版社 1990 年版。

8. 北京大学哲学系美学教研室编：《中国美学史资料选编》（上下卷），中华书局1980年版。
9. 叶朗主编：《中国历代美学文库》（共19册），高等教育出版社2004年版。
10. 杨身源、张弘昕：《西方画论辑要》（修订本）1990年版。
11. 宗白华：《美学散步》，上海人民出版社1981年版。
12. 陈望衡：《中国古典美学史》，武汉大学出版社2007年版。
13. 叶朗主编：《中国美学通史》（八卷本），江苏人民出版社2014年版。
14. 敏泽：《中国美学思想史》（上下卷），湖南教育出版社2004年版。
15. 祁志祥：《中国美学全史》（五卷本），上海人民出版社2018年版。
16. 古典文艺理论译丛编辑委员会编：《古典文艺理论译丛》，人民文学出版社1964年版。
17. 张法主编：《中国美学经典》（7卷本），北京师范大学出版社2017年版。
18. 洪汉鼎：《诠释学——它的历史和当代发展》，人民出版社2001年版。
19. 朱光潜：《西方美学史》，人民出版社1983年版。
20. 伍蠡甫主编：《现代西方文论选》，上海译文出版社，1984年版。
21. 北京大学哲学系西方哲学教研室编译：《古希腊罗马哲学》，生活·读书·新知三联书店1957年版。
22. 《西方哲学原著选读》，上卷，北京大学哲学系外国哲学教研室编译，北京：商务印书馆1999年版。
23. 北京大学哲学系美学教研室编：《西方美学家论美和美感》，商务印书馆1980年版。
24. 伍蠡甫主编：《西方文论选》（上下），上海译文出版社1979年版。
25. 蒋孔阳主编：《十九世纪西方美学名著选》，复旦大学出版社1990年版。
26. 吴毓华编著：《中国古代戏曲序跋集》，中国戏剧出版社1959年版。
27. ［古希腊］柏拉图：《柏拉图文艺对话录》，朱光潜译，人民文学出版社2000年版。
28. ［德］黑格尔：《美学》（全三册），朱光潜译，商务印书馆1979年版。

29. ［德］威廉·狄尔泰：《体验与诗》，胡其鼎译，生活·读书·新知三联书店 2003 年版。
30. ［德］威廉·狄尔泰：《精神科学引论》，艾彦译，译林出版社 2012 年版。
31. ［德］汉斯－格奥尔格·伽达默尔：《诠释学——真理与方法：哲学诠释学的基本特征（修订译本）》，洪汉鼎译，商务印书馆 2007 年版。
32. ［德］弗里德里希·威廉·约瑟夫·谢林：《先验唯心论体系》，梁志学、石泉译，商务印书馆 1976 年版。
33. ［德］海德格尔：《海德格尔选集》（上下卷），孙周兴编，上海：生活·读书·新知三联书店 1996 年版。
34. ［德］鲍姆加登：《美学》，简明、王旭晓译，文化艺术出版社 1987 年版。
35. ［德］狄尔泰：《历史中的意义》，艾彦、逸飞译，中国城市出版社 2002 年版。
36. ［德］狄尔泰：《精神科学引论》，艾彦译，译林出版社 2014 年版。
37. ［美］吉尔伯特、［德］库恩：《美学史》（上下册），夏乾丰译，上海译文出版社 1989 年版。
38. ［美］J. 希利斯·米勒：《重申解构主义》，郭英剑等译，中国社会科学出版社 1998 年版。
39. ［美］E. D. 赫施：《解释的有效性》，王才勇译，生活·读书·新知三联书店 1991 年版。
40. ［美］韦勒克、［美］沃伦：《文学理论》，刘象愚译，生活·读书·新知三联书店 1986 年版。
41. ［美］M. H. 艾布拉姆斯：《镜与灯——浪漫主义文论及批评传统》，郦稚牛、张照进、童庆生译，北京大学出版社 1989 年版。
42. ［英］鲍桑葵：《美学史》，李步楼译，商务印书馆 2016 年版。
43. ［英］艾·阿·瑞恰慈：《文学批评原理》，杨自伍译，百花洲文艺出版社 1997 年版。
44. ［波］沃拉德斯拉维·塔塔科维兹：《中世纪美学》，褚朔维、李国武、聂建国、赵国运译，中国社会科学出版社 1991 年版。
45. ［波］符·塔达基维奇：《西方美学概念史》，褚朔维译，学苑出版社

1990 年版。

46. ［意］翁贝托·艾柯等著，斯特凡·柯里尼编：《诠释与过度诠释》，王宇根译，生活·读书·新知三联书店 1997 年版。

47. ［比］乔治·布莱：《批评意识》，郭宏安译，百花洲文艺出版社，1993 年版。

48. ［丹］勃兰兑斯：《十九世纪文学主流》（第二分册），刘半九译，人民文学出版社 1981 年版。

49. ［奥］维特根斯坦：《逻辑哲学论》，贺少甲译，商务印书馆 1999 年版。

50. ［法］伯格森：《形而上学导论》，刘放桐译，商务印书馆 1963 年版。

外文类

1. Konrad Cramer " Erlebnis ", J. Ritter, *Historisches Wörtbuch der Philosophie* II.

2. H. P. Rickman, ed. *Wilhelm Dilthey*, *Selected Writings*, Cambridge: Cambridge University Press, 1976.

3. Wilhelm Dilthey, *Gesammelte Schriften*, Bd. V, Bd. VII.

4. Joseph H. Kupfer, *Experience As Art*: *Aesthetics in Everyday Life*, Albany: State University of New York Press, 1983.

5. Frank Sibley, *Approach to Aesthetic*, Clarendon Press, Oxford, 2001.

后　　记

《体验与文学：比较意义上的中西方文学观》，2020年6月获准结项，立项到本书的出版历时逾5年。在本课题写作过程中，亓元全程参加了课题的研究，李国政撰写了本书第四章。本书的出版得到了黑龙江省哲学社会科学规划办刘洋、黑龙江大学社科处赵志刚、中国社会科学出版社张潜编辑的帮助，在此一并表示感谢！

张奎志

2021年4月18日于哈尔滨